陈思和
论文学批评

陈思和◎著
周明全◎选编

CHEN SIHE
LUN WENXUE
PIPING

云南人民出版社

图书在版编目（CIP）数据

陈思和论文学批评 / 陈思和著 ; 周明全选编. --
昆明 : 云南人民出版社, 2023.2
ISBN 978-7-222-21462-0

Ⅰ. ①陈… Ⅱ. ①陈… ②周… Ⅲ. ①陈思和－文学
评论－文集 Ⅳ. ①I206.7-53

中国国家版本馆CIP数据核字(2023)第018647号

项目策划：周明全
责任编辑：刘 焰 田大余
特约编辑：吴兴葵
封面设计：马 滨
责任校对：崔同占
责任印制：窦雪松

陈思和论文学批评
陈思和 著 周明全 选编

出 版 云南人民出版社
发 行 云南人民出版社
社 址 昆明市环城西路609号
邮 编 650034
网 址 www.ynpph.com.cn
E-mail ynrms@sina.com
开 本 720mm×1010mm 1/16
印 张 19.5
字 数 270千
版 次 2023年2月第1版第1次印刷
印 刷 云南出版印刷集团有限责任公司华印分公司
书 号 ISBN 978-7-222-21462-0
定 价 48.00元

云南人民出版社微信公众号

如需购买图书、反馈意见，请与我社联系
总编室：0871-64109126 发行部：0871-64108507 审校部：0871-64164626 印制部：0871-64191534

代序：批评生涯的回顾

——与周明全对话

周：陈老师好。我最近对百年来的中国现代文学批评史做了一个简单的梳理，发现一个非常有趣的问题。“文化大革命”后成长起来的第五代批评家的整体崛起方式，和2012年以后出道的75后、80后批评家的整体崛起方式很相似。比如1986年5月，在海南举办的“青年文艺批评家会议”，几乎全国的青年批评家都到会了。我看了参会者的名单，上海方面除了你之外还有许子东、吴亮、蔡翔、王晓明、毛时安等，广东有郭小东、陈剑晖、殷国明、张奥列、陈志红，北京有张陵、李洁非，福建有南帆，湖南有陈达专，辽宁有刘齐，新疆有周正保，军队有陆文虎，甘肃有管卫忠、屈选等等。这些人都是当年非常活跃的青年批评家，会后专门由漓江出版社出版了一本文集——《我的批评观》，收录了23位年轻批评家的批评观，以及陈骏涛、周介人等5位前辈对青年批评家评介的文章。《当代文艺思潮》杂志1986年第3期还专门推出了“第五代批评家专号”，这在当时属于非常前卫的举动了。一代青年批评家就这样被推上了文坛潮头。

当时很多前辈对第五代批评家给予很高的评价。周介人在《新潮汐——对新评论群体的初描》中连用了四个新——“新群体、新态势、新节奏、新向度”，谢昌余在《第五代批评家》中说第五代批评家有“宏阔的历史眼光，顽强的探索精神，现代的理性自觉，深刻的自由意识”。陈骏涛在《翱翔吧！“第五代批评家”》中也评价说，第五代批评家“思想敏锐、长于和善于发现问题和思考问题”，“具有强烈的主体意识”，另外，王蒙在《读评论文章偶记》中，也对第五代批评家进行了点评，并给予高度赞扬。

2012 年以后，75 后、80 后批评家的出道，也是以整体崛起的方式，尤其是 80 后批评家。2012 年，杨庆祥、金理、黄平三位 80 后批评家在《南方文坛》开设了《三人谈》的专栏，从选择以文学为“志业”的自我经验谈起，追溯不同历史时期文学的发展和审美的嬗变，辩驳文学在各色语境中的纠葛和挣扎。2013 年 5 月 13 日，中国作协创作研究部、理论批评委员会和中国现代文学馆联合举办“青年创作系列研讨 · 80 后批评家研讨会”，这是首次高级别的 80 后批评家的研讨会。

张元珂总结了 80 后批评家作为一个群体出现的两个机遇，他提出了“北馆南社”。“北馆”指的是中国现代文学馆自 2012 年开始的客座研究员机制，自 2012 年至现在，先后将杨庆祥、金理、黄平、何同彬、刘涛、王晴飞、丛治辰、李振、项静、傅逸尘、徐刚、方岩、杨晓帆、艾翔等数十位 80 后批评家纳入客座研究员培养体系中；“南社”指的是你带领我主编的“80 后批评家文丛”，属国内首次集中、大规模推介 80 后批评家。

两次事件，你都是直接参与者，你们那一代的集体出道是“文化大革命”后特殊的原因造成的，80 后批评家的出道也有某种历史的巧合。你是如何看待这两代人以集体方式出道的？他们之间的历史巧合是什么？

陈：我看不出两代批评家的群体崛起有太多的相似，因为时代背景不同。这么说吧，我们这一代批评队伍的整体崛起，你定为 1986 年，标志性事件是海南会议；但是之前，1984 年的杭州会议、1985 年的万寿寺会议和厦门会议等等，都已经有很多青年学者和青年批评家参与了。如果说有群体意识，那么海南会议之前已经出现了。所以到了海南会议标题直接为“青年批评家”会议就水到渠成。第二个原因是 1985 年社科院文学所推动了文艺批评方法论的大势，所以你说到当时有人概括的新什么的特点，都是针对当时旧什么的现象。这是一种与时俱进的历史现象，有点像五四时期那样，一种新的思潮改变了人们的思维模式，新的批评话语就出现了。第五代以后，还有第六代批评家的群体出现，那就是郜元宝这一代。他们都学院出身，是与第五代一起成长的，但他们都有较为深厚的知识背景。你看我主编的"火凤凰新批评文丛"第一辑，郜元宝、张新颖、胡河清三个青年批评家，学科背景很不一样，他们都把学科背景的知识融化到文艺批评中去了。这与我们那一代多少还是继承了老一辈的社会学批评传统很不一样。第六代没有经过一个群体崛起的事件，但是同样是通过我们编丛书、出专刊，加上高校里评职称等形式在成长。丛书除了我主编的"火凤凰新批评文丛""逼近世纪末批评文丛"以外，我记得山东文艺出版社推出过一套很好的丛书，作者队伍主要是第六代的批评家。专刊是依靠几家文学批评刊物来推动的，像《当代作家评论》《南方文坛》《文艺争鸣》等，都起了很大的作用。我们仔细分析这两代批评群体的崛起过程，第五代是在社科院文学所的创新理论指导下、各家文艺刊物的合力推动下形成大势的，第六代是在几家民间刊物、丛书的推动下逐步形成的，发力点不一样，后来形成了这两代批评家鲜明的不同特色。你现在就看得出这股文化走向：在"庙堂—广场—民间"三维价值观的演变过程中，群体批评的立场慢慢在游移，由前向后。但是在 20 世纪 90 年代以后，因为市场经济大潮更加有力的冲击，进一步促使批评队伍分化，最后形成了媒体批评与学院批评的二元互动。新世纪的国家经济发展、学院体制的完备、资本势力对文化建设的渗透，使学院批评的理性力量逐渐淡化，媒体批评迎合权力市场等外部元素，形成哄抬叫骂的乱象。新一代（也就是第七代）青年批评家是在这样的环境下群体崛起的，与前两代的生态环境很不一样。你刚才谈到"北馆南社"，这也许是新一代批评队伍形成的几个发力点；但是要从更加广泛的学术传承背景上去讨论，从价值取向的变化中找出这一代批评家在学术与批评之间游走的状况。学院体制对

◆ 第六代没有经过一个群体崛起的事件，但是同样是通过我们编丛书、出专刊，加上高校里评职称等形式在成长。丛书除了我主编的"火凤凰新批评文丛""逼近世纪末批评文丛"以外，我记得山东文艺出版社推出过一套很好的丛书，作者队伍主要是第六代的批评家。

他们的批评事业的干扰，以及在媒体批评与学院批评之间所能够发挥的作用，等等，都是你可以做进一步研究的空间。

周：批评家以集体的方式出道，后来有几位年长的批评家批评80后批评家抱团取暖，替代了讨论文学。我后来看到李劼的《写在即将分化之前——对“青年批评家队伍”的一种展望》，也是对当时的青年批评家队伍进行了批评。虽然李劼的批评有意气用事之嫌，但现在来看，或许他批评得不无道理。比如，他说到的整个批评队伍面临从年轻化转入名人化的危机，青年批评家的贵族化等问题。这其实不单单是第五代批评家的问题，每个代际的批评家可能都会面临这样的分化。你认为，文学批评家正常的出道方式除了大量学习研读、充足理论和阅读准备外，什么样的方式才是一个批评家最常态的出道方式？抱团取暖真的有问题吗？

◆ 批评家应该始终置身于文坛一线，要跟随同时代文学创作的发展势态，不断观察、研究。

陈：文学批评与高校里的学术研究毕竟还是不一样的。文学批评与文学创作在写作生态上倒是有相似的特点。譬如说，批评家应该始终置身于文坛一线，要跟随同时代文学创作的发展势态，不断观察、研究。前几年批评家雷达去世，他的学生为他编了一本书，书名叫《雷达观潮》，我很喜欢这个书名，“雷达”虽然指具体的人，但“雷达观潮”却把批评的使命、特点都描绘出来了。批评家就是要对当下生活有态度、有立场、有见解，他需要把自己对生活、对文学的见解倾注到文学的研究中去，借助分析文学作品表达出来。

然而学术研究则不一样，更多的是在传承上下功夫。即使是中国现当代文学学科，研究者的主要着眼点还是对文学史规律和文学历史现象的研究。过去唐弢先生提出“当代文学不宜写史”，遭到很多研究者的反对，我当时也是对唐弢先生的说法不以为然的。现在经过几十年的研究实践，我有点理解他的意思了。当代文学创作离时代生活太贴近，还没有经过时间的筛选，所以很难去把握它的真正价值所在。然而这个筛选工作，也就是在大浪淘沙的过程中把当代文学经典化的工作，这应该由文学批评来承担。因为文学批评是陷于时代泥坑里的一种挣扎，它与当代文学创作携手记录、保存这一时代的真实信息，所以它的意义重大，是建构当代文学史的前提和基石。我们今天的当代文学批评，也是以后的文学史研究者的重要参考文献，甚至，因为文学批评的社会力量以及真知灼见，它本身也可能成为以后文学史研究者关注的对象。所以，文学批评与未来同行的关系，是一种原创，而不是传承。

鉴于文学批评具备这样一些特性，我认为批评家们集体发声是很正常的。我不太了解你说的“抱团取暖”是一种什么样的状态，20世纪80年代我们经常会使用另外一个词：圈子批评。意思大概差不多。文学批评有时候需要集体行动，譬如开研讨会，需要有一群人在刊物上发表一组评论同一部作品的文章，发挥“集束手榴弹”的作用。这不是回避文学评论家需要有个人的见解和个人的选择，也不否定批评家之间需要正常的、健康的争论和分歧，更不反对文学批评需要多元的、不同理论方法的流派，但还是要维护批评家互相切磋、共同发声的正常工作形态。我的理想状态的文学批评，就像别林斯基、车尔尼雪夫斯基和杜勃罗留波夫，还有涅克拉索夫等，围绕《现代人》杂志发出批评之声那样。我以前提出批评家要做同代人的批评，也是指批评家与作家之间沟通的重要性。“抱团取暖”只是指某种状态，或者说，文学批评的某种生态，真正好的批评家还是要靠自己的作品、自己的独立见解来证明的。

◆ “抱团取暖”只是指某种状态，或者说，文学批评的某种生态，真正好的批评家还是要靠自己的作品、自己的独立见解来证明的。

周： 我从当年几次主要以青年批评家为主的学术会议、丛书，包括刚才说到的“80后批评家文丛”，看到不少当时非常活跃的批评家，后来逐渐消失在文坛或者转入其他研究去了。其实每代批评家都是这样的吧。你本人是如何看待批评家成名后隐退的问题？

陈： 这应该是很正常的现象吧。文学评论家和作家一样，不是一种社会体制化的职业，而是一种精神表述者的身份。他在从事这种方式的表述时，他就是一个批评家；如果他不选择这种表述方式，选择另一种方式了，他可能就不再是批评家了。当文学批评的社会影响特别大的时候，参与到批评家行列的人数就会很多；一旦文学批评的社会影响小了，很多人就会退出，改行做别的事情。这都是很正常的。20 世纪五六十年代香港有一位很有名的批评家叫李英豪。我 1988 年去香港，研究课题是“西方文学思潮在香港的影响”，为此访问了一些当地学者和作家，几乎所有的人都会深情地提到这个名字。李英豪当年介绍西方文艺思潮、批评文学作品，几乎启蒙了一代香港年轻人。可是我在香港却没有机会拜访他，因为那个时候李英豪已经退出文学批评的舞台。据说他因为太太患肾病去世，痛不欲生，每天给死去的太太写信诉说内心的思念之情，坚持了好几年。那些给煜煜（他的妻子的名字）的信在报纸上连载，引起轰动，成为畅销书。再后来他就写一些生活时尚类的读物，也很畅销。我在香港书店里看到他写的许多书。但他已经不是文学批评家了。这不说明他不成功，他仍然是一个成功的散文家，或者其他什么领域的专家。还可以举一个例子。我的老师潘旭澜先生，他是著名的文学评论家，出版过规格很高的《潘旭澜文学评论选》。可是他在 20 世纪 90 年代以后就逐渐不写当代文学批评了，个人兴趣转移到散文创作和学术随笔。有次我请教他，为什么不做当代文学批评？他严肃地回答我：“我身体不好，跟不动了。”这是什么意思？潘先生认为，从事当代文学批评太辛苦，需要长期阅读文学作品、跟踪作家的创作，还要及时把握文坛的走向。他给我举了一个例子，说某某批评家，一年要跟踪阅读六十几部长篇小说。他说他自己年纪大了，已经无法全身心地投入当代文学领域，去跟踪研究作家的创作，力不从心了。所以他说：“我跟不动了。”那天他对我说这句话的时候，一连说了好几遍，很无奈的样子。但潘先生后来又成为杰出的文史学者，他的《太平杂说》在研究太平天国领域是一部不可绕过去的杰作。

◆ 文学批评是一种表达的方式，我们可以选择这种方式，也可以放弃，选择另一种表达方式。

我举这两个例子都是想说明文学批评是一种表达的方式，我们可以选择这种方式，也可以放弃，选择另一种表达方式。每个人都会有具体的原因。当然这些个别现象一旦成为普遍现象，其背后还是有社会原因或者其他原因的。

周：现在批评界使用的“批评武器”，很大一部分是你们那代人翻译引进，用于文学批评实践的。我看过你的“私人阅读史”，对你本人产生很大影响的也主要是西方文艺理论。

在《脚步集》中你也说过，1983年那段时间，你就“如饥似渴地阅读西方理论著作和西方现代派作品，对萨特的存在主义深深着迷”；同时，到“卢湾区图书馆开设西方文学名著讲座，介绍西方现代派作品，并在《海南日报》开设专栏”；等等。后来，你还协助贾植芳先生编辑《外来文艺思潮、流派、理论在中国现代文学史上的影响》资料汇编。你自己为何对西方文艺理论产生那么大的兴趣？是不是你们那代批评家，都热衷于对西方文艺理论的阅读和使用？我记得几年前和康凌对话时，他有一个说法：那年头，从事20世纪范围内的中国文学研究，“将眼光投向西方的著作”大概是不需要原因的；如果有人完全不看西方著作，才需要去问问原因。你是如何看待西方文艺理论对中国当代文学批评的影响的？

陈：是的。我在求学的时候国门刚刚打开，西方理论（也不仅仅是文艺理论）随同各种思潮都涌入中国，翻译西方理论、一知半解地介绍西方理论甚至望文生义乱发挥都成为时尚。因为“文化大革命”封闭太久，人们的思想力量几乎丧失殆尽。就像一个人被闷在铁罐子里快要闷死了，突然呼吸到新鲜空气，也不管这空气里有没有有害气体，出于本能，就要狠狠地吸一口。当然也有出于好奇的，也有出于逆反心理的。那个时代是一个比较严肃的时代，国际交流刚刚起步，有很多限制，西方物质文明还没有大规模地覆盖中国市场，西方的政治体制和意识形态对中国还没有产生影响，所以开始引进的只有文艺理论、哲学思想、人文学术等等。尽管这些思潮理论在引进过程中也引起过不少争论，甚至是带有伤害性的批判；但总的来说，它是与改革开放的社会大潮的步伐一致，浩浩荡荡，是阻挡不了的。没有放眼看世界，我们整个民族的主导思想无法真正达到解放，那么社会也无法大踏步地进步。这种状态与五四时期的解放思想运动非常相像。五四新文化运动所提倡的民主与科学新思想，是与封建传统文化思想激烈冲突、斗争中发展起来、普及开去的，而不像现在有些媒体理解成新旧思想你好我好，只是被几个小人挑拨了才闹出纠纷的。同样，20 世纪 80 年代的转型是一场伟大的思想革命，新思想是在与极左思潮、保守观念的激烈冲突中前赴后继、发展壮大起来的；有很多思想文化界的先驱者为此做了牺牲，中国才能够从历史的巨大阴影中摆脱出来，被推上一条强国富民的正确道路。这是大前提，如果没有这个大前提，就很难深入去把握 80 年代的思想文化状况。

对于西方文艺理论，更广泛一点说，西方现代社会思想理论，当然不是灵丹妙药，也不是普世真理。任何理论都需要在实践中加以检验，但如果你第一步就没有——没有引进、没有吸收、没有甄别，那么，怎么会有实践呢？如果做不到真正知己知彼，怎么可能百战百胜？这可是老祖宗说的。

◆ 任何理论都需要在实践中加以检验，但如果你第一步就没有——没有引进、没有吸收、没有甄别，那么，怎么会有实践呢？

接着，我可以谈谈自己的思想成长道路。我在上大学前是在一个街道工作，身份是街道图书馆的图书管理员。但是我的主要工作岗位不在图书馆，在那里我只负责一项中学生书评工作，多半是在业余时间（周日）进行的。在街道机关里，我的主要工作是参与政宣组的理论队伍，向居民宣讲形势和党的政策。另外一个身份是团委副书记。这两项工作都不需要坐班，我的行动很自由，有很多时间是在家里读书写作，同时还参与了卢湾区图书馆的书评小组。这个书评小组的性质与街道理论队伍差不多，主要任务是组织工厂里的文艺青年学习写书评，还编了一本油印的定期书评刊物。这是我最初的工作。从这些准职业的工作中你可以想象，我是在当时主流话语体制下边学习边成长的，但绝没有达到成熟的地步。这段时期的学习对我的思想发展是有影响的。我很认真地学习了当时国家倡导阅读的几种马列经典著作，还有西方哲学史方面的重要著作（包括黑格尔的《小逻辑》以及张世英的注释和导读）。我在街道团委，还主讲过西方哲学和辩证法的系列课程。那时候我不过二十出头，都是边学习边贩卖，而且讲课都是用上海话（笑）。从 1974 年开始，利用图书馆的藏书，化公为私，阅读各类书籍。我囫囵吞枣地读了诸子百家，读了中国历史（范文澜、翦伯赞的历史著作，郭沫若的《青铜时代》《十批判书》《李白与杜甫》，等等），还在老一辈馆员的指导下系统读过唐代诗人刘禹锡的著述资料。后来（大约1975年以后）国家提倡学习政治经济学，我认真学过蒋学模教授的政治经济学著作，听过他的辅导讲座；进一步系统读了毛泽东提倡的关于限制资产阶级法权的一系列著作，主要是列宁的国家学说和他在十月革命后有关苏俄社会主义实践的论述，还在专家辅导下读过《资本论》第一卷。我年纪轻、思想单纯、领悟力强，与文化程度不高的街道干部坐在一起学习，优势很快就显现出来。记得那时每周有两个晚上到街道中心组学习，都是业余时间，每次学习我总是在讲用学习体会。为了满足这种讲用的虚荣心，有一段时间我几乎通宵达旦地读书和学习。这样我进步很快。我专注于读马列原著和文史领域的经典著作，给我以后的发展打下了基础。那个时候，我就自命为一个马克思主义者。

1977年国家恢复高考，我是第一届大学生，顺利考上了复旦大学中文系。以我当时的知识储备，文、史、哲、经任何一个专业的学习我都是可以胜任的，但既然进了中文系，我就开始朝文学评论和文学研究的方向去努力。我这么讲的意思是，因为理论基础打好了，后来从事文学研究和文学批评就游刃有余。举个例子，如果我早先没有学过国际共运史，我就不会对巴金信仰无政府主义特别敏感，那么我后来研究巴金就可能与一般学者的认识无甚差别。我原先学习的国际共运史对无政府主义理解是错误的，只是把无政府主义简单看作是马克思主义的敌人，没有看到它在设计乌托邦理想方面的卓越想象力和更具人性化，后来阅读了克鲁泡特金等人的理论著述后，我改变了原先的想法。但是我如果连前一阶段的学习都是缺失的，可能就没有后一阶段的自我纠正。进大学以后直至整个80年代，我一直被卷入当时学习西方理论的热潮。我感觉我还是从思想废墟上重新起步的，因为觉得原先学习的那套理论都不起作用了，应该寻找更具有现代性的思想理论与中国社会的现代化发展相适应。我的关注点比较倾向于现代思潮，如现代哲学和其他学说，文艺领域也比较喜欢现代派的作品。

我不排斥古典的理论学说，只是觉得面对现实社会的种种问题，古典理论体系使用不上。我的关注点不仅仅在文学理论方面，我曾一度对南斯拉夫社会制度感兴趣，后来又对欧洲社会民主党高福利政策感兴趣，我始终是把这些国家的制度实践与马克思主义理论的发展、社会主义制度的实践联系在一起进行思考的。我回顾了一下，我的基本立场大致坚持了如下三点：第一，我始终对马克思主义原著保持兴趣和信心，马克思主义的立场、观点、方法仍然是我思考问题的出发点。第二，我现在还坚持认为，马克思主义的发展是多元性的，马克思主义可以结合不同国家的实际情况，实践自己的道路；社会主义理论和实践也应该允许有多元性，斯大林主义的破产、"文化大革命"的崩溃，都不代表社会主义已经失败，也许是一种"沉舟侧畔千帆过，病树前头万木春"的好兆头。第三，也许是我读过《资本论》和阅读了太多的西方批判现实主义文学作品，我对资本主义早期的原始积累历史非常厌恶，对资本带来的贪婪性与腐蚀性非常警惕，这也是我后来参与人文精神大讨论和看重莫言、张炜、贾平凹等批判现实主义文学的思想前提。

◆ 我个人比较喜欢的是萨特的存在主义和弗洛伊德的精神分析理论，当然也有其他的理论学说。

对于西方现代文艺理论、思想学说的吸取和运用，我以前断断续续介绍过一些。你都看过了。我个人比较喜欢的是萨特的存在主义和弗洛伊德的精神分析理论，当然也有其他的理论学说。但是我对西方理论的吸取，从来不在摘引章句上下功夫，所以，我的研究论文中很少引经据典，打着某某主义的旗号，更不会拿西方理论学说来卖弄。我针对的是中国的文学，总结中国的文学经验，所有对我有意义的西方理论体系，都只能转换为我的立场、观点和方法，才会产生实际的效用。中国的文学无须印证西方文学理论的普适性，当然也无须印证本土理论的不朽性。文学就是文学，你可以在文学作品中体会到某些思想学说的痕迹，但终究不是思想理论的解说词和形象图解。

周： 韦勒克在论及20世纪西方文学批评时说，"18、19世纪曾被人们称作'批评的时代'。实际上，20世纪才是最有资格享有这一称号的”。在中国，在20世纪八九十年代，真可谓韦勒克所言的“批评的时代”。这个批评的时代，又主要是以西方文学理论作为武器构建的时代。但是，进入新世纪之后，“西方20世纪构建的文学理论之塔几乎轰毁了，文学理论的总体性不存在了。这一情势，使中国当代批评家感到了焦虑甚至恐慌。于是，从本土文学理论寻找资源的说法，在当代文学批评界有热烈的回响”（孟繁华语）。有些学者发出一些声音，强调以中国传统文论为基础来构建新的文学理论。你是如何评价古代文学理论的？它在当代有可能转化为新的评论资源和理论武器吗？

陈：孟繁华兄的文章我没有读过，有些地方可能表述得还不够清晰。你说“进入新世纪之后，西方20世纪构建的文学理论之塔几乎轰毁了，文学理论的总体性不存在了”，这是指世界性的全局现象还是在中国出现的局部现象？“文学理论的总体性”又是指什么？这个前提没有说清楚，又如何理解“中国当代批评家感到了焦虑甚至恐慌”？西方文艺理论从柏拉图、亚里士多德到现代林林总总的学说，有两千年的传承流变，而21世纪才二十年，是何方尊神把它“轰毁”的？再说了，中国当代文学批评不是西方文学理论“总体性”的一部分，也不是西方文学理论的派生物；中国当代文学批评家尤其是我们这一代人，几乎没有谁在西方留学，成为西方某大师亲炙的正宗传人。我们今天没有像五四时期那样，有杜威的传人胡适之、白璧德的传人梁实秋、克罗齐的传人朱光潜，也没有像刘西渭、胡风那样留法、留日的优秀批评家，我们的当代批评家最多是读过一些西方理论的中译本。假如真有“西方理论之塔”的“轰毁”，也轮不到当代文学批评去“焦虑”和“恐慌”。难道少了西方理论，中国批评家都不会说话了？

◆ 中国当代文学批评不是西方文学理论“总体性”的一部分，也不是西方文学理论的派生物；中国当代文学批评家尤其是我们这一代人，几乎没有谁在西方留学，成为西方某大师亲炙的正宗传人。

还有一个问题是与此相联系的。我们前面回顾了20世纪80年代初，理论界学习西方文学理论的热潮，那个是事实。但这是有前提的。因为我们是在一个国门封闭的状态下挣脱出来，刚刚面对西方现代世界，这才会对学习、吸收西方现代理论过度热忱。而今天已经到了21世纪又二十年，中国经过四十多年的改革开放，对西方世界有了充分的了解和沟通，中国在世界上发挥越来越大的作用。所以，现在我们很难再像四十年前那样，那么清晰地区分什么是西方理论，什么是中国本土理论。许多思想学说应该是共同面对人类的，地球村其实非常小，中国就是人类命运共同体的一个成员。虽然各国理论家使用的是不同的语言，保留的是不同的思维习惯，针对的是不同国情的问题，但是其思想学说的意义旨归，就在于全人类的互相了解和融合，这是人类命运共同体的一个特征。既然是共同体，那就必须坚持文化的多元性和世界性，而不是大观园里的乌眼鸡，不是你吃了我，就是我吃了你。如果我们现在思考问题的维度里缺失了西方世界这一空间，满脑子的老庄孔孟，我们真的能够创造世界一流的中国文化吗？

周：那么，陈老师，你自己在四十年的文学批评实践中，是如何处理来自西方的文学理论和中国本土的古代文学理论之间的关系的？两者是同时对你的批评实践产生了影响，还是你有意选择某一方面的影响，而拒绝了另一方面的理论遗产？在我眼中，你是一个有理论原创的文学理论家，在你自己创造的文学史理论体系的建构中，哪些是受过西方文学理论影响的？

陈：我可以回答这个问题。我们先把那些专门从事研究西方文论、西方美学和专门研究中国文论、古代批评史的专家的精神劳动放在一边，我所谈论的仅仅是作为一个当代文学批评家与理论资源的关系。首先，我认为当代文学批评的资源主要来自当代文学创作实践，以及文学所反映的当代社会生活，也就是所谓“源”与“流”的关系。“源”是文学创作实践与社会生活实践，而文学理论或者其他思想资源，属于文学批评的“流”，也可以理解为构成文学批评的不同流派。这是理解问题的关键。如果把文学批评的源和流颠倒了，那就会把当代文学看作是印证西方某种理论的道具，文学批评就会变成一种文字游戏，批评的原意也随之失去了。其次，正因为理论资源属于流而非源，所以我有意识地把理论资源作为一种人生立场、世界观以及观察

◆ “源”是文学创作实践与社会生活实践，而文学理论或者其他思想资源，属于文学批评的“流”。

文学的方法，而不是图解作品的理论依据。熟悉我写的文章的人一定看得出，我在讨论民间文化形态时提出了作品隐形结构理论，这明显来自西方的原型批评；我对民间藏污纳垢美学的阐述，来自巴赫金的民间狂欢理论。恶魔性因素、先锋性因素、忏悔意识等等，都是来自西方文学理论。但是我无须像写博士论文那样，要绕一个大圈子来介绍这些西方理论概念的演变。我只是通过这些新概念、新方法、新途径直接进入文本，而真正为我的分析提供依据的，只有文本本身。文本既是我批评的对象，也是我批评的依据。我讨论的问题，都是中国的问题。我对中国古代文化传统的吸收和运用也一样。我在 1988 年分析《古船》时就运用过古代五行相生相克的辩证观念，讨论赵（火）、隋（水）两姓家族的斗争循环。到了 2019 年，我又一次运用了五行原理来解读剧本《天下第一楼》中的人物冲突的结构，但这只是一种解析作品文本的方法，而不是我在宣扬阴阳五行的理论本身。

周：感谢陈老师。这些个人化的细节才是源于真实生命经验的真切思考，带给我们真正的启发。你始终认同现代、对话、多元共生，这是你内在的真正的文化自信。了解了你的思想成长道路后，我格外有感触，人很难脱离自己的时代语境去生活、去思考，但只要认真面对，终会殊途同归。这一点可能是击穿虚无的希望。这让我想起你的一段话，也是我个人非常喜欢的一段话："一个知识分子如果对当代生活没有激情、没有热望、没有痛苦、没有难言的隐衷，那么，他的知识、他的学问、他的才华，都会成为一些零星而没有生命力的碎片。"每一代人努力的意义和价值或许恰恰体现在面对他们那一代的痛苦和难言的隐衷的时候。

目 录

第一辑　我的批评观

我与批评两题

一、灯的故事

记得几年前，读一篇许地山的散文《暗途》[①]。文字很美，内容也很美。写的是一个人要在暗夜里走山路，朋友给他一盏灯照明，他坚辞不受，说："满山都没有光，若是我提着灯走，也不过是照得三两步远；……这一点的光可以把那照不着底地方越显得危险，越能使我害怕。……不如我空着手走，初时虽觉得有些妨碍，不多一会，什么都可以在幽暗中辨别一点。"于是这个人在黑暗里上山了，没有提灯。朋友笑他："天下竟有这样的怪人！"但那个人没有跌倒，也没有遇到危险，安然地到家了。

初读这篇散文的时候，并没有留下什么特别的印象。但近年来，那个在暗夜里走路的人越来越清晰地浮现在眼前，仿佛是一种暗示。如果说，我也算搞过一些文学研究工作、写过一些批评文章的话，我不正像那个人一样，在暗夜里摸着走山路么？我没有灯，因为任何灯的光都是有限的，使我看不到光圈以外的东西。走过夜路的人都知道，暗夜里处处有灯。天上有星月，地上有萤火，更重要的，是用自己的心去体验那暗夜，靠自己的眼睛去辨认那道路。暗夜里走惯了路的人，心中就有灯，自己就是灯。

◆　暗夜里走惯了路的人，心中就有灯，自己就是灯。

当然，我远远达不到那样的境界。我会跌倒，弄得满脸是血，但我不后悔，反正是探索着走。我总相信，手上的灯，只能照着几步的距离，只有心中的灯才能看透那黑黝黝的无限。

虽然灯的光有限，无法照透暗夜中的宇宙之谜，但哪怕照亮了几步的距离，也终究是暗夜的一角一隅。在20世纪80年代的现代文明

① 许地山著：《暗途》，载《小说月报》13卷4号，1922年4月10日。

冲击下，你走夜路不想用灯还不行，——因为有路灯，有电线架在那儿。远远的电灯亮着，虽说黑夜依旧重重，足以使那微弱的灯光瑟瑟作抖，但光毕竟是有了，而且是一排排的灯。

沿着电线杆子走，大约总不会错。因为它多少为你指明了路。但是暗夜行路的一切优势也就此完了。文明，也带来局限。于是心中的灯就黯淡了。

忽而有几个人，大着胆子离开了那一条让人走惯了的道路，也就是说，离开了那几根电线杆子。他们踏上了另一条荒无人烟、荆棘丛生的小道，他们拿着手电筒，磕磕碰碰地乱闯。虽然跌过几跤，到底也依靠着手电的光走过了一段路。于是大家就喜欢，齐声赞美手电筒的光。

秉烛夜游的事，现在是没有了，但拿手电筒夜游的大有人在。去年暑假，我的几个学生去华山游览，就是靠着手电筒半夜里走过鹞子翻身，上了西岳顶峰的。过后我惊叹他们太大胆，他们却笑着告诉我："因为是暗夜，只靠着手电的光摸路走，一点也不知道身边就是悬崖峭壁。到了白天才真不敢走哩。"

原来如此。看来手电的光并不高明。

仍然是关于灯的故事。是从一个朋友那里听来的。

一个人站在一盏路灯下，低头寻找东西。旁人走过来问他："老兄，你找什么呀？"那人说："我的钱包丢了，快帮我找吧。"旁人也低头找了一会儿，说："路灯下面没有钱包呀，你干吗还要找？"那人无可奈何地回答："是啊，我也知道，但没有办法，我只能在光圈里找呀。"

这也许过于刻薄了。它揭示了一个无情的道理：在现代社会里，人与灯光一样不是万能的，他们面对暗夜之谜，同样的无能为力。

心中的灯熄灭了。

人选择什么样的灯是自由的，可是一旦选定了一种灯以后，他就不自由了，因为灯的光圈限定了他。就像那个在路灯下找钱包的人一样，他只能在这里找。如果你想走出光圈，那是漆黑一团，伸手不见五指，只好再求助于另一种灯，接受另一种光圈的限定。

人只能借助于灯光，但人又必须超越灯光。自火把到红烛，再到手电筒。不超越就无法使照明工具不断地改革、不断地进步。但只要是灯、是光，就有局限。纵使太阳的光焰无际，它不也是只能照亮圆形地球的一半么?

如果不傻，人总能发现光圈的局限，总是想突破，总是不断地换用各种各样的灯，借助不同角度、不同强度的光圈，在暗夜中寻找、摸索，或者走着山道。

当自己不能成为灯的时候，只能借助各种人造的灯。不断地更换，也是一种超越。只要不是死死握住一盏灯就沾沾自喜，以为擒获了太阳。

有两种批评方式。一种如牢牢守在一盏灯下面，在限定的范围内出色完成寻找钱包的工作。纵然光圈有限，但凝聚起来的光线照着他，使他通体生辉。另有一种如不断替换手里的灯，用完一种就扔掉，再换一种，他从不计较自己用了多少种灯。有人问他："你使用什么灯?"他只好回答"不知道"，或说"我从不用灯"。

"你说谎!"有人揭发说，"你明明用过灯，而且不止一盏。"

我也许只能在许多灯里面挑选一种，作为一个批评家的点缀。但我终究希望能获得心中的灯，我想说，我就是灯。

初刊《青年评论家》第18期，1985年9月25日

二、批评的位置

每当我读到有关论述文学批评如何指导文学创作、推动文学创作，以及繁荣文学创作的文章时，每当我听到有人津津有味地谈论别林斯基、车尔尼雪夫斯基、杜勃罗留波夫如何指导、培养俄国古典作家的那些使批评家们引以为骄傲的事例时，总有一团疑云浮上心间:

难道文学批评真的具有指导作家的神奇功能吗？

文学批评的对象是文学、文学家以及文学作品，批评家是借助文学来发表议论，阐述自己的人生观、哲学观与审美观的。批评的特殊之处就在于此。文学作品对于它来说，既是目的，又是过程。批评以研究文学的主要表现形式——文学作品为主要任务，但它又无法穷尽它的研究对象，结果它的全部意义与价值则表现在研究过程之中。从这些过程中，批评呈现出自身的美学、魅力以及流派。

说批评无法穷尽它的研究对象，绝不意味着对它的蔑视，恰恰相反。批评所面对的是文学作品，作品具有两重意义：一重是它的物质构成——纸张、铅字以及由物质材料所构成的文字符号，这是没有生命的，不属于文学批评的研究范围；另一重是它的内容构成语言、形象、意境、感情……它们是充满生命、充满灵性、随缘而生、随境而化的极不稳定的因素。它在作家与读者之间不断的心灵撞击中呈现出千姿万态，再由于时间与空间的无限因素渗入其间，使文学作品也具备了无限认识的可能性。它使一切企图穷尽它的批评家感到困惑，仿佛是沙漠中旅客所看到的清泉的幻影，你走上前去，它又不见了。

◆ 文学批评的对象是文学、文学家以及文学作品，批评家是借助文学来发表议论，阐述自己的人生观、哲学观与审美观的。批评的特殊之处就在于此。

有人认为，文学作品是作家个体所感知的、图解的世界，只有穷尽作家，才能穷尽作品。批评的任务，在于诠释与阐发作家隐藏在作品之中、文学之外的意义，作家是批评的终极。于是在西方产生了传统阐释学的作家中心主义，在中国则产生了烦琐的考据学。但这种成果是令人怀疑的，因为批评家即使掌握了大量的作家生平记录、日记、书信，甚至更为隐秘的文献，他也不可能复制出作家的精神世界的全部，也不可能穷尽作家与作品的所有关系。原因很简单：其一，作家创作是一项极为复杂的精神劳动，当他面临他以往所有复杂的生活经验或感情经验时，他是否能对此一切都给予清晰、理性的把握？进而论之，即使他能达到这一点，他是否可能运用文字符号把它全部清晰、完整地表达出来？其二，作品是活在读者的心灵中的，时代的更替，读者群体意识的不断交换，使作品的可认识性也处于不稳定状态。诚如海涅所说：“每个时代只要产生新思想，就会拥有新眼光，于是它在古老的名著里便会看到许多新内容。”[①] 作品的无限认识的可能性决定了作家的不确定性，因此穷尽作家与作品的关系是不可能的。作家不能作为批评的终极。

也有人认为，文学作品是读者个人借助作品而感知的世界。批评的任务在于唤醒，并描述读者在作家所提供的文学符号中产生的个人经验的联想，是读者的自我阐发和自我表现，读者是批评的终极。这个结论也同样存在着问题，读者是由不同的读者群构成的，而读者群又是由各个读者个人构成的，对于同一部作品，不同的读者会激起不同的经验联想，会得出不同的理解。批评家也是读者之一，当文学作品以一相具千形的时候，批评家却只能以一形解一相，他怎么可能穷尽作品与读者的关系呢？从这个意义上说，读者也不是批评的终极。

作家不能成为批评的终极，这就是说，批评家只能接近作家，但无法穷尽作家。所以，批评家对作家的指导无根本性的意义可言。作家对批评家都是以个人面对世界，作家依据个人的经验来从事创作时，另一种个人经验对他来说只有参照的意义，并无指导的意义。事实上，也没有什么作家是接受了批评家的指导而从事写作的。俄国伟大的革命民主主义者的文学批评在俄国文学史上自有其不朽的地位，但就作家而言，又有哪一位古典作家是靠他们指点而成长起来的呢？是果戈理？是屠格涅夫？还是陀思妥耶夫斯基？换句话说，如果这种指导意义实现了，也不过是作家从一种个人的经验局限落到了另一种个人的经验局限而已，批评家的智力没有必须比作家高出一头的理由。同样的原因，也证明了文学批评不具备指导读者的根本性意义，因为批评家只能对他所代表的读者群表示近似的看法，无法超越时间与空间的限制而囊括一切读者。

◆ 作家不能成为批评的终极，这就是说，批评家只能接近作家，但无法穷尽作家。所以，批评家对作家的指导无根本性的意义可言。

批评的盲目自大的对立面是批评的自轻自贱，即把批评仅仅看作是创作的寄生物。这两种态度在根本上是一致的，都是力求在“作家—作品—读者”的三联环节中寻求文学批评的位置，把批评依附到

◆ 批评的盲目自大的对立面是批评的自轻自贱，即把批评仅仅看作是创作的寄生物。

① 海涅：《北海集》，张玉书译，见张玉书选编《海涅文集·游记卷》，人民文学出版社2002年版，第90页。

文学创作的完成过程中去：要么依附到创作中去，要么依附到鉴赏中去。这也许是文学批评还处于不自觉时期的一种缺乏自信的表现吧！

批评的位置不应该依附于文学创作的完成公式中的任何一环，它是一个独立的体系。研究对象的不确定性与无限认识的可能性把它变成了一种类似西西弗斯式的工作，目的变成了过程。当批评家放弃了徒劳的目的，他的工作本身却放射出庄严而丰富的光彩。批评家不必忙于指导作家如何创作，但他以自己的美学力量与表现形式，同样影响着人们的精神世界，繁荣着文学的本身事业。文学事业不是单由创作构成的，它起码包含着两个系统：文学创作与文学批评，仿佛是一条大路旁的两组树木。在文学创作一边，包括小说、诗歌、散文、戏剧……在文学批评一边，包括理论探索、作家研究、文学比较、艺术欣赏、史的批评……它们并立在同一文学世界中，各成体系，各有规律，并不是一方为另一方服务的关系。它们的关系是对应关系、并存关系，不是依附关系。批评的存在，作为一种创作的对应物，作为一种创作信息的反馈，对创作起着感应的功能。但从宗旨上说，它无求于创作。它只有在独立的自身体系中才能寻到自己的目标，确立起真正的自信。

◆ 批评的位置不应该依附于文学创作的完成公式中的任何一环，它是一个独立的体系。

初刊沈阳《当代作家评论》1985 年第 3 期

从批评的实践性看当代批评的发展趋向

每当有人要我谈谈自己的批评观时，我不能不感到惘然：记忆中零零碎碎能够连成一气的，大抵是自己写过的一些批评文章。也许所谓的“批评观”，只是一个批评家的一连串批评活动所构成的一种思想过程。首先是面对文学现象和文学作品的刺激产生了说话的欲望，然后就说出来了，并且还试图用一种理论的形式，希望别人赞同它。于是就有了批评。似乎很难有一个固定的“观”，因为作为一个批评家，他时时遭遇的文学现象与文学作品都不一样，说不准什么时候会冒出一个怪东西来，与他的固有美学趣味狠狠恶战一场。批评只能是一种实践，就像小说、诗歌、散文、戏剧一样，即便创作大家，一定要他谈什么小说观、诗歌观、散文观……总是蹩脚的。我觉得要说得上“观”的，文学界各路诸侯只能奉献出一种“观”，即文学观。其余的文学形式，都是流动的、无定的，不时以环境与情绪为转移，只是一种实践，而无所谓“观”。——有谁做批评，是先学好了“何为批评”，树立了一种“观”后，才去写文章的？

◆ 如果说，批评也有本质，那它只存在于实践中。批评是一种实践性很强的文学样式，虽然它的探索触角时时探向形而上领域，企图挤入哲学和思想领域去做新贵，但其最终使命，仍然是为文学实践服务的。

如果说，批评也有本质，那它只存在于实践中。批评是一种实践性很强的文学样式，虽然它的探索触角时时探向形而上领域，企图挤入哲学和思想领域去做新贵，但其最终使命，仍然是为文学实践服务的。哲学与思想的力量至多使它身上多披了一件斑斓的外衣。批评的探索总是一种现实的探索，它借助文学形象发议论，也就离不开文学创作这一伙伴。通常的文学批评有两类：一类是偏重对文学现象做宏观的研究，把一个时期的文学创作的成就得失从理论的高度加以综合把握，对文学观念本身进行探讨；另一类是偏重对文学作品做微观的分析，通过对作品的艺术含义的阐发，来沟通人们对世界的审美把握。这两类批评无不是以文学创作的存在为前提的。理论，如一位批评家所说，应该成为批评的强化剂。

随着批评的主体意识加强，人们越来越认识到，文学批评不应该紧紧跟随在文学创作的后面，完全依赖文学创作而存在。不管这种依赖性是以师爷的面目出现还是以食客帮闲的面目出现，总是令人憎厌的。但作为一对文学伙伴，文学批评与文学创作之间确实存在着一种亲密的对应关系，它们同步发展，共创文学的新局面。这种同步性时而表现为文学批评因受到创作实践的刺激而加快了自身建设的进程。文学创作不断以新的追求来冲破文学常规，不断融入新的审美感觉与审美趣味，来更新以往传统的、凝固的审美标准，这对文学批评无疑是一种强刺激。当批评家觉得自身固有经验不足以把握新出现的文学创作因素时，他只能抛弃原有的经验，重新去体验生活中产生的激情，努力使这种激情与创作合拍。从新时期文学的发展来看，伤痕文学、反思文学、意识流、现代主义、寻根文学……几乎每一次创作新洪峰的出现，总是伴随着一场对文学批评的严峻考验。而文学批评也正是在这每一次对新的课题的征服中，不断地丰富与完善自身。但时而这种同步性还表现为文学批评以超前的姿态对创作的前景做出某种预测。作为一种独立的审美把握，批评家完全有可能不依赖创作而独自面对生活，用理论的形态来归纳和表述自己的审美情感。批评也是一种创作，它对世界的审美理解有可能比同期创作更强烈、更丰富。当这种情况发生时，批评的超前性就突出了，这往往表现为批评家在对一些二三流的创作的批评中，阐发第一流的文学见解，或是对文学创作中刚刚萌芽的一些新因素，给予及时的提高和总结，推动、促使这种新因素的发展。由此可见，批评无论是前于创作还是后于创作，总不可能离开创作而独自发展，而总是或追赶，或推动文学创作，形成一种同步状。

◆ 文学批评作为一种文学实践，它既有独立存在的价值，又无法与文学创作绝对地分离开来。它是以批评创作为使命与手段，同时也受到批评对象的制约与影响。

因此，我把文学批评看作一种实践。就是基于这样的理解：文学批评作为一种文学实践，它既有独立存在的价值，又无法与文学创作绝对地分离开来。它是以批评创作为使命与手段，同时也受到批评对象的制约与影响。由于文学批评具有这样一种实践功能，注意它与文学创作的同步性就尤为重要。我们过去常常把批评看成一种凝固的审美标准，以万世不变的几种条例（无论这种条例的最终权威是追溯到亚里士多德、柏拉图，还是黑格尔、别林斯基……）来解说不断新涌现的文学创作，恰恰忽略了每一时代各种新的生活都会产生新的审美感情与审美方式，我以为这是当代批评亟须注意的。

首先，批评必须通过对文学现象、文学问题、文学作品的阐述才能够发挥自己的理论优势，所以，对于一个优秀的批评家来说，他身上作为思想家的素质只有通过他的文学实践体现出来才具有真正的生命力。换句话说，批评家无须越俎代庖，去做思想家或哲学家分内的工作。在过去一段时期内，当文学仅仅是作为某种思想的传声筒，起着图解思想观念的使命时，批评家实际上也同样承担一种思想的解说的使命。但近几年，随着各种社会科学学科相继恢复与发展，文学不再需要承担过多过重的社会职能。当它开始摆脱单纯的宣传使命与教育使命，开始给自身的美学价值以更多的关注时，与创作同步发展的文学批评的探索趋向似乎也开始朝文学本体回归：对社会问题的敏锐思考、政治激情的高涨、哲学思想的深刻与睿智以及种种属于文学世界以外的才华，曾经在文学批评领域称雄一时，现在终将会变得黯淡一些；而审美的，属于文学本体的艺术分析，会逐渐地引人注目。黄子平等批评家正在从事的文学语言研究，正是这种批评趋势的一个先声。当审美意识愈来愈成为作家自觉追求的时候，文学批评的超前性从思想意识向审美意识过渡，也将会成为一种必然。

◆ 对于一个优秀的批评家来说，他身上作为思想家的素质只有通过他的文学实践体现出来才具有真正的生命力。

通常来说，一部作品的思想内容或隐或显，文学批评是不难破译的。真正难的是把作家渗透在作品中的全部审美理想与审美情感，通过理论的形态表述出来。艺术，如澳大利亚艺术家德西迪思厄斯·奥班恩所说，与禅宗一样，需要一种“体验”。一个好的批评家，除了要把自己的思想锋芒磨亮以外，更需要把自己的审美感觉的刀锋也磨得锐利些。批评家应该具备深刻而敏锐的审美体验能力，对作品做一番强有力的穿透：它不在乎对作品做多少思想内容的阐发，而是透视出作者含含糊糊地隐藏在文字背后的审美感觉；它也不在乎对作品的具体技巧做精细的分析，而是从整体上烘托、再现文学作品所包含的美感氛围。它需要说明的是，这部作品美在哪里，这种美又是怎样构成的。

批评家的审美经验越丰富，他对作品所包含的美学内涵的体验就越深刻。如果这种审美体验能力涵盖了作品所包含的审美感觉，批评即成为一种创作性的批评，可能对作品做出最好的阐发。相反，就不可能对作品做出准确的、传神的审美把握，其批评，也只能是笨拙的、损坏性的。

◆ 批评家的审美经验越丰富，他对作品所包含的美学内涵的体验就越深刻。

这种审美角度的批评原则，构成了批评家与作家之间的较量，其战场就是作品。如果依过去的社会学角度的批评原则，批评家与作家可以是一对亲密的伙伴，他们为一个共同的社会目的——譬如，共同地反封建专制主义——而利用文学向读者宣传。批评家的理论与作家的创作起点是一致的，而且作家始终是批评家的最后批判者，万一批评家从作品中读出的思想与作家不合，也只能是以作家的意见为准。因为思想是不能随便强加的。然而审美角度的批评完全破坏了这种既亲密无间又使批评家不得不屈居第二位的伙伴关系：作家在作品中是凭借什么力量来征服读者的？批评家要回答的是这个问题。王安忆的《小鲍庄》叙述了一个极为平凡的故事，为什么读了使人总感到与类似题材的小说不一样？莫言在小说中传达出一系列奇特的感觉，魅力究竟何在？阿城小说初读起来感觉平平，形式也略显古板，但为什么会吸引那么多人，难道仅仅是老庄思想所致？作家把谜底深深地埋藏在语言文字的内部，他们以征服读者的实际结果去诱惑批评家。而批评家要破谜解难，正是要对征服进行反征服。批评家的威胁也明显地摆在那儿：美的魅力全靠新鲜感支撑着，一旦谜被点破，新鲜感失去以后，作品的魅力也随之丧失，于是他必须去重起炉灶，去寻找新的审美感觉。

我这里所指的作家的审美感觉，不是作家在创作构思中所体现的理性，也不纯然是作家的创作情感，它是作家对世界的一种审美把握，常常是通过作家的理性积淀与审美情感的长期凝聚、交合作用而后生成的一种艺术创造能力的升华。这种感觉，似乎能够决定一个作家在什么程度上体现出一个真正的艺术家的气质。然而这种感觉又是极其难以传达的，尤其是透过作家对语言文字的驾驭被显示出来时。因此，换一个角度看，批评家与作家之间的较量，只是一场空战。文学艺术的审美感觉，是无法像作品中所包含的思想内容那样，可以被人简单地分条理抽象出来，思想可以被表述，感觉却难以传达。虽然文学创作中出现了象征、隐喻、意象等手法，但作家在创作中要将内心的审美感觉准确无误地通过语言文字复制出来，仍然是极为困难的。一般说来，文学作品中能够传达的仅仅是作家审美感觉的近似形态，这就构成了文学中审美感觉交流的第一重障碍；而批评家的任务是将作品的美感通过理论形态再做一次复制，文学形象以其生动、鲜明、多意的内涵所唤起人们的审美感觉是极为微妙、丰富而难以言状的，批评家却要用清晰的、明确为表述特征的理论去加以表述，其遭遇绝不会比作家所进行的第一次复制好一些。这是文学审美感觉交流的第二重障碍。从作家的审美感觉—作品的文字形象—读者（批评家）被唤起的审美情感—批评家的理论表述，这里至少经过了两次复制。其结果，只能是批评家审美经验的自我表述，离作家的初衷已经相当远了。因此，正如批评家对作品的任何解释都只能是主观的解释一样，审美批评说到底也仍然是主体批评。具有深刻的审美体验能力的批评家，只能从艺术体验中激发自己独特的审美感受，而这种审美感受无须与作家创作时的审美感觉相吻合，也不可能相吻合。

◆　具有深刻的审美体验能力的批评家，只能从艺术体验中激发自己独特的审美感受，而这种审美感受无须与作家创作时的审美感觉相吻合，也不可能相吻合。

但是，也不排除这种可能性，即一个审美体验能力强的批评家，对作品所做的审美描绘，应该包含作家创作时的审美感觉。一个作家渗透在艺术形象之中的审美因素，通过批评家的描绘被清晰地呈现出来，它虽然不等于作家审美感觉的全部，但确实与某一部分吻合。这就需要批评家与作家之间的默契：一种相通的审美感觉。审美的批评与社会学的批评的不同之处是社会学的批评一般是在划一的标准下进行的，依据农业合作化政策文件，可以解说《创业史》《三里湾》《铁木前传》《金光大道》等一切描写合作化的小说，并可以做到大致无误的把握；而审美的批评绝非如此，它的使命不在于阐述作品的思想内容，而在于把握作品的美学特征。审美的批评把握得准确与否，关键在于批评家与作家在个人气质上、审美感觉上，甚至在性格脾气上是否投合、是否存在着某种默契。一个批评家不是什么作品都能把握其审美特征的，而对一部好的作品，内容文字都很清楚，可是当你说不出它的魅力究竟何在时最好还是免开尊口。从这个意义上说，批评应该分层次、分圈子，不是完全没有道理的。

于是，当批评的审美意识的自觉追求将成为当代文学批评的一种可能趋向，随之而来的是当代文学批评可能出现的另一种趋向，即审美的批评应该分出各种层次。这绝非对批评家的审美能力表示怀疑，而是随着文学批评实践的深化而产生的必然分化。真正优秀的批评家，应该用自己独特的审美观念去照亮作品、理解作品，并通过文学批评来铺展自己的美学。但是文学批评作为一种特殊的文学实践，它必须借助文学作品去达到这一目的，那就不可能不受到批评对象的制约。于是批评家只能进行选择，寻找能唤起自己审美感觉的作品来加以论述。而选择与寻找的潜在标准，正是看批评家与作家是否在同一层次上做美学追求。

◆ 圈子批评正是为了适应这样一种真正百花齐放、百家争鸣的文艺局面而产生的，可以说，它是文学繁荣、批评活跃的标志。

在这里，批评与创作的同步性又一次发挥了它的力量。新时期文学在近几年的发展中，一个明显的趋向就是审美意识的复杂化与多层次化。在刚刚粉碎“四人帮”之际，由于文艺界面临的共同任务是冲破极左路线对文艺的控制，恢复文学的现实战斗传统，所以在文学反映生活真实、反映社会意识方面，可能出现过比较统一的趋向。但从近几年的文学创作实践上看，随着创作中社会意识与审美意识在比重上的调整，流派、个性、风格的多样化逐渐取代了划一的文学观。我们显然无法用评论刘索拉小说的审美标准去把握阿城的小说，也无法在莫言与李存葆之间寻找统一的审美意识，这不是文学的歧途，而正是文学走向成熟的征兆。圈子批评正是为了适应这样一种真正百花齐放、百家争鸣的文艺局面而产生的，可以说，它是文学繁荣、批评活跃的标志。

回顾我国新文学的历史，20 世纪 20 年代是流派丛生、团体林立的文学繁荣时期，当时几乎每一个文学团体都有自己的批评家：沈雁冰、成仿吾、闻一多、周作人、瞿秋白。从某种意义上说，他们无不是圈子批评家。以成仿吾在 20 年代的批评为例：他对创造社成员的一些作品，如《沉沦》《残春》等小说在审美感觉上的阐发，见解异常精彩。可是一出这个范围，当他批评《呐喊》《命命鸟》等作品时，就丧失了敏锐的审美体验能力，显得笨拙而无力。作为文学研究会的首席批评家沈雁冰也是如此。这种多层次、多圈子的批评活动不但没有损害批评家的威望，反而恰恰确定了他们在现代文学批评史上的地位，形成了他们的批评流派。在三四十年代，有一些杰出的批评家正是以个人独特的审美感觉去影响造就一批作者，在文坛上形成一种文学流派，如胡风的文学批评造就了著名的“七月诗派”。但我们也可以想象得到，如果请胡风去批评他的文学圈子之外的作品，如对冯文炳的小说美学境界的阐发，他肯定会逊于朱光潜或李健吾。这并不奇怪。批评家不能包罗万象并非贫乏的表现，问题应该反过来看，这正说明这位批评家具有独到的、个性的审美体验能力。在国外也不乏这样的例子，雨果不理解司汤达的小说，托尔斯泰苛评莎士比亚的戏剧，可是有谁怀疑过雨果和托尔斯泰的审美能力呢？

◆ 批评家不能包罗万象并非贫乏的表现，问题应该反过来看，这正说明这位批评家具有独到的、个性的审美体验能力。

也许有人感到惶惑，那么，怎么去批评人类共同的精神财富呢？譬如鲁迅、莎士比亚，他们显然不能受到某种圈子的束缚。这是否是说，圈子批评家一旦形成，这些历史人物和文学名著的公认标准即会崩溃，成为一盘各说其是、随意评说的散沙？我想，如果真能出现这种局面，倒未必是坏事。事实上，圈子批评首先是指当代文学批评，即对与批评同步发展的创作而言的，并不是将历史上的名著也划什么圈子。其次，圈子是对批评家的审美经验的局限性的一种解释，并不是对批评家批评能力的怀疑。批评家完全可以从各自不同的审美体验能力出发，对历史上的大作家与大作品做出自己的解释。我们过去通常所认为的公认标准，往往是对一些历史人物及其作品的思想评价，我敢说很难有几个人是真正能够从审美感觉上去把握鲁迅或莎士比亚的。不管承认与否，圈子还是存在的：只能期待真正在审美感觉上与鲁迅、莎士比亚相通的批评家，对他们的作品给以审美的把握。

长期以来，我们的作家和批评家的审美感觉都处于睡眠状态，文艺事业仅仅被视作一部机械划一的宣传机器，作家的创作个性遭到了扼杀，而批评，则成为千篇一律的对时事政策的解说。这样的批评当然不需要分层次和分圈子，可这实际上恰恰是文学缺乏个性、缺乏审美意识的标志，又有什么值得怀念呢？我觉得面对文学创作审美意识的复杂现象，批评家没有必要为自己暂时处于捉襟见肘的处境而愤怒或沮丧。批评家是到了抛弃包办一切、指挥一切的时候了，他完全可以依据自己独特的审美趣味与审美观点，去选择与自己的审美追求处于同一层次的作品进行研究，也就是寻到自己所适应的“圈子”。这样，说真的，也是批评家真正自由之日，因为他无须再累累地装扮出一副什么都懂的样子，可以轻轻松松、随随便便，按照自己的兴趣，去研究，去作文，去发议论。这种文学批评的发展趋向，说到底，也正是由它的实践性决定的。

◆ 批评审美意识的自觉追求、多层次的审美批评的形成，归根到底都需要得到现实生活的认可，只有当它们的出现成为当代社会生活对批评家提出的一种必然性的要求时，预测才可能真正成为现实。

当然，批评的实践性，不仅仅表现为批评与文学创作的同步性，还表现为它与当代社会生活的同步性。虽然如上所说，文学创作的发展在某种程度上制约、影响了批评的发展趋向，但这种影响还不足以成为批评发展趋向推测的唯一依据：文学批评也是一种面对生活的说话，因此更重要的是，当代社会生活的激情究竟把批评家导向哪里？批评审美意识的自觉追求、多层次的审美批评的形成，归根到底都需要得到现实生活的认可，只有当它们的出现成为当代社会生活对批评家提出的一种必然性的要求时，预测才可能真正成为现实。

当我提出批评的审美意识的自觉追求时，绝非说，批评的社会意识将会消失，这是绝不可能的。文学批评对文学创作的总体把握，不可能只关注其审美价值而无视它在其他方面的价值。当代社会生活对文学的要求是多方面的，除了有一部分以纯美为目的的作家以外，在当代中国，绝大多数的作家都离不开从五四开始形成的，关注社会进步、关注现实改革的传统。他们的作品中，体现这种热忱的途径也是多方面的，可以直接对社会上种种阴暗面给予揭露与批判，可以表达对理想、对光明的坚忍追求，也可以是对某种哲理、人生态度的探索。创作方法上呈现出多样化趋向，批评上也必然会出现多侧面、多层次的趋向。但是对于“文学是一种对世界的审美把握”的认识会逐渐取代文学是“政治斗争的工具”“政策文件的解读”与“现实生活的说明书”等陈旧的文学观念，是可能为当代生活所逐步证明的。文学可以描绘政治、社会、军事、改革、爱情甚至武侠精神，但作家越来越注意到要从对世界的审美把握中来描绘这一切，而读者也正是在审美把握上沟通与作家的感情交流，来认可作品的价值。因此，我所说的批评的审美意识，不仅要批评家只关心文学作品的审美价值，还要关心文学作品如何体现与展示这种审美价值。

虽然在当代批评的发展趋向中，批评的审美意识与社会意识的比重很可能会发生调整，但审美意识与社会意识并非批评中两种互为对立的意识，两者之间还有另一种插于其间的意识，即个人意识。越来越困扰着当代人的可能是来自人自身内部的种种疑问。人们在一场噩梦般的大难以后，对于现实生活中的苦难与逆境，多少都学会了一点容忍与宽和，而物质文明的发展已经成为国家进步的一种见证，也越来越使人们相信，对物质生活的追求不再是一种西西弗斯式的神话。但是，物质生活的好转并不由此而消除人自身的各种困境。人的欲望与道德束缚，人自身能量的释放与各种来自外界的障碍，人在行为中的追求自由与遗传上所带来的某种命定因素，人的理想境界的破灭与再造，人对生命之谜的种种困扰、骚乱以及日益增长的探索兴趣，都将会越来越无情地揳入人们的日常生活，成为萦绕在人们心头的似梦非梦、似真非真的精神压力。人作为一种社会动物，社会意识通过人对自身的认识而曲折地反映出来，只会变得更复杂、更深刻，因为它是与人的自我因素联系在一起的。而人对自身认识上的永不满足的精神追求，也许会成为未来文学表现中的一个重要主题，成为未来批评所关注的一个重要目标。

社会意识、个人意识、审美意识，在当代批评学中各自都拥有生活的依据，共同成为不可忽视的批评内容。这种现实生活中的依据也从另一侧面证明，当代生活对文学的发展趋向会做出某种规定性。文学离不开当代生活的制约，文学批评的实践也终究是一种当代生活的实践。一个优秀的批评家应该重视他与当代生活的同步性，无论他面对的是怎样一部作品，他都能够超越批评对象，呈现出强烈的当代意识。

◆ 文学离不开当代生活的制约，文学批评的实践也终究是一种当代生活的实践。

批评的实践性要求批评始终倾听当代生活的脚步声，并从中汲取批评的激情，使其与文学创作同步发展、共同探索，共创当代文学的新局面。这是我之所以从事批评的一种主观动机，也可算作是我的批评观吧。

初刊太原《批评家》1987 年第 1 期

批评与创作的同构关系

——兼谈新世纪文学的危机与挑战[①]

同学们好。长期以来，《当代作家评论》一直在全国高校组织文学讲座，很有影响。比如林建法先生曾经与苏州大学联合举办“小说家论坛”，请来一流的当代小说家，他们谈的是小说；后来他与南京大学联合举办诗人的系列讲座，请的都是当代有名的诗人，讲的都是诗歌；现在林建法先生与杭州师范大学联合举办“批评家讲坛”，按理说就应该谈谈批评。批评家谈批评是有一点困难的，小说家可以只谈自己的小说，诗人可以只谈自己的诗，可批评家如果也只谈自己如何批评别人，就没有意思了。但是，因为涉及这样一个规定性，我想我还是努力地把这个话题拉回来，拉到批评自身。我想先从自己的批评经验出发，谈谈文学批评与文学创作的同构关系，再讨论批评如何推动新世纪的文学创作。

“新世纪文学”这个题目，从 2005 年开始已经在一些刊物上出现，到现在已经有五六年时间了。去年，也就是 2010 年的时候，因为是“新世纪文学”十周年，学术界对“新世纪文学”的研究和评说就多了起来。在这个热闹过程中，大家主要关注的是文学，不是文学批评。今天我想反过来，从“新世纪文学”发展的今天，回过来看我们批评本身存在什么问题，即在这个“新世纪文学”十年当中，我们批评家有没有积极地参与？我们的问题在哪里？我想这样一个题目可能与在座各位都是有关系的，因为你们都是现当代文学专业的研究生，都要从事当代文学的研究与批评。

① 本文是笔者应林建法先生邀请在《当代作家评论》杂志社和杭州师范大学人文学院联合举办的“批评家讲坛”的讲演稿。时间是 2011 年 3 月 10 日，地点在杭州柳莺宾馆。主持人王侃。演讲稿根据录音整理。

一、文学批评与文学创作的同构关系

“文学批评”专业在文学领域究竟占什么位置？对这样一个问题，每人有不同的理解。高校中文系研究现当代文学的都是学者，我们往往把文学研究、文学批评看得比较重要。但在社会上，在文学界或者说在文学创作领域，批评是一个尴尬的位置。做当代文学批评的人可能都会有这种感觉。我在 2003 年去上海作家协会主编《上海文学》杂志就有很多人感到不习惯，总觉得我是高校的，他们是作协的，好像我从高校去作协编杂志，就占了另外一个本来不属于我的地盘。文学批评在文学界的位置到底怎么去确定？好像我们都会觉得批评是第二义的，对不对？创作是第一义的，很多作家都会骄傲地说：“我从来不看批评，我从来不看别人对我的评价，我照样可以写出好作品。”这都是在公开场合的议论。那么，批评到底是不是依附于创作的派生物？是因为有了创作才有批评的存在？这是我们每一个同学——如果我们从事现当代文学研究的话，都会遇到的问题。

但是从另一方面看，我们国家有一段历史，大概是从 1949 年以后，批评被抬到一个非常高的地位。那个时候的文学批评有至高无上的权威性。从 1949 年以后到 20 世纪 80 年代，我们文坛上的批评家主要也是文艺界的领导人物，像周扬、冯雪峰、茅盾等人，一直到李希凡等等。

◆ 从 1949 年以后到 20 世纪 80 年代，我们文坛上的批评家主要也是文艺界的领导人物，像周扬、冯雪峰、茅盾等人，一直到李希凡等等。

今天就不一样了。现在的文学批评家，大多不是官员。20 世纪 90 年代以后，批评形式变了。现在的主要批评家都活跃在高校里，都是当老师的。我们通常喜欢说“学院派”，其实真正的“学院派”在中国是没有的。“学院派”一般不会在报纸杂志上写文学批评，但我们现在是由学院里的教师来履行文学批评的职责。这样一个学术队伍基本构成的转移，使批评家失去了在文艺界负有指导地位的理由。就是说，你是一个教授，你只能管管自己的博士生，你无法指导作家，谁来理你啊？没人理你。所以现在文学批评已经没有以前的那样至高无上的权威地位。我们心里可能还是会有这样一种想法，比如说，批评家——现在就是当代文学专业的博士、硕士生——会觉得自己比作

◆ 20 世纪 90 年代以后，批评形式就变了。现在的主要批评家都活跃在高校里，都是当老师的。我们通常喜欢说“学院派”，其实真正的“学院派”在中国是没有的。

家高一等啊，我就是为指导作家或者纠正作家而从事批评的啊，批评就是要发出恶声啊。但是多半作家是不认这个账的，多半作家不会认为批评家有资格指导他。作家从生活出发来写作，为什么一定要由另外一种教书职业的人根据一些理论教条来指导怎么写才是好作品呢？没这个道理啊。

关于这个问题，我想谈谈我自己的一些想法。当然从我的经验出发，不一定适用于大家。我自己从事文学批评三十多年了，其实还不止，在 20 世纪 70 年代中期，我加入一个区图书馆的书评小组，那时每个图书馆都有工人书评小组，就是组织一批工人或者学生，来讨论文学作品和写书评，也就是最基层的文学评论小组。我当时不是工人，只是一个街道图书馆的工作人员，去参与区图书馆的书评工作。那个书评队伍当时很有名，很多成员后来都成为有名的媒体人，如编辑、记者等等，但后来真正当评论家的很少。这样一个经历对我来说有很深的影响。我们接受的文学批评观，就是要更好地领会、执行党的政策、方针，然后来指导和批评文学创作，用我们对马克思主义文艺理论的理解来衡量文学创作。如果认为一个作品写得不符合当时的主流意识形态的要求，就要批评。可是我们谁也没有问过这样一个问题：你凭什么就比作家高一等？作家也是同时代的人，他同样可以通过学习马克思主义、用政策方针和意识形态来指导写作，为什么还需要另外一拨人来批评监督创作呢？这个道理很难让人想明白，但如果把文学批评理解为当时的一种指导，它的意义价值本身就是体现在对文学创作的指导和管理之中，那就迎刃而解了。

当我们回顾这段历史的时候，就要问，今天的文学批评的位置在哪里？可能我们每个同学都会有这样的问题。文学批评与文学创作究竟是怎样一种关系？我在 1985 年就在思考这个问题，那时我刚三十岁出头一点，还没有什么经验。当时，《当代作家评论》刚刚创刊，当时主编是陈言先生，有一位编辑顾卓宇先生来约稿，组织我们写文章，题目是“我与批评”，谈谈自己的批评观是什么。我很坦然地说了一个想法，到现在我还坚持这个想法，那就是：批评与创作就像一条道路两边的树，这条路是大家共同拥有的、被两边的树覆盖的，但创作是一个系列，批评是一个系列，它们是这条路两旁的树。意思就是说：创作管创作，创作在一边，它自己会发展，与批评是没关系的；不会因为有了批评这棵树就长起来了，没有批评这棵树就不长了，树本来就会长大的，需要它自身的生长环境。那么批评呢？它也是独立的。批评也不依赖文学创作，没有创作，它会用其他方式来展开批评的，对不对？批评家和作家都是面对当下的实际生存环境，都是当代社会生活的参与者。但在这个参与过程中，作家有一种形象思维的能力，他是通过艺术形象和叙事形态，完成他对这种生活环境的思考和表达，并且用形象来解释社会生活。而批评呢，作为一个批评家，他依靠的不是形象思维，他不是用形象作为思维形态的，但他也不完全是理论形态的思维，而是介于形象与理论之间，又不能完全脱离艺术形象（或者说审美活动）。批评是一种理论思维，理论思维如果离开了文学形象也是可以进行的，可以造就一个理论家，造就一个思想家，但不是文学批评。文学批评家的思维形态似乎介于形象与理论之间，我们作为一个文学批评工作者，是借助文学艺术的形象来解释生活。一个批评家批评某个作品，当然不是把作家已经写出来的东西重述一遍，而是借助作家创造的文学形象，来表达批评家自己对生活的看法。批评就是阐述生活本身。批评一个作品"好"在哪里，"不好"在哪里，"深刻"还是"不深刻"，参照的依据仍然是生活本身。我们过去常常说，作家创作离不开社会生活。作家首先要在生活当中发现一些故事，他才会借助故事进行文学创作，这是一个从形象（生活）到形象（艺术）的过程。而文学批评是借助已被创作出来的形象，批评家在这个形象的内涵中看到了很多生活元素。也许是作家还没有全部意识到的，批评家不是直接对生活进行批评，而是拿创作形象来说事，他要判断和阐释，这个形象符合不符合他——批评家心目中的生活。批评家归根结底要表达什么？不是作品写得好不好，而是他对生活的全部理解。如果我们作为一个批评家，不参与到当下生活的激流中去，对当下复杂的生活现象没有大是大非的观念，没有大爱大憎的

◆ 批评与创作就像一条道路两边的树，这条路是大家共同拥有的、被两边的树覆盖的，但创作是一个系列，批评是一个系列，它们是这条路两旁的树。

感情，那这个批评家也做不好。如果批评家对生活采取冷漠的态度，根本就不了解这个生活的话，不管从哪国搬来多少理论、多少知识，都是没有用的。

我说这个话是什么意思呢？就是在文学与生活的关系中，作为一个批评家，他不是“第二义”的。批评家与作家一样，是站在生活的最前沿。我们首先关心的是当下的生活，即我们的生存环境。我们是要对当下的生活环境发表意见。当然发表意见有各种各样的形态，那么，批评家，他有他的专业，有他的范围，有他的岗位，他的专业就是借助文学创作来表达他对当下生活的关心。批评家对当下生活的关心，包括他对作家、文学、创作、审美等一系列的关心和理解，这些方面都结合在批评里面，形成他的批评文字。我有时候读文学批评，就有一种感觉，批评当然有好的批评，有不好的批评。好的批评和不好的批评，差别当然有很多种，但我觉得最根本的差别在于，批评家对他所面对的生活本身有没有深切的感受。我认为这是一个区分好的批评家和不好的批评家的根本区别。一个批评家，包括我们在座的同学，有的将来也会成为一个文学研究者，谈论一个作品的时候，对生活一点感情也没有，非常冷漠地、就事论事地谈论作家创作的故事，我觉得这样来进行批评的话，这个批评是没法写的。我这样说可能狭隘了一些，其实我所要表述的“当下生活”，并非纯粹客观的社会生活。一个艺术家观照下的生活，本身就是含有强烈主体性的。我说的生活本身，同时还包含主体的自我、理念、思想感情、身体的反应等等，这样对生活的理解可能会广一些。

◆　好的批评和不好的批评，差别当然有很多种，但我觉得最根本的差别在于，批评家对他所面对的生活本身有没有深切的感受。

刚才我说，文学批评与文学创作仿佛是一条道路两边的树，树与树之间有关系吗？有关系的。这个关系在哪里？就好像我们看到两棵树，树与树的枝叶会碰起来，互相会影响，道路两边的树会有一种相互感应的关系。特别是作为一个作家来说，他一定会关心批评的，他一定会关心批评里有什么看法，批评如何解释他描写的生活和表达的内容，这种对生活的解说对他来说是否有价值，他就会把其中新鲜的看法吸收到他的创作里去。反过来，创作对批评也是这样，影响就更大，就是说，当我要借助文学批评来讨论问题的时候，我一定是喜欢某些作家的创作。作家的创作实践可能就是我的批评的资源。我自己就有这样的体会。最近我编了一本自己的三十年批评文集，从 20 世纪 80 年代到现在，我有了一个机会把以前写的批评文章都看一遍，我就发现一个自己以前没有注意到的现象：我现在喜欢的一些当代作家的作品，其实在三十年前就不知不觉地开始喜欢了。我在 80 年代非常随意地选择作品进行批评，一直到现在我还在关注这些作家，比如王安忆、张炜、阎连科、张承志、莫言、赵本夫、余华等，后来还有贾平凹、严歌苓、林白等，我在 80 年代或者 90 年代初就开始关注他们的作品，最早讨论他们可能是在 80 年代后期。1985 年前后，我在复旦大学开设“当代文学作品讨论”课，集中讨论的作家有王安忆、张承志、阿城、莫言等，当时他们都是刚刚发表作品的青年作家。三十年来，我讨论的这些作家与我同步在慢慢发展，就像道路两旁的树，你看着我，我看着你，慢慢地成长。我们共同面对着一个时代，几乎像朋友一样，一起相处了二三十年。他们出版的所有书，我基本上都会阅读。有些作家与我见面机会很少，也没有委托我让我读他的每一本书，我也可以喜欢或者不喜欢具体哪一部作品，我与作家们并没有结成圈子。如果不喜欢作品，也可以写点批评的意见；如果喜欢，就谈谈自己的感想。冥冥之中好像有这么一种关系，若即若离的缘分。比如赵本夫，他最早发表小说的时候我还在读大学，喜欢他的小说，就写了他的评论，在《文汇报》上发表。后来北京的一家报纸刊登一篇文章批评我，说赵本夫的小说是丑化了农民，不应该美化。文章是批评我的，但我没有受到任何影响，却苦了赵本夫。当时他在徐州的一家文化馆工作，他们领导发现北京报刊有人批评赵本夫，就不得了，开始批判赵本夫了。但后来赵本夫的《卖驴》得了全国优秀短篇小说奖，那件事就混过去了。赵本夫我是很晚才认识的，但他出版的小说我都会看；没人送给我，赵本夫也不送给我，但我自己很喜欢。我写赵本夫的一些评论，差不多都在 20 世纪 80 年代末 90 年代初。我在 90 年代阐述“民间文化形态”理论，讨论作家的民间立场和民间审美，后来才发现，我最早关于“民间”理论的雏形，就是在评论赵本夫的文章里。我在赵本夫的创作中发现一种新的元素，当时还不叫“民间”，叫“准文化”什么的，反正我就用了各种词来形容赵本夫的创作，后来才形成了比较成熟的观念，就是我在90年代提出的关于“民间”的思想。我觉得我与赵本夫就是一种缘分，就好像人生中有这么一种缘分。这样的例子有很多，还有叶兆言，那个时候他的小说我也差不多每一部都看，会做些分析。对我来说，作家与批评家之间就是有一种缘分，时间一长，二三十年就过去了，回过头来看就有意思了：张炜，我从他最早的《古船》开始写评论，后来又写《九月寓言》《家族》《刺猬歌》等的评论，这一路上我都会关注这个远在山东的作家；莫言，我最早是写他的《透明的红萝卜》的评论、《红高粱》的评论，从那时候开始写起，现在我还在关注莫言；王安忆，她最早写《69届初中生》的时候我就开始跟着她写评论。很多作家与批评家很有缘分的，我问自己这是为什么？这中间没有人与我事先约定，没有人要我必须去关注某种东西，也没有人提出与我交朋友，要我以后专门承包他的小说评论，没有人这么说。但是为什么会这样？这是因为有相近的审美兴趣，或者说是趣味相投。就是说，这一类作家，能够符合我的审美理想，我从阅读他们的作品当中，会产生出很多思想来。这就好比一棵树，根是我的根，但是会慢慢生很多树枝，树枝上会慢慢生出一个个果子。这个果子来自阅读王安忆的作品，那个果子是来自阅读韩少功的作品，另外一个果子是来自阅读张炜的作品，这样慢慢长出来，最后就变成一棵大树。

我是一个职业的文学批评工作者，与一般读者不一样。像我这样几十年从事文学批评的人，我感觉这就是一种宿命。我会把我一生的精力固定在几个作家身上，我会很认真地去跟踪，可能十年、二十年、三十年。在座的各位可能多是二十多岁的年轻人，也许你们到五十岁还在做文学批评，那时你们就会知道你们与哪些作家有缘分，缘分是哪里来的。我不会喜欢所有的作家，这是可以肯定的。有很多很优秀的作家，我就不举例了，我很想分析他们的作品，但我就是写不出来。我读了他们的小说以后还是把握不住什么感受，或者说他们的经验与我的经验逐渐没有共鸣，那我只好不写；或者写了一两篇也很失败，我只好罢手了。

◆ 中国五四新文学实际上是一个先锋运动，它不是在所谓常态中发展起来的文学。

那么，这样一个缘分是从哪里来的？我带着这个问题去看文学史，我觉得批评家与作家之间的同构关系，是由五四新文学传统形成的。古代文学不存在这个问题，我理解这是由现代文学的特殊性造成的。中国五四新文学实际上是一个先锋运动，它不是在所谓常态中发展起来的文学。什么叫“常态”？常态发展的文学形态就是说，文学随着生活的发展，自然而然会发展起来。生活变了，文学也发生了变化，意识形态也在变化，这样一个慢慢变化的过程，是一种常态。但现代文学不是这样产生的，我把它归为先锋文学。什么叫“先锋”？它是指发生在生活发展的前面。因为当中国认识世界的时候，中国比西方列强诸国落后一大截，人家比我们强大得多，先进得多。中国的现代化在某种意义上是一种人为的激进行为，一批批青年人，怀着向西方寻求救国真理的心情，出国去了，考察去了，然后把西方的那一套现代化经验拿来进行推广普及。这样一个运动，我们称它为启蒙运动，新文学就具有了启蒙的功能。启蒙运动的文学很显然是一种观念先行的产物。这个文学运动自然而然是与先进的政治运动、先进的思想观念紧紧地联系在一起。尤其是五四时期，当新文学运动产生的时候，它本身有了一个启蒙的、新潮的、前沿的立场观念，作家自觉或者不自觉地都用先进（新）的观念来指导文学创作。这个先进观念是从西方来的，在这种情况下，文学理论、文学批评就变得特别重要。批评与创作的同构共生现象就是从那个传统开始的。

◆ 尤其是五四时期，当新文学运动产生的时候，它本身有了一个启蒙的、新潮的、前沿的立场观念，作家自觉或者不自觉地都用先进（新）的观念来指导文学创作。这个先进观念是从西方来的，在这种情况下，文学理论、文学批评就变得特别重要。批评与创作的同构共生现象就是从那个传统开始的。

在五四新文学运动初期，最重要的两篇文章，一是鲁迅的《狂人日记》，二是鲁迅的弟弟周作人的《人的文学》。前者是白话小说，后者是新文学批评。我觉得那时的创作与批评是平衡的。周作人提出“人的文学”，是从西方文艺复兴以来的人道主义精神传统中拿过来的，提倡的就是后来钱谷融先生说的“文学是人学”，强调文学是表现人和人性的。其实鲁迅看问题要比周作人深刻得多。周作人所鼓吹的，就是社会上流行的人道主义、个性主义等等。周作人把这个思想拿过来，用到文艺理论中去，就写了一篇《人的文学》。这篇文章的主要观点，就是认为人性是美好的，一切有利于人性的文学都要提倡；一切不利于人性的都是“非人的文学”，要反对，因为只有人才是至高无上的。可鲁迅是怎样对待这个人性问题的呢？鲁迅写《狂人日记》的时候，已经提出了一个比周作人尖锐得多的思想，就是说人是有问题的：人不是像你们说的那么美好，人是要吃人的；而且不是某个人吃人，而是所有的人都要吃人，连狂人自己曾经也在无意中吃过人。鲁迅思考问题要比周作人深刻得多。

我举这个例子，就是想说，文学批评与文学创作是同时在社会上发生作用的，而文学批评的观念，会直接影响社会上对文学创作的一般理解，同时也是对社会生活的理解。如果文学创作的思想高于文学批评，这些高出来的思想很可能会被遮蔽掉；但反过来，如果文学批评非常高明、非常深刻，它也是可以提升文学创作的，文学创作的内涵就会变得丰富。著名的例子是俄罗斯的革命民主主义批评家“别、车、杜”对俄罗斯文坛的影响。像杜勃罗留波夫，26 岁就患肺病死了，他写的批评文章洋洋洒洒，作家写一本小说十几万字，他的批评差不多也是几万字。他分析作家的创作，分析出来的意义远远比作家自身的认识深刻，把作家吓住了。屠格涅夫当时写了一部小说叫《前夜》，写一个保加利亚革命者与一个俄罗斯贵族女子的恋爱故事。可是杜勃罗留波夫写了篇质问的文章《真正的白天什么时候到来》，认为屠格涅夫把一个恋爱故事阐述成了俄罗斯革命的前奏。这篇文章非常有名，但屠格涅夫不承认自己有这些思想，不仅为此与杜勃罗留波夫断绝了关系，而且与发表杜勃罗留波夫那篇文章的杂志社也断绝了关系。可这些思想还是通过杜勃罗留波夫的声音传出去了，这个意义就被传出去了。由此就可以看到，当文学批评有很高的境界时，它可以提升和丰富文学创作，而且可以使文学创作成为一个时代的里程碑似的标志。

◆ 文学批评与文学创作是同时在社会上发生作用的，而文学批评的观念，会直接影响社会上对文学创作的一般理解，同时也是对社会生活的理解。

杜勃罗留波夫也好，别林斯基、车尔尼雪夫斯基也好，他们都是站在时代生活最前沿的人。批评家不仅仅研究文学，更研究当下社会生活，是对生活提出自己的思想，文学是他拿来论述的一个工具、一个中介。那么，这样的批评是不是都对？也未必。批评家的有些批评很可能确实不是作家所要表达的，我们现在叫过度阐述。但还是可以看到批评与创作之间有着非常精彩的同构关系。回到五四新文学运动，五四新文学运动中创作与批评一直是并驾齐驱发展的。新文学初期所有的文学社团都有一个承担批评的角色，如《新青年》阵营里的周作人、文学研究会的沈雁冰、创造社的成仿吾、新月派里的梁实秋等等。批评家的作用是什么呢？就是把自己这个群体所追求的文学创作的理想、美学观念或者文学理念，用理论的话语说出来，把自己的团体与其他团体区别开来。所以，一代作家就有一代批评家，一个层面、一个流派的作家，都会有属于自己的批评家。20 世纪 30 年代，左翼文艺运动兴起，同时也出现了所谓“京派”“海派”文学，于是就出现了新的批评家。左翼文学批评就出现瞿秋白、冯雪峰和胡风，“海派”“第三种人”就出现了胡秋源、林语堂、苏汶，“京派”就出现了朱光潜、李长之、李健吾等等。抗战以后，又出来一波，比如，在延安的批评家就是周扬、陈荒煤等等，他们根据毛泽东的文艺思想推举出赵树理；而在国统区，胡风是理论家，他的理论影响了一批作家，形成了“七月派”；在西南联大为中心的现代诗人群体中，就出现了唐湜。一个独特的文艺群体就有独特的批评声音，这就影响了一代文风。繁荣的创作与繁荣的批评是多元共生的。每一个文学社团都会有自己的批评家，这样一个现象我们过去很少去关注。我们的文学史多半只讲作家和诗人，不大讲批评家，但如果从文学社团的角度来看，每个社团会很自觉地搭配起来，既有创作，又有批评，有小说，有诗歌，而且搭配得很好。没有人有意去分配，也不是按指标来划分，它是自然而然形成的。

二、批评如何推动新世纪文学创作

我前面对文学批评与文学创作的同构关系做了简单的回顾，目的是想讨论我们当下的文学批评。“新世纪文学”是从20世纪90年代文学自然发展而来，没有什么风云突变的实践，也没有出现有影响的文学运动。我把这种文化形态称为“无名”，它就是常态的文学发展。这种形态有它的好处，稳定、自然、轻松、多元，如流行文学、网络文学，甚至手机文学、微博文学等等。我们也不能简单地说，这样的文学状态就失去了战斗性和批判性，真正的人文精神的体现，仍然可以在多元文化格局中找到。我们的主流文学作者，也就是从20世纪80年代开始写作的一批知青作家群体，经过30年的文学实践和知识分子立场的坚守，在新世纪几乎是文学领域的中流砥柱。在贾平凹、王安忆、韩少功、莫言、阎连科、余华、张炜等人的小说中，都能看到他们这批作家坚持了20世纪80年代以来的批判精神，而且他们深刻了解当下中国，他们的批判越来越具有文学性。他们几乎都是从20世纪80年代的寻根文学起步，经过了20世纪90年代的民间文化形态的洗礼，新世纪以后形成了成熟的个人风格。整整三十年过去了。如果说，20世纪80年代他们还处在不成熟的状况，那么今天他们通过艺术形象批判社会现实，达到了很高的思想艺术水平。就像贾平凹，他比较低调，他的长处是对商州地区的人情风土有非常深厚的感情，写商州风情的文字非常美。20世纪90年代他的文风明显转变了。他感到没有出路，于是出现了《废都》。本来贾平凹是个“歌德派”，现在他开始诅咒了，开始要表达自己那种失望、绝望的经历了。这个转变在贾平凹的创作中起到了重要作用。然后到今天，新世纪十年，贾平凹的创作似乎进入了爆发期，小说一部接一部地出版：《秦腔》《高兴》，最近的《古炉》，等等。一部比一部有力，一部比一部深刻。他写的就是一些村姑、村妇、老人、闲汉什么的，好像就是日常生活，你读上去平平淡淡、结结巴巴，可是在这些日常生活当中你能非常清楚地看到中国农村的现实。《秦腔》里有一个细节，我印象非常深刻。小说开始写镇上都是劳动力，夏天智老头坐在一张大椅子上，两个晚辈抬着他，八面威风啊；可是等他死的时候抬棺材的年轻人都没有了，几个中年人抬不动，半道上要爬坡，大家抬不上去了。

这个细节我们可以从各种角度来理解，这个“棺材”是什么？是什么人去抬都抬不上去了？简单说就是农村里没有青壮年劳动力了，农民都进城了，农村荒芜了。这种批判完全是艺术的批判，是一个艺术家的批判。再看莫言，再看王安忆，再看林白，都在慢慢地变化。从我自己的阅读经验来说，新世纪的文学创作是相当成熟、相当辉煌的。

◆ 那么今天的文学有没有存在着危机呢？当然是有危机的。问题在哪里？就是我说过的“中年危机”。

但是，这里就出现了另外一个问题：那么今天的文学有没有存在着危机呢？当然是有危机的。问题在哪里？就是我说过的“中年危机”。我在 2009 年以后一直在研究当代，也就是这十年的文学。我在关注的过程中一直在思考：这十年里我们的文学到底出了什么问题？我提出了一个“中年危机”的看法。这个问题其实是摆明的，由于我们这一代作家的风格太成熟了，他们的风格就慢慢地成为主流文学的话语，影响和引导文学风气的趣味和走向。很多年轻人跟着他们走，但永远也不可能超过他们，因为他们太成熟了。但如果你想跳出这个影响的覆盖，想作为他们的对立面展示一种新的风格追求，我们批评的视野就会出现局限。这个问题其实在 20 世纪 90 年代就已经出现，举一个例子：20 世纪 90 年代初，以南京为中心出现了韩东、朱文等新生代作家，还有鲁羊、毕飞宇、吴晨骏等等。这批作家当时急于表达自己，他们确实很优秀。当时朱文的小说引起了很多争论，《我爱美元》《尖锐之秋》《食指》等等这些小说真是不错，我当时读了都很震撼。他用了另外一种方法表达对社会的批判，又是与知青一代作家完全不一样的表达方式，展示了他们独特的美学趣味。这个趣味你可以接受，也可以不接受，但是，确实显示了他们的才华和发展前景。只要有才华就应该让他们自由发展嘛，可是新生代作家在当时就受到很多批评，都是当时知识分子主流的话语，批评他们太“个人化”，意思就是说这些作家太个人化、太私人化，都是“私人写作”，甚至是“私小说”。这个批评后来慢慢就变成主流话语，男作家受到批评最多的是朱文，女作家受到批评最多的是林白，他们都成了“私人写作”的代表。所谓“私人写作”“私小说”慢慢就变成反面词了，变成了一个意义暧昧的词。这样一步步下去，韩东、朱文他们这个团体被逼得偏激了，走了偏锋，他们就提出了所谓的“断裂”宣言。我觉得“断裂”是迟早要提出来的，但他们太过急地提出来了。他们的说法很尖锐，结果遭到了整个文坛的一片讨伐声。但是应该看到，这批年轻人在提出“断裂”、否定传统的时候，他们表达了一种五四运动以来最宝贵的先锋姿态。这批作家后来都渐渐退出了先锋创作。现在能够从这个圈子跳出来的就是毕飞宇，很多作家的创作影响就慢慢小了。朱文后来搞电影去了，只有韩东还在写小说，虽然非常好，但关注的人也不多。还有一个类似的情况，就是所谓的上海“美女作家”——卫慧、棉棉——这一代作家，好像是70后，其实无论从哪个角度看，卫慧、棉棉在当时都是很有前途的青年作家。卫慧有点俗。可是她们还是把她们这一代所面对的深层次的痛苦，那种失去家庭欢乐、失去父母的爱的痛苦写出来了，她们小说里写的几乎都是单亲家庭，写的都是渴望财富而不得。可是，不仅卫慧、棉棉后来写的东西都产生不了影响，与她们一起的许多有才华的作家也都慢慢沉寂下去。她们这一批里跳出来的一个是魏微，其他人好像就引不起社会的关注了。从文学发展的角度来说，大浪淘沙也是正常的。可是从文化的多元性看，无名时代多元共生的文化生态还是受到了破坏。这种破坏就导致我们今天文坛上主流文学相对比较单一的声音，我们的主流作家的风格就是我们今天的风格。当然这批主流作家本身也受到了伤害，我待会儿还要讲到。因为太单一，这批主流作家自身的突破也碰到问题了。

回过头来说我们当代的文学批评。我这一代的批评家也都是20世纪80年代成长起来的，与知青作家有差不多的经历。我们把20世纪80年代逐渐形成的、向五四新文学传统靠拢的一种批评规范，变成了我们的批评标准。当我们拿这种标准来衡量今天的文学的时候，对不起，像贾平凹、莫言这样的写农村的作家，我看不到莫言之后有哪些超过他的作家。超不过，对不对？我在2003年主编《上海文学》的时候，曾经努力朝大西北开拓文学资源，我自己去跑，跑到宁夏，跑到甘肃，跑到青海，一个地方一个地方地跑，希望把西北作家的作品拿到《上海文学》发表，我也看上了一批作家。可是再怎么宣传这些作家，你能说他们超过了贾平凹的影响吗？还是超不过的。比如，宁夏的回族作家石舒清，一个非常优秀的作家，短篇小说写得非常漂亮，还获过茅盾文学奖；还有甘肃作家杨显惠，我在《上海文学》上连载过他的《定西孤儿院纪事》，真是写得惊心动魄。可是能引起大家普遍关注吗？就是很困难！他们不在我们批评家的关注视野之内。因为从艺术标准、艺术风格的角度来批评，杨显惠肯定比不过贾平凹、莫言他们。所以当批评家的趣味变得狭隘以后，我们就发现不了这些作家。我们的社会文化、我们的文学状况会越来越单调，在一批优秀作家的成熟风格之后就出现了“代际断层”。这就是我前面说过的“中年危机”。

◆ 我们的社会文化、我们的文学状况会越来越单调，在一批优秀作家的成熟风格之后就出现了“代际断层”。这就是我前面说过的“中年危机”。

我有一个博士生，研究当代文学，博士论文选择了一个题目，叫作“从‘弑父’到‘无后’”。她提出一个观点，“新世纪文学”出现了“无后”现象，就是没有后代。她仔细观察新世纪十年的重要小说，发现一个奇怪的现象，就是在我们最重要的作家的小说里面，写到后代的时候几乎都是缺席的或者是绝望的。莫言写《生死疲劳》，最后生出来的是一个怪胎；《蛙》里面写小孩最后都是青蛙；贾平凹写《秦腔》，女主人公白雪生出一个没肛门的孩子，都是怪胎，要么就是死掉了，或者像余华的《兄弟》中男人都自动结扎了。她举了很多例子，包括王安忆的很多小说。王安忆的小说没有一部写小孩健康成长的。我的学生讨论说，为什么这些最重要的小说叙事里，作家们对下一代似乎都绝望，这种无意识是从哪里来的？如果是某个作家这样写，没有什么好奇怪的。但你看，莫言在20世纪80年代写《透明的红萝卜》，写那个黑孩，多么生动形象！可是现在他写的小说，就写怪胎了。我觉得这个同学是有眼光的。当然“无后”这个提法对不对，我不知道，但是她敢提出来。在博士论文开题报告时，也有导师质疑她，说：“这个题目不规范，这个说法没有依据，你举了这几个例子能代表所有吗？”但我还是鼓励她坚持研究下去。为什么？因为这个问题没人提过，她提出来了，我觉得她就应该把她发现的创作现象深入研究下去，并且概括描述出来。反过来我与她讨论了相反的例子：韩寒最近写的小说《1988》，他最后就写了一个风尘女孩生了孩子，是个私生子，那么可爱。女孩最后把这个孩子作为礼物送到了小说第一人称的“我”手里，“我”就接受这个孩子。这个形象根本不是羞耻，也不是被抛弃，而是充满希望的。为什么韩寒就能看到希望，我们这些老作家却看不到希望？实际上这是一个代际断层的问题。就是说，我们这一代优秀作家看不到下面有比他更优秀的作家。确实如此。

从某种意义上说，我们这一代批评家与主流作家已经形成了同构的关系。我们的标准也是他们的标准，换句话说，我们用王安忆的标准来讨论与王安忆相似的作品，用莫言的标准来讨论与莫言一类的作品。但问题是，王安忆、莫言、张承志、韩少功这一代作家在 20 世纪 80 年代整体崛起的时候，正好遇到了一个文学充满创新意识、先锋意识的时代。这批作家崛起的时候，一批同样年轻的批评家也在成长。如果当时批评家都用王蒙的标准、李国文的标准来衡量王安忆一代作家，他们也是会被遮蔽的。我记不清在 20 世纪 80 年代的哪一次研讨会上，有位南京大学的教授，专门研究当代文学的，很著名，我当时还很年轻，对长辈也不太恭敬。那位教授在会上说，“王安忆嘛小说写得再多也比不过她妈妈的一篇小说啊”，那位教授指的是茹志鹃的《百合花》。道理是一样的。我当时心里就很不服气，不以为然。我也很喜欢《百合花》，但用我们新的一代的审美标准来看文学创作，对于 20 世纪 50 年代的文学总体上我是不太喜欢的。我更喜欢的是王安忆写的《小鲍庄》和“雯雯的故事”，喜欢莫言笔下那些稀奇古怪的农村故事，也喜欢余华的先锋小说，等等。这也不是我个人的选择，而是时代的选择，大多数与我一代的批评家还是有相近的审美标准。我当时就很能体会胡适之说的，一个时代有一个时代的文学，主要就是审美精神变化了，表达时代生活的方式和感受也会变化。

◆ 某种意义上说，我们这一代批评家与主流作家已经形成了同构的关系。我们的标准也是他们的标准，换句话说，我们用王安忆的标准来讨论与王安忆相似的作品，用莫言的标准来讨论与莫言一类的作品。

所以我要说，这个断层，我们批评家是有责任的。但是，你们这些研究现当代文学的研究生们更有责任。为什么这么说呢？你们都是现当代文学的研究生啊，都是硕士生、博士生，是靠这个专业吃饭的。可是为什么，当你们走上专业道路的时候，你们不把眼光放到自己的同代人身上？为什么不去关心你们这一代人的心声、你们这一代人的审美、你们的伙伴？你们肯定都能在网上读到无数新的作品，也熟知70后、80后甚至90后的文学，对不对？有一次英国领事馆组织英国出版界的访问团在上海座谈，伦敦要举办下一届国际书展，出版界的代表想了解中国当代文学，来咨询当代中国有什么小说可以推荐到国外去。我就说王安忆、张炜、严歌苓、莫言……他们都知道，他们说这些作家早就被外国出版商包掉了，让我再介绍别的人，要他们不知道的，但又能够卖得动的作品。我就开始介绍刘慈欣和韩松，两个科幻作家的作品。那些外国出版商不知道，其实这两位作家大约也是60后生人，已经不年轻了，但是他们很活跃，那些领事馆的小青年都知道，他们就笑了。我介绍韩松的科幻小说《地铁》，写得很棒！那哪里是什么通俗文学，它就是鲁迅的精神，鲁迅的《狂人日记》的精神体现在今天的小说里面了。可是为什么我们不去鼓励他们呢？而是让他们那么寂寞地创造。我说的时候后面一直有笑声。其实这些青年人都在读韩松、刘慈欣，他们也觉得写得好。我想你们也一定知道这些作家和这些作品，可是为什么这些作家就不能成为你们的博士论文的研究题目？不能成为你们的研究对象？你们为什么不用你们对生活的感受去把这一代人对生活的理解和所追求的美学境界挖掘出来，用你们的声音表达出来？

◆ 一个好的批评家不能拿到篮里就是菜，不能什么作品都能评论。他必须学会选择，选择与自己真正趣味相投的作家，作为自己的研究对象；同时也是通过研究作家来了解自己，挖掘自己，甚至发现自己。

当你们学会了表达自己的时候，你们就可能成为新一代卓越的批评家。作为批评家，你们更应该关心你们这一代的人，或者属于你们这个群体的人。就像成仿吾评论郭沫若的作品会很好，但解释鲁迅就不行，不到位。李健吾是优秀的评论家，他评论“京派”作家的作品尤其好，可是评论巴金的作品就不行，连巴金也不同意他的批评。不是他的批评不行，而是每一个人都有自己美学趣味上的局限。一个好的批评家不能拿到篮里就是菜，不能什么作品都能评论。他必须学会选择，选择与自己真正趣味相投的作家，作为自己的研究对象；同时也是通过研究作家来了解自己、挖掘自己，甚至发现自己。所以我现在非常鼓励我的学生，你们一定要写你们喜欢的。如果你们在网上看小说，遇到你们真心喜欢的作品，你们就可以写，为什么不写呢？你们可能写得不成熟，你们喜欢的作家可能也不够成熟，但这没有关系。重要的是你们要有这种勇气，为你们这一代人说出你们的心里话。如果这样的话，那我能指望你们这一代人来弥合新世纪文学的代际断层。如果成功了，我们的文学就有希望。所以，我们的批评者、文学研究者实在是责任重大。现当代文学这个二级学科没有什么可以与古代文学学科相比，没有什么可以与外国文学学科相比，我们这个学科的基础不够，学问也不够；但是，现当代文学学科有一点是有绝对优势的、别的学科所不具备的，那就是我们面向的是未来。研究李白的人不需要去面向未来，他只要把李白弄清楚就可以了。可是学习研究现当代文学的学者必须面向未来，考察我们的文学未来会怎样发展，因为我们这个学科在时间上只有上限，没有下限，整个现当代文学的传统就在我们这些人身上流淌过去，传到后代去。也就是把我们这一代人、我们的研究者、我们的作家的生命力量也带向未来。如果我们没有这种能力，我们还来研究当代文学干吗呢？所以我们要有这种信心，要走到生活的第一线去，感受生活中独特的东西，学会表达自己。

这其实是个很简单的事情，一个很简单的道理。有一年网络上韩寒与批评家白烨打笔仗，韩寒一吵吵，那么多粉丝都在拍砖头。粉丝就只能这样，但你们是专业的研究生，你们要站得高一些，不能学粉丝。反过来说，你们能不能做比粉丝们高明一点的事情呢？你们有谁把韩寒拿过来作为一个时代的典型仔细研究？分析他到底哪些地方做得好，哪些地方做得不太好，把他当作一个客观存在的文化现象来研究？你们研究十个韩寒，研究十个张悦然，研究十个郑小琼……这样来做的话，我们这一代文学就在你们手里慢慢诞生了。面对新世纪文学的发展，我们的批评跟不上，很多网上批评或者网络文学的文章，我觉得他们的观察和议论并不准确。媒体批评与学院批评在批评本质上还是有区别的。经常听人抱怨说，现在的文学批评缺乏思想、缺乏

◆ 经常听人抱怨说，现在的文学批评缺乏思想、缺乏权威、缺乏批评力量，我觉得都不对，归根结底是我们没有把一批新的声音培养起来。我们现在培养的声音，就是自己声音的重复，只是鼓励你们去研究我们曾经研究过的东西。

权威、缺乏批评力量，我觉得都不对，归根结底是我们没有把一批新的声音培养起来。我们现在培养的声音，就是自己声音的重复，只是鼓励你们去研究我们曾经研究过的东西。当然，这也是很好的，但我觉得很不够。因为，年轻人应该比我们掌握更多的知识，掌握更多的信息，要提供新的东西。这是我要讲的新世纪文学批评的危机与挑战。

谢谢大家！

2012年3月2日定稿于鱼焦了斋

初刊沈阳《当代作家评论》2012年第3期

做同代人的批评家①

金理：陈老师，刚刚读完您的《批评与创作的同构关系》。本来我担心完成这个访谈的差事对我而言可能有点无话好说，现在倒觉得确实有很多想法准备和您交流。这篇讲稿回顾了文学史和批评史，结合了您自身的批评实践经验，当然重点是回到新世纪的现场，分析了症结，也表达了某种希望。您提出创作和批评的同构性，依据是这两者呈现的都是对当下生活的理解。我在想，对生活的感受和理解是千人千面的，这里不存在正确与否的问题。以前我们经常会围绕着真假的价值判断做文章：哪种生活是本质的、典型的，符合正确世界观的；哪种生活是现象的、表面的，不值得进入文学的。现在看来，所谓对生活的理解，不存在准确不准确的问题，批评家要判断的，是作家对生活的理解是否真诚，其感受是否新鲜、细腻，是否具有穿透性。我想起胡风在他的批评文章中经常喜欢在“感觉”与“感受”这样的字眼后面加上一个“力”字，创造出“思想力”“感觉力”这样的词。一方面强调这种力量的实体性，往往能刺穿教条、概念的空壳而抵达活泼的具体事物与流动的生活世界；另一方面强调这种力量发生的动态性，主体与生活世界突进、化合的过程。是不是应该这样来理解？

陈思和：你说的这个“哪些生活是可以表现，哪一些是不可以表现的”，这个观点，我个人认为现在已经基本上不存在了。过去我们所谓的“现实主义”要有一个前提，就是生活有本质，世界有本质。什么是“本质”呢？我们不知道，是有话语权的人告诉我们的。按照当时一种社会主义现实主义理论，这个生活本质一定是一个从低级到高级发展，从一个不完善的社会到一个理想社会发展。如果揭示了这

① 本文是根据《当代作家评论》编者的要求，笔者与金理所做的对话。问题由金理设计，对话稿也是由金理根据录音整理。特此说明。

样一个发展过程和规律，那就是本质。如果不按照这个理想的发展去描述那就是非本质。举个例子，过去我们表现改革开放，改革开放当然是由权力者决定的，它的理论是代表着未来的发展方向，中国只有通过改革开放，才能达到理想境界。也就是说，所有文学作品都必须要反映改革开放好的一面，这样才能达到理想境界。所以你只要看 20 世纪 80 年代百分之八十以上写改革开放的作品，一定是塑造改革开放的英雄；不利于改革开放的，那都是坏的，都是保守派、官僚主义、落后群众等等。那这样的小说在生活中有没有“真实性”？确确实实在某些地方就是这样做、是这样发生的，但是这是否意味着代表改革开放的都是对的，反对改革开放的都是错的？很难说。改革开放是不是一定会带来理想的结果？不一定。因为连邓小平都说这是“摸着石头过河”，既然是摸着石头过河，那就肯定有成功的和失败的、肯定有正确的和错误的。改革开放有可能在政策上出现问题，只有在实践中才得以纠正。比如，蒋子龙写《乔厂长上任记》，大家都支持他，为什么支持他？不是支持蒋子龙本人，是因为他写的改革开放最有力度。过去我们所有的认识都是在这个大前提下产生的。如果出现一篇反对改革开放的作品，那肯定是倒退的、肯定是非本质的，几乎没有一篇小说是对改革开放本身质疑的，这样的小说是没有的。可是到了 90 年代以后，这个大前提崩溃了，就是说“现实主义本质论”这样一个大前提崩溃了。比如说张炜，张炜笔下涉及改革开放的行动，往往都是消极的，比如建立高尔夫球场、造楼房、工厂兼并等等，在张炜眼里所有这些东西都给人民带来灾难。过去很多人都批评张炜，说他是一个保守理想的体现者，看不到社会进步的力量，这是对张炜批评的焦点。但是今天我们不会这样说。当然，只有改革开放才能推动中国进步，这一点没问题；但是在改革的过程中会带来许许多多负面的东西，那么这些负面的东西我们怎么去评价？在过去我们没法处理，过去的文学作品在面对这样的生活时是失语的。比如说农业合作化，农业合作化在当时是被确定为本质的，因为代表集体主义、理想的集体生活，最后是共产主义、消灭私有制，毫无疑问是代表理想、代表生活本质的。这也就是人们为什么都喜欢《创业史》的原因，因为《创业史》最坚定地支持合作化，它直接把消灭私有制当作理念提出，因而评论家都喜欢。这个喜欢不是针对小说本身，而是小说体现出来的理念和评论家接受的理念是一致的，因而评论家愿意讲，有话好说。但是如果当时有一个作家深入生活，发现农民并没有那么喜欢合作化，或者合作化有很多问题，那么情况就复杂了。赵树理后来的作品为什么得不到好的评价，因为他从生活实感出发，发现并不是那么回事。可能他也支持合作化，但是现实中他觉得合作化产生的问题很严重，挫伤农民积极性。因此赵树理把这样的问题表现出来，而评论家就失语了，没法说，因为这小说不符合社会发展的本质论。其实这是一个很辩证的问题，因为如果从理论的深层次上来看，即使我们认定有本质，这个本质也会带来很多问题。比如说，我们在认识这个世界本质的时候，还没有达到本质论的境界，可能会产生很多问题，那么这些问题允不允许表达？这个在社会主义现实主义理论刚出现的时候，有过争论，最初是允许表现的。比如最典型的就是《静静的顿河》，这里面有反苏维埃的东西、哥萨克反反复复的过程，不过斯大林、高尔基也认同肖洛霍夫，所以这个作品就出来了，后来还得到很高的荣誉。但是这样倾向的作品在后来的文学发展中不被允许了，后来肖洛霍夫的小说就没有《静静的顿河》写得好了。新世纪以后，近十年来我觉得情况又出现了很多变化，不再像20世纪90年代的主旋律要求作家一定要写什么，而是主旋律越来越模糊。模糊的标志就是茅盾文学奖可以容忍贾平凹的《秦腔》、莫言的《蛙》，这些作品可以被容忍，就可以看出代表主流方面的批评立场也在变。而这个变化带来的另外一个后果，就是作家在描写和探讨生活现象时，个体性突出了。这个时候我们判断作家对生活的看法，已经打破了本质论的前提。这种情况下，作家的多元性和个人性为批评家提供了选择的可能。如果作家都只能写一种东西，或者意识形态规定你只能写这个东西，批评家也只能用所谓的生活本质的标准去衡量。我在20世纪70年代学的就是这个东西，当时我在卢湾区图书馆，学着写文学批评文章，第一个要考虑的就是你到底是歌颂还是反对，这在当时是最大的限制。你掌握了这个标准，其实作家也掌握了这个标准。作家介于生活和理性当中的这个位置，他要贯彻理性，必须要借助生活，一面对生活，就看到五花八门的东西，他要把这五花八门的东西统摄到这个理性当中，实际上是很困难的。生活的很多地方要大于本质。我们当时的批评界起到一个不好的作用，就是往往将生活的多样性、溢出本质的东西都当作消极的一面。所以我曾经说过，20 世纪 80 年代最大的问题就是批评家都是官员。这个问题在 20 世纪 80 年代后期，从我们这一代开始发生了转变。这个转变有一个很大原因，当时的批评家从高校里来，他没有指导文学的权力，他除了指导学生，就没有什么其他权力。这种情况下，批评家有了选择批评对象的可能性。当这个作家对生活的理解和这个批评家对生活的理解发生共鸣的时候，他们就会结成一个圈子。当时吴亮有一篇很有影响的文章《论圈子文学和圈子批评家》，就是谈圈子文学。当时北京的主流批评家，比如《文艺报》的那批中年批评家，对上海的青年批评家—— 一批围绕在《上海文学》周围非常活跃的年轻人——很有看法。他们认同上海批评界的活跃和尖锐，但是他们最担心的就是圈子性。作为回应，吴亮就写了那篇文章，意思大概是所有的批评家都有圈子，不是在这个圈子就是在那个圈子。你不可能包揽天下，唯独由你来指导。这就说明吴亮这样的批评家与北京主流批评家的立场已经不一样了。你如果站在这个立场上，不管是具体哪个人，表达出来的意思是一样的，立场基本上是一样的。可是 20 世纪 80 年代不断分化，文学开始多元了，所谓文学的多元性，是到了 20 世纪 80 年代后期开始出现的，标志就是寻根文学。这个寻根文学，当时不仅保守派反对，主流批评家也反对。同时就是所谓先锋小说，马原们出来了；还有那批所谓的现代派，当时被称为“伪现代派”，像刘索拉、残雪。于是文学分化了，再沿用以前的文学标准是统一不了，也没办法套用了。先锋文学出来，肯定会有先锋文学批评家去阐述它存在的理由，如果没有先锋文学批评家，这个先锋文学肯定会被淘汰。比如余华，你去查一下，关于余华的第一篇评论出自张新颖，当时其他的批评家还在观望。因为审美方式和文学取向都不同，即使是很优秀的批评家，他也不会去批评那些表现方式、审美取向不同的对象。有些批评家就是选择了寻根文学，但也不一定就选择先锋。那个人就喜欢残雪，他就讨论残雪。喜欢残雪的也不一定同时喜欢阿城。因此我觉得 20 世纪 80 年代后期批评家开始分化了，这其实是一个好事。看上去批评家的功能是减弱了，但其实路是走对了。因为批评家自己对生活的理解就贯通起来了，他有创作作为依据，本来模糊的、理念化的东西就变得实践化了。比如说借助于寻根文学，就可以阐述自己对文学或者文化的看法。作家是介于理性和生活当中，批评家是介于理性和审美当中，就是说他也要借助文学才能审美，否则他就不是文学批评家，他可能是另外一种人，哲学家或者是思想家。所以我觉得，只有当文学变得多元，文学变得多元且有个性，这也就让批评有了选择的可能性，让批评变得多元。20 世纪 90 年代以后分野非常清楚，有些东西是不需要批评家的，比如通俗文学。通俗文学有大量读者去追随它，它是不需要批评家去阐述的。但是知识分子的文学、学院派的文学，需要不同的批评家去阐释，学院里不同的审美方式可以对不同的文学进行分解。比如当时有的人就喜欢新状态，从新写实这一路过来的陈晓明、张颐武就非常懂这个。当然也有人不喜欢。生活的多元性就是从这个时候开始的。所以我一直认为 20 世纪 90 年代文学取得的成就高于 80 年代。所谓“批评的缺席”其实是个伪问题，就是说，统一的批评家没有了，批评的权力中心没有了。但是从多元性、自由性、个性来说，其实是 20 世纪 90 年代以后的批评更有力度。

◆ 我觉得 20 世纪 80 年代后期批评家开始分化了，这其实是一个好事。看上去批评家的功能是减弱了，但其实路是走对了；因为批评家自己对生活的理解就贯通起来了，他有创作作为依据，本来模糊的、理念化的东西就变得实践化了。

◆ 我一直认为 20 世纪 90 年代文学取得的成就高于 80 年代。所谓“批评的缺席”其实是个伪问题，就是说，统一的批评家没有了，批评的权力中心没有了。但是从多元性、自由性、个性来说，其实是 20 世纪 90 年代以后的批评更有力度。

金理：您基本上做了一个当代批评史的回顾。不过回到当下，文学批评的状况似乎不让人满意，不仅是圈外人“炮轰”，批评界内部人士也觉得并不乐观。

陈思和：问题在后面，为什么我们今天还是感到批评很寂寞，我觉得这个问题倒不是与主流意识形态有关，而是与我们今天的教育体制有关。今天的当代文学批评是产生在学院里，但是当代文学不是产生在学院里，当代文学还是产生在生活中，作家可能还是活跃在生活第一线，跟生活直接发生关系，才能写出作品。这两者的认知发生冲突，过去在20世纪80年代，比如我们这样一代出来，当然我们的工作也是在学院里；但是学院对我来说只是上上课啦，至于我的很多兴趣和活动都不在学院里，而是在社会上。因此我与作家还是同时面对生活的，他们在探讨生活的很多问题，比如说“三农”、改革，这些对我来说关心度是一样的。但是今天不同了，一是学院体制越来越强化，让当代批评家主要的精力都放在学院里，学院的墙已经把批评家和社会隔离开了。批评家的主要身份是教师，主要任务是教育学生，他的教育方法必须要因循教学体制的规定。这个可能对北大、复旦这样的学校还影响不大，对地方上的院校是一个很大的限定。因为老师不可能在课堂上讲一套，在外面表述一套。如果一个老师在报纸上写文章非常尖锐，对揭露生活的作品非常赞赏，可是他在课堂上限于课堂纪律，必须讲一些教材上的知识，而这些知识可能是没人听的，那么这个老师在学生面前就会失去信任感。现在老师为什么没有像以前那么高的威望，我觉得这是一个非常大的问题。教师在课堂上不得不按照统一教材、不受欢迎的东西去讲课，而他在外面写作，可能就相对自由一些。这个教师往往会失去学生的信任，因为你在课堂上面讲的不可信嘛，至少不是你的心里话；你的心里话都在文章里发表了，你自己在课堂上没有这样表达。为什么受欢迎的老师多半都是在课堂上不按照教材讲的、不按照大纲讲的？因为他有自己的想法，所以受到学生的欢迎，但也可能会受到另外一方面的压力。第二个是，现在把教师所有精力都扯到了科研项目上。做项目表面上看与你自己搞文学研究没有什么本质的不一样，还给你经费，你也可以把你的真实思想记录进去。但其实是有很大的问题，因为文学批评和文学研究具有不一样的功能：文学研究是研究相对稳定的东西，文学批评是研究和生活同步的东西。所以文学批评要求的是对生活的变化有一种敏感的理解，而且这种敏感是借助于同时代同样敏感的文学表达出来。这个东西我们一般是没有办法归到项目里，就是没有办法归到科学研究当中去。你要研究，你必须面对过去的历史。为什么当代文学研究和现代文学会联系起来，当时搞“20世纪中国文学”、搞“新文学整体观”啊，把当代文学和现代文学甚至近代文学都联系起来，所以一讨论就是百年文学啊，就是这样。就是说一定要找一个稳定的依据，找一个已经被历史实践证明了的过去来作为他的研究对象，因为比较稳定嘛。如果你现在研究网络文学，它可能过两天就被淘汰掉了，还没经过时间检验。所以要做一些比较稳定的研究，那就要避开当代的东西。所以大量博士生以及留校青年教师，他们对生活中发现的问题不敏感，大量精力都放在历史现象上。你看许多博士宁可研究什么“红色经典”，为什么？因为这些东西稳定，容易做。如果面对现实，他必须自己要拿出判断，而这种判断多半是不成熟的，可能会发生疑义。所以我觉得，文学研究一般是不能面对现状的，它是要做一些被历史肯定的东西；但是文学批评不一样，一定要联系现实，文学批评如果老是关注过去的作品，这个批评没有力量。你要当文学批评家，与当老师、当学者，其实是两回事。我们大学里做当代文学的，包括我自己在内，也是这种情况，我们身上兼着两种功能，不是一种功能。也就是说，你自己要有意识：我做学术研究就是做学术研究，我做批评就是做批评。这两个有关联，但是功能不一样。今天在我看来，高校里百分之九十以上的老师，都往学者上面靠，他们把文学批评也当作学者的功能了，而不是批评家的功能。所以你看现在他们要追求的，就是要在权威刊物上发文章，权威刊物上不可能发表当代文学批评，一定是学术研究的东西。还有做项目，做大项目，往往就是做有定论的东西。为什么我们二十年来研究生制度发展非常快，全国建立了那么多硕士点、博士点，培养了那么多专业队伍，可是我们的文学批评越来越寂寞？这与教育制度有关系。当然从另一方面来说，我们的教育制度也不错，从培养学者角度来说，当然是要培养性格稳健、思维严密的学者。可是培养一个批评家完全不同。今天批评标准已经不是由文化官员来决定，而是和同时代的文学共生的，这个

◆　文学研究一般是不能面对现状的，它是要做一些被历史肯定的东西；但是文学批评不一样，一定要联系现实，文学批评如果老是关注过去的作品，这个批评没有力量。

如果不活跃，文学创作、文学批评就不会发达。比如说，现在文坛上出现什么时尚现象，可能也会出现一点批评，或者网上一些粉丝捧捧啊，写点读后感啊什么的。这样的文学当然也可以慢慢演进过去，好的东西大家会选择，不好的东西会被淘汰，但是我并不认为这是一个繁荣的文学状况。如果说文学发展的流程中有突变，有先锋文学的出现，有一些对社会有巨大推动性的文学现象、思潮出现，就需要有批评家在里面起作用。这个就需要我们回到五四运动，为什么五四运动现在看起来还那么活跃，因为五四运动就没有一个笼罩一切的批评家。比如《新青年》,《新青年》的批评家周作人写《人的文学》，其实他也不是笼罩全国，我们现在写文学史把他描述成笼罩全国了。在当时，他身处一个先锋团体。这个小团体呢，一定要发表一些“怪论”的，一些尖锐批评、标新立异的东西。五四运动在当时就是一个先锋文学，一些批评家呼吁起来的，然后有创作接着跟上。你看为什么先锋团体里的小说家、诗人、剧作家，往往自己都是批评家？他要把自己的理论伸张出来，要发表宣言，因为当文学要发生激变的时候，批评会比创作更重要。一般艺术家自己发表宣言，多半都是乱七八糟的，他理论不行。可是如果这个团体有好的批评家参与，那么所参与的这个思潮就会变成大思潮，就会对生活、文学产生很重要的影响和推动力。比如说我们现在为什么总是很怀念 80 年代的寻根文学，寻根文学其实就是理论家、批评家和作家共同参与、建构的，杭州会议上批评家和作家坐在一起讨论。我们现在没有这种情况了，现在参与讨论的都是学者，开一个作品讨论会，作家孤零零坐在那里，周围都是一群批评家胡说八道。当时不是这样，当时开会作家和批评家在一起，批评家提出大量的创作经验，讨论他们怎样发现、怎样理解，不是像今天作家坐在那里听批评家发言，而是作家提出了很多想法，提供给批评家。批评家根据作家提供的内容就产生了自己的想法，再反馈回去，不是事先准备好稿子的。阿城当时发言如何写《棋王》，就直接促进了批评家宋耀良的深入思考。宋耀良提出的什么东方意识流啊、什么东方思维啊，是与作家有互相感应的。作家有感性的东西，他讲不出理论，而批评家调动起知识积累，把这些感性的东西上升到理论去阐述。我印象非常深，当时在杭州会议上，参加的人里面作家是最早发言，如阿城、陈建功、李陀（当时李陀是作家）……然后再是批评家，如南帆、宋耀良、鲁枢元……现在这样一种作家、批评家亲密交流、合作的文学气氛没有了。这跟20世纪80年代圈子批评被压倒有关。当时我们是被否定者，一谈问题你就是小圈子嘛，你必须要站到一个大的立场上去对整个社会发言。而小圈子则是你们一伙人，只讲自己的好话，不讲别人的。我觉得这在当时是一个误导。在今天我认为要活跃文学，一定要恢复这种小圈子的力量。你要承认，批评家是有局限的，批评家不是包打天下的。他要把自己的审美理想通过几个作家的创作来发扬，然后能够阐释出来，被大家承认，可能这个作家后来就变成大作家了。你想当时左翼运动其实没什么大作家的，当时除鲁迅和茅盾以外都是小青年，可当时批评远远走在创作的前面。当时的批评家比如瞿秋白、冯雪峰，一直到胡风，都可以说是大批评家，这样一路下来。胡风不是谈了很多张天翼的创作嘛，张天翼当时可能还是一个小作家；胡风还评论艾青，艾青还被关在牢里，还是一个年轻人。可是你看，后来张天翼、艾青就变成大作家了。包括田间、沙汀、艾芜，当时都有不同的批评家在鼓励他们，后来慢慢就成名。当时沙汀、艾芜从四川来上海，放在今天，其实就是一个“沪漂”，或者说是一个流浪艺术家。当时他们给鲁迅写信，鲁迅发表《关于小说题材的通信》，一下就把他们抬起来了。而我看现在的作家其实非常寂寞，为什么寂寞？因为他们得不到知音。作家并不希望批评家只说好话的，问题是没有知音。他这个小说写出来听不到反应。一般的读者只有喜欢不喜欢，讲不出理论，无法帮助作家去提高。这个提高和所谓“高于作家”“指导创作”是不一样的。作家在写这小说的时候，可能还不清楚自己的美学追求会达到一个什么样的高度，但是如果有好的批评家，和作家志同道合，他就会给作家指出理想的图景应该是怎么样的。这对作家是一个鼓舞。而这样的和谐关系一旦失去之后，批评家和作家之间的锁链就失去了，创作没法

◆ 你要承认，批评家是有局限的，批评家不是包打天下的。他要把自己的审美理想通过几个作家的创作来发扬，然后能够阐释出来，被大家承认。

再发展。我觉得70后作家，一直到80后作家都没有很好地得到批评的关怀，或者说，没有得到批评的支持、批评的响应。原因还得归结于学院化。因为学院化，要求你做学者，要做学者，你不能面对不成熟的文学，你一定是面对成熟的文学，所以你看大量的博士生研究的就是莫言、王安忆、贾平凹……因为这些人已经过来了，已经变成经典了，他们的作品被批评家不停地演绎。然后杂志也觉得讨论这些人有价值，这些人吸引大家眼球，媒体也这么关心，我觉得这一代作家是被宠爱的。你可以骂他，骂他没关系的。骂也是一种关注，他为什么不去骂那些大家都不知道的作家呢，就是这个道理。因为大作家作为一个时代的审美典型已经被大家接受了，接受了以后才会让这么多人去演绎他。反过来，如果你现在要用博士论文去演绎一个70后的作家，可能导师也会认为通不过，或者说这个作家没有典型性。所以，70后作家碰到的一个最大的悲剧问题——用“悲剧”可能夸张了，就是说碰到的一个最大问题，是他们得不到一些知音的批评家与他们共同去面对这个时代。作家是非常敏感的。你看20世纪60年代出生的作家和50年代出生的作家，他们受的教育是一样的，都是“文化大革命”以后受到的，但是他们的生活经验不一样，他们表现出来的生活，以及对生活的理解就是不一样，对不对？像莫言写“文化大革命”，一下子就把“文化大革命”前20世纪60年代的那种饥饿都带出来了。可是余华就不一样，“文化大革命”爆发时他还是小孩子，所以他写出来的就是童年的记忆，与50后作家就是不一样。可是到了70后，他们对生活的理解得不到批评家的呼应。所以他们写的经验，只能是去模仿上一代作家，似乎只有写上一代作家经历的生活，才被认为是深刻的。80后作家同样遇到这样的问题，最典型就是张悦然，张悦然的小说很被大家看好。很多人不选择韩寒，不选择郭敬明，而是选择张悦然作为80后作家的代表，为什么？因为张悦然的很多经验是表达上一代人的经验，所以大家都认同她。张悦然的小说看起来比别人深刻，受到青睐，因为她表现的东西和上一代有关系，有点寻根，有点写那种农村的愚昧。这些东西再加上现在的暴力，结合在一起，就容易被大家阐释。但是新鲜度就不够。我当时编《上海文学》，这个感觉非常明显，我托人叫她写一些新的东西，感觉她没法写。韩寒也是，韩寒对当代生活的想法很尖锐，可是你看他写小说，他的《1988》，我关注了，觉得不深刻。为什么不深刻？因为他没有现代的、没有他80后的感觉在里面。这个故事你放在五四运动，就是《春风沉醉的晚上》。作为一个80后的年轻人，他有新的东西，但是不强烈，没有带给他这一代人强烈的、自己的风格。当然我觉得这里面很重要的一点就是80后没有遇到批评家，只有粉丝。因为韩寒的经验应该是和现在80后，或者说是更年青的一代有关。他们能够理解韩寒，为什么当时《三重门》出来那么受欢迎，就是说出了这一代人心里的想法、欲望。可是没有一个批评家用一个理念化的、理性化的理论把他们这一代对生活的看法阐述出来。韩寒现在自己也长大了，开始学鲁迅，批判社会。大家说他变好了，因为这个东西可以和上一代人沟通。我认为韩寒的博客比小说写得好，因为他的博客和我的经验能够沟通了，他的批评很尖锐，实际上说到底：一方面韩寒已经长大了，他的经验和上一代人的经验沟通了，人的成长一定要和传统结合起来；但从另一面说，我觉得他还是没有把他这代人的真正感受表达出来，去获得大家认同。很可能他有自己的想法，但这些特殊的东西可能就被湮没了，大家都不去注意，或者说大家不去挖掘那方面的东西。我看了你和李一编选的《新世纪十年小说系列·青春卷》，当时看了就有点不满意，你们选的是不错，但是这个“不错”里面还是看不出新一代的东西，还是在迁就原来的审美标准。而如果年轻人新鲜的东西得不到支持和褒扬，他们慢慢就没信心，觉得表达这个东西不能够被大家认可或者说不重要，慢慢地，他们自己也会觉得不重要。当时王安忆20世纪80年代出来的时候，写雯雯系列，很多老一代批评家很关怀她，觉得她是茹志鹃的女儿。但是也觉得雯雯的天地太小，鼓励她要跳出个人的小圈子。王安忆就很努力要跳出来，跳出来写，写不好又写回去，有过反复的过程。你看现在，王安忆写了几个长篇，写来写去离不开她自己的天地，我觉得她骨子里是

◆ 80后没有遇到批评家，只有粉丝。

属于自己的那片天地的。从这片天地衍生出《长恨歌》，衍生出《天香》。这是老一代无法写出来的。

金理： 您近期的文章都在围绕着“先锋”与“常态”展开，我的理解是，您是以自身的批评实践在新世纪召唤文学的“先锋性”，视其为文学发展的核心力量。而我觉得“先锋”的出现，是要“人力”和“天时”相配合的。它是在常态的文学上加上一鞭，这首先来自主观的能动，同时也要获得客观社会形势的支持。我记得章太炎、胡适都表达过这种意思，近代中国之所以“你方唱罢我登场”，原因之一是“中间主干之位”（“社会重心”）的不稳固，一直处于寻求过程中。胡适多次提及“历史上的一个公式”：在“变态”的社会国家里，政府腐败，干涉政治的责任，一定落在少年的身上；相反，等到国家安定了，学生与社会的特殊关系就不明显了。也就是说，学生运动、青年力量在社会生活，以及少年情怀、青春意象在文学中，均能大显身手、鼓动人心。像您提到的“中年作家”，他们的出道，正逢一个大转折过后百废待兴、重心重建的过程，这是历史提供的客观际遇，他们是这个过程的推动者、参与者，今天看来也是受益者。五四运动与80年代都恰逢这种客观际遇。但是如您所说，从“文化大革命”后到今天，中国社会结束持续动荡、骚动的“青春期”，逐步进入告别理想、崇尚实际的“中年期”。这样的局面是不利于青年人脱颖而出的。在一个无名时代里没有占据统治地位的力量、立场，在冲突之外更多的是妥协、合谋，甚或在看似轻松的环境中随波逐流、无可无不可，创作者往往意志消磨而难以聚敛精气，或如置身无物之阵难以找到掷出投枪的靶子。先锋精神能否最终被主流文学吸纳并扭转后者的发展方向（这是我们确认先锋成功的标志），这取决于先锋精神自身的能量大小，能在多大程度上刺穿主流文学坚固的肌体并在其“井然有序”的内部引起震撼，是否能提供鲜活的、足够异质性的血液，以此起搏主流文学垂垂老矣的肉身？我的问题是，一方面在创作和评论中，我们都应该呼唤具备顽强战斗力与惊人预见性的先锋精神；但另一方面，我不知道作家、批评家能在多大程度上“反动”时代和环境施与的根本影响？

陈思和：在“常态”与“先锋”的关系上，“常态”永远是永恒的、是主流的，“先锋”是阶段性的。但是在我看来，“常态”的文学是不能建构传统的。传统的成立当然需要漫长时间的积累，但是反过来说，一个源远流长的传统往往不是靠老师带学生带出来的。在“常态”当中，传统肯定是趋向没落的，会遭遇从盛而衰，学生肯定是超不过老师的，比如孟子接孔子的衣钵，但孟子无法超越孔子。到什么时候会有转机，就是出现“对立面”的时候，传统的发展是通过“变异”来实现的，“对立面”用新的资源补充了传统。可能一开始会吵吵嚷嚷，但一个有生命力的传统最终会包容“对立面”，这个时候传统就发展了。张文江讲课时经常提到“偏得”，这个是有道理的。正常的传道授业，底下听讲的学生未必有出息，旁边一个马夫、烧火和尚随便听听，就听进去了。他根据自己的实践领会，结合老师的传统，一“碰撞”就有新的东西产生，这个新的东西被传统容纳进去，传统就发展了。所以一个传统如果经过几代大师发扬，其中肯定有“变异”，这个“变异”有时候明显，有时候不明显。这次我到意大利非常有感触：之前我一直很喜欢米开朗琪罗，我把他看作是象征人类文化的偶像，但是到了佛罗伦萨去参观了几个美术馆以后，我发现古希腊、古罗马的雕塑超过米开朗琪罗。在那里，那种裸体雕像肌肉、人体比例的夸张，那种唤起对人、人性力量的信念等等的艺术作品，到处都可以看见。可是这种雕塑文化被基督教文化遮蔽掉了。中世纪的时候表现圣母的雕塑都要用衣服遮起来。文艺复兴时期从地下发掘出很多雕塑，那天我在那不勒斯看到这些雕塑，就想到文艺复兴为什么发生在意大利？道理其实很简单。不是说文艺复兴的大师们凭空想象出人的伟大，而是看到了古希腊、古罗马贡献了那么多好的东西。于是在表现上帝、亚当和夏娃的时候也开始用古希腊、古罗马的方式来表现，比如米开朗琪罗的《大卫王》跟古希腊阿波罗的雕塑一个样，把人当作神来表现，非常大气。文艺复兴找到了依据，历史

◆ 在“常态”与“先锋”的关系上，“常态”永远是永恒的、是主流的，“先锋”是阶段性的。但是在我看来，“常态”的文学是不能建构传统的。传统的成立当然需要漫长时间的积累，但是反过来说，一个源远流长的传统往往不是靠老师带学生带出来的。在“常态”当中，传统肯定是趋向没落的，会遭遇从盛而衰，学生肯定是超不过老师的。

上就是有那么辉煌的对人的肉体的表现，对于米开朗琪罗那代大师来说，其实就是古代的传统召唤“我”这么做。于是文艺复兴和古希腊、古罗马有了对接，但是对于基督教文化来说这是裂变，文艺复兴是把宗教主题和古代的表现手法结合起来，比如说著名的西斯廷教堂的壁画。这种杰作不是直截了当继承传统，而是其间出现了裂变，中世纪否定了古希腊，而文艺复兴否定了中世纪，用马克思主义的术语来说就是否定之否定。而文艺复兴之后一路是“正”的下来，所以人的形象必然越来越渺小甚至萎缩。现代主义表面上来说否定了文艺复兴以来“人”的主题，可这种否定现在也成为西方文化的传统。我们今天面对凡·高、马蒂斯，觉得这也是现代文化的主流，但这种主流初现时是以裂变的方式面世的。所以人类的演进不是像达尔文认为的那样遵照进化论按部就班，而是中间经过巨大的否定与裂变，这已经有科学根据了。而人类的文化也如此，否定过往，产生新的范式、新的艺术、新的经典，这些新出现的东西慢慢地又被人们和以前的东西结合起来，于是给传统带来了生命力。这是文化发展的规律。当然传统肯定不喜欢新变的东西，后者意味着对前者规范的否定，所以前者一定压制后者，所以裂变具备的力量要强大，力量不大就被传统扼杀，而扼杀也会为下一次的裂变提供资源、依据。比如说斯特恩的《项狄传》一出来就被压制，当时的西方文化传统就不允许有现代主义的萌芽出现，所以《项狄传》就寂寞地过去了。但是等到卡夫卡出来，他会觉得《项狄传》很好，但卡夫卡也是寂寞地过去了。可是今天我们经过了现代主义才回过头去重新认识《项狄传》、卡夫卡，这两者也慢慢融合到西方文化传统之中。同样道理，五四运动也会融入中华文明的传统之中，恰恰是五四运动批判传统文化却提供了新的东西，这些新的东西今天也成为我们的传统。没有这样一种观念的话，我们的传统会越来越狭隘、僵死，不仅不会推动社会发展，而且会产生束缚。回过头来看我们今天的文学。今天我们的文学是不是进入一个“常态”？“文化大革命”过后人心思安定，慢慢进入一个秩序社会，商品经济、消费文化也出现，好像进入一个太平时代了。这是从我们中国的立场

◆ 人类的文化也如此，否定过往，产生新的范式、新的艺术、新的经典，这些新出现的东西慢慢地又被人们和以前的东西结合起来，于是给传统带去了生命力。这是文化发展的规律。

来看。如果从西方的眼光来看，这是一个资本原始积累的时期，市场经济一方面高度推动生产力发展，人的欲望也被刺激而生，另一方面也会给社会带来一些负面影响和动荡。这些都是被历史证明的，马克思主义就是在资本主义高速发展、社会大变动的时期诞生的。我曾经说过，中国是一条潜龙，潜龙勿用，躲在地下是不能动的，如果一飞冲天肯定会天摇地动。这种动荡怎么能用常态方式引起的变化来比附？关键是人的创造力被压制住了。从人类历史来看，高速发展时期不会是一个“常态”社会。资本主义高速发展时期，浪漫派、批判现实主义、现代主义……一波又一波就这样产生。今天这样的时代，一定要出现先锋，才能推动文化发展，同时将传统整合起来。如果五四新文化经过了一百年都无法和传统融合、连接的话，怎么来发展今天的文化。而文化又会反作用于时代，这是一个辩证关系。今天很多人倡导国学，读《三字经》，我认为都是不对的，会产生束缚。今天你们这一代年轻人就应该选择新的东西来研究、解读。

金理：我想起自己的一个经历。我一直想和朋友做一个栏目，当时把名字都想好了，叫“80后：新文本与新批评”，设想是找一批年轻的写作评论的朋友，以作家作品论的方式，一人一篇，来评论同龄人的创作。当时我们很兴奋，认真商定研讨和写作的对象，觉得这既是一次对文学的检阅，也是对自我生命的检阅。没想到本来有意向的刊物后来不了了之，我们自己也接触了几家刊物，都谈不下来。我想那些刊物的顾虑是：这是一个时髦的话题，但它具备研究的可能吗？在惯常的理解中，文学批评是文学史或者说经典化的第一道“滤网”，80后文学值得研究者积极地“跟进”吗？这些暂且不谈，我觉得有问题的是，有位编辑老师就告诉我：作家作品论的方式已经没意义了，这种方式无法进入年青一代的文学。但今天我有了一点信心，您在讲稿《批评与创作的同构关系》中提到《1988》里那个私生子的细节，进而和上一代创作中的“无后”现象做比较。甚至我想还可以用您的《中国现当代文学名篇十五讲》中的方式来考虑一下这个细节背后“托孤”原型的意义（在这个婴儿诞生的过程中哪几种力量牵涉其中）。我觉得这个看法非常新鲜。这其实是以您一贯倡导的“文本细读”的方法赋予韩寒小说意义。我之所以觉得新鲜，是因为在我看到的对80后文学的解读中，最多的就是文化研究的那种方式。避谈作品，而关注作品背后的新媒体、文学生产之类。所以我想这也造成了那种局面：我们往往以传媒话题、娱乐新闻、粉丝心态的方式去理解青年人；而也许已经有丰富的文学文本存在了，只不过我们不认真对待。

◆ 我很鼓励你们这样做：志同道合的朋友聚拢，先放低架子，不要把自己放到一个比同代作家高的位置；然后根据学过的文艺理论，结合自己这一代的生命经验，进入文本的解读；用形象逻辑推理出艺术真实，这个艺术真实的境界可能作家的创作还没有抵达。我觉得优秀的批评家就是这样的。

陈思和：你说得非常好，应该这样来做。当时我是在和李一讨论她的博士论文，提到韩寒小说中这个细节，80后还很年轻，他们对生命现象很敏感，不会像莫言、王安忆、贾平凹笔下出现畸形的“无后”现象。你刚才提到的很有意思，可能韩寒在创作时未必明确意识到，这里是不是有一个隐喻——新生命的艰难诞生。小说中还有一个细节：“我”叫那个女孩子娜娜站到窗户边，把阳光遮住，好让自己睡觉。等“我”醒过来时发现，从下仰望，那个站在床边被阳光穿透的女孩形象，像圣母玛利亚，当时我读到这里一闪念：这个女孩子是妓女，妓女像基督一样伟大，这里有同构性。小说中的孩子是私生子，父亲是谁不知道，而且注定其出生要经过很多坎坷，很多神话中都有这样的原型。我把这个隐喻理解为80后在想象一个新的世界。从这个角度去想，你就会觉得80后是很有力量的。韩寒小说中还有一个细节，写主人公小的时候趴在旗杆上，眼睛往下看一片乌黑黑的人，人群中有个女孩子是她想象中的女朋友，后来这个女孩子的经历好像也很坎坷。韩寒在小说中为什么写这个细节，而且选择到《独唱团》里发表？我的感觉是，这似乎是对自我成长经历的一个隐喻：自己还很不成熟的时候被人们捧到旗杆上，高处不胜寒，这个时候非掉下来不可。我很鼓励你们这样做：志同道合的朋友聚拢，先放低架子，不要把自己放到一个比同代作家高的位置；然后根据学过的文艺理论，结合自己这一代的生命经验，进入文本的解读；用形象逻辑推理出艺术真实，这个艺术真实的境界可能作家的创作还没有抵达。我觉得优秀的批评家就是这样的。

金理： 我们这一代的年轻人应该关心同样年轻的新秀作家，而本质上，其实您提出的是批评的审美标准到了一个该更新的时候了；再沿用“中年作家”的规范可能会对新出现的审美精神、表达时代生活的新方式和感受产生遮蔽。

陈思和： 每一代人感受时代都有自己的方式，也形成相应的独特表达。比如，我在解读卫慧、棉棉的小说时，发现她们有单亲家庭的背景，这在我们这代人身上是没有的。单亲家庭就会出现对父母的报复，于是迁怒于达·芬奇、贝多芬，于是审美的东西就出来。批评家如果不重视这些东西，时代的信息就没了。70 后的一代作家很可惜，没有批评家形成呼应，在后面支撑他们，逐渐就被时尚的泡沫湮灭了。我鼓励你们年轻人做同代人的批评家。

◆　我鼓励你们年轻人做同代人的批评家。

2012 年 3 月 16 日定稿于鱼焦了斋

初刊《当代作家评论》2012 年第 3 期

第二辑　批评的方法

批评方法与批评家的选择

文学研究领域里，思维空间的拓展与研究方法的更新已经以挑战的姿态形成一种思潮，它使每一个对文学抱认真态度的批评家——无论是赞成这个思潮，还是反对这个思潮的，都感到有些惶惑。这心理意味着自省与选择，以求在面临的混乱中寻出适合于自己走的道路来。如果说，这一思潮旨在改变过去以传统的社会历史研究方法定于一尊的状况，以多元取代一元，在更多的层次上加深对文学的认识和理解，那么它的意义就不会仅仅停留在方法更新这一层次上。它是即将出现的传统文学观念及其他思想文化观念变革的前奏——前奏虽然属于整体乐章的一部分，但又不等于后者，表面的热闹并不能概括乐章的全部意义。因此批评家们今天所面对的选择，只是这前奏中的思考、激动、探索的反映，它本身不可避免地带上了选择对象所具有的意义与局限。

◆ 批评与创作一样，是由主客体相撞击后爆发出来的火花。批评家不仅以心灵对生活，还以心灵对文学，他必须渗透到生活中去理解文学，又必须渗透到文学中去领悟生活。

批评与创作一样，是由主客体相撞击后爆发出来的火花。批评家不仅以心灵对生活，还以心灵对文学，他必须渗透到生活中去理解文学，又必须渗透到文学中去领悟生活。作为对文学现象的解释和议论，无论是重主观的批评还是重客观的批评，都离不开批评家的主观世界。而批评方法正是批评家的主观世界渗透到研究客体中去的具体途径，或者说，它是批评家在批评活动中的主体载负形式。因此，它能够相应地转化为三种形态：批评家的思想观点的表述符号——文字的组合形态、批评家的思想观点的实现方式——思维的活动形态以及批评家的思想观点的基础与内核——他所持的文学观念的理论形态。

应该承认，这三种形态都属于方法论的范畴，但它们的功用与性质显然不一样。第一种形态要回答怎样写好批评文章，即是对文艺批评的艺术探求，它体现了批评家的美学风格。第二种形态是回答怎样写批评文章，它体现了批评家的治学方式与思维特点。第三种形态是回答这一篇批评文章是怎样写成的，它着眼于文章的整体形成，即是批评家的人生观与文学观的体现。我们今天所讨论的方法更新的前提之一，就应该先弄清其是哪一种形态的更新。

批评是思想观点的阐述。批评家有权利选择他认为最适宜的文字组合方式，把他的思想观点准确、有效地传递给读者。文学作为一种符号，本身没有意义，它的生命取决于运用者的组合与选择，严肃与轻松，直露与幽默，晦涩与流畅，浓艳与清淡，烦琐与简练，华丽与朴讷……不同的文字特点，会产生不同的批评效果。但这种组合与选择的标准，又受到批评家个人的气质、禀性、修养等诸因素的制约。当批评方法转化为文字组合形态时，批评家的选择既是自由的，又是不自由的。正如作家的创作风格既形成于作家的自觉追求，又受到主观条件的限制而非人人可以临摹的一样，因此，讨论这种形态的更新就显得意义不大。

◆ 文学作为一种符号，本身没有意义，它的生命取决于运用者的组合与选择。

批评的表述过程也就是思维的运动过程。批评家有赖它才能进入研究客体，所以它又是与批评家的劳动对象与成果即学术类别与学术价值直接联系在一起的。批评家有权选择适当的思维方式作为他进入客体的途径，但研究客体也规定了这种选择。古籍的整理与研究，决定作者的思维方式必须是严密地实证，而不是思辨性的和预测性的。宏观地把握文学现象，运用综合的逻辑思维方式对于文学史的研究来说极为重要，但对于具体作品的艺术鉴赏则无甚意义。所以当批评方法转化为思维活动形态时，批评家的选择权利也同样是有限的。如果超出这一限制，方法的变更可能会导致目的的偏差。而且，当批评方法作为一种思维活动的形态出现时，它本身就无所谓新旧。电子计算机的引进与运用也许会导致考据学与目录学衰微，但作为这些方法学的性质仍然存在，只不过是从较原始的人工的操作转化为先进的机器的操作而已。因此讨论这种形态的方法更新也没有很大的意义。

只有当批评方式转化为文学观念的理论形态时，批评家才有可能面对最大限度的自由选择。但批评方法转化为这一形态时，它已经不是纯粹意义上的方法了，它成了文学观点的阐述形式和批评视角的表现过程。它是文学批评的基本核心。我们可以把文学视作政治的工具，视作社会的反映，视作心灵的表现，视作潜意识的宣泄，甚至视作一个系统、一道程序、一种结构，我们也可以把文学视作作家的精神产品，视作不依附于作家的独立世界，视作读者接受过程中的现象，等等。每一种文学观念都为批评家提供了一种独特的批评视角。我们往往把视角称作方法，而视角是多样而复杂的，足以供批评家不受任何主观或客观条件的制约，自由自在地选择一种观念而排斥另一种观念，并且在自己选定的文学观念中进行理论活动。目前人们所关心的方法更新，正是指这一种形态的方法论。随着文学创作与文学评论的自由发展，对文学本体的认识也必然由单一转向多元，人们不能满足于过去那种仅仅把文学视作社会政治反映的现成结论，他们需要探求。并且寻找理论形态来表达他们所获得的新感受。这从外在的形式上说，即所谓方法论的更新。事实上也只有文学观念的更新与多样化，才能促使文学研究进入更深的层次中。

◆ 事实上也只有文学观念的更新与多样化，才能促使文学研究进入更深的层次中。

对批评家来说，前两种形态的选择总是受到主观或客观方面的限制，不是绝对自由的，因而它们表现得较为稳定。无论评论家选择何种文学观念和何种批评视角，他都可以采用他所习惯了的文学组合形态与他所擅长的思维活动形态。唯有文学观念的理论形态是最不稳定的，它可以被批评家任意地取舍。批评方法的选择与更新，只有在这种形态内才是现实的和可行的。

但是，当批评方法转化为理论形态时，它必然也具备一般理论的特征：限定性与排他性。任何理论总是为了它的应用性而建立的，无论其目的在形而上还是形而下。这种应用性可以使理论在解释其目的的范围内尽可能地完备、严密，做到无懈可击，可一旦超出它的范围，立刻就可能出现悖反性现象，即真理与谬误，本来只是在非常有限的范畴中才有绝对的意义。这种限定性是理论之所以能成其为理论的基础，它规定了理论的外在构成。同时，理论又是排他的。我们提倡理论上的宽容精神，是从整体上提倡理论流派的繁荣而言的，但对于理论的内在构成，它必然确定是与非的原则。任何学说的建立，本质上总是一种对现存理论学说的抗争与反驳，如果能容纳一切，那就等于没有理论。作为一种理论形态的方法论，它固然为批评家进入研究客体选定了起点与目标，但它所提供的批评视角、批评标准、批评范围，都迫使批评家进入一种固定的程式。也就是说，批评家只能持这一种文学观念而不能持另一种文学观念，按照这一种批评方式而不是另一种批评方式来进入他的研究客体。

所以，批评家在选择批评方法时是自由的，可是当他一旦选定以后，他就不自由了。记得有这样一个故事：一个人在黑夜里丢了东西，他借着路灯之光寻找着，当旁人告诉他灯光下什么也没有时，他回答说："可是，我只能在这里找呀。"灯能够给人以光，那是不错的，但它又有一定限度。纵然是太阳的光焰无际，对于圆形的地球来说，它还是只照亮了一半。理论在解释文学时也是遇到这种窘迫的境遇。因为文学也是圆的。在"左"的路线影响下，文学也曾一度被各种非文学因素压扁过。那时，文学充当过多种社会功能：它是宣传的工具、批判的武器、政治的图解、生活的指南、军事的说明、历史的普及等等。那时候的批评家不难当，他只需用一种现成的观念便可写尽文学的一切，说明文字的一切了。可是当文字从各种非文学因素的重压下挣脱出来，还其自身的圆形体以后，它表面上的功能缩小了，但内涵却日益丰富了。这种圆形特征——性质的多义与模糊，不可言尽，不可绘状，足以使传统的平面型的批评方式变得捉襟见肘。人们已经普遍地意识到了这个现象，最近方法更新的呼声日高，正反映了批评界这种失态心理的自救状。但问题却在于当我们改变了传统批评方法的独尊地位以后，是否可能再重新建立一种新的定于一尊的理论模式或批评方式，来恢复批评的昔日威力呢？

事实上，从来没有，也不可能有全知全能的批评家。文学的多元化与批评方式的多元化都是指整体而言的，作为一个具体的批评家，他只能依据一种文学观念和批评视角进入文学。理论需要限定才成为理论，批评也需要标准才成其为批评，所以他只能是以一元解多元，阐释某一种或几种文学现象，却不能阐释文学的全部现象。从历史的眼光看，我很怀疑那种过于天真和乐观的结论，即以为我们所面临的批评方式更新的思潮中，当一种文学观念取代另一种文学观念，一个批评视角取代另一种批评视角时，它将具有全新的革命意义。中外文学批评史的发展证明，批评家在获得一种新的文学观念时，总以为自己掌握了可以解决一切文学现象的万能钥匙。其实，这只是他在解决前人遗留下来的某些空白时产生的幻觉。他没有意识到，在他的身后同样留下了许多新的空白。批评流派的互补与兴替史，不正说明了这个事实吗？

指出批评家的局限，并不是证明批评家的无能，恰恰相反，批评家只有充分认识到这一点，从盲目的自大中摆脱出来，才可能以高度的明智来凝聚力量，使自己在局限中发挥最充分的优势。批评家有局限并不可耻，我们不妨回顾一下我国文学批评在 20 世纪 40 年代曾出现过的一个繁荣时期。那时有胡风继承鲁迅、瞿秋白的批评文风而形成的深沉、雄浑、辛辣的风格，如鹰击长空，敢于直面血淋淋的人生；有刘西渭擅长法国蒙田、圣佩韦式的批评风采，又细腻，又精当，如春风拂面，暗香潜来；有朱光潜、钱钟书等学贯中西，驰骋于各种学科之间，沉溺在东西方文化之中，如海底探宝，美不胜收；还有朱自清、李广田、邹荃麟、李长之、袁可嘉、唐谬、吕荧……各据所长，从一畦一角，丰富着整个批评园地，批评家们不同的风格与特长，不但来自他们不同的文学特点与思维方式，更重要的是，他们对文学本体的理解不一样。每个人都有所长，亦有所短，刘西渭未必能达到胡风那样的深刻程度，而胡风也难以写出刘西渭那样充满艺术灵性的美文，但他们都能够在自己的局限中形成独特的风格、个性甚至流派。我觉得我们今天同样面临着一个怎样迎接文学批评园地的百花齐放局面的问题，每个从事批评的工作者都不妨想想自己的特长与局限，从而调整自己的批评路子和方法，发挥自己独特的优势，不必迷惑于一说而惶惶自恐，更不必因为失却了原先的依凭而变得病笃乱投医。

◆ 指出批评家的局限，并不是证明批评家的无能，恰恰相反，批评家只有充分认识到这一点，从盲目的自大中摆脱出来，才能可能以高度的明智来凝聚力量，使自己在局限中发挥最充分的优势。

当然，批评家的这种局限不是命定的，它来自选择。这与作家在

◆ 我以为批评家唯有靠选择才能有所依据，有选择、有依据必有所局限。从这个意义上来说，批评家无法摆脱局限。但是批评家是能够超越局限的，超越不同于摆脱，它不依靠选择，而是依靠认识。

长期写作中形成自己的个性，同时又形成自己的局限是不一样的。既然批评家通过主观选择获得种种局限，那么，他是否能够依靠主观力量来摆脱局限呢？我以为批评家唯有靠选择才能有所依据，有选择、有依据必有所局限。从这个意义上来说，批评家无法摆脱局限。但是批评家是能够超越局限的，超越不同于摆脱，它不依靠选择，而是依靠认识。这个议题已经超出了本文所讨论的范围，我将在另文做专题的探讨。

初刊广州《文艺新世纪》1985 年 4—5 期合刊

文本细读的意义和方法

一、文本细读与文学史教学

近二十年来的中国现代文学研究和教学的发展，大致经过了一个转折。在二十世纪五六十年代，中国现代文学是一门新兴的学科，那时学术界占主导地位的学术流派和治学方法都是从古典文学研究中派生出来的，学习研究现代文学者，也多是从古典文学的治学方法中寻找路径和方法。比如，作家的著述系年和年谱的编写、作家资料的收集以及文本细读等等。20 世纪 80 年代研究现代文学的学者几乎都是从系统阅读一个作家的作品开始起步，他们的第一本论著，多半是具体的作家研究和作品论。这也就意味着后来提出“20 世纪中国文学”和“重写文学史”的一代学者，都是在阅读大量的文学作品以后再提倡推动宏观研究的。1985 年以后的情况就有所不同，一来是学术风气强化了宏观研究的必要性，二来是西方理论学说的不断引进，导致学术界盛行新方法和新理念，对文学史的理论研究逐渐取代具体的作家作品研究，文本逐渐不被重视。现在二十年过去，一届届的研究生都被笼罩在宏观体系的理论的阴影里。

◆　当轻视文本的治学方法渐渐成了一种风气时，问题就严重起来了。

当轻视文本的治学方法渐渐成了一种风气时，问题就严重起来了。我这样说，当然是有感而发——我每年主持研究生入学考试的时候，都会发现一些相同的现象：许多考生对几本流行的文学史著作准备得相当充分，对一些流行的学术话题和读物也相当熟悉，但是当你抽样地选一些文学作品作为问题的话，立刻就会发现他们的破绽。他们对文学作品阅读量不仅相当少，而且几乎不具备解读作品的能力。曾有一位考生诚实地告诉我，他的导师对他说，做学问就先要建立起一个理论框架，然后把符合理论框架的作品往里面填。我听了当时就很想告诉他，如果你学习现代文学史没有成百成千地阅读作品，对文学作品不能做到融会贯通、如数家珍，那么所谓的文学史理论体系都是别人的，而与你无关。你将永远被排除在这一专业的门槛之外，不会产生真正的独立见解和自己的学术观点。现在考研究生的考生只注意招生章程上开列的参考著作，其实再详细的参考书都不可能把阅读作品的细目开列出来，但这恰恰是专业基础是否扎实的关键所在。

我常常想，所谓文学作品和文学史的关系，类似于星星和天空之间的关系。构成文学史的最基本元素就是文学作品、文学的审美，就像夜幕降临，星光闪烁，每个星球彼此都隔得很远很远，但是它们之间互相吸引，互相关照，构成天幕下一幅壮丽的星空图。这就是我们要面对的文学史。我们穿行在各类星球之间，呼吸着神秘的气息，欣赏那壮丽与清奇的大自然，遨游太空。研究文学史是一种遨游太空的行为。星月的闪亮反衬出夜幕的深邃神秘，我们要观赏夜空，准确地说就是观赏星月。没有星月的灿烂我们很难设想天空会是什么样子的，它的魅力又何在呢？我们把重要的人物称为“星”，把某些专业的特殊贡献者称为“明星”，也是表达这样的意思。当我们在讨论文学史的时候，就不能不把主要的注意力放在这样一批类似“星”的文学名著上。

◆ 文学作品和文学史的关系，类似于星星和天空之间的关系。构成文学史的最基本元素就是文学作品、文学的审美，就像夜幕降临，星光闪烁，每个星球彼此都隔得很远很远，但是它们之间互相吸引，互相关照，构成天幕下一幅壮丽的星空图。

对文学作品有了充分的理解和欣赏，我们才会有好奇心去关心这些作品是怎样诞生的，作家是在怎样的生活环境下创作这部文学名著的，作家的生活经验与创作之间构成怎样的关系。于是才进入文学史的第二个层面即文学史的掌握。文学史的知识包括文学思潮流派的发生原因和经过，包括作家的生活环境与命运遭际，也包括文学与外部社会的各种关系，诸如出版、市场、经济和各种社会制度等方面的关系。所有这些因素都是围绕文学作品的解读和传播服务的，离开了文学作品的审美意义，所有文学史知识都成了文学的外部因素，而文学的外部因素只能说明外部世界，并不能针对艺术审美本身。所以，文学史构成因素用于社会研究或文化研究是有价值的，但并不能为文学的审美自身提供什么新的证据。我们把文学史上的精品视为艺术奇观，其生成原因似乎很难从具体的生活环境给予准确揭示，我们只有在不断地欣赏与体验中感受其价值所在。

在充分掌握了文学史知识的基础上，我们才能进一步感受到中国现代文学的一个独有的特征，即它的并不长远的历史过程本身体现了知识分子人文精神的寻思。20世纪中国文学在世界格局观照下并不能说已经达到很高的艺术境界，但它是活的文学，有血有肉的文学，这意味着文学创作中所体现和包容的知识分子有巨大的精神探求动力。这是与我们每个人都有关系的精神传统，或许我们正是其中的一员。如果我们在这个意义上学习现代文学，那它就直接关联到我们的人生道路和行为模式。但是，即使在这样一种比较崇高的目标之下，我们借助了现代文学来完成，同样是从审美出发的。相对于宗教，我更相信人文精神的力量，我相信人依靠理性和美好情感，可以维护自己的尊严和自信。在中国，坚持和弘扬人文精神是凝聚民族信心的主要力量，而对美的感受和美的创造是人文精神的基础部分。我想阅读文学作品也是一种审美的训练，训练读者对文学语言和文学美感的感受能力和把握能力，进而洞见人性的丰富，使自己的内心世界也丰富滋润起来。

◆ 我更相信人文精神的力量，我相信人依靠理性和美好情感，可以维护自己的尊严和自信。

我常常以胡风为代表的“七月派”创作为例来说明这个过程：第一个层次需要我们认真细读文学作品，从诗歌里领悟诗人们的美好感情；第二个层次需要我们掌握有关“七月派”诗人的遭遇和整个胡风事件的来龙去脉；而第三个层次里，我们将学习和讨论中国知识分子面对种种特定环境的精神反应以及他们自觉的使命、追求和他们所遭受的灾难的教训。然而，对胡风事件的三个层面的理解，都是从对“七月派”创作的美好的感性认识开始的，只有在审美上认同诗人们的创作价值，才能质疑：创作了这么美好作品的人们为什么会遭受如此残酷的灾难？我们应该从中吸取什么样的教训？一切都是从阅读作品开始的，如果离开了第一个层面的感性认识，整个理解都会出现偏差。

二、细读文本与文学元素

细读文学作品的过程是心灵与心灵互相碰撞和交流的过程。我们阅读文学，是以自己的心灵为触角去探索另一个或熟悉或陌生的心灵世界。我这里所指的心灵世界，包括两个主体：一个是作家的主体，即作家在创作的背后应有一个完整的理想境界，是作家对作品应达到的境界的期待；另一个是读者的主体，读者对阅读作品所期待的一种理想境界。但文学作品本身是自在的客体，它既不可能完全等同于作家的主体期待，也不可能完全重合读者的主体期待。文学阅读也正是这样三个元素的互相融合与冲突。

◆ 细读文学作品的过程是心灵与心灵互相碰撞和交流的过程。我们阅读文学，是以自己的心灵为触角去探索另一个或熟悉或陌生的心灵世界。

我试图用三个定语作为自己阅读文学作品的途径，那就是欢悦地、投入地、感性地阅读才能使自己真正进入文学。首先，欢悦即快乐。这是最重要的一点，有许多学生问过我："人生有许多选择，你为什么选择文学？"我回答说："因为我喜欢文学。我读文学作品的时候是最放松、最快乐的时候，是想象力最活跃、最放纵的时候。读文学作品不是为了应付考试，也不是为了完成什么任务，首先是快乐。阅读让我重温人性的美好与温馨，让我窥探人性的黑暗和深刻，同时也让我遐想、憧憬和寻找生活勇气，人生所有不能达到的境界几乎都可以在文学里得到满足。"我想很多人都有过这样切身的体会，无论遭遇了什么样的困境和绝望，读一部好的文学作品会平静下来，忘却身边烦恼，人需要最后的精神家园，而唯有文学能给予。其次是投入。读文学不是读文件，可以放松自己的情绪，任自己被文学的语言和审美境界所吸引、所感动。你可以哭笑自如，可以拍案叫绝，可以舞之蹈之，可以废寝忘食……投入是一种忘我境界，只有"忘我"才能把你的人生经验和内心欲望都调动起来，使你与文学产生血肉相连的亲密关系，你从文学中读出的是你自己的内心隐秘的声音。于是就有了第三点：感性地阅读。读文学最怕是失去感性内容，当你的情绪与文学融为一体的时候，你需要了解的是你为什么读之感动，你需要通过阅读文学来认识自己内心深处纠缠着怎样的情感因素。这时候最忌讳教条的理性指令，就像多数评论家所教导的那样，从主题思想到政治教条或是验证某种思想理论，最终是把文学自身的魅力割裂得支离破碎。一旦属于你个人经验和生命体验的审美效果失落了，再精致的文学也会索然无味。文学的魅力就是能使人的生命变得丰富起来，满溢开去，这就是巴金所说的“生命的开花”，也是文学艺术所能达到的最高境界。

这三个定语修饰的阅读态度都说明了阅读者对作品的主体参与。作为阅读者，你首先是在当下环境中生活着的人，是一个对生活有自己的感情寄托的人。当你真的欢悦地、投入地、感性地进入文学世界时，你必然会把自己强烈的生命信息和主观愿望带进去。从主体出发，你在阅读中总是会读到你所愿意读到的东西。文学是美好的，也是丰富的，能够从各个方面来满足阅读者的需要。但这种主体性包含文学的和非文学的两个部分。前者诉诸感情或者审美的需要，后者解决的是知识或者工具的问题，前者没有功利性的目的，而后者相反。在其他社会科学尚不发达的情况下，社会科学研究者不能不利用文学作为研究政治历史、文化经济以及各种相关学科的材料，但这不是文学自身的本质功能。文学曾经有过一个畸形繁华的时代，它背负了极为沉重的非文学的责任和功能，成为一门显学。人们在文学文本里寻找着各种非文学的信息和答案，弥补各种学科知识的缺乏，但文学自身的审美功能则很容易被遮蔽。与此相关，还有一种不容忽视的现象，即长期统治文学理论领域的工具论倾向，把文学创作视为意识形态传播的工具。从左翼文学开始，这种功利主义就逐渐渗透到文学分析与文本解读之中，一度成为中国文学理论的主要方法。——这两种倾向，无论是以知识为目的还是以工具为目的，都属于文学批评的非文学的元素，可能导致文学元素异化。

◆ 文学的魅力就是能使人的生命变得丰富起来，满溢开去，这就是巴金所说的“生命的开花”，也是文学艺术所能达到的最高境界。

我之所以要在讨论文本细读之前先提出这个问题，是因为我一直在思考：文本细读是一种方法，可以体现为各种层面的阅读需要，因此我们必须先要解决的是，本教材所倡导的文学作品的文本细读，究竟应该从文学着眼还是从它的社会功能着眼？我们有没有可能提供一种方法，即透过文学审美的读解达到对某些非文学的社会的认识，而不是简单回到庸俗社会学的批评方法？提出这一问题与读解者的思想倾向无关，只是出于对那种把文学作为意识形态工具的方法的警惕。在当代文学史上，存在过长期把文学当作思想演绎工具的危害，直到1985年“寻根文学”崛起以后，创作才从偏重思想观念转向审美境界、语言与形式革命，以及开始重视文学的主体性。文学批评不是文学创作的附庸，批评者与创作者同样是站在生活面前，以创作为对象来抒发对当下生存环境的感受。任何文学作品中都可以发现文本所含的社会意义，只是由于艺术观念和表现方法的不同，有些社会意义必须通过对作品的艺术分析才能感受到，有些则直接就表达出来。我们在今天重新探讨文本与社会分析的关系时，首先要警惕的是跨越了文本的文学性，片面强调其社会意义的倾向，这样做的话，本来就淡漠甚至不为人们重视的文学因素会因此而淡出，庸俗社会学的阴魂也会卷土重来。

◆ 文学批评不是文学创作的附庸，批评者与创作者同样是站在生活面前，以创作为对象来抒发对当下生存环境的感受。

文学作品的文本细读，应该从文学出发，那么，我还要追问：文学元素究竟应该怎样衡量？是什么样的文学元素在文学作品里足以包容社会性而不是排斥它？如果抽象地来讨论这些问题比较含糊不清，可以从文学的审美功能这一特点上来理解，文学是诉诸感情或者满足审美的需要，阅读审美是主观的形式，只能在主观体验下真正确认文本的文学元素。我可以举自己的一个阅读例子。我才十三四岁的时候——那个时候每个少年都百无聊赖。有一次，我读了巴金的长篇小说《憩园》，是一本旧书，封面都撕掉了，我读繁体字直排本还很吃力，但读完以后却深深地感动。“文化大革命”中泛滥成灾的暴力事件与小说描写的温馨故事完全背道而驰，我的内心竟然受到了很大冲击。每天黄昏的时候，太阳斜斜地照过来，树的影子慢慢地长下去，我呆呆地朝着树底下看，仿佛眼前就会转出这么一个老乞丐。我脑子里虚构了一个人：灰白的长头发，胡子很脏，穿一件绸的蓝布大褂，是个很瘦的老人。我不知道是怎么回事，老是觉得看见过这么一个人，脑子里老是出现这样的形象。然后我又想象，如果这个人出现了，我就会像书中的孩子一样给他什么东西等等。现实生活里从来没有过这么一个落日、黄昏、老人的衰败形象，但是这个故事却让我激发了对生命内在的同情心，激发了人性的善良的道德力量，帮助我辨别当年的形势和以后的人生道路。后来我读大学写论文，毫不犹豫地选择读巴金的书，研究巴金，进而再研究现代文学史。艺术就是这样，你未必能够有效地利用它，但它会在你心里种下这么一个根，那就是对人生的理解，对自我的理解，对生命的理解。也许《憩园》并不是巴金最有影响的小说，我也没有对这部作品做过深刻的研究，但小说里这个人物形象我一直深深记得。我想，人文的培养就是这样。文学的魅力也就是这样产生的。

文学元素对读者的影响，体现在对人格的潜移默化作用，并非理性指点迷津，更不是思想理论的演绎图解，而文学对社会的理性批判也并非衡量其优劣的重要标准。正如我从《憩园》里受到的感动，在“文化大革命”时正是一种当下意识的批判立场，它与当时的主流意识格格不入。这样独特的感情世界里包含了对社会主流意识的抗衡和批判。如果读者一定要在这个文本里寻找社会批判的意义，其深刻性或许不及巴金的其他小说（如“激流三部曲”“爱情的三部曲”等），而我却在它问世二十多年后的现实环境下，切实地感受到它的微弱温馨里含有的尖锐的批判力量和孤独的人道力量。我讲这个例子只是想说明，文本细读的功能在于探讨一部作品可能隐含的丰富内涵与多重解释，窥探艺术的奥秘与审美的独特性，而不是重返以往庸俗社会学所做过并被实践已经证明是错误的所谓的社会学分析。

◆ 文学元素对读者的影响，体现在对人格的潜移默化作用，并非理性地指点迷津，更不是思想理论的演绎图解，而文学对社会的理性批判也并非衡量其优劣的重要标准。

既然文本细读的文学性因素联系着极为隐秘的个人感情经验，那么文本细读就是个人经验的传播与交流，是人心从互相隔膜到互相了解的心灵撞击的过程。我不赞成把文本细读看作是与作家主体和社会客体都无关的纯技术形态，因为作家主体的所有信息都会从文本中反映出来，包括他对社会的态度与立场，但文本也不是意识形态的简单图解。文本细读不应该有标准答案，只是一个待启发、待补充与交流的开放性的文学平台。有时候需要热烈的争辩来充实其留白空间，有时候需要静静的玄想才能感受其内涵丰富。中国古代有“诗无达诂”的说法，西方也有说不尽的莎士比亚之说，两者的意思差不多。任何对文学作品的解读都不能穷尽艺术魅力，也没有一种标准的答案。

三、文本细读的几种方法

我在这里想介绍的只是我自己读文学作品的一点体会，是我的阅读方法，当然不适用于每一个人，也不适用于每一部作品。文本细读是一种能力，它帮助你阅读文学作品，帮助你透过文字或者文学意象，探寻所隐蔽的精髓之地。通常来说，优秀的文学名著总是含有多层次的丰富内涵，其表层所承载的可能是社会上一般流行观点，但其真正的精华部分则不限于此。前面已经说过，作家在创作的背后有一个完整的理想境界，这是他对自己的创作应达境界的期待。这种期待有时候是作为一种无意识存在于作家的创作中，可能连作家自己也不怎么清楚，但它恰恰是艺术创作最真实的部分。细读文本的任务是揭示出这些隐含在作品细节背后的艺术真实，也是艺术作品最有价值的部分。

◆ 文本细读是一种能力，它帮助你阅读文学作品，帮助你透过文字或者文学意象，探寻所隐蔽的精髓之地。

（一）直面作品

直面作品也就是不带先入为主的偏见去阅读。这是文本细读最重要的途径。我们阅读的文学名著，都经过了前人的精心研究，各种不同的解说仿佛是一层层外衣，把文学名著装饰得五彩缤纷，但也可能把它的真身包裹得严严密密，让我们读不出它的本来面目。既然阅读是个人隐秘感情世界的发现，那我们必须强调直面文学作品，用心灵和情感进入文本，寻找一种线索，激起作家与读者心灵世界之间的应和。而其他外在的因素——研究和解说，只有在读者与作品之间有了心心相印的可能性以后，才能够发挥它的有益意义。如果读者在直接阅读作品之前就先读了大量的有关评论，很容易迷失自我，找不到自己的感觉。有一次，我在上课之前让学生阅读茅盾的《子夜》，课堂讨论的时候，许多学生迷茫地问道：“为什么说吴荪甫体现了民族资产阶级的两重性？”很显然，关于“民族资产阶级两重性”这个结论，不是学生从小说文本里读出来的，而是他们从相关的评论和研究著作中获得的概念，而他们的当代生活经验已经无法与这样的概念联系起来了。于是我不建议他们讨论“两重性”的问题，首先要他们谈谈他们心目中的吴荪甫是怎样一个人：是一个成功人士，还是一个失败的英雄，或者是一个魅力型男人？用最接近当下生活的观念去理解艺术形象，就不会觉得这部作品离开我们太远。像吴荪甫这样的人，其实在我们今天社会也可能存在着，我们怎样来看今天生活中吴荪甫那样的老板、海归人士、民营企业家？阅读作品也要从实感的生活经验出发，而不是从教科书的理论教条出发，于是就有必要强调阅读时的“第一印象”。你是赞美这个人物还是感到讨厌？为什么？这样，“第一印象”能慢慢地触动你内心的隐秘感情，促使你把自己放进文本里。

阅读文本时，还经常会遇到一种“通不过”的感觉，即阅读者读到某些描写、某些细节，甚至是某些句子的时候，心里会不舒服，会产生“为什么会这样写”的疑问。如果我们假定所阅读的作品是一部公认的杰作，那么，这样的“通不过”可能不是说明作家在某些地方写得不好，而是阅读者的心灵在阅读中遭遇了挑战的信号。——这也往往是文本细读的起点。所以，我建议阅读者不要轻易放过自己感情上“通不过”的信号，而是要停下来，问一问：为什么会这样？也许你就会发现文本的破绽之处，其实也不是破绽，而是帮助你进入文本做进一步探究的线索。

◆　阅读文本时，还经常会遇到一种“通不过”的感觉，即阅读者读到某些描写、某些细节，甚至是某些句子的时候，心里会不舒服，会产生“为什么会这样写”的疑问。如果我们假定所阅读的作品是一部公认的杰作，那么，这样的“通不过”可能不是说明作家在某些地方写得不好，而是阅读者的心灵在阅读中遭遇了挑战的信号。——这也往往是文本细读的起点。

这种内心发出的“通不过”的信号，有时候也会帮助你纠正前阅读时期造成的偏见。假如遇到这样一种情况：你阅读一部作品之前，已经从别人的评论介绍中获知这部作品的某些内容，你也相信这些介绍是正确的，但是在阅读文本时，当你用自己的心灵直面作品并投入了隐秘感情，你就会慢慢觉得，文本告诉你的，其实并不是之前你所读到的有关评论介绍的内容。譬如，别人的评论告诉你作品中某个人物是个十恶不赦的坏蛋，可是你在阅读中发现并非如此，或者你对这个人物还充满了同情。这时候，“通不过”的信号表明你在前阅读时

◆ 你必须相信自己的情感反应，纠正前阅读给你带来的偏见。——所谓的偏见不一定就是错误，但是对你来说，那种不是出于自己的情感反应而来自外部的影响只能是偏见。

期的印象与现时阅读中的情感反应之间发生了冲突。你必须相信自己的情感反应，纠正前阅读给你带来的偏见。——所谓的偏见不一定就是错误，但是对你来说，那种不是出于自己的情感反应而是来自外部的影响只能是偏见。只有在你阅读的情感反应印证了外部影响以后，它才不是偏见。

（二）解读“经典”

这里所指的“经典”，不是说作品本身有什么经典性。在古代传统文化中，“经”是指经书，“典”是指典籍，就是那种经得起历史上反复被人引用、被人阐发的文化资源。“经典”是指文化传统中最根本的意象。西方的文学经典是指古希腊文化、古罗马文化、希伯来文化和《圣经》。即使是西方现代、后现代的文学，也都离不开对文学资源的依赖，哪怕是创造一个新的名词概念，也可能从古希腊语或者拉丁语的词根开始讲起，这就是引经据典，表示现代人说话是有依据的。尼采，这是一个反传统、反基督教最激烈的人，他说上帝死了，可是他所依据的日神精神、酒神精神，都有古希腊文化的原型，他还是回到了经典。

我讲现代文学史，要从鲁迅早期小说《斯巴达之魂》说起。这部小说很少有人注意到，一般讲鲁迅的早期作品，也是讲他的文言文的论文或者小说《怀旧》。不过我还是喜欢《斯巴达之魂》，不仅神采飞扬，体现了鲁迅强烈的浪漫主义创作精神，而且在20世纪初到五四新文学运动，大多数作家是自觉割断自己的文化传统，转向对西方的流行文化和时尚的模仿，这使五四新文学保持了青春活力，但也是使它肤浅的根本原因。但这种趋势并不妨碍少数优秀作家从头开始学习西方文化，企图从文化源头上理解和引进西方文化的传统。鲁迅从古希腊的历史中吸取了这个片段，并融入自己的艺术创作里，正是反映了当时的中国文学中世界性因素的形成。《斯巴达之魂》所表达的就是一种创作中的“经典”意识。

◆ 好的文学作品少不了经典的帮助，因为经典所反映的是作家观察、思考和表述生活现象的思维依据。

好的文学作品少不了经典的帮助，因为经典所反映的是作家观察、思考和表述生活现象的思维依据。这是我们不能忽略的。我举个例子，张爱玲的《倾城之恋》，白流苏和范柳原住在香港浅水湾的一个殖民风格的旅店里，那个晚上，范柳原说的话里引了《诗经》里的一句："死生契阔，与子相悦。执子之手，与子偕老。"这首诗引自《邶风·击鼓》。原来的诗句是："死生契阔，与子成说。执子之手，与子偕老。"可是张爱玲把第二句改成了"与子相悦"。我不知道她这是要显示范柳原引诗引错了呢，还是其他什么原因？张爱玲是故意引错的，她后来写了一篇创作谈《自己的文章》，又把这首诗引用了一遍，而这次的引文是"与子成说"。这样的手法似乎只有张爱玲会做，她把她小说的意思上升到经典意义去讨论，从古代的经典意象里找出一种跟小说相对应的因素。

这首诗是什么意思？就是打仗的时候，人们觉得生死茫茫，生死聚散就在一刹那，人是把握不了的。虽然生生死死把握不住，但是，"与子成说"：我与你相约，与你立过誓的，我们一定要生生死死在一起，一定要白头到老。这是闻一多的解释。还有陈子展教授的解释，他说这不是夫妻间的誓言，而是战士之间的友谊：我们在一起打仗，我们说过，我们生在一起，死在一起。这两种解释都是通的，"与子成说"说明这是一首非常积极、非常肯定的民歌，在生死渺茫当中有一种肯定性的东西。张爱玲知道这首诗里有肯定性的东西，她本人也赞同这个东西。可是另一方面，张爱玲又是个虚无主义者，在她看来什么都是假的，爱情也没有真心的。她为了强调范柳原和白流苏两个都是自私自利的人，她说："一个是自私的男人，一个是自私的女人。两个人都是精刮，整天为自己打算，玩弄小计谋。直到战争爆发，两个人才不得不在一起了。"她为了表达"世界上没有爱情的、没有肯定性的"这样一个庸俗的看法，为了表现范柳原是个浪荡子，她就改了两个字。她所谓的"相悦"，就是"我们相互看看，很高兴，我看到你很高兴，你看到我也很高兴"。这样一改，意思就变得很油滑：天地无情、生死无常，人都掌握不了自己命运，因为掌握不了，大家相悦一下就可以了。这样一改，后两句诗就变得很轻浮。这就是修改经典，这一改就把小说里面人物的性格改掉了。

我原来不怎么喜欢《倾城之恋》，但我最终读懂张爱玲这篇小说，就是发现了这两个字有差异。我的感觉就是，张爱玲本人的创作意图与这个作品所展示的艺术形象之间是有距离的，通过对经典的修改，表达了她内心深处对爱情根深蒂固的不信任、对人生根深蒂固的虚无感。张爱玲喜欢调侃，喜欢把庄严的事说得很不堪，但这不能掩盖一个事实，就是张爱玲的骨子里是相信"死生契阔，与子成说"的，问题是她从她的家庭教育中感觉不到真正的爱情。这样一种理性因素和她的内在本能是有矛盾的，我们通过《倾城之恋》里所引的经典里可以看出来。

（三）寻找缝隙

读《倾城之恋》还会发现另外一个有趣现象：故事写的是白流苏和范柳原两人的"倾城之恋"，作家却漏掉了一个重要场景的描写，就是两人的第一次见面。按照张爱玲婆婆妈妈的叙事习惯，这样重要的场景（决定了两人一见钟情的开端）本来是不应该疏漏的，只能说这是作家故意为之，因为只有这样才能使白范两人的恋爱变得不真实。我们在阅读文学作品的时候要学会寻找缝隙。文本不是笼统地讲故事，我们细读的时候要注意读出它的破绽，读出作家遗漏的或者错误的地方。我有一个信念，任何一部好的文学作品，背后一定有一个完整的世界。——只有诗歌不一样，因为诗歌是抒情的。小说的背后有一个完整的故事，有一个完整的理想的模型，但是作家没有能力把这个模型全部写出来。比如说，作家写一个爱情故事，他的意识里肯定存在着一个完美的爱情故事，但他不可能把心里感受到的爱情原原本本地表现出来，写出来的只是所要表达的一部分。很多作家在写完作品以后说，我的笔无力啊，我写不出这个伟大的故事。有的作家把作品改来改去，就是因为他在创作实际中达不到他想要的那么一个完美境界。这就有一个差距，所谓的"缝隙"就暗示了这种差距的存在。"缝隙"里隐藏了大量的密码，帮助你完善这个故事。

《雷雨》里也有一个遗漏的情节，周朴园在娶蘩漪之前还有一个妻子，就是那个取代鲁侍萍的有钱人家的小姐。这个妻子在《雷雨》

里面好像完全被遗忘了，什么痕迹都没留下。西方文学里不是有《阁楼上的疯女人》（*The Mad Woman in the Attic*）嘛，从女权主义来说，这是一个值得关注的缝隙。为什么曹禺在剧本里对这个连名字也没有的女人一点信息也不提供呢？相反，对于生育过两个孩子的鲁侍萍（鲁妈），周家却保留了大量的信息，又是照片，又是老家具，还以周萍生母的身份时时挂在周朴园的口头上。荣辱相差如此之大，不能不引起深思。

还有就是，剧中人物口头上经常提起“三十年前”怎么怎么样，指的是三十年前周家把鲁侍萍赶走的事件。可有一次讲课我突然觉得不对呀，鲁大海出生三天的时候鲁侍萍才被赶走，鲁大海在剧本里出现时是二十七岁，那么应该是二十七年前被赶走才对啊。为什么说是三十年前？是“三十年前”说起来比较顺口？这当然是口误，可我觉得还是不对。我仔细排他们的年龄，周萍出场时二十八岁，那么周朴园与鲁侍萍在一起时至少是在二十九年以前，也就是说，周朴园和鲁侍萍相爱的时间是三年。所以一点没错，“三十年前”不是把鲁妈抛弃的日子，而是他们相爱的日子。他们两个人从相好到生子再到被分离，正好是三个年头。那么，周朴园和鲁妈都不是在回忆一个悲惨的日子，而是回忆一个美好的日子，潜意识里想的是美好的事情。什么样的事情能这么刻骨铭心，值得在他们潜意识里一再出现？那只有他们美好的爱情。周朴园并不是强奸了这个丫鬟，他们是相好了三年，而且在三年里生了两个孩子，他们的家还布置得非常像个样子，已经过了三十年，周朴园还保持着鲁侍萍当年在时布置的样。他每次与蘩漪吵架，就要拿旧衬衣来怀旧，所有的事情都联系起来，你就发现，其实周朴园对鲁侍萍的感情非常深厚。一个中年人有过一次失败的恋爱经历，而这次恋爱又很刻骨铭心，那么他后面的婚姻肯定不幸福，曾经沧海难为水，所以后来周朴园与蘩漪的婚姻生活不幸福。通过蘩漪的不幸福，通过那个已死的无名妻子的悲惨命运，周朴园和鲁侍萍其实是幸福的。这个故事就这么倒上去看，什么都想通了。

如果从那些被遗漏的缝隙里找信息，《雷雨》说的就是一个完整的家庭伦理悲剧。周朴园和鲁侍萍的悲剧不就是过去陆游和唐婉的故事吗？《钗头凤》为什么可以流传千古，而周朴园就要遗臭万年呢？我觉得，在《雷雨》中我读到了我能读通的东西。过去我们对文学名著的很多解释都是从教条出发的，我们不相信文本背后还有一个更加完美的世界，我们只相信是文本提供的东西。这就是我要说的寻找缝隙，通过作家的遗漏和疏忽，慢慢读出很多我们从字面上读不出的东西。

◆ 原型与经典不一样，原型指的是作品里隐藏了一个隐形结构，通常隐形结构来自民间的文化资源，反映了民间对现实生活的理解。

（四）关注原型

原型与经典不一样，原型指的是作品里隐藏了一个隐形结构，通常隐形结构来自民间的文化资源，反映了民间对现实生活的理解。我们听作家讲故事，好像是千变万化，非常丰富，其实千变万化的故事背后是有一个原型的，这个原型结构就是文化模式，也是民间故事的基本模式。人的想象力是非常有限的。我再举个例子，20 世纪 90 年代初，王朔与人合伙创作了电视连续剧《渴望》，引起过许多争论。这个故事写的是某干部在“文化大革命”中落难，不得不遗弃一个孩子，这个孩子小芳被普通市民刘慧芳收养。后来刘慧芳嫁给了干部子女王沪生，刘慧芳为了小芳受尽王家的白眼，最后导致离婚，并放弃亲生儿子。然而最终真相大白，小芳正是王家当年所遗弃的孩子。这个故事让我想起传统剧目里《赵氏孤儿》的原型。

> 《赵氏孤儿》的模式是：赵家蒙难—孤儿遗失在外—程婴为了保护孤儿牺牲亲生儿子—程婴含辛茹苦，遭受世人遗弃—孤儿长大，赵家昭雪—程婴含笑而死。
>
> 《渴望》的故事模式是：王家蒙难—小芳遗失在外—慧芳为抚养小芳不得不放弃儿子冬冬—慧芳含辛茹苦并遭到王家遗弃—小芳长大，王家团圆—慧芳却瘫痪在床。

很显然，这是同一个原型在起作用。正是这种“信而见疑，忠而被谤”的文化原型引起了民间观众，特别是皇城根下的北京市民的激动。同样的原因，这种故事原型在上海市民中却反应平平，而在知识分子中间更难获得认同。我讲这个故事不是要去套两者的关系，其实这两者没有关系，只是传统民间文化原型的再延续。它不是通过实际上的模仿，而是通过文化原型的反复呈现，把一些基本的文化观念传播开去、保留下来。

阅读文本，最直接、最感性的层次就是直感，就是你直面文本时候的那种感觉；再深入下去是对技巧的分析，就应该寻找经典，发现缝隙；再深入分析的话，就能看出其故事原型。这在作家创作来说可能是无意识的，只是文化的教育和文化的熏陶的结果，它在无形当中寄寓于人的心灵。那么，这种文本细读就使阅读变得有趣，我们通过阅读可以看到的东西比这个文本本身描写的东西要多得多。

◆　阅读文本，最直接、最感性的层次就是直感，就是你直面文本时候的那种感觉；再深入下去是对技巧的分析，就应该寻找经典，发现缝隙；再深入分析的话，就能看出其故事原型。

四、简短的结语

我很喜欢“完美”这个词所指的境界，这个境界里不仅包含完整，还包含美好，真正的生命境界就应该是这样的。庸人总是千方百计地诋毁文学的理想和美好的因素，嘲笑这是不切实际的空洞之论，但我要说，美本身就是人的生命构成的一部分，如果丧失了对美的感知能力，丧失了对好的伦理的认知能力，那么，那种生命形态至少是不完整的，也是不美好的。这是阅读文学在现代生活中不能缺少的关键所在。我们都生活在混乱之中，似乎每个人的身后都有一只看不见的手挥鞭抽打着、催促着，人人都在匆匆忙忙地奔走，日理万机。——我自己就是这样一个红尘中人，在我的周围，总是有许多事情迫在眉睫地等着去做，每一件事单个来看都很重要。为了努力就不得不疲于奔命，有时候感到心力交瘁、疲惫不堪，越是事事都想做好，越是达不到完整，人生就变成了碎片。终于，有一天我走进一位朋友的家里，那天朋友正在为一群慕名而来的年轻人上课，内容是讲解《庄子》，小小客厅里挤了二十多人，有学生，也有慕名而来的商人、职员和作家，大家静静地听，他一句一句地读解。我坐在一旁听着讲解和读着文本，忽然感受到一种幸福。宁静的读书气氛和神秘的天地境界都使

◆　我很喜欢“完美”这个词所指的境界，这个境界里不仅包含完整，还包含美好，真正的生命境界就应该是这样的。庸人总是千方百计地诋毁文学的理想和美好的因素，嘲笑这是不切实际的空洞之论，但我要说，美本身就是人的生命构成的一部分，如果丧失了对美的感知能力，丧失了对好的伦理的认知能力，那么，那种生命形态至少是不完整的，也是不美好的。

我忘记那些杂乱而喧嚣的生活。这时候我才感受到人生还有如此完整美好的境界。现实生活环境下找不到的乐趣，只有在读解文本中才真正地感受到。

初刊《河北学刊》2004 年第 2 期

与中学语文教师谈文本细读①

对中文系毕业的学生来说，文本细读应该是一门读书的技术，而且是很重要的技术，它是可以通过训练来掌握的。你在大学毕业以后，无论是在中学里当一名语文教师，还是在文化机构里担任文学编辑、从事文学评论，都离不开文本细读。

文本细读与一般的文学批评不同。文本细读是一种方法，一般来说，文学批评离不开文本解读，这是广义的文本分析。我这里说的文本细读，是一种特殊的分析文本的方法：评论家把作家创作的作品看作是一个独立、封闭的文本，像医学上做人体解剖实验一样，对文本进行深度拆解和分析，阐释其内部隐含的意义。

文本是作家创造的。作家对自己作品所含意蕴拥有更多的发言权，但是作家不是作品的最后权威评判者。作品一旦诞生，就离开了作家，拥有独立的社会意义，而且在读者阅读中不断产生新的意义。作为一种方法论的文本细读，不是研究作家如何创作，也不是考察文学作品在社会上传播的意义。文本细读就是解读文本自身，把文本当作自足的观念世界，发现其中隐含的意义。

文学作品是语言文字构成的艺术。人类在生活实践中逐渐创造了语言文字作为交流的工具，这是人类文明的一个飞跃性的进步。人类使用语言是为了把思想感情和生活内容表达得更加清晰。然而文学艺术的主要交际传播功能，是人类感情世界的表达。在人类的诸类表达中，感情表达最为模糊，最不能达意，所以需要文学艺术采用象征、

① 本文原来是笔者于 2015 年 10 月 23 日在广西师范大学中文系和《南方文坛》举办的广西青年批评家培训班上讲话的部分内容。根据录音整理。整理者黄相宜，题为《文本细读的几个前提》，刊于《南方文坛》2016 年第 2 期。2019 年笔者对这篇文章做了增删与修订，从“以上两个前提”起，均为新写部分，并改题为《与中学语文教师谈文本细读》。移用为笔者主编的《初中语文现代文选讲》代前言。特此说明。

比喻等修辞手法来完善。当然这也是相对的。一部话剧作品最精彩的艺术手段就是人物对话，对话是用声音表达感情，不同的声音可能表达多种不同的感情，由此所含的意义也不同。文学作品也一样，它是用语言文字构筑的多层次的感情世界，不仅有表层的感情意义，还有深层的意义和潜在意义。语言文字可以激发读者不同的艺术感受和联想。我所说的文本细读，就是旨在挖掘语言文字构筑的文本所隐含的多元意义。

文艺批评家的实践，离不开文本。现代文学史上有许多文艺批评家，如李健吾、唐湜、常风……解读文学作品，他们的文章题目直接就是他们所评述的作品题目，不像现在的评论文章，标题用得很大，正标题不够还要加副标题。那时候，李健吾评论巴金的“爱情三部曲”，就直接用“爱情三部曲”为标题，可见文本的重要性。批评家似乎是隐身的，隐藏在他所批评的文本后面，把作家的作品重新讲述一遍，但是在讲述的过程中，批评家就把自己的阅读感想、人生经验、欣赏点评……都包含在其中了，通过讲述作品而呈现出来。这就是文本细读。

◆ 细读文本的第一个前提，就是要相信文本的真实性。从理论逻辑上说，任何一部文学作品都可能有一个写得最好、尽善尽美的“标本”，尽管在实际操作层面是达不到的，但你要相信它。文本细读就是建立在对艺术真实的信任之上的。

文本细读不是读后感，也不是印象批评，需要有一种专业训练，这是我们从事文学批评的人都应该掌握的技能。印象批评是主观的，可以用“我认为……”来开头，对作品可以下判断，认为这个作品好还是不好。文本细读的态度是客观的。它以文本为对象，像解剖麻雀一样，看看它的器官内脏构造是怎么回事？有什么毛病？好在哪里？不好又在哪里？完全是客观地讨论作品的内部构造，主观印象尽量排除。

细读文本的第一个前提，就是要相信文本的真实性。从理论逻辑上说，任何一部文学作品都可能有一个写得最好、尽善尽美的“标本”，尽管在实际操作层面是达不到的，但你要相信它。文本细读就是建立在对艺术真实的信任之上的。文本细读的最大障碍，就是你认为文学创作既然是作者虚构的，那就没有必要讨论其真实性。文本细读的前提就是你要相信这个文本像真的一样，要相信文本背后应该有一个绝对完美的表达形式，那个绝对的完美形式就是艺术的真实。《雷雨》文本背后有一个绝对真实的“雷雨”，《红楼梦》文本背后也有一个绝对真实的“红楼梦”。但这个“真实”不是我们通常说的生活真实，更不是要在现实生活中寻找原型，而是我们经常在文艺理论领域讨论的艺术真实。

什么是艺术真实？当然有各种各样的理解。我的理解是，任何艺术文本后面都有一个真实的“象”，代表了文本应该达到的完美无缺的境界。这个想象中的“象”，是一种特殊意义的真实，也就是艺术真实。譬如说人物雕塑，我们一般评判这个雕塑作品好不好，好像是依据雕塑作品像不像生活中的真实人物。其实这是错误的理解。雕塑材料是泥土、木头、金属，怎么可能与肉身的人一模一样呢？不可能的。当我们仿佛是被雕塑艺术所吸引，脱口说“真像”的时候，标准已经不是真实生活中的那个原型人物，而是人们想象中的那个人物应该的状态，这是一种特别传神的精神状态。这个状态在你心目中也许是模糊的，与现实生活中的人物是不一样的，但是我们会认为，这个状态更接近现实生活中的人所应该有的样子。作为雕塑艺术家来说，他确信有一种状态能够完美无缺地呈现这个人物的全部真实。这就是艺术真实。但是这种“真实”是无法寻找的，也找不到，相片上留不住，朝夕相处的人也未必都能够准确描述出来。所以雕塑艺术家在创作某个人物形象的时候，最困难的就是要找到这种说不清楚的“真实”。优秀艺术家有能力创造出这种神态，让认识或不认识这个人物的欣赏者，都能够从雕塑艺术中感受到强烈的“真实”，认同创作中的形象才是真实的。

◆ 什么是艺术真实？当然有各种各样的理解。我的理解是，任何艺术文本后面都有一个真实的“象”，代表了文本应该达到的完美无缺的境界。这个想象中的“象”，是一种特殊意义的真实，也就是艺术真实。

我们解读文学作品也是这样。应该相信作品背后有一个绝对真实的“象”，那就是一个完美的标本。《红楼梦》的文本背后，有一个完美的“红楼梦”。为什么几百年来那么多人都在讨论《红楼梦》？他们的精神世界里都有一个“象”，就是相信《红楼梦》是有一个完美标准的，只是作家曹雪芹没有达到这个标准，但是文本里留下了很多信息。有时候我们常常把作家的创作能力与文本的绝对美等同起来，比如总是认为，曹雪芹是完美的，而续书者没有达到曹雪芹的创作意图。其实曹雪芹的生活感受深刻、文笔优美等都不假，但是他也同样没有能力达到《红楼梦》最完美的绝对“真实”。他反复修改十年，呕心沥血，最后还是没有完成。后续者不是没有达到曹雪芹的创作水平，而是没有达到艺术真实所要求的《红楼梦》的那个完美标准。曹雪芹接近艺术真实，但也没有达到。所以我们要相信艺术真实是存在的。它用艺术方法映射出一个尽善尽美的“真实”，但这样的艺术真实在实际操作层面上又是无法达到的。所有的作家都力图把它写出来，但还是写不出来。这是艺术的悖论。如果是一个真正优秀的作家，他不会说，我这个作品已经尽善尽美了。越是优秀的作家越是会觉得不管自己怎么努力，也只能尽量去接近这种完美的境界，而不是达到。据说托尔斯泰创作《复活》时用了很多方法来叙述故事，从理论逻辑上推理，肯定会存在一个最完美的《复活》的标准文本。托尔斯泰创作时写了二十遍故事的开头，那么是否第二十遍就是最完美的叙述了呢？当然还是不能这么说。所以当一个作家、艺术家相信艺术背后有一个绝对完美的艺术真实时，那作家就会对艺术创造采取极其认真的态度，而不是把创作看作是随心所欲的产物。

◆ 有时候批评家在讨论某个作品时，会明显感到文本里有漏洞或者有败笔，这个判断，不应该由批评家的个人喜恶来决定，而是要从文本结构中自然推理出来。

有时候批评家在讨论某个作品时，会明显感到文本里有漏洞或者有败笔，这个判断，不应该由批评家的个人喜恶来决定，而是要从文本结构中自然推理出来。为什么有的学者对《红楼梦》后四十回续书不满意呢？因为他们依据文本分析中获得的艺术逻辑，觉得后面不应该是这样的结局。历史学家讨论的是生活真实、物质真实，文学批评家讨论的是艺术真实、精神真实，文学追求的真实境界要比历史追求的真实高很多，但这个高度是要文学评论家去确立。如果批评家没有艺术真实、精神真实作为标准，那么，批评就没有意义。还有，批评家做文本分析，有时候阐释的内涵超过作家本身提供的内容。有人说这是“过度阐释”，我不这样认为，关键还是看批评家能否准确把握作品的内涵，批评家对作品把握的深度如果超过了作家本人，他的解读与阐释就会提供很多作家意识不到的，或者作家朦朦胧胧希望表达却又没有表达好的内涵。所以，批评家和作家应该是共同来创造艺术的文本世界。批评家可以通过文本解读，把文学作品的内涵和意义提升到作家所没有达到的境界。

接下来还有一个问题：艺术真实究竟是先验的，还是在实践中产生的？我想这个问题是可以从两个方面去理解的。如果从先验角度来看，它似乎回避不了先验论的陷阱，因为艺术实践永远是相对接近完美，不是最终完成绝对的美。但是如果从实践的角度来看，美的认知虽然是主观的，却又是在艺术实践中形成的。譬如说，作家如果不创作这个作品，那么这个作品的绝对完美是不会存在的。可是作家创作这个作品了，就会在艺术实践中逐渐地形成它的文本形态，同时也有了这个文本的最完美境界的存在可能。应该说，艺术真实是作家在艺术创作实践中逐渐形成的一种对艺术自我期待的观念形态。当作品完成后公布于社会，千百万读者或者观众都带着自己的艺术期待去接受这个作品，读者在接受过程中的艺术期待与作家创作中形成并且根植于文本追求中的艺术期待就成为一种合力，构成存在于意念世界中的艺术文本。它虽然极不稳定，也是充满歧义难以把握的，但它仍然具有客观性，并不以单个人的主观倾向而转移。这也是我们讨论艺术真实的基础。

文本细读的第二个前提，就是要处理好平时学习的文艺理论和现场发挥的文本解读之间的关系。在我上大学时，文艺理论课的老师都是很注重文本的，细读文本是学习文学评论的基本功。老师们挂在嘴边的，总是讲某某评论家研究《红楼梦》，先要读五遍《红楼梦》；某某学者评论某作家的一部作品，先要把这位作家的全部作品都读完，才能够整体上准确把握研究对象。但是现在学院里的训练方法很不一样。我们是从什么时候开始不那么重视文本的呢？是从 20 世纪 90 年代开始的。20 世纪 90 年代，文学批评的主力从作协系统慢慢转移到学院系统，高校建立了现当代文学学科的硕士点和博士点，同学们开始写学位论文。这时候变化就出现了。因为学位论文的写作方法，要求写作者讨论问题必须有理论依据，要有学术创新点，要写清楚理论概念发展的来龙去脉。学位论文的要求不等于文艺批评的要求，但是我们往往把这两者混为一谈，经过学术训练后的学生未必就会写文学批评。我们今天要谈文学创作中的某些现象，本来是应该从创作实际出发，发现问题、解剖问题，但批评家却可以抓住某些创作作为典型例子来进行解读。而如果是写一篇博士学位论文，则先要讨论这个现象在学术史上有什么意义，国外有没有类似的情况，西方学者用什么理论来解读这类现象。文章开头一万字，先是讨论这些概念定义，然后才涉及具体创作现象。这种思维模式的训练，培养学者也许是对的，但是培养一个批评家似乎没有必要，批评不需要这么做。当所有的概念都已经定义好了，再来规范作品，文本的复杂性和丰富性就会被忽略。论文讨论的已经不是当下的创作现象，而是在讨论有关这个现象的理论、概念、术语、阐述等等。20世纪中国文学研究领域最普遍的现象就是大量西方术语、概念名词传入中国，被视为时髦，然后很多学者就开始传播这些概念名词，似乎只要抓住了新的概念、新的名词，就可以解决一切问题，传播这些概念名词的人也就成为学术明星。现在理论领域还是这样。如果一个批评家掌握了一些时尚的理论概念而不顾创作的实际情况，甚至歪曲创作文本的内涵，那么，文学理论就不再与创作实际发生联系，不能够解决创作的实际问题，反过来却将创作中异常丰富、千变万化的内涵规划到理论教条中去。用中国作家的创作来证明西方理论放之四海而皆准，这样就本末颠倒了。

◆ 如果一个批评家掌握了一些时尚的理论概念而不顾创作的实际情况，甚至歪曲创作文本的内涵，那么，文学理论就不再与创作实际发生联系，不能够解决创作的实际问题，反过来却将创作中异常丰富、千变万化的内涵规划到理论教条中去。用中国作家的创作来证明西方理论放之四海而皆准，这样就本末颠倒了。

研究方法的不一样，常常给学习者带来困惑，他们常常会问："细读文本是不是不需要理论指导？"当然需要理论的指导。我们面对文本靠什么解读，解读的途径在哪里，这本身就需要有深厚的理论功底。但是说到具体的阐释，那就不仅仅要阐释理论本身，而且要把批评家所掌握的理论思想、方法和立场都转换为阅读文本，分析文本的路径和视角，也就是用什么途径进入文学作品、理解文学作品。理论只是帮助批评家理解生活、理解自我和理解文学的一个视角。

我以前读过巴赫金解析拉伯雷创作的民间狂欢理论，真是醍醐灌顶。我那时恰好关注作家赵本夫作品中的“亚文化”因素，他在作品里描写了原始生命力，我很有兴趣，但苦于说不出一个道理。当读到巴赫金的理论时，我突然理解了“民间”这个概念。我从小在城市长大，没去过农村，对民间没有深切体会，一开始倒是现代性理论观点对我影响更大。开始的时候，我对民间文化、对粗俗的事物，本能地有些排斥。可是巴赫金的民间狂欢理论改变了我。是巴赫金把性与民间生命力联系在一起，他认为对于老百姓来说，生命力的宣泄最能体现他们力量的所在。这个理论观点改变了我很多想法，后来我解读贾平凹、余华、莫言等作家的作品，都采用了民间的视角。我不是说我学了巴赫金的民间狂欢理论就获得了一件法宝，可以图解任何文学作品，而是反过来，民间狂欢理论让我看到了很多新鲜的陌生的审美因素，让我对审美或审丑的理解改变了，对作品的阅读也就不一样了。

◆　理论对于一个文学评论工作者来说是重要的，主要体现在理论对评论家的人生观、文学观有指导意义。

理论对于一个文学评论工作者来说是重要的，主要体现在理论对评论家的人生观、文学观有指导意义。我本人是在 20 世纪 70 年代成长起来的，我青年时期读得最多的理论还是马克思主义的理论，学习国际共运史和西方哲学史。那个时候我还年轻，真是如饥似渴。恢复高考制度，我考上复旦大学中文系。大二时开始研究作家巴金，又读了不少安那其主义、俄国民粹主义等西方政治理论著作，也是国际共运史的一部分。我青年时期学习的这些理论与历史，对我有直接的影响，包括我今天看待世界、国家、社会的立场观点。这些政治理论对我来说是很有吸引力的。尽管在我的文章里，我从来不会照搬理论家的语录、理论、思想，但是我的观点、立场、方法就是从这里来的。

有些理论著作，你读过但已经忘记了，那就说明它对你没什么意义；但有些理论观点你读过就记住了，就说明你对这个理论是有感觉的。如果一种理论观点被你吸收，就会自然而然地渗透到你的理论思维中，融会贯通成为你看问题的立场和方法，这种理论才会是真正属于你自己的理论。所以，文本细读需要理论，但理论不是彰显的，而是深潜的。你自己在阅读过程当中，慢慢会使用到这些理论学养。这是我想说的，读文学作品的第二个前提，就是要学好理论。

以上两个前提，虽然谈的是文艺批评与文本细读的关系，对于语文教师解读课文文本也同样适用。接下来我们具体谈一下，如何解读语文教材的课文。这就涉及文本细读的第三个前提，也是最重要的前提：直面文本，阅读文学作品不能预先设置框架。这个前提与我们中学的语文教育可能有点冲突，语文教学是有教学大纲规定的，但语文课的特殊性，在于它不仅仅是传播知识，还包含了文学审美，一旦涉及对“美”的理解和感受，情况就比较复杂了。统编教材所选的多篇语文课文来自中国现当代文学作品，文学作品的功能与语文课文的功能是不一样的。编选者根据文学文本做了节选，或者对原文加以修改，以求更加符合教学要求。这样，语文教师的教学实践就同时面对着两个文本：文学作品的前文本和改编为语文课文的后文本。前文本是原汁原味的文本，后文本是编选者加工过的文本。如果教师仅仅满足于讲解相关语法修辞知识和写作技巧，那么后文本就可以胜任。但如果要讨论作品的内容意义和审美特征，就非联系前文本不可。如果是长篇作品，还应该读完原著，否则教师很难完全把握作品的内涵。我举一个例子，《天下第一楼》是一个三幕话剧，课文节选了其中第三幕的部分内容，这是表现福聚德饭庄由盛到衰的转折，描写了剧中人物之间激烈的戏剧冲突。从全剧的内容上说，第一幕写福聚德饭庄入不敷出，两个少爷无心经营，老掌柜临终时把店铺交给了外姓人卢孟实经营。第二幕写三年以后，经过卢孟实的精心打理，把福聚德饭庄经营得蒸蒸日上。卢孟实与他的红颜知己玉雏儿密谋，把唐家两个少爷支开，自己当上了福聚德的大掌柜，为自己搭建了大显身手的发展平台。第三幕是八年以后，福聚德开始由盛转衰，唐家的两个少爷、大厨罗大头、社会上的黑暗势力（克五爷和侦缉队）都与卢孟实作对，店铺里的小伙计也惹些是非。卢孟实陷于四面楚歌，也伤害到了玉雏儿。最后他心力交瘁，黯然离开了福聚德。卢孟实是个民国时代的商人，他有精明强干的一面，也有贪婪的野心、不可一世的骄横，导致他的失败是有多方面原因的。课文只是节选了人物冲突激烈的一部分，突出卢孟实遭受打击的故事，而删去了他企图谋取唐家财产的负面内容，也删去了玉雏儿的故事。所以，我们从课文的后文本看不出这个人物多重性格的立体感。语文课文主要面对的是中学生，编选者可能觉得不需给予太复杂的内涵，我同意这样的改编原则，但是作为教师，一定要完整阅读作品的前文本，力求把握好剧中主要人物的性格发展变化，把握好人物命运与时代的关系，把握好文本的丰富性和复杂性。

我们阅读课文和作品原文，读的都是正文本，为了更好地了解文本，我们还可以有选择地阅读辅助性的文本，譬如作家本人的创作谈。像《台阶》这样的课文，认真阅读作家的创作谈有助于对作品的理解。这篇小说写作于 20 世纪 80 年代，当时弥漫在思想领域的是新启蒙的思潮，注重反思和批判农民身上的局限性。所以当小说写到父亲造屋成功，非但没有成就感，反而“若有所失”的情节时，很多研究者会用批判的眼光来讨论父亲造屋是否是一种目光短浅的行为，在父亲身上去寻找农民的“局限”。但是如果我们读过作家李森祥的创作谈《站在父亲的肩膀上》就会理解，作家塑造的父亲形象与他自己父亲的形象是完全相反的。作家与自己的父亲关系不好，自小没有享受到父爱。他是按照自己的理想来塑造这个父亲——为了建造一间能够为子女遮挡风雨的大屋（高台阶），父亲耗尽了自己所有的生命能量。这样的父亲，怎么可能是作家要“反思”“批判”的对象呢？所以我的答案是，让父亲建造高台阶的房屋以后“若有所失”的，只能是他的健康原因——生命的衰老，从而引申出生命运动的新陈代谢的规律。

◆　文本细读，突出一个“读”字。什么叫作“细读”，就是要仔细地读，反复地读，从字词句篇中发现文本的缝隙。

文本细读，突出一个“读”字。什么叫作“细读”，就是要仔细地读，反复地读，从字词句篇中发现文本的缝隙。什么叫作文本的缝隙？作家在创作过程中运用字词句来表达自己内心的某种情绪，由于创作过程中的作家主体情绪处于饱满剧烈的运动中，创作情绪将会呈现出不稳定状态：时而高亢时而低沉、瞬间的停顿、片刻的犹疑、有意的疏忽、明显的跳跃等等创作心理现象，都会通过文字、词语、语气、结构等元素透露出来，这就需要我们做文本细读时有敏感的发现能力。一旦发现文本缝隙，就抓住不放，深入分析下去，真正地进入文本的深层结构。这时候你也许就会感受到，你眼前的文本就像一幅新的长卷，向你展示的是一个崭新的画面，你也会真正感受到文本细读其乐无穷。

文本细读，是一种阅读文学作品的方法，需要我们在大量的阅读实践中有意识地去探索和发现文本的奥秘，这对我们进一步窥探和把握文本背后的艺术真实，提高文学阅读和文学评论的审美能力，更好地讲解课文，都有很大的帮助。诚恳希望广大语文教师与我一起努力，一起探寻，去发现文学之美，并且享用和传播文学之美。

初刊《初中语文现代文选讲》，上海教育出版社 2020 年版

关于文学批评的几点思考[①]

一、用心与文本交流

怎样进行文学批评？我曾经与我的研究生讨论过这个问题。我的看法是，你们以前看过的所有理论著作，包括你们学习的各种理论体系，都是一种批评前的准备，有其自身的价值。但在从事批评的过程中，理论最终要转化为你的世界观、你审视文学以及文学所反映的世界的一种视角，用来帮助你读解文本。当你进入文学批评的时候，你面对的只有文本，你必须要读文学作品，而不再需要去读理论了。

其实在你面对文学文本的那一刻，真正的武器不是你事先学习过的理论，而是用你的心、用你的全部心力（你的感受、你的思考和你的表达）与文学作品面对面地交流。就是你要用没有被理论“污染”过、干扰过的心态，与文学作品进行交流，去理解文学作品。

◆ 其实在你面对文学文本的那一刻，真正的武器不是你事先学习过的理论，而是用你的心、用你的全部心力（你的感受、你的思考和你的表达）与文学作品面对面地交流。

但是我这个话表述得还是不对。为什么不对？因为现在的评论家，读书都读到博士了，怎么可能不受干扰？所以，我的意思就是你要学会把以前学过的理论知识都融化为自己的血肉，融化为自己的思想立场，用这样一个属于你自己的思想立场和方法去解读文学作品，而不要掺杂旁人的东西。

我们用我们的心、用我们纯正的感情与文本面对面地交流，而不是用理论做中介。我们就是要去弊，要去掉文本以外的元素，才能够无碍地进入文本内部去理解和分析。那么大家就会问，如何用心进入这个文本？怎么面对面地解读文本？我的看法很简单，就是要多读文本，你一定要多读文本，反复地阅读。解读文本，不是用文本去解释、证明某一种理论，不是把文本当作一种理论的注释，或者是某种世界观的注释。西方理论往往是这样的，比如弗洛伊德是最典型的，

① 本文是笔者根据上海戏剧学院的一次讲座录音整理的。

弗洛伊德要解释恋母、弑父心理，他就拿《哈姆雷特》做例子，因为这个例子可以解释他的理论，这是典型的理论家在读作品。他解读作品不是为了欣赏作品，只是为了拿来当理论上的一个例子。马克思也是这样，马克思讲金钱的异化，他就解读莎士比亚的《威尼斯商人》。这样的批评可以吗？当然是可以的，但这是写理论著作的需要，文学作品只是充当理论的注脚。现在的人做理论研究不会采用这种方法，现代学者理论研究可以到社会上去做调查，靠大数据来统计材料。但过去的时代没有这一套社会学研究方法，理论家只能从文学作品里找证据。因为文学作品是大家都认可的，在某种意义上也有一定的典型性和社会性，理论家就把文学作品拿来做他的理论证明。然而现在不行，我们作为一个文学批评者或者说作为一个文学研究者，我们更不能那么做。

◆ 媒体批评不是学术的，学院批评是学术的，要显示学院的功力。

二、必须直面文学作品

现在的文学评论可以分为两大块——媒体批评和学院批评。媒体因为每天都要迅速做报道，所以很多时候不可能对作品做出准确的反应。批评家稍微有点名气就会整天被媒体追逐发表看法，渐渐地，你的批评标准就会变得模糊，批评欲望也会被消磨掉。很多人可能作品都没有看过，只会人云亦云说些套话，我认为这是批评家的职业道德问题。

媒体批评不是学术的，学院批评是学术的，要显示学院的功力。但问题也是存在的，学院里开的研讨会，我是经常参加的，很多时候你不知道批评家在说什么，理论套理论。这个现象在我们学院批评当中是严重的，当批评家讨论作品的时候他完全可以不看作品，但可以套用很多理论，说了一大堆你还是不知道怎么解读这个作品。这是学院批评很大的一个问题。我们提倡文本细读，第一个任务就是去弊，去掉这类外在于作品本身的元素。就比如“反封建”这个概念，套用在曹禺的《雷雨》里，就说这是个揭露大家庭罪恶的作品等等。曹禺自己说，我也可以“追认”这个观点。大家都知道，“追认”这个概念就说明当初曹禺并没有反封建的意思，可以看出曹禺的无奈。事实上，当评论家讲了一大通理论的时候，已经远离这个作品了。文本分析必须直面文学作品，所有的理论都可以不要，我们很多文艺评论家离开理论符号基本不会说话。我经常跟文艺学的老师讨论一个问题，他们认为现代文学太简单，好像没什么学问，那我就问他们："离开理论你们能谈吗？"他们回答："我们就是靠理论说话的。"所以说，他们讨论的不是文学作品本身，而是他们的理论。如果是直接研究理论的，那就另当别论了。如果理论家也要来研究和批评作品，那他的理论就要和批评结合起来，要立足于文本，不是不要理论，而是理论要完全融化在你的学养中，融入你的世界观中去。比如说女权主义理论，现在表现女权主义的戏很多，剧作者很聪明，知道你是搞女权主义的，故意在戏里挖下几个陷阱和你的理论对应起来，批评家看了很高兴，理论都可以一一对应。但这有什么意思呢？这样的话，就让作家自己说好了，还要批评家干吗？

现在的文学批评，讨论作品是不少的，每个戏出来，我们都要举办一个研讨会，好的文学作品出来，媒体也会找你做个访谈。但这样的媒体批评意义不大，我觉得和吹鼓手没什么区别。如果文学批评都是在这个水平线上滑行，我认为是不健康的。所以，我看戏基本上坚持自己买票。如果我对这个戏有兴趣，会自己写文章。我们不能接受了人情再去发表见解。我们一开始做批评家就要坚持这一点，一定要坚持这种原则。作为年轻批评者的你们，一开始可能感觉不到这种环境的危险性，但如果久而久之成为一种习惯，我们的批评视野就丧失了。

三、戏剧评论要难得多

戏剧评论比文学评论要难，难在哪里？它需要经过演员三度创作。我们换了一个演员，这个戏表达的情绪效果就可能不一样，理解也不一样。所以，你面对的是舞台上的戏，不是剧本，你看到的是三度创作的文本。这里面重合了三个文本：第一个是原创的文字脚本；

第二个是导演的构思文本，就是导演是怎么把文字的剧本搬上舞台的；第三个是演员，演员是怎么理解导演的阐释，并且把它表演出来的。所以在评论时，你要面对的是这三个文本合一的东西。

一个好的剧评家，能分辨出哪个是演员创作的文本，哪个是导演的文本，哪个是剧本本身的特点。三度创作中包含了演员的表演研究。我们现在的戏剧评论有一点欠缺的，是缺少对三度创作的理解。文本与语言有关系，离开了语言就没有文本。我们面对的语言是从演员嘴巴里说出来的，还有导演的构思、舞台的设计等等，这是一个完整的、很复杂的构成。所以作为一个好的戏剧评论家，这三方面都要照顾到。

同样一部戏，换一个演员，就是不行。我觉得这是一个戏剧评论家要力求做到的基本功，你面对的一定不是纸面文本。如果说，我根本就没有去剧场看戏，我只是看看剧本，拿着剧本来讨论作品，这是不对的，因为文字剧本与舞台上呈现的是不一样的。举个例子，我最近看了田沁鑫导演的《北京法源寺》，这是根据李敖小说改编的。有一场舞台背景画了一只睡着的狮子，这个狮子的形状是清朝时期的地图。这里包含了很多信息，是一种舞台语汇，不仅有导演、演员，还有舞美，是一个完整的舞台意象。你看这个戏，它讲戊戌变法，时代已经到了晚清，舞台深处坐着慈禧（奚美娟饰演），她身后就是这个完整的清朝地图——康熙时期最大疆土的地图。开始观众可能还来不及意识这一切的丰富内涵，因为狮子沉睡着。

慈禧出场后有一段独白："我身后是一片煌煌然的大清版图。山川、河流、高原、森林、平原、矿产、盆地、园林、庭院、溪水、长江、黄河。幅员辽阔，万里延绵，一幅江山如画……"念着念着不知什么时候背后的狮子突然醒了，吼叫了一声，又躺下去了。我当时在剧场里，很触动，这画面有很多信息：大清帝国曾经那么强大，狮子在吼叫，然而出现在舞台上已经是末日了，已经是一个支离破碎的中国了。这种凄美的感觉，不是什么理论教科书告诉我的，而是从舞台上那个慈禧苍老的声音里吐出来的，我听的时候突然有一种毛骨悚然的感觉。

我突然为之感动。说不出是演员的声音还是舞台上狮子图像造成的氛围，让我的心一下子有了冰冷的感觉。这是一个完整的效果，光看剧本是无法体会的。

我觉得一个好的戏剧评论家，就要在这个地方抓住，你就思考你为什么会有这种感动，深入下去。这种元素就不是剧本里的，剧本里就是个台词嘛，可是你读台词不会毛骨悚然，但是一个活生生的艺术形象出现在舞台上的时候，感觉就出来了。所以舞台上，包括舞美，包括音乐，包括动作设计等等都是有意义的，是一个整体、全新的，你一定要把这种声音、把这种台词状态都放进你的评论里去，这就是一个好的戏剧评论家的基本功。好的影评也是这样的。影评也不能光看剧本，银幕上所有的信息都要被你捕捉进去。

所以说，做戏剧评论比文学评论要难得多，但是也更有意思。戏剧评论家每天晚上要泡在剧院里，一个戏不是看一遍，要看几遍，看到自己成了票友，这样来写评论就写好了。揣摩演员是怎么去表现导演意图的，导演又是怎么演绎剧本意义的，这样你面对的就是一个立体的、完整的文本。你如果简单地说一个演员演得好或不好，这是孤立的，但是你把它放到作品中，它就是完整的。

初刊《上海戏剧》2016 年第 6 期

第三辑　批评的历史和现状

《中国新文学大系（1976—2000 年）· 文学理论卷》导言①

《中国新文学大系（1976—2000 年）· 文学理论卷》共分三卷，第一卷《人文的复兴》，第二卷《思潮与争鸣》，第三卷《作家作品论》。我们四人组成一个工作小组，王进负责第一卷的文章编选，金理负责第二卷的文章编选，谢有顺负责第三卷的文章选编。我作为项目的负责人，主要工作就是制定每卷的编选提纲，协调各人的工作进度以及审定最后的项目成果。参与《文学理论卷》编选工作的王进、金理和谢有顺，都是现当代文学专业的博士，在各自研究领域里都有出色的表现。对于这项编选工作，他们都非常认真地投入阅读思考和讨论，最终选出他们自己心目中的理想的"大系"。我充分尊重他们的见识和劳动，只是作为近三十年当代文学的过来人向他们提供了若干建议，做过些微调整。总的来说，这三卷本的《中国新文学大系（1976—2000 年）· 文学理论卷》是三位年轻学者努力工作的结果。

我通读了他们的编选文章和为此撰写的说明内容，基本同意他们对这一段文学史的描述和理解。他们都是年青一代的学者，对文学和历史都有他们自己的理解方法。文学本来就是通过对未来的影响来呈现其意义的，文学在未来保留的时间越是长久，在未来的阐释越是复杂多样，文学的魅力也就越显现出来。我特意请了这几位年轻人来参与这项工作，就是为了见证经历了近三十年的"文化大革命"后文学，到底还有多少魅力可以被呈现出来。我是 1977 年恢复高考以后开始

① 《中国新文学大系（1976—2000 年）· 文学理论卷》是上海文艺出版社 2009 年出版的三十卷本《中国新文学大系（1976—2000 年）》的一部分，共三卷。由陈思和、王进、金理、谢有顺负责编选。本导言第一部分是陈思和根据王进的初稿改写而成，第二部分是根据金理的初稿略作修改，其他部分为陈思和所写。为了保持文章的完整性，这里收录了全文。特此说明。

成长起来的，我对这近三十年的文学发展的见证，是同步性的，而他们对这段文学史材料的梳理则是后起的。我们用双重的编选眼光来总结这段文学史，它的客观意义多少可以被立体地展示出来。我们面对文学史，说某某作品或者文学现象在当时产生过积极的意义，这其实并不重要，也不值得去顶礼膜拜。而重要的是，这些文学作品和文学现象在今天的研究者和读者眼里，是否仍然有它的存在价值和理由。

1935 年，当上海良友图书公司赵家璧编辑策划新文学头一个十年的选集《中国新文学大系（1976—2000 年）》时，策划者把理论建设和文学争论分为两大卷，分别邀请胡适和郑振铎编选。今天来看，这两卷大系的内容是分不开的。五四新文学本身是以运动的形式轰轰烈烈地开展起来，理论是新文学的开路先锋，筚路蓝缕的理论建设过程也是金鼓齐鸣的争论过程。当时的文学论争，是完完全全的新思维、新理论和新观念的开拓，它是通过对旧的传统的思维方法、文学理论和文化观念的批判来展现自身的。理论建设本身就是文学论争，所以这些理论在当时思想文化领域产生了极大的影响，甚至已经溢出了思想文化领域，改变了社会发展的走向。这种理论先行在 20 世纪中国文学发展过程中并非孤立的现象。后来有两个历史时期在形式上又重复了这样的情况：一次是 1949 年的第一次全国文代会，用毛泽东发表于 1942 年战时的《在延安文艺座谈会上的讲话》当作全国文学艺术工作的指导方针，来改造文学创作的整体面貌，并在社会主义文化建设中进行了“文艺为工农兵服务”和“文艺为政治服务”的实践。还有一次就是 1978 年年底的思想解放运动和政治上拨乱反正，思想解放运动首先是在思想领域发起了“实践是检验真理的唯一标准”的争论，紧接着，文学创作根据实际的生活感受，写出了直面人生的“伤痕文学”，文学理论紧紧伴随文学创作，在思想解放的旗帜下，一步一步地推动文学创作，统治了中国几十年的极左的政治路线和教条的思想方法终于受到认真的挑战。文学理论又一次充当了思想冲突的晴雨表，每进一步都是争论，以及由争论付出的代价。但是文学、思想、社会生活就这样不可阻挡地发生了巨大变化。

所以，我接受主编《中国新文学大系（1976—2000年）· 文学理论卷》的工作时，情不自禁地想到了九十年前发生的五四新文学运动。我坚持要把周扬发表于1979年的《三次伟大的思想解放运动》放入文学理论卷的头一辑，当时是纪念五四运动六十周年，现在已经在纪念五四运动九十周年了。回顾这九十年的文学道路，大致正如周扬所归纳的，三个历史阶段，三次思想解放，但每一次的思想先行的含义并不一样：第一次是知识分子刚刚离开传统的庙堂，开辟了一个知识分子面对民众、表达新思想的启蒙广场，他们攻击的对象是已经在崩溃中证明无力担当历史进程的传统文化，他们所向披靡。第二次是国家刚刚建立新的政权，它扫荡的是一切不利于新政权的形形色色的思想文化，当然，它也所向披靡。而第三次却不是这样的，它是处于国家和执政党刚刚经历了一场自身内部顽疾所致的灾难性浩劫，正在投石问路、自我清算，企图通过实践来摸索一条走向未来之路：既能拯救国家民族于灾难危亡，又要证明执政党具有自我克服、自我更新的能力。所以，积极创新的思想路线和亟须纠正的思想路线同时存在于执政党内，没有现成的新思想，一切都需要在实践的检验、思想的冲突和探索的过程中逐步完善起来；也没有所向披靡的交锋，整个论争过程都是在进两步退一步，或者进一步退两步的反复磨合中慢慢地摸着石子过河。今天，我们要用既成的历史文献来再现这样的复杂过程，几乎是没有可能的。但是到了20世纪90年代情况发生了变化，我特意把关于人文精神寻思的材料移到这一卷的最后部分。除了时间上它发生比较晚以外，从性质上说，这一场争论终于摆脱了20世纪80年代的怪圈，成为知识分子和作家自发的关于未来精神走向的表述，理论的落脚点似乎回到了知识分子的民间立场，五四的余响仿佛又微弱地出现了。学界在评论“文化大革命”后文学时，总是难以判断20世纪90年代的文学，我曾经把它描述成一种无名的文化状态，与80年代的共鸣文化状态做了对比。从五四新文化运动以来，知识分子与国家意识形态共谋了时代的共鸣，如五四、大革命、抗战、新中国成立……唯有短暂的20世纪30年代在全国范围有过一时的无名

◆ 唯有短暂的20世纪30年代在全国范围有过一时的无名状态。直到20世纪90年代，真正的无名文化状态才出现，共名开始被消解，再也没有拢住一切的时代主题和共同标准，文学按照多元走向发展变化。

状态。直到20世纪90年代，真正的无名文化状态才出现，共名开始被消解，再也没有拢住一切的时代主题和共同标准，文学按照多元走向发展变化。[1] 这个时候，企图涵盖一切文学实践、指导一切文学创作的理论也不复存在了。

一、人文的复兴：为人道主义辩护、文学主体性理论争论、寻思“人文精神”

第一卷偏重基础理论的建设和发展，编选原则是这样一个思路——以人文的复兴为主线，抓住两个关键词：20世纪80年代“文学主体性”的理论争论和90年代的“人文精神”的寻思。然而，在这一人文的精神旨归慢慢成为当代文论主题词的过程中，不可忽略的是20世纪80年代前期思想解放运动所推动的有关人道主义的争执与辩护，其为以后的人文复兴铺平了道路。——我这里用了“铺平道路”一词，是来自我内心的隐痛，确确实实，在那二十五年的文学理论的思潮演变中，为了取得近似常识的一点点进步，许多文学理论家不得不充当铺路的石子，他们压碎了自己，换来了未来道路的平坦。然而，我还必须强调的是，即使人文精神在中国当代文论中的复兴经历了艰难考验，但它并不是作为某种外在的异质因素注入当代文论的，相反，人文的当代复兴最初是倚仗了占统治地位的主流指导思想马克思主义理论在实践教训中的自我转化。当1978年理论界提出“实践是检验真理的唯一标准”的大讨论时，这种自我转化就显示出强大的理论生命力。

郁达夫在主编第一辑《中国新文学大系·散文二集》的导言里有个著名的论断：“五四运动的最大的成功，第一要算‘个人’的发现。从前的人，是为君而存在，为道而存在，为父母而存在的，现在的人

① 关于“共名”“无名”的探讨，参见陈思和《中国新文学整体观》第三章“中国新文学发展中的文化状态”，上海文艺出版社2001年版。

才晓得为自我而存在了。”[1]这个论断可以说是贯穿20世纪中国文学史的一条理论主线。从五四初期周作人发表《人的文学》到20世纪50年代钱谷融发表《论“文学是人学”》，再到80年代刘再复发表《论文学的主体性》，表述的方法有所不同，但是其理论核心是一致的，即把文学放在人的实践、人的认知以及人的价值的平台上加以考量，使文学与人学紧密地交织在一起，建构当代文学内在的价值标准和精神尺度。但是，文学理论要从传统教条主义的意识形态阴影下摆脱出来，恢复文学是人学的精神内核，绝非轻而易举可以完成。我们看到，当时文学创作领域已经出现了直逼人的精神伤痛的伤痕文学思潮，但是文学理论却严重地滞后，理论家们还在传统的“什么是真实”“生活真实与艺术真实的区别在哪里”“典型环境中的典型人物”“倾向性是什么”“社会主义社会有没有悲剧”等等烦琐概念里兜圈子，理论不敢正视和解说生活中已经大量存在的人的血肉灾难，不敢正视和分析文学作品中已经表现出来的人的精神悲剧，不敢直面人生提出问题和解决问题，这就说明这样的文学理论已经到了山穷水尽的境地。要激活它，而不是简单地抛弃它，没有别的办法，必须注入人的生命活力，只有活生生的血肉之人而不是虚构观念中的所谓“典型”作为理论所关注的对象，马克思主义理论的实践意义才会真正发挥出作用，完成理论生命的自我更新。

这是20世纪80年代初的关于“马克思主义与人道主义”的大讨论的背景。这场讨论的主体是一批在中共党内有很深资历的马克思主义理论家，他们目睹了极左路线是怎样长期戕害党内民主，个人崇拜和现代迷信是如何逐渐形成并破坏社会主义民主的制度建设，长期在实践中形成的经验主义和实用主义能否取代对马克思主义的完整理解。这样一些问题加上痛定思痛的“文化大革命”背景，“人”的问题又重新回到当代马克思主义理论的视域中。代表作就是周扬的《关

① 赵家璧主编，郁达夫编选：《中国新文学大系·散文二集》，上海良友总公司1935年版，导言第5页。

于马克思主义的几个理论问题的探讨》[①]。但最初全面提出“人”的问题的是美学家朱光潜，继《人性、人道主义、人情味和共同美问题》之后，他还努力地用马克思主义原理撰写了《上层建筑和意识形态之间关系的质疑》[②]一文，其理论视野不仅超出一般“文艺与政治”关系的探讨，而且进一步激活了马克思主义与人性、人道主义、文艺本体性等问题对话的可能。据介绍，当时关于同一话题的讨论文章多达几百篇，立论多为人性的自然属性与社会属性、共同性与阶级性之间的辩证关系，而朱光潜所持自然本性的人性论、文艺模仿自然等观点，显然与之形成张力，故而引起马克思主义理论者的讨论兴趣。稍后以马克思早期著作《1844年经济学哲学手稿》（以下简称《手稿》）为焦点的美学、哲学问题论争都在此基础上展开。正是“人道主义”与“马克思主义”思想线索在此焦点上的微妙交接，使得主要衬托于“文化大革命”历史背景的“人”的问题开始向理论内部转化，并直接为“文学”脱离“政治”，建构自身主体提供了理论支持。

◆ 在当代文论领域，如果说“人”的真正出场即可化约为“文学本体”的确立，那么以政治、经济等为直接研究对象的马克思主义理论取经“美学”，直接进入“文学本体”，就并非历史偶然。

在当代文论领域，如果说“人”的真正出场即可化约为“文学本体”的确立，那么以政治、经济等为直接研究对象的马克思主义理论取经“美学”，直接进入“文学本体”，就并非历史偶然。在此，起引领作用的是当代美学家李泽厚的“实践美学”，其背后则是转化于经典马克思主义理论的“人类学本体论的实践哲学”。在维护历史唯物主义基本原则的前提下，这一理论以康德以降的古典哲学尤其是康德三批判的重新批判为构架，并通过“社会历史总体的人类学”与“心理学”的结合，将经典马克思主义理论中的关键词之一的“实践”提到了人性/主体性的哲学高度。[③]而“实践”的强调及由此在“主体”性与“唯心”论之间的严格区别，则使它与同时期已上升到广泛争论

① 该文以周扬的名字公开发表，执笔者有王元化、王若水、顾骧等。具体撰写情况可参见顾骧著《晚年周扬》，文汇出版社2003年版。

② 朱光潜：《上层建筑和意识形态间关系质疑》，《华中师院学报》1979年第1期。

③ 参见李泽厚《康德哲学与建立主体性论纲》，见中国社会科学院哲学研究所编《论康德黑格尔哲学》，上海人民出版社1981年版。另注：人类学本体论哲学与主体性哲学可通用。

层面的“马克思主义的人道主义”[①]形成相交相离的思想格局，显示了中国马克思主义理论内部丰富的弹性和张力。进而，“实践美学”楔入这一“心”“物”交融却又非为简单辩证于“主观—客观”以及“历史—自然”之间的主体性哲学，产生了一系列充满内在思想张力的概念：“美是人的本质力量对象化”“人化自然”“自然人化”，及被表述为“沉淀在感性中的理性”“积淀了理性的感性”的“积淀”说等。在指向“人”的维度上，它与朱光潜的“主客观统一”美论、高尔泰的“美在主观”论[②]等相生相辅，并最终完成“美的本质”与“人的本质”的最高展现趋于同一的美学论证。而作为“人”之主体性根本表现的“审美”，则无可置疑地成为同时期文学本质、特征论述最重要的理据。

在此，“审美”于认识论、价值论之外另辟一个更直接、更深刻关系着“人的本质”的精神领地，对以往长期定于一尊的机械反映论的马克思主义理论产生了重大冲击。故而，主要直接据引或化用《手稿》中“人的本质力量对象化”“自然的人化”等语词为理论表述的“实践美学”，引起了来自马克思主义文艺理论家蔡仪的商榷。其系列长文[③]围绕青年马克思是否超越费尔巴哈“人本主义”思想、确立唯物主义立场问题，对《手稿》在马克思思想发展中的地位及其成熟标志进行细致的论辩分析。而他由此将费氏“人本主义”与当代中

---

① 此论题最先由王若水提出，主要通过对以往视属“唯心”领域的“资产阶级的人道主义”批判而展开。具体可参见收入本卷的王若水文《为人道主义辩护》。该文已收入本卷。本导言以下凡引用的文献已经收入《文学理论卷》，就只提篇名，不另注出处。

② 1956年毛泽东提出“双百”方针后，学界开展了新中国成立以来第一场美学大讨论，产生了数种美学学派。一般认为，朱光潜代表其中的“主客观统一”派，高尔泰为“主观”派。它们都在20世纪80年代初的“美学”热中起到促进作用。具体可参见朱光潜《论美是客观与主观的统一》(《哲学研究》1957年第4期)高尔泰《论美》(《新建设》1957年第2期)等。

③ 蔡仪:《〈经济学—哲学手稿〉初探》,《美学论丛》1981年第3期;《马克思思想的发展及其成熟的主要标志——〈经济学—哲学手稿〉再探(上)》,《文艺研究》1982年第3期;《论人本主义、人道主义和“自然人化”说——〈经济学—哲学手稿〉再探(下)》,《文艺研究》1982年第4期。此后还有《〈经济学—哲学手稿〉三探》,《美学论丛》第6辑，1984年，等。

国的“马克思主义的人道主义”“自然人化”说等观点进行系统界说、批评的视野，则显明了其时《手稿》热背后负载在“人”身上巨大的历史重荷。

最终，这一从“哲学”到“美学”缓慢移行的重荷还是倾落在“文学”上，因为只有它无法不彻底直面《手稿》的起点，也是核心：“人的本质异化。”[①]这既是其时文学创作逼人的现实，更是不可忘怀的历史经验，甚至是长时期被压抑的直接的人性体验。正是因为后一方面衍生出“人是马克思主义的出发点”这一可能已经逸出经典马克思主义理论基本框架的命题“马克思主义的人道主义”，在强大的批评气压中首当其冲。这应该是王若水《为人道主义辩护》引起当时广泛回响的原因。而熔铸了一批党内马克思主义理论家集体智慧的长文《关于马克思主义的几个理论问题的探讨》，以其立论的坚定清晰、论证的逻辑严谨、思想的深刻而富有弹性，显示了另一种理性的清醒和历史的洞察。在讲述作为“发展的学说”的马克思主义之后，文章直入“认识论”问题。作为“人”之“主体”性可能更为本要方面的体现，“认识”在这里首先被置于与马克思主义政党具体“实践”的关系之中，认为后者实践中所出现的重大挫折，恰恰来自“认识”/“理论”的严重乏弱。由此，文章探析被21世纪中国学界疏忽的、作为马克思主义理论源头之一的德国古典哲学，如何割断它与马克思主义的联系，导致在认识论研究方面的偏差。作者引人注目地提出，正是因为黑格尔等唯心主义者被划归为不可知论者，因此马克思所继承、改造并作为其剖析社会根本原则的认识论、方法论，没有被中国理论界完整接受。结果，在实用主义的冲击下，以极不完整的“辩证法”为指导的“认识”在实践中演化成“主观主义”的泛滥。文章由此坚定维护“认识”/“理论”的独立性，进而提出作为“检验真理的标准”的“实践”与“实用”主义的区别。在此，不仅显示出它与“实践哲学”在基点上的不同，而且体现出一种由深刻的

① 参见马克思著作《1844年经济学哲学手稿》中关于“异化劳动”的论述。作为该著的中心概念，“人的本质异化”在20世纪80年代初的“人道主义”大讨论中，成为中国马克思主义理论界内部论争的焦点问题。

自我、历史反思所带来的真正具有“否定”性的理论力量。而显然，这样的“认识论”立场之坚持，对“主体”的精神建构要求更为本原和严苛。其所指不在“反映”之正确、可能或有界与否，也不在于其他，如“审美”“价值”等理论域的关联如何，而在面对自我，深刻反思，毫不妥协地追求“真”的“否定”精神。文章由此进入与“否定”精神深刻相关的文化批判，坚决摒弃以往“大批判”思维，打开批判继承“人性”“人道主义”这一在中国人文学界引起数十年论争的理论空间，最终直面核心的“人的本质异化”。至此，全文形成一条从“否定”思维、“批判”方式到“异化”阐释的严密的逻辑链条，而明确将“异化”作为“人”的概念从费尔巴哈到马克思的转变关键，并且承认社会主义有“异化”现象，尤其是曾出现在思想领域的个人崇拜等大胆论断和表现，实则都来自彻底的辩证法的自我“否定”力量。只有在这个高度上，中国马克思主义理论不仅能向呼唤已久的“人道主义”，更向作为其对立面转化物的“人的本质异化”真正开放。

而中国马克思主义理论的全面开放和转换，也因此得以从三个维度清晰显示。在如何对待“人的本质异化”上，如果说“实践哲学”迂回以其“美学”指向一个“能够替代宗教的审美境界”①，“马克思主义的人道主义”如王若水文所显示的，代表中国知识界对“人道主义”的一般理解而主要取经“人的价值”这一近于伦理学的线路，那么，在基本立场上同于正统马克思主义者的周扬、王元化等人，则以其突出的“认识论”之强调，从中国马克思主义内部爆发出一股直面社会、人生、人性之“异化”现实的理论生气。而后者已经超出一般哲学理论层面的“唯心”“唯物”之争，在认识论甚至本体论上开始探索马克思主义理论发展的可能性。正因此，《关于马克思主义的几个理论问题的探讨》发表后，胡乔木直接以《关于人道主义和异化问题》为题进行回应。以党内资深的意识形态专家而言，胡乔木是有眼力的，他抓住“人道主义”与“异化”等政治敏感问题进行批驳，而恰恰放

① 李泽厚：《康德哲学与建立主体性论纲》，见中国社会科学院哲学研究所编《论康德黑格尔哲学》，上海人民出版社 1981 年版。

过了文章中最根本的“认识论”的探讨，使得延续数年、广泛展开的“人道主义”大讨论戛然中止。但在这场胜负立决的高峰论争中，如胡乔木文所显示的，“人道主义”毕竟以区别于作为世界观、历史观的理论形态，在伦理原则、道德规范这一底线上留存下来了。

正是在中国马克思主义理论围绕“人”的中心，全面发生自我转化中，当代文学理论开始获得了自身的精神主体和思维空间，从长期捆绑在僵化的“反映”论及其指导下的以反映“本质”为唯一指向的所谓“现实主义”理论束缚中解放出来。出现了“多本质”“现实主义开放体系”等论述。另有包括马、恩、列、斯、毛在内的马克思主义文艺理论的总体探讨，以“体系”问题为要。刘梦溪起始于《关于发展马克思主义文艺学的几点意见》的“八论”及其引发的论争，是其集中表现。[①] 而更深细的工作，则是在确立“人”的价值的前提下，一方面，清理“真实”“典型”等几乎独占当代文学理论领域前数十年的核心概念，另一方面，恢复“形象思维”“审美”等关涉文学本体建立的长期被压制的重要范畴。在创作潮流、外来思潮的不断冲击下，更加显示“人学”理论建构与上述丰富发展的中国马克思主义理论的融合与冲突。

也许理论界对“典型”概念的清理，最能体现这一融合与冲突中的某种人文精神内涵。“典型”论以文学形象与现实主义缔结的关系及由此衍生的理论话语，在中国当代文学理论中获得奇特的核心地位。从理论形态上来说，典型是生活的，也是本质的；是个性的，也是共性的；是形象的，也是抽象的；是属“人”的，也是属神谕式的历史规律的；甚至是西方的，也是中国的。所以，对这一集哲学、文学、思维、精神、历史、现实、文化、政治等观念于一体，充满内在

① 刘梦溪《关于发展马克思主义文艺学的几点意见》(《文学评论》1981 年第 1 期）一文认为马克思主义文艺理论只是“断简残编”，未建立完整“体系”，有待发展的观点，在其时引发讨论。此后刘梦溪继续撰文有《论马克思主义文艺学的发展问题》(《北方论丛》1983 年第 5 期)、《释文艺规律——八论马克思主义文艺学的发展问题》(《文艺研究》1983 年第 6 期）等。商榷文有董学文《怎么看待马克思的文艺理论体系》(《北方论丛》1983 年第 1 期）等。

张力、复杂内涵，几乎能够辐射整个“当代文学”的“典型”概念，不仅可能从“指导思想”的起源上触动现实主义理论的开放，事实上也成为“人学”建构的主要切口。徐俊西的《一个值得重新探讨的定义——关于典型环境和典型人物关系的疑义》一文最早也最直接地触碰到这一问题，引发了论争。文章围绕恩格斯《致玛·哈克纳斯》一信中曾被奉为经典的“现实主义”定义展开，并重点论述了“消极群众的形象”与“典型”塑造不对等的关系。由此，作者批评以往将恩格斯“真实地再现典型环境中的典型人物”的思想，狭隘化为“一个时代、一个阶级”只有“一个典型”的机械理论，及创作中愈益泛滥的概念化、公式化、脸谱化，以致走向对“人学”的取消。

几乎是紧接着戛然中止于周扬与胡乔木高峰论争的“人道主义”大讨论，“人”的话题从“典型”范畴中破胎而出，“人学”与文学的精神结合至此才找到历史所能给予的最佳舞台，而这一轮人文复兴的理论接力棒，已经传到了中年一代的知识分子手中。当时担任中国社会科学院文学所所长的刘再复，以长篇论文《论人物性格的二重组合原理》及其专著《性格组合论》[①]挑起了理论探索的重任。虽然以人物形象性切入典型研究早有先例[②]，但在“性格组合论”中，刘再复以对“人”——确切地说是“虚构”的“作品人物”——的精神世界为对象进行深度分析、开掘，并将其上升到一个关涉“人学”的理论体系的高度，已经超出一般限于文学作品的典型研究路数。作者以中外作家作品、文论为据，几乎展示了人类所可能到达的灵魂深广处，以至纯粹的精神世界中“美恶并举”“美丑泯绝”[③]，人类心灵无不息息相通。而这正是“虚构”之界的“超越”指向，或者说，“人性”与“阶级性”讨论中无法言明的“共同人性”之“共同”所在。整部《性格组合论》的论述指向，都在于通过“性格”之径从“典型”中拯救出“人”——属心灵世界却又如此丰富、真实的“人”，显然超出此前

① 刘再复：《性格组合论》，上海文艺出版社1986年版。

② 蔡仪：《文学艺术中的典型问题》，《文学评论》1962年第6期。

③ 此为刘再复借用鲁迅语。参见收入本卷的刘再复文《论人物性格的二重组合原理》。

“人道主义”论争尚未到达的疆域。

继之，刘再复发表短文《文学研究应以人为思维中心》[①]，可谓其“文学的主体性”思想的雏形。其中，作为主体的三大支柱已经形成构架，而“以人的心理、灵魂为思维中心”的强调，则使“作品人物”在三大支柱中占据了论述的主要地位。这一延续《性格组合论》关于“人”的思想线索，在紧接其后的《论文学的主体性》中得到彰显，并闪耀出真正的理论华彩。其以“虚构”之界的“作品人物”与“作家”“批评家”并列形成三大“主体”的理论构架，继“典型”之后，再次显示出中国当代文学理论的独特性。仅此，即足以引发其时批评者的直接质疑：“把现实的人同文学作品中的人物形象混为一谈”[②]“充满自相矛盾和混乱”[③]，等等。但它在同时代知识者心中所获得的普遍共鸣，足以表明此一“文学的主体性”与震动着历史回响的“人学”的高度结合。事实则是，《论文学的主体性》以其对机械“反映论”的根本性动摇，成为当代文论建构总体朝向“本体”探索中的关键节点。

但就外在理论形态而言，《论文学的主体性》几被“大写的人字”[④]所覆盖，这表现为一系列可总冠以“主观能动性”的语词：“精神主体”“内宇宙”“灵魂”“潜意识”“情感”，以及衍生于“人的本质力量的对象化”的“超越”“升华”“自由”，以致改变“基因”“积淀”下的“文化心理结构”，等等。这就使得其时对它的批评中，多有较陈涌《文艺学方法论》的论断力度更为甚者，如：“贯穿着主观唯心主

① 刘再复：《文学研究应以人为思维中心》，《文汇报》1985 年 7 月 8 日。

② 文学研究所文艺理论研究室：《自由地讨论，深入地探索——关于刘再复〈论文学的主体性〉一文的讨论》，《文学评论》1986 年第 3 期。

③ 敏泽：《论〈论文学的主体性〉——与刘再复同志商榷》，《文论报》1986 年 6 月 21 日。

④ 何西来：《主体意识的觉醒——刘再复〈文学研究应以人为思维中心〉之我见》，《文汇报》1985 年 11 月 25 日。

义”[①]，“一篇地地道道的关于人的自由、博爱的宣言书”[②]，等等。而赞同者也主要着眼于“人性”“人道主义”“人的解放”等思想意义。的确，这一充满无限可能性的“人”的身影如此之巨，以致牵引了整个文学理论界的视线而不暇顾及其后真意。或许，是文章中处于同一“精神主体”层面的“作家”“批评家”的“人”之在场性与“作品人物”的虚构性所产生的结构性内在冲突，尤其是必然走向审美性“改造”的、来自“实践美学”的“文化—心理积淀”说在理论表述上强大的逻辑支撑，阻隔了文章评论者们的视线穿越“主体性”理论的“认知”/“审美”外在形态，直接感触《性格组合论》已经展露的作为精神主体的“人”之“内宇宙”——一个以“深邃的灵魂搏斗”一语来总括其多层次精神视景的心灵世界，或谓一个“多维、立体、全景的文学生命运动的复杂过程”[③]之展开。这就涉及程代熙的商榷文中直接挑明的问题：“无比的丰富性和伟大力量”的“精神主体”，其“源泉”何在？又与作为“大跃进”“文化大革命”思想指导的被片面强调的“精神主体的能动性”究竟何异？[④]暂且搁置后一个切近中国当代史中理论与实践的关系问题，单就“源泉”问题而论，似乎是当代文论建构中迄今未决的悬疑。这里同时表现了中年一代知识分子与老一代之间存在的精神鸿沟。老一辈马克思主义理论家们都具备深刻的世界观、复杂的政治经验和开阔的中外理论视野，他们依仗了精湛的马克思主义理论修养和实践经验，对“人”学的探讨始终立足于马克思主义理论的自我转化和开放体系，丰厚的精神资源自不待说；而中年一代知识分子成长于一个理论贫瘠的时代，“文化大革命”中被许可的学习机会是有限的几本马列著作，以及被曲解了的“读鲁迅”，“文化大革命”中泛滥成灾的政治运动造就一代人政治上缺乏坚

① 姚雪垠：《创作实践和创作理论——与刘再复同志商榷》，《红旗》1986 年第 21 期。

② 敏泽：《论〈论文学的主体性〉——与刘再复同志商榷》，《文论报》1986 年 6 月 21 日，第 18 期。

③ 汤学智：《关于文学主体性问题的几点看法》，《当代文艺探索》1986 年第 4 期。

④ 程代熙：《对一种文学主体性理论的述评——与刘再复同志商榷》，《文艺理论与批评》1986 年创刊号。

定信仰和犬儒主义，此时供他们进一步探索的思想资源相当有限，但是，思想解放运动为理论领域带来了不可遏制的发展生机，以及前赴后继的形势把他们推上了探索前沿。

1985 年曾经被学术界称作“方法年”，这不是指文学创作的方法，而是文学批评的方法，——在之前，长达三十五年的文学批评除了马克思主义的社会学批评外别无其他“方法”可言。而这一场声势浩大的方法论的推广，是以建立科学思维的现代化需要为标志的。这场与托夫勒著作《第三次浪潮》之名连在一起，以库恩“科学思维范式”变革理论为绳法的“方法论”热，带来了文学观念的变革，使整个文学理论的品格脱胎换骨。“三论”，尤其是系统论所带来的结构观念及其展示的整体观视野，不仅给文学理论批评家们提供自身作为“主体”的“人”之“自我的发现”的契机，也为“积淀”所指意的“文化的重构”铺垫了宽阔的理论场域。理论先行在这时又一次发挥了积极影响。如：季红真《文学批评中的系统方法与结构原则》所显示的既来自“马克思主义”“现实主义”，又将问题置于更大结构整体来论述的理论品质；始于 1985 年前后致力于打通现代、当代文学史格局的“新文学整体观”“20 世纪中国文学”等理论带来的“文学史观”变革；20 世纪 80 年代后期“本体”建构中直达“语言”这一西方现代哲学重大转向所指意的“真实”弥散，如李洁非等的《“再现真实”——一个结构语言学的反诘》、黄子平的《得意莫忘言——文学语言学研究札记》、李劼的《试论文学形式的本体论意味》[①] 等论文所反映的总体趋归语言层面的“文化诗学”等等，都可如是观之。这场人为推动的“方法论”运动中，最得益的是青年理论工作者和文学批评家，刘再复在长文《论八十年代文学批评的文体革命》中自豪地声称，批评界自“方法”变革以来“摧毁精神牢房”，发生了从“代言体”向“自言体”、从“独断体”到“独立体”的转变。[②] 甚至学界对于“新批评家”群体的关注与容忍，都鼓励并推动了新一代批评群

◆ 1985 年曾经被学术界称作“方法年”，这不是指文学创作的方法，而是文学批评的方法，——在之前，长达三十五年的文学批评除了马克思主义的社会学批评外别无其他“方法”可言。而这一场声势浩大的方法论的推广，是以建立科学思维的现代化需要为标志的。

① 李劼：《试论文学形式的本体论意味》，《上海文学》1987 年第 3 期。
② 刘再复：《论八十年代文学批评的文体变革》，《文学评论》1989 年第 1 期。

体以突出的批评个性来崭露头角。科学面前人人平等，正统的马克思主义理论家和意识形态批评家的权威失落了，青年一代以他们特有的教育优势和外语优势获得了发展自身的平台，而中年一代知识分子，不仅在泛滥的科学新名词下遮蔽了自身的弱点，更要紧的是，在现代化与科学思维的时代共鸣之下，人文的大旗高高地举了起来。他们在另一个向度上做到了周扬、王元化等没有来得及完成的“人学”理论的张扬。

以“文学的主体性”理论为代表的“人学”，如时评所称“……上承 50 年代巴人、钱谷融等人受挫折的理论开拓，跨越了一个重大的文化历史断裂，并且接续了新时期几经沉浮的以周扬等人为代表的对人道主义的思考和反省”，甚至内在承传胡风的“主观战斗精神”[①]，其之诞生在“冲突”迭起的理论风云中显得极不平常。它是在 1982 年清除精神污染运动后不久异军突起的，也是在周扬等老一代马克思主义理论家力图在主流意识形态建构中容纳人道主义的努力遭到挫折后，借助了西方大量的科学概念的卷土重来。这使得此一具有相当理论含量的“人学”论述前提，不可避免地拘囿于“文学—政治”的二元对立，而进一步加固了这一思维理路，成为后来考察当代文学难以逾越的思维定式。这固然有其历史合理性，但是作为一种当代文学理论架构，其视野显然有些狭窄，无助于从思维上超越周扬所批判的“实用”论，以进行深度的理论思考和可能的传统建立。一个基本的事实是，如果说“人学”与马克思主义有着几乎天然的血肉关联，那么它与作为中国马克思主义理论最大实践的中国当代政治同样不可简单分立。即使站在 20 世纪 90 年代“后现代”的立场上来考察 80 年代的文学理论，将“文学—政治”二元对立模式，更以“文学—现代化 / 现代性追求”的“合谋”论，也会遭受同样的思维陷落。置于更深远景的近 30 年来由“人文精神寻求”线索所显示的巨大文化场域，可以看清的是，这一来自五四时期“人的文学”传统，且经“文化大

① 何西来：《对于当前我国文艺理论发展态势的几点认识》，《文论报》1986 年第 17 期。

革命”时代“人的否定”[①]之后的“人学”，其复兴之初，正由主流的中国马克思主义理论独立托举，其前提则是后者自身的思想解放、努力转轨、自我蜕变的谋求。由此引出的另一个基本事实是，两次“政治”干预都没有将“人学”置于死地。第一次“清污”运动针对了与当代文学生死攸关的人道主义，其后果是“人学”非但没有停滞，反而借助了更为深广庞杂的西方科学理论来完成。第二次“政治”干预后不久，“人学”几乎没有过渡就身处“全球化”的情境之中，市场经济瓦解了“人学”时代，也同样瓦解了主流意识形态定于一尊的时代。所以，基本可推测的是，某一与巨大文化场域相关的“历史”之力的巨量释放，才应是真正推动新时期以来包括当代文学、文化，甚至当代政治、经济本身在内的中国当代史，其方向总体转轨的内在驱动。而以主体性理论为标志的“人学”的浮沉，只是其中一朵浪花见证江河而已。

◆ 20 世纪中国人文复兴的最后一局，已经是在市场经济大潮席卷中国大地的 90 年代初。

20 世纪中国人文复兴的最后一局，已经是在市场经济大潮席卷中国大地的 90 年代初。刘再复的“文学的主体性”的大旗刚刚在“方法热”高潮中获得大胜，转眼在 1986 年“新时期文学十周年”的会议上就受到青年一代的挑战，同时受到挑战的还有哲学界的李泽厚、电影界的谢晋，他们都是以弘扬“人学”著称的代表性人物。但是这场新的争论还没有深入展开，知识界就集体遭遇了政治武器的批判。1990 年初是噤声的时代，文学创作以空前的涣散表达了“人学”的顽强存在——“人学”以个体的面目出现了，“个体”是以退场的姿态出现，“退场”是以“身体”的特征出现。换句话说，“人学”经历了惨痛的挫折后，真正回到了郁达夫对五四时期“人的发现”所归纳的“为自我而存在”的定义了。所以，有些少见多怪的后现代论者以为 20 世纪 90 年代是“反启蒙”时代，恰恰不知道，五四时期的“人的发现”除了弘扬“大写的人字”，还包括回到人的自身，“为自我而存在”的人性范畴。20 世纪 90 年代的文化精神特别接近 30 年代的成熟

① 刘再复：《论文学的主体性》，《文学评论》1985 年第 6 期。

五四的精神特征，那就是无名的文化状态。无名时代里没有一个“共名”来拢住各种文化走向，大一统的理念瓦解了，文化的多元共存有了实践的可能。来自官方的主流意识形态当然存在并发挥着重要的调控作用，但不再是那种一言九鼎的权威；知识分子的独立言论在许可的范围内有了表达的机会，但同时也失去了振臂一呼天下归一的盛况；而民间在消闲文化、流行文化、网络文化等自由泛滥的冲击下进入自享其乐的状态。三足鼎立的局面离心离德地存在着、磨合着，互相对峙也互相依存，甚至互相影响和互相渗透。多元共存是无名时代的精神特征，这种文化状态与时代精神特征，与 20 世纪 30 年代前半期极为相像，但是在文学上，两者却有相反的表现：20 世纪 30 年代有大批来自民间的作家进入文坛，加入新文学的知识分子运动——如沈从文、李劼人、老舍、萧红、艾芜、沙汀等等，而在当代文学领域，则是大批已经成名的青年作家不约而同地退却到“民间”去——张承志率先进入大西北皈依宗教，张炜退身山东海边鼓吹大地诗情，王安忆隐身旧日都市唱起了长恨歌，贾平凹在废都里描写颓废和绝望之情，史铁生返回地坛静静思考命运的残酷，而一批先锋派作家都混迹于市场，进入了影视传媒领域，不断涌现文坛的还有痞子一族、断裂一族、美女一族、身体写作一族……形形色色，表面上看与 20 世纪 80 年代弘扬“主体性”所鼓吹的“人学”南辕北辙，但换一角度来看，转向民间立场的知识分子开始了另一种文化参照下建构“人学”：他们开始理解社会底层的普通人的生存欲望和文化需求，感性考察非现代化经济模式下人类精神生活的合理性，重新思考人们在实现自我的过程中，开发、发展、改造、进步、科学等人类集体欲望诉求背后的真正含义。换句话说，知识界开始对 20 世纪 80 年代的盲目乐观和“人学”建构有了反省的态度。1990 年，王安忆发表中篇小说《叔叔的故事》，开始反省 20 世纪 80 年代文化的浮华和虚幻，紧接着，张承志、张炜（被媒体称为“二张”）等作家发出了“诗人，你为什么不愤怒”[①] 的呼声，再接着，一批人文学者集体发出寻思人文精神的讨

◆ 无名时代里没有一个“共名”来拢住各种文化走向，大一统的理念瓦解了，文化的多元共存有了实践的可能。

① 张承志、张炜等：《诗人，你为什么不愤怒？》，《文汇报》1994 年 8 月 7 日。

论，以及由此引起的争论，都可以看作是“人学”复兴在20世纪90年代进入了一个新的历史阶段，产生了新的特点。

20世纪90年代初的人文精神寻思大讨论涉及的人多且复杂，没有统一的理论指导，与80年代发生的两场有目的、有理论、有代表作的争论不一样，它是以民间的方式自发展开的，当时首发人文精神讨论的文学刊物《上海文学》也没有事先组织和发起之嫌，编辑部开辟了一个栏目叫《批评家俱乐部》，约几个上海的批评家轮流主持讨论，前面两期讨论的内容与人文精神有关，过了几期就扯到别的题目上去了。但话题由此传开，后来北京《读书》杂志来开会约稿，推动人文学者的连环讨论，这才有些正式发起的意思。但这场讨论仍然是民间自发性质的。赞成的与反对的都没有官方的背景参与，只是针对市场经济的社会状况表示不一样的态度而已。发起人文精神讨论的成员大多是“文化大革命”后考入大学开始接受教育、从事学术活动的学者，他们的思想资源庞杂混乱，有的仍然坚持马克思主义的批判立场，更多的则是从传统人文学术或者西方人道主义那儿找到了思想武器。因此，他们对人文精神的理解各不相同，态度、立场和表述方法也不一样，没有中心，没有步骤，更没有集中的话题和统一的理论；只是以一种集体色彩的形式出现，是从民间立场发出的声音，在当时沉闷的气氛下引起了社会的关注。这是20世纪末人文复兴中最没有理论色彩的一次论争，由于一开始就采取了对话与讨论的形式，从头到尾都有点七嘴八舌、各抒己见的味道，发生争论也没有剑拔弩张的姿态，反倒是充满调侃、嘲讽、讽刺、丑化对方，严肃的思想争论最终是以喜剧的形式落幕。不过我还是觉得，从人文复兴的意义来看，这次人文精神寻思的意义与当时文学领域出现的众声喧哗的多元状态相呼应。如果联系起来看，从20世纪80年代初主流意识形态内部关于人道主义与马克思主义的争论，到80年代中期学术界关于文学主体性的争论，再到90年代初知识分子在民间自发的寻思人文精神的讨论，几乎贯穿了三代知识分子寻求人文复兴之途的努力。其形式的演变过程也是耐人寻味的，社会效应更有历史意味：人道主义的呼吁对应了新世纪以来执政党强调“以人为本”“和谐社会”等执政理念的出现，文学主体性对应了新世纪以来文学创作的多元化和个体化的趋势，而人文精神的寻思则隐含了未来社会发展中如何调整完善人与社会、人与财富、人与自然以及人如何实现自我价值等一系列问题，也会慢慢显示其影响。

20 世纪 90 年代末（1999 年）理论界最后一个引人瞩目的话题是关于文学史的话题。1999 年前后由北京大学和复旦大学两所高校分别出版了洪子诚写的《中国当代文学史》与陈思和主编的《中国当代文学史教程》，当时中国当代文学史的编写已经到了泛滥成灾的地步①，但这两部新教材的出版仍然引起了普遍的关注和讨论。其实，连同早几年出版的章培恒、骆玉明主编的复旦版《中国文学史》在内，都可以视为 20 世纪 80 年代末风行一时又很快被夭折的“重写文学史”的延续，也是重写文学史的实绩。章、骆主编的《中国文学史》虽为古代文学史，但其朝向“现代”的开放姿态，尤其是被“现代”的文学史观基本放弃的“人性”角度，都可视为以往官方文学史观的颠覆。陈思和主编的《中国当代文学史教程》，将看似与现代性相左的“民间”概念提升到文学史的高度，把以往不为史家所注意的“潜在写作”概念引入文学史，因此改变了一向贫瘠荒芜的当代文学史（包括“文化大革命”时期）的面貌，是一个史的突破。尤其重要的在于对作为“民间”概念重要内涵的“藏污纳垢”的描述，显示了一种“人”学意义上“退场”的理论姿态。洪子诚著《中国当代文学史》则以“文学”和“文化”研究方法并重为特色，将文学生产规范、机制等影响因素引入“当代文学”研究。其中关于“50—70 年代的文学”的“一体化”特征的有力描述，成为一般“文化史”视野的“中国文学史”难以越过的“理论”障碍。

① 据许子东统计，截止到 2008 年 10 月，中国大陆已出版的中国当代文学史著作多达 72 种，以出版时间排列，洪子诚著的《中国当代文学史》为第 55 种，陈思和主编的《中国当代文学史教程》为第 56 种（许子东《四部当代文学史》，香港岭南大学举办的“当代文学六十年国际研讨会”提交的论文。未刊稿）。

二、思潮与争鸣：现实主义、现代主义、纯文学的反思

《文学理论卷》的第二卷定名为《思潮与争鸣》，如前所说，文学理论的建设与文学论争是无法截然分开的，它与第一卷的分工仅仅在于：第一卷的内容偏重基础理论的人文精神的复兴与建设，第二卷的内容更多是偏重文学创作，与当代文学创作思潮直接相关。因此有关本卷的介绍，也偏重对当时文学思潮和文学论争的背景的说明。

第一个专辑"文学揭露的限度与自由"涉及下列社会、文化事件：1979 年 4 月 5 日，《广州日报》发表题为《向前看呵！文艺》的文章，作者把近两年来揭露"四人帮"的作品归为"向后看的文艺"，不利于鼓舞人民"团结一致向前看，团结一致搞四化"。文章发表后立即引起争论，紧接着，由《河北文艺》6 月号发表的青年作家李剑的《"歌德"与"缺德"》一文，对"伤痕文学"进行了尖锐的政治批判和谩骂，这实质上触及了文艺创作究竟是为权力政治服务还是坚持真正的现实主义批判精神，也就是现实主义文学在社会主义社会的批判限度问题。该文发表之后，被人形容为"春天里的一股冷风"，作家们群起攻之，捍卫萌芽状态的创作自由意识。由于"文化大革命"后中共文艺路线放弃了"以阶级斗争为纲"的路线，反复申明要贯彻"双百"方针，所以李剑的文章就显得不合时宜。根据当时中宣部部长胡耀邦的建议，中宣部领导邀请相关人士在北京开座谈会，"帮助河北省有关同志提高认识，解决问题"。据与会的冯牧传达，"胡耀邦在发言中"把《"歌德"与"缺德"》引起的事件，称为"粉碎'四人帮'三年以来，文艺战线上第一个较大的'风波'"[①]。

1979 年 10 月底，全国第四次文代会在北京召开，这是当代文学史上拨乱反正的一次文代会。但会议开得也并不平静，在对文艺现状、文艺方针的讨论中，围绕着刚面世不久的话剧《假如我是真的》，电影剧本《在社会的档案里》《女贼》等作品，争论空前激烈。这些作品以尖锐的笔触，揭露了以往不能谈论的重大社会问题，这在 1979 年形成了一股有声有色的现实主义文学潮流，其批判所指党内特权和

① 刘锡诚：《在文坛边缘上》，河南大学出版社 2004 年版，第 293 页。

官僚主义。这就不得不引起一部分人士的反对以及主流意识形态的关注，有关领导也感到这几个剧本具有代表性，为了不影响文代会进程，建议在文代会后召开一个座谈会“交换意见”。1980 年 1 月 23 日至 2 月 13 日，在中宣部直接授意下，由中国戏剧家协会、中国电影家协会、中国作家协会召开了全国剧本创作座谈会，胡耀邦做了总结讲话。剧本《假如我是真的》的创作者沙叶新在《扯“谈”》一文中记叙了这次座谈会的情形：

> 尽管会议开始期间，与会者有些紧张；争论双方由于不明底细都保持沉默，或弯弓待发，或加紧设防，沉默中可以嗅出刺鼻的火药味。可是逐渐与会者便深切地感到这次会议并不是一场你死我活的厮杀，而是和风细雨的争鸣，这使得那些即使想进行政治恫吓的少数鸣鞭者也不得不放下鞭子。于是正常的讨论得以开展，争论的双方都能平等地、善意地、实事求是地交换意见，进行探讨。应该说，这次会议确实是执行“双百”方针、坚持“三不主义”、实行艺术民主的一次具体实践。

然而实际结果是，这次座谈会“既开了自由讨论的先河，也开了变相禁戏的先例”，这让沙叶新“大惑不解”：“三个干预生活的现实题材的作品遭到变相禁演，谁还敢再去写这类题材呢？”“倘若话剧艺术远离甚至逃避现实生活的矛盾与斗争，不再着力反映人们在现实中最为之关心、最为之激动的、重大的、尖锐的甚至最敏感的社会问题，那么话剧艺术就会失去战斗的锋芒，就会黯淡无光。”

我们之所以将文艺“向前看”或“向后看”、“歌德”与“缺德”、关于《假如我是真的》等三个剧本的争论归在同一专辑下，是因为这些方方面面的争鸣意见的核心，其实围绕着现实主义的一系列“老问题”而展开：对“文艺真实性”的不同理解、文艺的真实性与政治的倾向性的关系、歌颂与暴露的冲突。据《剧本创作座谈会情况简述》

报道：在这次会议上“理论批评工作者重新评价了‘写真实’的口号，为现实主义恢复名誉，是完全必要的，促进了文艺思想的拨乱反正”。关键在后面的转折——“但是，许多同志指出，真实并不是文艺创作的唯一目的，不能说有了真实就有了一切；艺术的真实性只有和进步的或革命的政治倾向性结合起来，才是社会主义文艺所要求的。……认为文艺作品只绘制生活的画面而不必反映生活的本质，或者认为只有揭露生活的阴暗面才是真实的，这种看法是不正确的。”[①] 艺术只有抓取生活的典型，反映出社会、历史发展的本质规律，才能起到应有的认识和教育作用。但是这种“本质”的要求和呈现究竟是怎样制定出来的呢？作家似乎只有按照现成的概念和定义去图解生活，描摹“本质”。

既然先验的本质论成为“写真实”的主要对立面，那么在这个问题上要有所突破，就必须正面清理所谓的本质论，代表性的文章是王元化的《文学的真实性和倾向性》。该文章质问：“在艺术形象的真实性之外有什么趋向性呢？”“现在有人以写本质去代替写真实，我并不以为然。生活的本质不是存在于生活的现象之外，也不是先验地产生于生活的现象之前。抽象的本质总是依附或潜在于具体的现象之中……一旦偏离了作为感性形态的具体现象去侈谈本质，不管在什么动听的名义下，都会造成一种抽象思维的专横统治。”针对相关作品遭受的“非本质”的责难，王元化写道：“在文学创作上，用写本质去代替写真实，那结果往往是以牺牲本质所不能囊括的现象本身所固有的大量成分作为代价的。这个代价却未免太大了，它剥去了文学机体的血肉，使之变成只剩筋骨的干瘪躯壳。”在当时为三个剧本的辩护中，王元化的这篇文章说理最为深邃、探讨最为周彻。

编者将上述围绕着“文学揭露的限度与自由”的论争文字作为起首专辑，不仅是因为其中有“粉碎‘四人帮’三年以来，文艺战线上第一个较大的‘风波’”，更是因为着眼于整个“文化大革命”后文学

① 《剧本创作座谈会情况简述》，《文艺报》1980年第4期。本文对本卷所收文章的引用，一概不再注出。

的发展，这几场论争意味深长。

首先，尽管几篇争鸣文字歧异丛生甚至针锋相对，但是同样可以感觉到“态度的同一性”正在形成，也就是说，为了避免类似“文化大革命”对文化创造所造成的毁灭性打击，各方面都开始恪守某种共同的底线。胡耀邦在《在剧本创作座谈会上的讲话》旗帜鲜明地承诺：“十几年来，我们这支创作队伍受到很大的损失。有些同志因自然规律而凋谢了；有些同志则是被摧残致死的。单凭这一点，我们的党就要发誓：坚决不许对文艺作品妄加罪名，无限上纲，因而把作家打成反革命！”1980年第9期《文艺报》刊发漠雁文章《迟发的稿件》，对揭批官僚特权的作品上纲上线地加以批判，据《文艺报》第11期“讨论会”专栏的编者按称，一个月内编辑部收到反响稿件106篇，“其中赞同漠雁观点的3篇，持不同意见的99篇”，人心向背由这组数据可见一斑。以上正好反映出高层与民间“态度的同一性”。此外，当“收”与“放”的传闻时有播散时，德高望重的作家们不约而同地要求维护民主与自由的文化环境。《文艺报》第10期上，参加当时五届人大第三次会议和五届政协第三次会议的部分文艺界代表，如巴金、叶圣陶、陈登科等纷纷就“怎样把文艺工作搞活”发表意见，而话题都集中在“多鼓励、少干涉”“提倡平等讨论”“体制要改革，创作要自由”等方面。同期《纵横谈》栏目发表文章，题为《要理直气壮地反对官僚主义》。沙叶新那篇《扯“谈”》也发表在这一期《文艺报》上，尽管文中对剧本创作座谈会“变相禁戏”的实际效果不满甚至失望，但这番议论得以公开发表，本身可以说明当时的环境。

◆ 胡耀邦在《在剧本创作座谈会上的讲话》旗帜鲜明地承诺：“十几年来，我们这支创作队伍受到很大的损失。有些同志因自然规律而凋谢了；有些同志则是被摧残致死的。单凭这一点，我们的党就要发誓：坚决不许对文艺作品妄加罪名，无限上纲，因而把作家打成反革命！”

其次，这几场论争中有识之士的尝试与努力，重新凝聚起的正是五四新文学最优秀的精神传统：提倡作家直面人生、干预生活，批判现实中的阴暗与消极，这是鲁迅所提倡的“真诚地、深入地、大胆地看取人生并写出他的血和肉来”的现实战斗精神的接续。虽然经历了巨大摧残，但这样的一种传统一直若隐若现地埋藏在作家心底，如同不死的圣火，而这正是“文化大革命”后文学最重要的源流。20世纪80年代最具实力的两代作家——曾被打成“右派”而备受折磨的中年一代作家和从“文化大革命”的炼狱中挣扎站起的知青作家，他们开拓了“伤痕文学”“反思文学”等文学创作思潮——都是这一精神传统的继承者，都受到了这一文学源流的哺育、滋养。

由于长时期的文化封锁被解除，20世纪80年代初，中国在文化战略上重新打开国门，吸取世界上一切先进的优秀文化遗产。于是，西方各种现代文艺思潮以罕见的速度和规模被译介到中国。在当时的作家、普通读者心目中，西方“现代派”文学并不存在严格的边界，19世纪末以来的各种文学思潮都网罗其中，如表现主义、后期象征主义、未来主义、超现实主义、意识流小说、荒诞派戏剧、“垮掉一代”的文学、存在主义、黑色幽默、魔幻现实主义……一批有影响的学术刊物，如《外国文学研究》《外国文艺》《译林》《外国文学动态》等纷纷为现代主义推波助澜；袁可嘉、汤永宽、柳鸣九、朱虹、陈焜等研究者脱颖而出；同时西方现代派文学作品及理论选本相继问世，如袁可嘉等编选的四册八种《外国现代派文学作品选》、骆嘉珊编选的《欧美现代派作品选》、柳鸣九编选的《萨特研究》等；一批研究专著也陆续出版，如陈焜的《西方现代派文学研究》等。

现代派文学思潮在中国当代文学创作中也破冰而出，得风气之先的是诗坛。一批桀骜不驯的青年诗人写出了与之前的艺术规范迥然有异的诗歌，由此引发了不同意见。早在1979年，诗人公刘在文章中表示对顾城诗歌中表达感情的方式“不胜骇异”[①]，公刘的总体态度是温和宽容的，从中更流露出不理解的焦虑。旗帜鲜明地表达反对意见的是章明的《令人气闷的“朦胧”》，他说这些作者“大概是受了‘矫枉必须过正’和某些外国诗歌的影响，有意无意地把诗写得十分晦涩、怪僻，叫人读了几遍也得不到一个明确的印象，似懂非懂，半懂不懂，甚至完全不懂，百思不得一解”，于是称这类诗歌为“朦胧体”，“朦胧诗”由此而得名。与此同时，也有一批理论家对这一新诗潮给予充分肯定。谢冕主张对那些“古怪”的诗不要急于“引导”，应该

① 公刘：《新的课题》，《星星》复刊号1979年10月。

多“听听、看看、想想”，采取宽容的态度，“近一二年里出现的一批年轻诗人及他们的一些‘新奇’‘古怪’的诗，是新诗史上的一种新的崛起”。继之而起的孙绍振以充沛的理论气势指出：“与其说这是新人的崛起，不如说是一种新的美学原则的崛起”，“艺术革新，首先就是与传统的艺术习惯作斗争”。徐敬亚则把对新诗潮的评价推向极致，从产生的社会背景、艺术主张、内容特征、表现手法等方面系统阐述新诗潮的理论主张和审美特征，并且预言：“中国新诗的未来主流，是五四新诗的传统（主要指20世纪40年代以前的）加现代表现手法，并注重与外国现代诗歌的交流，在这个基础上建立多元化的新诗总体结构。”

“朦胧诗”的论争主要围绕内容和形式展开。这不能不涉及新近引进的西方现代派文学的观念和实践。这也是现代派文学争论的核心所在：是以开放的视野交流与借鉴，认为这是自当代文学发展、丰富的重要参照和资源；还是强调西方与本土的对峙，认为新思潮是冲击“民族国家话语”的“洪水猛兽”。徐迟的《现代化与现代派》原是作为《外国文学研究》1980年以来开辟“关于西方现代派文学的讨论”的总结文章，“编者的话”中声言讨论“到这一期就暂告一个段落”，不料发表后却引来更大的争论。徐迟将西方现代派与中国当时的社会与文学现状结合起来，促进了相关问题的讨论，实现由“外”向“内”的转变，这已经不是先前孤立地介绍西方现代主义的作品与理论，开始考虑“为我所用”。

兴许更值得我们注意的是：在思潮更迭与各方意见争鸣的背后话语的操作策略。在一些支持现代派实验的人看来，20世纪以来，社会发展，科学进步，影响了人们的意识、思维和审美方式，进而影响到文学艺术中来。所以，现代派是社会现代化的自然产物，是现代科学、生产力和社会生活方式演进的产物。最鲜明地体现出这一思路的是徐迟的《现代化与现代派》：

> 在我们这里，不少人仍然欣赏古琴、花鸟、古诗、昆曲

> 之类，迷恋于过去，是过去派。另一些人还不能区别那严重污染环境的近代化与高度发展的四维空间的现代化的差别，他们其实还是近代派。都不是现代派，他们所向想往的是过去化，或自足自满于近代化，并无或毫无现代化的概念。我们的现代化既有一个特别困难的进程，看来我们的现代派的处境也将很快是比较困难的。……但不久将来我国必然要出现社会主义的现代化建设，最终仍将给我们带来建立在革命的现实主义和革命的浪漫主义的两结合基础上的现代派文艺。

这段文字写得掩掩遮遮、牵强附会、逻辑不通、概念重叠，却真实地留下了当时乍暖还寒、曲折迂回的时代信息。首先，中国现代主义文学的产生并无如西方一般充分的非理性哲学背景，也不是源于物质的高度发达与现代物欲的挤压，而是要应对“文化大革命”后的“精神危机，试图超越、突破一体化统治的努力”①。这就使得1981年、1982年前后的“突破”必然曲折迂回。徐迟为了推动现代派文艺的正常发展，试图将经济的现代化与文艺的现代派捆绑在一起。但是经济与文学艺术的发展并不是同构对应的，中国现代文学史上现代主义运动的萌动、发展已然证明了上述二者间不平衡性的存在。徐迟的表达，不管确实出于学理上的疏忽，抑或出于苦心，总之我们都可以见出一种将困难重重的文学新潮置于国家话语保护之下的策略。这是文学思潮演进中过渡性、权宜性的显现，也是演进过程中占据主流，或者说合法性话语，和新兴的、略显异质的文学实践之间构成的特殊关系与形态。有的时候，这一关系、形态表现为后者向前者寻求庇护，比如徐迟的表达，我们往往将现代主义文学理解为“脱一体化格局”而“返回文学自身”的开端，但在20世纪80年代初期，这样的文学思潮还必须托庇于一体化的话语之下。还有的时候，这一关系、形态又表现为主流文学话语对新兴思潮的征用和吸纳，比如这样一种比较温和的意见：即使发展现代派，也应该将其包含在社会主义现实

① 孟繁华：《1978：激情岁月》，山东教育出版社1998年版，第182页。

主义的文学实践当中。[①] 当现代主义的实验已经贡献出骄人的创作实绩时（比如王蒙的小说），一些批评家将之收编到了现实主义的旗帜之下。现代主义不是作为一种相对独立的文学思潮，而是被视为某种"因素""创作手法"，被吸纳到现实主义之中，"现代主义因素与现实主义的结合，形成新时期文艺的独特思潮和创作方法——新现实主义"[②]。我们依稀看到一个外延无限开放而内涵模糊肿胀的"无边的现实主义"。现代主义与现代化、现实主义的结盟，是现代派争论中弥合双方裂隙的有效策略，也是推进现代主义实践的权宜之计。这一切都显示出某种"过渡"色彩。

然而，20 世纪 80 年代初期的现代派之争，最终仍然受到了权力话语的侵扰，艺术探讨与政治对立混淆在一起。一些反对者毫不含糊地给文学新潮贴标签，比如：指责"崛起"的文章"散发出非常浓烈的小资产阶级的个人主义气味""具有相当浓厚的唯心主义色彩"，是"资产阶级自由化思想的宣言书"，"关系到诗歌要不要坚持社会主义旗帜的重大问题"[③]，等等。1983 年后，反对一方利用清除"精神污染"运动对现代派思潮进行了严厉责难，译介西方文艺思潮在思想根源上是与"抽象的人道主义""色情或宗教""反理性主义""一切向钱看"等"歪风"联系在一起的，属于文艺界"严重的混乱"和"精神污染"现象。[④] 一时间"朦胧诗"遭到否定，现代派小说一度在杂志、报纸等出版物上消失……但是，即便译介西方文艺思潮受到挫折，其实际影响与积极意义仍然是毋庸置疑的。20 世纪 80 年代的创作实践直接受到了翻译的滋养，并且通过本土民族土壤的消化融合，反过来为世界格局下的文学提供了中国社会特有的文化感知与审美经验。这样一

① 参见刘锡诚《关于我国文学发展方向问题的辩难》，《当代文艺思潮》1983 年第 1 期；及《文艺报》1982 年第 12 期"综述文章"《坚持文学发展的正确道路》。

② 杨春时：《论新现实主义》，《文艺评论》1986 年第 6 期；邹平：《现实主义精神和多样的创作方法》，《文学评论》1982 年第 5 期。

③ 程代熙：《评〈新的美学原则在崛起〉》，《诗刊》1981 年第 4 期；程代熙：《给徐敬亚的公开信》，《诗刊》1983 年第 11 期；郑伯农：《在"崛起"的声浪面前》，《诗刊》1983 年第 6 期。

④《高举社会主义文艺旗帜坚决防止和清除精神污染》，《人民日报》1983 年 10 月 31 日。

◆ 20世纪80年代的创作实践直接受到了翻译的滋养，并且通过本土民族土壤的消化融合，反过来为世界格局下的文学提供了中国社会特有的文化感知与审美经验。这样一种交叉影响的中国与世界的文学交流关系，正是“文化大革命”后文学的主要源流之一。

种交叉影响的中国与世界的文学交流关系，正是“文化大革命”后文学的主要源流之一。

到了20世纪80年代中期，情形大大改观。长期坚持的“阶级斗争为纲”被“以经济建设为中心”所取代。人们的精神生活也趋于复杂、趋于丰富多彩的多元选择。这个时候对西方现代派的评价已经不再随便贴上社会政治的标签，人们在文学理解与思维世界中也给探索性的文学观念与实践留下了开阔的空间。这一类作品的发表和出版也不再有太大的阻力，尤其是许多主流文学杂志，如《收获》《人民文学》《上海文学》纷纷以“专栏”“小辑”的形式推出青年作家创作的各式各样的小说。这批小说我们以“先锋小说”来命名，1986年是其收获显著的一年。这一年的岁末，吴亮“坐在书桌前搜寻着记忆里的每一角落，使那些淡淡的残痕再度复原为一个个具象”，于是有了《告别1986》。吴亮在其中一一评述了“我的同代人”残雪、马原、孙甘露、莫言等作家的创作，这篇现场感饱满、浓烈的文章，引领我们重临那个精彩纷呈的文学年代。

◆ “先锋”意味着以前卫的姿态探索存在的可能性以及与之相关的艺术可能性，它以不避极端的态度冲击着文学创作中的传统规范。

“先锋”意味着以前卫的姿态探索存在的可能性以及与之相关的艺术可能性，它以不避极端的态度冲击着文学创作中的传统规范。这一冲击往往从文学形式的更新开端。正如殷国明所说：“艺术的发展不得不经常应对来自形式方面的挑战。”

人们常常会由此产生一种错觉，似乎艺术形式只是某种内容的附属品，它只是艺术作品不会发言也不必发言的一个影子。而就在这时，对艺术形式置若罔闻的人，往往也会遭到一种无言的“报复”。旧的艺术形式会以一种无形的力量捆住他的手脚，遮住他的艺术视线，使他永远循环往复地重复一条艺术路径，在一种封闭的、无所更新的艺术小圈子里踯躅徘徊。

人们也许能够听到一些司空见惯的辩护词，就是把对艺术形式的强调看作是形式主义的态度，因而把对形式的漠视认为是对内容的强调。其实，在很多情况下恰恰相反。对艺术形式的轻视态度之中，或者是漫不经心之中，往往在其意识深层潜藏着一种真正的形式崇拜，即把某种既定的、为人们所熟知的艺术形式，看作是万能的，仿佛像一个能无限膨胀的口袋，能装下一切内容。形式和内容在人们整个思维过程中偷梁换柱的现象，也非常容易造成对艺术感觉和判断上的错觉。

我们在上文中曾经提到过，占据主流地位的（“既定的，为人们所熟知的”）现实主义对新兴出现的现代主义的“收编”，而在殷国明《艺术形式不仅仅是“形式”》中被理直气壮地判定为“偷梁换柱”。评论者从“内容决定形式”的牢笼中解救出了“形式”，由形式变革所开启的叙事革命所关注的是，作家不必在意故事内容，而开始标举形式，即讲述故事、处理故事的方式。先锋小说不再追求传统小说强调的“叙述”的真实性，转而重视“叙述”本身，就如陈晓明在《无望的救赎》中所说：“在先锋小说里，语句不再依照客观逻辑，而仅仅依据‘叙述’（讲述）本身的规则，而这个关于‘讲述’的讲述则使文体的传统界线受到严重的损害。”关于背弃客观世界的逻辑与秩序的意义，先锋作家中的代表人物余华表达得清楚不过：“当我发现以往那种就事论事的写作态度只能导致表面的真实以后，我就必须去寻找新的表达方式。寻找的结果使我不再忠诚所描绘事物的形态，我开始使用一种虚伪的形式。这种形式背离了现状世界提供给我的秩序和逻辑，然而却使我自由地接近了真实。”这不仅是余华个人的创作谈，更可以视为整个先锋小说的文学宣言。

余华的告白还暗示了，先锋小说表达的不仅仅是形式的变革，在根本上，这是一种观察和理解世界的方式。这一点认识有着重要意义。在整个 20 世纪 80 年代，中国作家自觉地在自己的创作中移植来自西方的文学观念与艺术手法，特别是作家关于影响、师承的自述更容易让人以为他们的创作不过是西方文学的简单副本。张新颖《博尔赫斯与中国当代小说》的意义正在于此，马原、孙甘露、格非都承认过受阿根廷作家博尔赫斯的影响，但如果仅把他们的创作看成是“博尔赫斯的中国翻版，那当然是一种艺术感受力迟钝的愚蠢判断”，在

◆ 先锋小说表达的不仅仅是形式的变革，在根本上，这是一种观察和理解世界的方式。

技巧的借鉴背后，“理解、看待世界的方式存在着根本性差异”。张新颖的另一篇评论《观感传达方式的历史沟通》[①]对这一“根本性差异”有着更为积极的理解：在马原“独特的观感传达方式背后，存在着与我们这个民族文化的特质相沟通、相联结的东西。进一步说，马原对世界的态度及其小说的表现方式根植在自己民族的特定的历史和文化结构中”。这些灵敏的论述，不仅体贴了先锋作家自身的努力，更可以回应长期以来现代主义文学思潮所招致的貌似义正词严的非议：这些作品是“无根”的实验。

◆ 先锋作家展现的经验的主观性、片段性，世界人生的不确定性，打破了传统叙事方式对个体经验的垄断。

殷国明的《艺术形式不仅仅是“形式”》可以代表当时对文学形式辩证探讨的文献，他既为形式争得合法性，同时又指出“仅仅注重于艺术形式的外在定性，有时会导致对艺术创作的心灵过程甚至艺术人格作机械的分析，无法接触到其中艺术家独具个性的活的生命过程”，“艺术家要在表现生活中选择形式，而且还意味着艺术家能够在形式中发现意蕴，在形式中发现自我”。“在形式中发现自我”可以指向上面张新颖所谓对本民族文化传统的沟通，同样可以指向对“自我”在生存于其中的当下现实的真切感受。先锋作家展现的经验的主观性、片段性，世界人生的不确定性，打破了传统叙事方式对个体经验的垄断。所以，艺术形式从来不可能“仅仅是‘形式’”，在叙事革命、语言实验之外，先锋小说还关怀着生存探索。这样一种打破统一的世界图像与文学图像的努力，彰显出某种转变的契机，正是新时期文学进入20世纪90年代多元化的个人写作状态的一座桥梁。

在吴亮的《告别1986》中，既有残雪、马原、孙甘露、莫言等先锋派，也有李杭育、韩少功等作家和他们的创作，后者往往被我们称为“寻根文学”。吴亮在文中的兼收并蓄恰反映出当时文学的多样化选择。“文学之根应该深植于民族传统文化的土壤里，根不深，则叶难茂”，作家有责任“释放现代观念的热能，来重铸和镀亮”“民族的自我”。韩少功这篇《文学的“根”》被视为“寻根派”的文学宣言。

---

① 张新颖：《观感传达方式的历史沟通——谈马原兼及其他》，《上海文论》1988年第1期。后收入《栖居与游牧之地》，学林出版社1994年版。

长期以来，寻根文学受到误解最深的地方在于，指责其远离现实。如以下的诘难："先生们，难道你们不是中国人，不是彻头彻尾地生活在中国大地上的吗？还到哪里去'寻根'呢？"[①]"为什么一定都要在那少有人迹的林野中、洞穴中、沙漠中而不是千军万马中、日常世俗中去描写那战斗、那人性、那人生之谜呢？"[②]"'寻根'作家大都极力淡化现实，淡化时代，淡化社会。"[③]这些诘难完全无视"寻根"思潮与现实社会背景密切的呼应。其实，从"文化大革命"结束后中国文学一直是以自己特有的方式在寻求解放之路，它必须要紧紧抓住时机，把当时的文艺工作的方针政策决策者的任何一点有利于开放的因素都推向极致，超出实际所允许的范围，谋求进一步的发展。事实上，整个20世纪80年代的中国文学就是一个不断地扩张自我生命的本源、不断地探索可能出现的新路、不断地突破长期禁锢的思想牢笼的悲壮过程，要求这样处境下的文学中规中矩地发展是不可能的，文学总是在充满荆棘和逆流的险恶处境下探索进步。当揭露社会现实的阴暗面的伤痕文学受到挫折时，文学就引进了西方的现代派的晦涩技巧来暗示人性异化的严重性；当西方现代派受到批判的时候，文学又朝着民族文化因素的方向，及时沟通了民族文化传统中的"现代派"因素，证明所谓荒诞、怪异、荒谬、变形、黑色幽默、打破完整性等等因素，在民族文化传统里早已有之。因此，当时就有"先锋"与"寻根"同一性的说法。

◆ 20世纪80年代的中国文学就是一个不断地扩张自我生命的本源、不断地探索可能出现的新路、不断地突破长期禁锢的思想牢笼的悲壮过程，要求这样处境下的文学中规中矩地发展是不可能的，文学总是在充满荆棘和逆流的险恶处境下探索进步。

"寻根"所遭受的另一个非议是寻根文学中对旧文化因素的批判只不过简单重复了五四传统的命题（如国民性批判）[④]，其实即便在当时，已经有人指出了问题所在："民族文化作为一个完整的存在，其必然是阴阳合一，有糟粕也有精华，有阴损之处也必有阳刚的一面。现阶段的文化寻根意识既然是立足于建设现代化进程中，必须对本民

① 唐弢：《一思而行》，《人民日报》1986年4月30日。
② 李泽厚：《两点祝愿》，《文艺报》1985年7月27日。
③ 程代熙主编：《新时期文艺新潮评析》，河南大学出版社1997年版，第39、40页。
④ 直到今天仍然有人这样理解"寻根"，参见查建英《80年代访谈录》，生活·读书·新知三联书店2006年版，第40页。

族特性的重新反思以及对其积极精神的发扬，作为审美形态的文学也应该更多地对民族文化的阳刚之气与向上精神进行研究与发扬，这当然并不排除这批作家对民族文化中封建性因素的否定与批判，唯有两者的结合，才显示出这一意识的新质。”[①] 显然，扬弃是一个双向的过程。巴赫金在讨论人文主义和文艺复兴时，曾引述康拉德·布尔达赫（Burdach Konrad）的话：“它们的产生，不是由于学者们发现了失传的古希腊罗马文学艺术珍品并且力求使它们重新获得生命。人文主义和文艺复兴是从一个老化的时代的热烈而又无限的期待与追求中诞生的，这个时代的灵魂在自己的最深层受到震动，它渴望着新的青春。”[②] 李庆西在为文化寻根辩护时，提到“大凡标举‘复古’旗帜的思潮、流派，都不是简单地回到过去”，接下来同样以欧洲文艺复兴为例证，我们不妨借用布尔达赫的这段话来表达“寻根文学”的意义：一个古老民族经历了现实的苦难与伤痛（“文化大革命”），在其“最深层受到震动”，终于，伴随着“热烈而又无限的期待与追求”，伴随着“自我”与“民族自我”的觉醒（参见李庆西在《寻根：回到事物本身》中分析“寻找自我与寻找民族文化精神便并行不悖地联系到一起”），开始重新选择与铸造“新的青春”。

20 世纪 80 年代中后期的“文学主体性”讨论、文化寻根思潮、先锋文学甚至新写实小说相继涌现，被视为“文化大革命”后文学“返回文学自身”的重要转折和界标，这在鲁枢元《论新时期文学的“向内转”》中被概括为“一种自生自发、难以遏制的趋势”。尽管这一概括在当时即引发争议，但毫无疑问，正是这里所指涉的“趋势”，逐渐构造出“纯文学”谱系，被理解为 20 世纪 80 年代最具意义与价值的文学主潮，并成为 90 年代的文学成规与常识。

直到 2001 年，《上海文学》第 3 期发表李陀访谈《漫说“纯文

① 陈思和：《当代文学中的文化寻根意识》，《文学评论》1986 年第 6 期。

② 巴赫金：《拉伯雷研究》，李兆林译，河北教育出版社 1998 年版，第 67 页。

学”》①，对他自己曾经精心呵护、扶植的20世纪80年代的“纯文学”提出了反思。但李陀对“纯文学”的反思并非抹杀20世纪80年代它的形成过程所伴随的反抗和挣脱当时的僵化文艺体制的意义。当时由“纯文学”这一概念所组织出来的各种文学思潮，极大程度地动摇了教条的文学观念，为其后的文学实践开辟了广阔空间。20世纪80年代的中国文学的探索性思潮，在对抗与改变从30年代以来政治力量逐渐干预、影响文学艺术创作，而在50年代初到1970年末达到登峰造极的文艺为政治服务的体制，发挥了可歌可泣的作用，终于结束了那个漫长时代的阴影，使文艺可以以它本来的精神自由、趣味多样的面貌选择自己的道路。但是，文学在摆脱意识形态的硬性干预的过程中，往往隐匿了自身携带的意识形态特性，并将其抽象化在“文学性”“纯文学”“向内转”“返回自身”之类的表述中，正如李陀承认的，20世纪80年代文学对“形式”的追求“本身就蕴含着对现实的评价和批判”。现代派对同一性的拒绝、先锋小说对世界与个人生存多样性的探索、寻根文学内蕴的知识分子的救世热肠，无不具有浓烈的现实关怀，在反思“纯文学”在20世纪90年代的意义时，如果连带着将80年代的文学主流视作“非意识形态化”的、拒绝进入公共领域的文学，则是巨大的误解。2001年，李陀呼吁的“政治”则指向“我们把社会生活整个组织起来的方式，以及这种方式中所包含的权力关系”②。李陀对“纯文学”的反思，所给出的最具价值的启示是：当“纯文学”赖以存在的具体语境已经发生变化时，我们必须打开文学的视野，这个时候如果还自囿于“纯文学”的本质主义似的演绎，则

◆ 当“纯文学”赖以存在的具体语境已经发生变化，我们必须打开文学的视野，这个时候如果还自囿于“纯文学”的本质主义似的演绎，则会导致另一种保守与狭隘。

① 本卷原拟收入李陀此文作为“90年代文学思潮”的结尾，这与“80年代文学思潮”的末篇鲁枢元的《论新时期文学的“向内转”》恰构成历史的回应与转变，可惜这篇文章超过了入选年限。关于这个问题的讨论，还可以参见2001年《上海文学》杂志设立的相关专辑，以及蔡翔的《何谓文学本身》(《当代作家评论》2002年第6期)，贺桂梅的《文学性：“洞穴”或“飞地”——关于文学“自足性”问题的简略考察》(学术中国网)、贺桂梅《“纯文学”的知识谱系与意识形态——“文学性”问题在20世纪80年代的发生》(《山东社会科学》2007年第2期)。

② T.伊格尔顿：《当代西方文学理论》，王逢振译，中国社会科学出版社1988年版，第281页。

会导致另一种保守与狭隘。

“纯文学”谱系的构造和遭受质疑，清晰地显示出社会现实、文学环境的变迁。伴随着市场经济的启动和消费社会的形成，大众文化在20世纪90年代应运而生，“通俗文学与大众文化研究”这一辑中收入的文章，关注的正是这样一种以都市大众为消费主体、通过现代传媒高效传播、按照市场规律批量生产的文化形态。随着大众文化市场的形成，尤其是20世纪90年代初知识分子精英集团的瓦解与商品经济大潮的冲击，20世纪80年代二元对立的思维模式逐渐改变，审美趣味开始分化并显现出多层次性。本卷收入的“诗歌创作中民间写作与知识分子写作之争”正体现了“无名”状态下文学的分裂与变化。如果把收入“20世纪90年代文学思潮”与“20世纪80年代文学思潮”的诸篇文章对比起来阅读，大概更容易感受到时代从“共名”状态向“无名”状态的更迭，作家不再应和为“共名”派生的时代主题，个人感官在世界面前充分恢复，与生活保持血肉相连的活力。我们回顾世纪末之际文学思潮的嬗变，得出的结论是：“一种叙事立场的转变，作家放弃了指点迷津式的启蒙导师的立场，只是表明知识分子改变了传统的叙事立场——依赖政治激情来争夺庙堂发言权以及在知识分子议政的广场上应和民众情绪的个人英雄的立场，而转向新的叙事空间——民间的立场，知识分子把自身隐蔽到民众中间，用‘叙述一个老百姓的故事’的认知世界态度，来表现原先难以表述的对时代真相的认识。”

◆ 一种叙事立场的转变，作家放弃了指点迷津式的启蒙导师的立场，只是表明知识分子改变了传统的叙事立场——依赖政治激情来争夺庙堂发言权以及在知识分子议政的广场上应和民众情绪的个人英雄的立场，而转向新的叙事空间——民间的立场，知识分子把自身隐蔽到民众中间，用‘叙述一个老百姓的故事’的认知世界态度，来表现原先难以表述的对时代真相的认识。

三、作家作品论：艺术批评、新方法论、学院批评

“文学理论”这一系统包括了文学批评、文学论争、基础理论、文学史研究等多种文类，如果说，“人文的复兴”标举着“文化大革命”后的哲学、政治思潮通过文学基础理论的途径对人们世界观产生影响与进行改造，“思潮与争鸣”反映的是文学史的突破与发展中理论与创作双管齐下、并肩努力的过程，那么“作家作品论”是在整个文学理论的探索与演变中最贴近文学艺术本身，也最能够对作家和作

品产生影响的文类。它是在理论与创作交接的前沿探索两者与生活之关系，它与创作同步（不是与“创作思潮”同步），及时发现作家创作中潜在的文学力量、探索艺术在自身活动中实现的可能性。所以，第三卷所收录的文学批评文章，既是集中反映作家及其代表作在当时及以后所产生的影响和价值，同时又在第三卷文学理论卷里起着内在平衡、整体调控的作用。从本卷编选体例来说，文选只是按照不同文类（小说、诗歌、戏剧、散文）来分栏入档，与“文化大革命”后文学创作背景与整体的文学思潮都没有直接的关系。但是，文学批评本身离不开创作实践，也离不开总的历史发展之力，以作家作品论为主体的文学批评，必然是“文化大革命”后文学发展轨迹中的一项有机组成部分，在推动文学创作走向繁荣的同时，也发展和繁荣了批评自身。因此，为检讨这一阶段的文学理论发展的完整性，我还是需要对这二十五年的文学批评（作家作品论）的演变轨迹做一个大致的描述。

◆ “文化大革命”后文学初期，文学批评是整个思想解放运动中走在比较前面的。

如前所述，在我们这个有着理论先行传统的文学环境里，当新的思想理念通过文学改革而对生活发出信号的时候，文学批评是最能够接收信号，并将此信号融合到具体的艺术创造里，通过对艺术作品的解释来宣传新的生活理念，使文学创作与文学批评同步地在生活中产生影响。俄罗斯伟大的文学批评家杜勃罗留波夫正是通过对“奥勃洛摩夫性格”、屠格涅夫的《前夜》的阐释，向俄罗斯的农奴制度发出新思想的信号。中国在五四时期也是这样，鲁迅的《狂人日记》出现以后，号称“只手打孔家店”的吴虞立刻发表《礼教与吃人》的评论，把小说的思想引向了对旧礼教的批判。这是典型的新思想与文学批评之间的互动。“文化大革命”后文学初期，文学批评是整个思想解放运动中走在比较前面的。“伤痕文学”崛起以后，文学批评立刻分成两种声音，赞之反对之势均力敌，两种声音的背后却有着不一样的思维支撑：一种是因循守旧的老思维，即按照传统文艺理论的教条来衡量作品，其得出的结论一定是“伤痕文学”在犯上作乱，必须鸣鼓而攻之；还有一种批评的背后是良知在起作用，生活的灾难和惨痛的教训已经不允许批评家把自己的感情禁锢在所谓“本质”“典型”“艺术真实”“社会责任”等等理论教条里作茧自缚，他们凭着良知迸着血泪发出了好的赞美，文学批评的动机开始发生了分歧。接下来几年的文学批评就一直处于思想路线上的对峙与较量，慢慢地，政治大批判的、一味逢迎权力的批评就越来越少，也越来越不得人心。直面人生、思想解放的文学批评获得了越来越多的声誉。但是，到那个时候，文学批评背后所支撑的基本理论观念还没有发生根本性的变化。

但是，文学批评即使还没有摆脱传统的思维模式，不同的文学批评风格仍然是存在的。从今天的标准来看，比较有价值的是对作家作品进行美学的、历史的分析，而不是从道德的、党派的观点进行批评。1980 年初，从事德国古典美学研究的蒋孔阳先生写了一篇文章评论刘心武的小说《立体交叉桥》，蒋先生使用的理论依然是主流的“革命现实主义”的理论，但是一接触到具体的作品艺术，丰厚的美学修养立刻把他带进了审美的境界。他从“立体”“交叉”两个维度来把握小说叙事结构，赞赏小说“像恩格斯所说的，‘让无数的个别愿望和个别行动的冲突’，相互错综起来，形成一个立体的交叉的生活的网。在这一个网里面，每一个人都在按照自己的意志去思考和行动。然而，他们的思考和行动，必然要碰到另外的人的思考和行动，于是有冲突、有争论、有同情、有安慰。就这样，作品的描写多层次地开拓下去，作品所反映的生活也就逐渐由平面变成立体，构思的情节由单面的发展而变成复线的交错”。这是一篇关于小说叙事结构的分析，作者洋洋洒洒地分析下去，给弥散着政治火药味的评论界带来了一阵清香扑面的新鲜气息。用细腻的审美感觉分析作家作品的评论家还有李子云，我至今也不能忘怀 1982 年在《读书》杂志上读到她评论宗璞的文章时所生的陶醉之感，文章是这样开头的：“读宗璞三四年来的作品，不知为什么，我常联想到黄仲则的诗……”然后作者从黄仲则的诗句——“到死未消兰气息，他生宜护玉精神”——引申开来，论述宗璞的作品与黄仲则作品之相像，“也许就在于他们的作品都常常表现了那么一种柔骨侠情，都常常流露了那么一种感情上有所欠缺的怅惘”。这些话现在读来可能不会引起我们那样激动，但在当时，我真是生出一种被启蒙的感悟：原来，评论还可以这么写！其实，从美学观点来评论作品的风气，20 世纪 50 年代就有王朝闻、黄秋耘等老一辈评论家开了先河，“文化大革命”中完全中断，而后在 20 世纪 80 年代初经蒋孔阳、李子云、钱谷融等评论家的倡导和实践，在作家论和作品论中形成了一个很好的传统。

◆ 1985 年前后，伴随着文学批评“方法热”的出现，文学评论领域的第二轮蜕变出现了。

1985 年前后，伴随着文学批评“方法热”的出现，文学评论领域的第二轮蜕变出现了。早在之前，有老一辈的理论家王元化鼓励学习德国古典哲学，有哲学家李泽厚以康德的“实践美学”开创了思想解放、人文复兴的新局面，已经极大地鼓励了青年一代的理论工作者和文学批评家越过了陈腐僵化的理论教条，直接面向西方经典哲学，结合新鲜活泼的文学现场，开始了独立的思考和探索。在经受了西方文艺思潮、理论、流派以及作品的洗礼以后，青年一代诗人、作家、评论家都有了“主体”的自觉要求，他们不再满足传统批评那样，在作家面前充当搬弄理论、指手画脚的角色。顺便回顾一下，20 世纪 50 年代以来，文学批评家基本上是由作家协会的领导和官方文学刊物的主编、副主编担任，或者就是御用的理论打手，他们高高在上，将文学批评与领导文学工作、制定和阐释文学政策混同在一起，自以为对作家负有指导的使命。这种评论家的职能在“文化大革命”后的文学中渐渐地失去了权威性，而另外一种在“文化大革命”前受到压抑的身份，即高校的教师和科研单位的研究员，却渐渐浮出水面。我们可以看到一个有趣的现象，老一辈的资深评论家（如周扬、王元化、何其芳、张光年、邵荃麟、冯牧等）中，绝大多数是文艺界的领导者；中年一辈的评论家（如刘再复、阎纲、何西来、李子云、谢冕等）身份就比较复杂，有的担任了一定的领导职务，更多的则是在学术单位和高校里从事研究的普通学者，而在“文化大革命”后成长起来的一代评论家，当时绝大多数是高校的青年教师和作协、社科院系统的青

◆ 20 世纪 50 年代以来，文学批评家基本上是由作家协会的领导和官方文学刊物的主编、副主编担任，或者就是御用的理论打手，他们高高在上，将文学批评与领导文学工作、制定和阐释文学政策混同在一起，自以为对作家负有指导的使命。这种评论家的职能在“文化大革命”后的文学中渐渐地失去了权威性，而另外一种在“文化大革命”前受到压抑的身份，即高校的教师和科研单位的研究员，却渐渐浮出水面。

年评论家，20 世纪 80 年代他们还处于比较边缘的文坛外围，所以无拘无束。他们要发扬“主体性”和独立思考，就必须从多元的外来文化理论中获得思想资源和批评武器，方法论的热潮正迎合了他们的需要。他们一方面可能表现出满不在乎、目空一切的姿态，另一方面却如饥似渴地学习各种新的理论、新的知识，希望从外来的或者传统的资源中获得一套独门暗器。他们在学养上未必成熟，也缺乏坚定的信仰和理性，容易随着流行思想而随波逐流，追求时尚，但是他们的热情投入和才华横溢，是任何时代的文学批评队伍都少见的。

文学批评正是在他们这代人的行动中开始发出独立的声音的。以前作为作家的指导者或者领导者的角色是他们所不屑的，反过来，仅仅作为作家的附庸去演绎、吹捧作家的角色也是他们所不为的。在他们的理想中，文学创作与文学批评，应该是一条大道两边的参天大树，互相参照，共同建构，但是他们是平行发展的，作家与评论家同样面对当下生活，观察和感受生活的动荡和变迁，作家借助于艺术形象表达自己的感受，而批评家则是借助艺术形象，表达的仍然是自己对生活的感受。这种双重的表达是文学批评所特有的一种表现方式。当时的理论方法处于无序状态之中，不要说文学理论和文化理论，连科学技术理论，如控制论、信息论、系统论、熵理论、耗散结构等等知识都被一知半解地引进来，应用到文学批评和文学研究上。虽然真正能够适用于作家作品论的没有多少，运用成功的更是凤毛麟角，但是这一潮流泛滥的直接结果，就是传统的政治社会学批评的方法被湮没了。传统的批评主要是强调社会“本质”决定了一切事物的发展，人是一定社会关系（尤其是阶级关系）的产物，所以，成功的人物形象就是刻画出某种阶级的典型，人的主体性是不存在的；同样，作家与批评家本身也都是某种观念的产物，他们都是遵循“科学”的社会发展规律（毋宁说是某种政治理念）进行文学创作或者批评活动，所以他们的主体性也是不存在的；相反，他们只有彻底克服了自己的小资产阶级的“主体”，才能够比较准确地表现社会发展的“科学”规律。在这样的理论指导下的文学，会成为千篇一律的概念化、公式化以及教条主义的宣传品，独独没有血肉相连的活生生的生命创造。由此而观，新的方法论在积极方面未必结出了丰硕成果，但是在消极方面，因为新名词、新方法、新观念的狂轰滥炸，致使传统的政治社会学的文学观念和文学方法失去了效力和存在的理由，而从人学的角度说，人性、人格以及活生生的人的主体投入，都因为摆脱了教条束缚而自由地呈现出来。

人性对作品而言，人格对作家而言，主体的投入是对批评家的阅读和批评而言，三者的结合是最理想的批评，既照顾到作品所反映的人性，也关注了作家的人格显现，更重要的是在批评中展示了批评家本身的主体性。所以，在 20 世纪 80 年代中期以后，作家作品论获得丰硕的成果。20 世纪 50 年代以来，文学批评主要是针对作品是不是符合正确的政治标准，作家的主体是被排除的，所以有大量对《青春之歌》《红旗谱》《创业史》的评论文章，但几乎没有杨沫论、梁斌论和柳青论。而 20 世纪 80 年代开始，当代作家的整体研究和人格研究渐渐多了起来，西方的心理分析研究、传记研究、比较研究等方法都被恰到好处地移植过来，东方的感应的传统方法也被借鉴过来。作家论日渐丰富。最典型的如王晓明的《所罗门的瓶子》，是借用心理分析的方法，通过作品的细细解读，来追究作家张贤亮的人格缺陷，文章写得尖锐泼辣，深入浅出，让人读后有一种惊心动魄的感受。吴俊的《当代西绪福斯神话——史铁生小说的心理透视》一文也同样用心理分析的方法剖析了作家的残疾心理，有些地方因为分析得太深入，让人生出不忍卒读的感觉。作家论不是把作家当作神圣或者完人来赞美，而是通过作品文本细读，进一步揭示出遮蔽在艺术形象背后的作家人格的真实状况，这种写法是深刻的、精彩的，但也是危险的。因为要揭示一个连作家自己也未必自觉的心理现象，多少有些冒险。胡河清的《贾平凹论》算是从另一方面演绎了作家论，研究者运用传统道家文化的象数概念来解读贾平凹的作品和性格特点，文章写得怪异又别出心裁，如果了解贾平凹的话，有可能会觉得十分贴切。这就要求研究者自身需要有足够的知识储备和同情来理解，而不像以前那

◆ 人性对作品而言，人格对作家而言，主体的投入是对批评家的阅读和批评而言，三者的结合是最理想的批评，既照顾到作品所反映的人性，也关注了作家的人格显现，更重要的是在批评中展示了批评家本身的主体性。

样，批评家只要有一把政治尺子就可以打遍天下。

由于作家论的对象是作家，基本上是通过对他的创作进行解读来完成作家人格的探析，当时还不流行媒体八卦的传记，无须在个人隐私方面打探。从作品所描写的人性深度来探讨作家的人格建构，通过对人性人格的探讨来表达批评者的主体人格投射。这种作家论也推动了现代作家的研究，20 世纪 80 年代，高校培养的第一代青年现代文学研究者，几乎都是从作家研究起步，除了鲁迅外，周作人、沈从文、郁达夫、巴金、老舍、曹禺、茅盾、闻一多，以及一大批现代小说家和诗人，都有了传记研究和作家论。作家作品研究深入推动了文学史的整体研究，1988 年《上海文论》开辟《重写文学史》专栏，逐个地对文学史上被高估的作家做了重新评价，被“重评”的作家有赵树理、丁玲、柳青、郭小川、何其芳、茅盾等等，人格追究和时代反思成为一时之风气，这应该看作是 20 世纪 80 年代中期批评界高扬主体性所带来的成果。

◆ 20 世纪 80 年代，高校培养的第一代青年现代文学研究者，几乎都是从作家研究起步。

20 世纪 90 年代以后，文学进入多元的无名状态，文学创作的分化加速了批评家队伍的分化。作家作品论本来就是跟随作家的创作走向进行的，每一代批评家都有与自己的知识结构、审美趣味、文化修养相似的作家队伍，引起艺术情绪的共鸣。1980 年末最后一个引起普遍关注的文学思潮是“新写实”，到了 1990 年初，一部分批评家与文学期刊的编辑联合行动，推出“新状态”的写作口号，明显得不到普遍的响应。情况发生了变化，集团军作战的气势已经衰竭，于是，作为群体的批评家开始分散，各人去寻找与自己趣味相近的作家和作品。当时的小说创作分出了后现代、先锋写作、民间写作、女性写作、新市民小说、断裂派、身体写作、主旋律写作……诗歌领域也出现了难以计数的民间诗刊，以及派系林立的第三代、知识分子写作、民间写作……散文领域出现了文化散文、学者散文、小女人散文……报告文学和杂文走向式微，换来了口述实录、回忆录、传记写作以及杂文式的打油诗……在万花筒镜像的文坛走势面前，当代文学批评也改变了传统的宏观批评模式，把自己的工作目标进行限定，选择某一

◆ 20 世纪 90 年代以后，文学进入多元的无名状态，文学创作的分化加速了批评家队伍的分化。

类创作现象做跟踪式的研究和批评，朝着纵深度推进。从实际的效应看，严肃的批评（包括作家论和作品评论）仍然是当代文学发展中不可或缺的一部分。从我所罗列的文学流变分布看，凡是有相应的批评跟上去的写作潮流，都有比较健康的发展，涌现出来的作家也多有信心，而相反地，往往靠作家自己折腾一阵，发表若干极端的宣言外，就如大浪淘沙，悄悄地退潮，后继乏人。当然，批评家的选择也是一种自觉的自我设计，与批评家对20世纪90年代的整体文化格局的思考，以及安身立命的选择有密切关系。

20世纪90年代对文学批评有更大杀伤力的，是经济大潮席卷了文化市场。于是，媒体批评应运而生，媒体、书商、出版社、一部分文化人联起手来，他们操纵图书市场，呼风唤雨，把文学创作纳入现代读物市场，批评家也慢慢地合伙参与，其形式就是通过研讨会，通过红包和审稿费，通过媒体的版面、镜头、播送时间，以及排行榜，制造出一个又一个阅读热点，而真知灼见的文学批评、书评、影评却越来越被遮蔽，后来甚至到了连批评也可以成为媒体制造热点的策略，所谓“骂派”批评（譬如出了《废都》，就有骂《废都》的批评；红了余秋雨，就有骂余秋雨的批评；火了于丹，就有骂于丹的批评；等等），也被媒体操纵为盈利的手段之一，在这种恶劣的文化走势下，严肃的作家论作品论都受到了挑战。批评家所面临的问题是，你如何克服这样一种无孔不入的媒体的控制，把你应该说的话说出来呢？

结合这个现象，我将讨论的最后一个问题，就是在今天建立学院批评是否可能？媒体的对立面是学院，从1990年起，文学批评家的队伍又一次发生新变，高校健全了研究生培养制度，现当代文学成为中文专业一级学科下的二级学科，可以以此专业方向来培养硕士生和博士生，20世纪90年代是中国研究生学位制度大发展也是大泛滥的时代。现当代文学研究生被成批量输送到社会各个领域，这为培养优秀的文学批评家队伍提供了源源不断的水源和蓄水池。经过十多年的实践，20世纪90年代涌现出一代年轻批评家，已经在文学领域发挥了主力作用。他们一般都接受过完备的研究生教育，精通外语，视野开阔，他们的导师往往是前几代高校的资深教授和文学批评家，他们并不缺少深厚的人文传统的教育，尤其是现当代文学学科本身具有历史感与未来使命感的特点，顺理成章地由他们接受“人文复兴”的接力棒。这批年轻的批评家，基本上是顺利成长于20世纪90年代，成熟发展于新世纪（可惜我们这卷大系编选的时间下限是2000年，所以这一代大多数批评家的批评成果没有及时反映出来，但是这对他们并不重要，因为在新世纪文学批评领域，他们已经具有绕不过去的代表性了）。迄今为止，他们中的大部分人都在高校工作，已经成为学院批评的基本队伍。但问题仍然是存在的：第一，在今天的媒体强势时代，名利场以及主流意识形态的传播都集中在媒体运作中，作为学院派的批评面对这一不利形势，如何学会拒绝，并利用学院的现成条件（如课堂、学生、资金等资源）来发出自己的声音？第二，是学院派的批评并不意味着要脱离社会现实、脱离文坛话语，把自己当作与世隔绝的怪物，文学批评的生命力就在投入文学实践、介入社会进步。所以，即使是学院派的批评也不应该躲在学院里萎缩自己的学术生命，或者自命清高脱离实际，对社会不发生实际的影响。我以为要发展学院派的批评，还是需要把握与调整与媒体之间的关系，要充分利用媒体来发出自己的声音。总之，核心的概念就是，学院派的批评如何发出自己独立的声音。

当代文学批评的中心，从文化宣传机关的领导者转到高校文科学院的研究人员，这是个很大的变化。意味着文学批评的性质、功能、方法，以至于批评与作家的关系等方面，都在发生根本性的重大转换。20世纪最后25年的文学理论、文学论争以及文学批评的发展和演变的轨迹，无不昭示着这样一个方向。世纪之交的文学理论的意义，或许是过渡的、变化中的、不稳定的，也唯有以这样的眼光来看这一段历史的文学和文学批评，我们才可以确认，这个时代的文学是重要而且美好的，与其生成的时代的重要而且美好相符合。

最后说明一下《文学理论卷》的编选的原则。“文化大革命”后的文学理论变化极大，贡献甚巨。尤其是20世纪80年代，文学理论成为改变文学领域整体面貌的标志性旗帜，其成就令人瞩目。当时（1988年）有出版社策划出版“新时期文学理论大系”，并且有了十卷本的初稿，可惜由于客观原因未能编就出版。现在要编“二十五年的文学理论大系”，尽管有三卷一百五十万字的篇幅，还是很难全面反映其煌煌成绩。挂一漏万是肯定的。我们仅能有选择地收入其代表性的作品。

正是因为“文化大革命”后的文学理论是在一个理论先行的精神空间里发展，其创新和探索基本上是以论争形态出现的，有些理论即使不以论争形态出现，发表后仍然引起了激烈论争。为了向那个充满创新精神与争鸣特征的时代表达敬意，《文学理论卷》的编者达成了以下共识：尽量不选四平八稳的学术性的论文，尽量不选介绍西方学理或者炫耀国外文论的文章，尽量不选研究古代文学、近代文学、现代文学甚至“文化大革命”前的当代文学的文章（个别的例外）；而重点突出那些针对中国本土的文学创作现象，以及有探索性和争议性并有理论创新价值的文章，以保持那个时代的理论风云的生气。

每个小辑里的文章都按照发表时间的顺序排列。涉及文学论争的主题，尽可能选录双方有代表性的观点的文章，按照发表时间顺序排列。一旦入选的文章均收全文，不做节选。

第三卷是《作家作品论》，最初设计这一卷内容是有比较实际的考虑，即对于前两卷的内容设定下无法入选，同时在文学批评中做出过杰出贡献的批评家，我们尽量以作家作品论的形式反映他们的成果。限于篇幅，对有过重要影响的作家或作品，原则上均选其一篇代表性研究论文，对有过重要影响的批评家，原则上也选其一篇代表性的文章；论者和被论者均不重复选文。因此，个别作家作品论是平衡了这一原则之后的结果，可能未必是同类文章中最好的那篇。

鉴于小说一直是这二十五年来的文学主流，收录的研究论文数量也明显向小说领域倾斜。为了平衡其他文类，一个作家若在小说和散文等文体上都有很大成就，原则上选其综论文章，或选其非小说文体的研究文章。

这期间国家领导人的有关文艺问题的指示和讲话，一律收入《资料卷》，本卷不再重复收录。台港文学研究资料是本卷最大的遗憾，根据大系编辑大纲限定，只收发表在大陆范围内文学期刊的文章，就不能不受到很大的限制。特此说明。

最后，全体编者谨向曾经在"文化大革命"后的当代文学理论与批评领域做出过重要贡献的文学理论期刊[①]，即《文学评论》、《文艺研究》、《当代作家评论》、《文艺争鸣》、《读书》、《小说评论》、《南方文坛》、《上海文论》、《上海文学》（理论版）、《作家》（理论版）、《北京文学》（理论版）、《钟山》（理论版）、《花城》（理论版）、《当代文艺思潮》、《新文学论丛》、《批评家》、《当代文艺探索》、《文学评论家》、《青年评论家》、《文艺评论》、《文艺理论研究》、《诗刊》（理论版）、《诗探索》、《文艺报》、《文汇报》（理论版）、《人民日报》（文学版）、《光明日报》（文学版）、《文学报》、《文论报》、《作家报》等的编辑们，致敬。

2009 年 5 月 5 日改定于香港屯门黄金海岸
本文第一部分初刊上海《社会科学》2009 年第 8 期
第二部分初刊南宁《南方文坛》2009 年第 6 期
第三部分初刊上海《文汇报》2009 年 7 月 4 日

① 这里所列的仅仅是纯文学理论期刊和文学期刊的理论版，凡社会科学综合类和高校学报均不列入，特此说明。

学院批评在当下批评领域的意义和作用①

梁艳：陈老师，我读了您的很多著作，觉得您的身份有点复杂。20 世纪 80 年代一批青年学者都云集在现代文学研究领域，但后来逐渐转移了立场，如钱理群转向思想批判，陈平原走上了纯学术的道路，王晓明转向文化研究，而您似乎一直没有离开现当代文学领域，但又一直照顾着两头：一头是文学史研究，一头是文学批评。您的专业偏重现代文学史研究，您提出的每一个文学史理论的新概念都可以看作是您进入文学史研究的路径，但您又坚持在当下的文学批评中发出自己的声音。您能不能谈谈您选择这样一种研究道路的动机和意义？

◆ 中国当代批评正在发生变化，这个变化首先表现在批评家身份在产生变化。

陈思和：你提的问题很好。做一个学者和做一个批评家，两者其实有很不一样的地方。但是正如我在为上海文艺出版社编的《中国新文学大系（1976—2000 年）· 文学理论卷》的导言里特意强调的，中国当代批评正在产生变化，这个变化首先表现在批评家身份在发生变化。20 世纪 50 年代以后，中国主要的批评家都是文艺政策的制定者和文艺工作的管理者，像周扬、光年、荒煤等等。他们的身份或是政府部门官员，或者是重要报纸杂志的主编。一个在作家协会里从事理论工作的人，同时往往又是作家协会里担任领导工作的（像以群），或者在一个刊物担任领导工作（像冯牧），或者在出版社担任领导工作（像雪峰）。这意味着当时文艺批评与权力的关系非常密切，政策性非常强。文学批评的主要职能是阐述和贯彻国家的文艺政策，用理论批评来引导文艺创作者的创作倾向。这样一个功能到 20 世纪 80 年代以后慢慢发生了变化，尤其是 90 年代以后，到现在差不多二十年

① 本文是根据《文艺报》编辑的要求，笔者与梁艳所做的对话。问题由梁艳设计，对话稿也是梁艳根据录音整理。特此说明。

了，文学批评和权力渐渐分离，于是就出现了新的批评家群体，主要来自高校。20 世纪 80 年代的批评家还是高校系统和作协系统并驾齐驱的，到了 90 年代以后，文艺官员基本上没有批评家的职能，也就是说，现在的文艺批评的功能不再是以阐述文艺政策为主，即使作协系统的批评家也很少是以官员身份指导文艺创作。于是，文艺批评更多的是承担了理论研究、历史反思和审美追求等工作，批评的重量就自然而然地转移到了学院里。

◆ 先说“学院批评”，因为高校健全了研究生培养制度，设立了博士点和硕士点，大量的研究生从这个系统中培养出来，他们既从事学术研究，又从事当代文学批评。这些两栖的学者主要来自文艺学和现当代文学的专业，也可能涉及一点比较文学，或者一部分海外回来的学者。

20 世纪 90 年代以后，文艺批评领域出现了两大批评板块：学院批评和媒体批评。先说“学院批评”，因为高校健全了研究生培养制度，设立了博士点和硕士点，大量的研究生从这个系统中培养出来，他们既从事学术研究，又从事当代文学批评。这些两栖的学者主要来自文艺学和现当代文学的专业，也可能涉及一点比较文学，或者一部分海外回来的学者。这样的一种身份必然带来学术与批评混合的结果，这是构成我们当代批评的一个部分。再说“媒体批评”，媒体在本质上仍然受到权力的制约，但更多的是与市场经济、流行文化、时尚等因素结合。“媒体批评”中有非常优秀的批评，尖锐、感性、切中要害。媒体也会借助学院，请一些专家去发言，但更多是通过媒体记者发表报道、访谈、时评等；但负面影响也有，如通过渲染八卦、花边新闻、打口水仗等等制造各种噪声，又如新媒体汹涌而来，网络、博客、微博……一浪高过一浪，几乎制约了流行文化、热门话题、新闻事件的盛衰起落。看似很热闹，但是真正的学理批评的声音几乎被湮没，更不要说引起认真分析，深入思考。这就是噪声超过了批评。媒体制造热闹效应没有什么不好，但是这种效应与真正的艺术评价、经验总结、理论提升是两回事，不能混为一谈。媒体批评的好处是贴近市场，能够比较及时地反映一段时间内市场、读者或大众对文艺作品、文艺现象的反馈。但没有什么学理性作为基础，一般是即兴的、随风而逝的，也不排除它背后有一些权力在操作，有些利益驱动起着决定性作用。若是这种情况下有学者加入“媒体批评”，那么学者的声音也不属于“学院批评”。所以，对于“学院批评”，我觉

◆ “媒体批评”，媒体在本质上仍然受到权力的制约，但更多的是与市场经济、流行文化、时尚等因素结合。

得它的功能主要是体现在大学讲坛、研究生讨论、课堂教学、小型研讨会、专业杂志以及少数严肃的媒体理论版面。我们今天重要的工作还是要从事这方面的工作。

梁艳：“学院批评”，一般人理解的是学术研究，但是我觉得您的工作与纯粹的学术研究不太一样。您认为两者有区别吗？

陈思和：“学院批评”和通常我们说的学术研究是不一样的，但两者也不能完全分开。批评的立场是比较前沿的，针对当下的文学现象。比如我写了篇鲁迅研究的文章，阐述《阿Q正传》的新内涵，然后拿到学术会议上去宣读，或者在鲁迅研究的专门刊物上去发表，那不是文学批评，而是学术研究。批评应该是针对当下的。再比如我在讨论余华、阎连科的创作风格时，把五四以来包括《阿Q正传》在内的喜剧传统联系起来进行分析，分析当代作家创作的意义。这当然是可以归为批评范围。批评与生活同步发展，或者说，批评工作是为了创造当下文化的生态，支持文学创作，与创作一起来开创当前的文化事业。正常而健全的批评能够起到繁荣当下文学创作的功能。那么，“学院批评”好不好呢？那是不一定的，首先是从事学术工作的人（学者、教师、研究生）因为身居学院，往往与当下生活比较“隔”，加上一大套概念术语等等，常常会把生动的文学创作变成一些教条、理念等等，不但说不到点子上，反而歪曲文学在生活中的意义；又因为学院批评总以一种居高临下的姿态，教师的身份在无意间会转换为“教师爷”的身份，指点江山、激扬文字，仿佛真理在握的样子，殊不知批评一旦丧失了同情的理解，它就不能以理服人，批评的力量就会大打折扣。

◆ 批评与生活同步发展，或者说，批评工作是为了创造当下文化的生态，支持文学创作，与创作一起来开创当前的文化事业。正常而健全的批评能够起到繁荣当下文学创作的功能。

一般来说，你从事学术研究可以坐稳书斋，在故纸堆里寻求真理。但是你如果要从事文学批评，不管是学院派还是什么派，都应该面向当下社会生活，你必须关注当代，你写文章也可以引经据典，但是目标很清楚，就是要解决当下文艺创作中存在的问题，发现问题、解决问题，都是与当下社会生活分不开的。在学院里从事人文学科的人，常常轻视对当下的研究。有人认为，从事现当代文学研究不那么“学院”，为了弥补这一缺陷，有的学者就千方百计地使现当代文学脱离当下的社会生活，使之历史化、经典化，以为有了“经典”，学科就站住脚了。这里就有一个怎样去理解现当代文学学科的特点、怎样激活学科生命力的问题。大家都知道，现当代文学作为一个二级学科是先天不足的，与古代文学、外国文学没法相比。从五四算起也好，从晚清算起也好，到今天也就一百年的时间。一百年时间不能够构成真正的历史，在中国这样一个悠久历史传统的国家里，我们讲《诗经》《离骚》，一讲都是两千年以上。而现当代只有短短一百年，过去唐弢说的“当代不成史”，今天的事情怎么说它是历史呢？所以“当代文学史”这个提法是自相矛盾的，别的学科的人会批评现当代文学没什么“科学性”，也许你今天研究的东西过了若干年就完全被淘汰了。但是再反过来说，我们人文学科都是有这样一个过程的。有的学者认为研究两千年前的古希腊比较有意义，古希腊经过长时期筛选，该留下来的都留下来了，该淘汰的都淘汰了，对不对？但是这个两千年的过程，比如西方哲学发展的过程，本身就是一代代的“当代”研究者筛选保留下来的，因为首先有了“当代”，才有了古希腊哲学这门学科。哲学史也是一代代的当代哲学家的思想成果。古代文学也是这样，《诗经》《离骚》传到汉代，汉代就是当代，传到南北朝，南北朝就是当代，所以“当代”与“历史”本身就有一个辩证的关系，越是接近研究本体的时代，研究所承担的责任就更大且重要。从晚清到今天，也就这一百多年的历史，但在未来的两千年里，就会一再有人讨论我们这一百年里留下了什么？这就是我们所研究的成果。文学史就是一代代的当代文学构成的，没有当代文学就没有未来。当代文学研究者责任是对历史负责，对未来负责，其意义远在研究古代之上。我们的学科不是面对过去，而是面对未来的。我在课堂里讲到，我们学科的特点是有上限没有下限的，我们不知道将来会发展到什么状况，它永远处在变化之中。这个变化要我们一代代文学研究者，还有作家、批评家一起去推动。所以，我们这个学科本身具有跨越学科

◆ 文学史就是一代代的当代文学构成的，没有当代文学就没有未来。当代文学研究者责任是对历史负责，对未来负责，其意义远在研究古代之上。

门槛的特点，它既是学术的也是当下的当代文学的批评家。某种意义上说他不是研究历史的人，但他是构成历史书写历史的人，他为未来的研究者提供了材料。

梁艳：您在文学史研究中提出了许多新的理论概念，这些理论概念又反过来支撑您当下的文学批评。如“民间”的概念，“无名”与“共名”的概念，既是对文学史现象的描述，又对当下文学创作有明显的引导和推动。我想问的是这两者在您的工作中是如何统一的？是否意味着学术研究和学院批评的结合？

陈思和：一般来说，学院批评的长处是比较少地受到市场功利或者流行思潮的影响，它可以从更加超脱的立场来评判创作现象，从更加开阔的学术视野来衡量作品的艺术得失，揭示创作内涵中比较隐蔽的意义。但这也不是绝对的。媒体批评基本上是感性的、印象的，与学术没有关系，但是学院批评是要有学术背景和相应的学科知识的，只是必须应用得好，恰到好处，让学术背景自然地在批评中产生影响。难就难在做到这一点。我的专业学科是现代文学，这个学科的特点本身就是没有时间下限的，也就是说，从20世纪初开始到当下，直至未来，都是我们这个学科关注研究的对象，所以，当下文学批评属于我们学科的范围。它的研究方式不是纯粹学术的研究，而是必须联系当下，着眼于未来发展，并且肩负着推动当下文学创作的责任，这样就使我的学术研究和文学批评自然而然地结合在一起。我在20世纪80年代提出过新文学整体观，就是要把新文学（从五四到当下的文学发展状况）作为一个整体来把握，在文学史的背景下对当下文学进行批评和评估。“民间”“无名”等概念也都是在整体观的意义上沟通文学史和当下文学创作。你可能注意到，这些概念首先是为了解决当下文学创作的问题，然后再返回过去从文学史经验里寻找其源头和源流，反过来再对文学史现象提出新的理解和阐释。后来我提出五四新文学运动为先锋运动的假说，也是着眼于当代的学术争鸣的。

◆　一般来说，学院批评的长处是比较少地受到市场功利或者流行思潮的影响，它可以从更加超脱的立场来评判创作现象，从更加开阔的学术视野来衡量作品的艺术得失，揭示创作内涵中比较隐蔽的意义。

其实批评也有“整体观”。我们五四新文学早期的文学批评家，做的批评就是前沿性批评，批评家与作家是同步的。创造社中郁达夫、张资平写小说，郭沫若写诗，当时还有成仿吾写批评。他的批评就是把创作社成员的小说意义阐述出来推广出去，把别的团体的作品说得很坏，以推动自己圈子的发展。这样的批评当时很繁荣，文学研究会的批评家就有沈雁冰，新月派的批评家有梁实秋，语丝社的批评家是周氏兄弟等。批评与创作是同步的、小团体的，我们称它为“圈子批评”。新文艺批评开始是“圈子批评”。“圈子批评”后来慢慢就发展成了“政策批评”，就是站在文艺政策制定者的立场上阐释文艺作品，符合政策的就表扬，不符合政策的就批判。“政策批评”起先也是“圈子批评”，但那是从原则出发，比早先的小圈子意识要提高一些。20 世纪 30 年代左联时期已经出现了，按照苏俄的各种文艺政策来制定的中国文艺创作的原则，符合的就说好，不符合的就说不好。1949 年以后这种批评更加权力化，走向极端。到了今天的新世纪，文艺批评逐渐进入第三个阶段。其实“学院批评”在 20 世纪 30 年代也有，但影响不大，像朱光潜、李健吾等，总体上分量很轻。所以今天我们再讨论“学院批评”，仍然是个新问题，它既不等同于五四到 20 世纪 30 年代的“圈子批评”，也不等同于 1949 年以后的“政策批评”，第三个阶段大致上是从 20 世纪 90 年代开始出现，到新世纪十年有了一定规模的发展，这二十年的中国社会实践决定了这个批评阶段的形成和发达。

◆ 新文艺批评开始是“圈子批评”。“圈子批评”后来慢慢就发展成了“政策批评”，就是站在文艺政策制定者的立场上阐释文艺作品，符合政策的就表扬，不符合政策的就批判。

梁艳：您早期的巴金研究是属于个案研究，但您虽然从个案研究出发，实际上要说的是一个背后的东西，提出新文学传统的问题，所以才有了《中国新文学整体观》，后来又用您的文学史概念来“重写文学史”，所以才有了《中国当代文学史教程》。在整个文学研究道路上，新文学整体观的作用是在什么地方？这样研究文学史观对文学批评有什么帮助呢？

陈思和：是的。我是从巴金研究到新文学整体观再到“重写文学史”，这条线索，也可以说是我的学术研究的道路，主要研究的是从五四到当代的文学史现象。但那正是我的文学批评的起点。这之前我也写过评论，20 世纪 70 年代末我在上海卢湾区图书馆做书评工作，就开始学习文学评论。这些批评文章简直就没什么意义，只是一个即兴的阅读意见。上大学以后还是这样。如《伤痕》发表了，我就表态支持《伤痕》，与那个时代的一般批评没有什么差别。我的学术道路是从进大学接受系统教育以后慢慢开始的。进大学那一年我 24 岁，这之前没有很好地上过学，也没有受过很多教育，对知识的追求一是靠自学，二是靠摸索，三是靠受当时主流思想的影响，依葫芦画瓢似的，无非是这样三个方式。我进了大学以后才发生了很大的变化。当时的思想解放运动，把以前的很多疑团、错误都给以澄清、纠正和清洗。思想解放运动的过程当中，我个人来说，研究巴金是一个特殊的起点。因为我在复旦大学学习和工作，我从事的文学批评就有了一个学科的背景。

◆ 巴金是一位活生生的当代作家，他的存在直接影响了我在思想、人生、写作等方面的成长。

你说得不错，我的学术道路是从巴金研究开始的。巴金在我心目当中，不是一个历史人物，也不仅仅是一个 20 世纪 30 年代的作家。巴金与鲁迅不一样，鲁迅已经离开我们很久远了，我们只能从他的著作里认识他。而巴金是一位活生生的当代作家，他的存在直接影响了我在思想、人生、写作等方面的成长。当时巴金写《随想录》，一篇一篇地发表，涉及我生活在那个时代的种种现象：我们怎么理解当下的生活，怎么看待“文化大革命”，怎么走向未来，等等，这一系列问题全是当代问题。激起我研究兴趣的，正是巴金在当代社会生活中发生的重要影响。巴金对当下生活的解释、对未来社会的追求，都与我所要追求的认识是一致的，我研究巴金某种意义上也是在修正我自己的思路，向巴金靠拢，重新调整思路，让自己对当下生活做出一个新的认识。这个问题之后又产生了另外一个问题，巴金为什么能达到这样一个思想的高度？在我看来，巴金一直是走在时代前面的先驱者，五四后他站在反对封建专制的立场上，抗战时他站在抗战的立场上……“文化大革命”以后，他还是走在思想界的最前面，反思“文化大革命”，追求一个更高的理想境界。这使我对巴金的世界观产生了兴趣——是怎样的世界观决定了巴金晚年仍然处在战士式的奋进之中。我开始研究巴金时，不是研究《家》《春》《秋》，而是研究巴金早期的思想信仰、世界观，以及他对旧世界彻底否定，永远站在弱势群体一边的思想激情。这种思想和激情是哪里来的？这对我以后的人生道路起到了一个关键性的作用，也是我进行当代文学批评的主要动力。

新文学整体观的研究是从学科建设出发的。当时现代文学和当代文学好像是两个学科，很多高校中文系是把它们分成两个教研室，研究现代文学的人不涉及当代，研究当代文学的人也不了解现代。方法上也有不同，研究现代文学的人常常向研究古代文学的靠拢，编年谱啊，写评传啊，做综合研究的多；研究当代文学主要是评论作品，探讨作家风格，还要进行一些必要的争论，文章都是发表在报刊上。1984年刘再复提倡新方法，兴起了一个潮流。我当时正在读李泽厚的《中国近代思想史论》，他提出的六代知识分子的框架很吸引我，我就想现代文学史是否可以看作一个整体，以六代作家为线索来综合研究，这样联系起来所谓的“现代”“当代”就不分了。当时新文学运动才六十多年，很多作家都是从现代到当代一直在写作，这样一联系，很多文学史现象就看得比较清楚了。我当时提出整体观也是着眼于方法论，有了文学史作为参照，研究者就可以更加全面地把握作家作品以及某些文学现象的发生。比如20世纪90年代初中国社会开始实行社会主义市场经济，社会转型带来一系列新的社会问题，包括文学边缘化、作家的人生道路的重新选择等等。当时很多知识分子都有惊慌失措之感，但是如果你有了现代文学史的背景，在20世纪30年代中国不也是市场经济吗？作家们是如何生活的？鲁迅、巴金他们没有因为文学边缘化而放弃笔去下海经商啊？前辈的写作实践、生活实践就给了我们很大的启示，要求我们能够更加准确地把握当下文学出现的种种现象。社会上很多现象看上去很新，其实太阳底下并没有什么新东西，而是以前用另外一种形态出现过的。

◆ 1984年刘再复提倡新方法，兴起了一个潮流。我当时正在读李泽厚的《中国近代思想史论》，他提出的六代知识分子的框架很吸引我，我就想现代文学史是否可以看作一个整体，以六代作家为线索来综合研究，这样联系起来所谓的“现代”“当代”就不分了。

我以后的文学评论走的基本上是这样一条路。面对新的文学作品，我考察两个向度的问题：一是在中外文学史上有没有出现过类似的现象，通过比较研究来寻找文学史因素或者世界性因素，可以被我们今天引为借鉴，由此也考察当下作品在文学史的发展中有什么新的贡献。二是文本分析。通过文本细读来考察文本与当下社会生活的关系，揭示文本所隐含的丰富意义。第一个问题需要有比较丰富的中外文学史知识和联想，如我在张炜、阎连科的小说的讨论中引进了古希腊文学传统中的恶魔性因素之说；在余华《兄弟》的讨论中引进巴赫金关于拉伯雷《巨人传》的民间理论，都是为了丰富当代中国文学的创作意义。第二个问题则需要有较高的文本解读能力。

◆　面对新的文学作品，我考察两个向度的问题：一是在中外文学史上有没有出现过类似的现象，通过比较研究来寻找文学史因素或者世界性因素，可以被我们今天引为借鉴，由此也考察当下作品在文学史的发展中有什么新的贡献。二是文本分析。通过文本细读来考察文本与当下社会生活的关系，揭示文本所隐含的丰富意义。

梁艳：我读过您的《中国现当代文学名篇十五讲》和《当代小说阅读五种》，前者是对现代文学史上的经典名篇做文本细读，后者是对新世纪五位小说家作品的解读。您在这两本书里不拘陈说、标新立异，尤其是在后一本书里，您对当代作家贾平凹、张炜、莫言、阎连科和余华都给予很高的评价，对一些引起争议的作品（如《兄弟》《秦腔》《生死疲劳》等）您都写过长篇论文给予力挺，而且产生了积极的影响。但也有人批评说，您这种批评其实是“过度阐释”，您怎么看这个问题？

陈思和：文学创作与文学批评互为因果。文学创作一旦产生，批评通过对创作的阐述来调整文学与生活的关系，同时这个理论也为作家或接受或刺激，然后有更丰富的创作，它本来是互为因果的。这样一个过程很难说批评依靠创作还是创作依靠批评，两者是文学事业的两面，它们都是直面当下社会生活的。对批评家来说，他的工作主要是研究文学创作如何表述当下文学生活，他通过理论形态的研究，更进一步整合、扩大、强化文学在当代社会生活中的影响。本来，文学创作可能是个别现象，通过文学研究和文学批评，使一个个个别现象变成了普遍现象，文学创作和时代的关系更密切了。

如果一部作品没有人去批评它，可能它就默默无闻地过去了，即使它很优秀也会默默无闻，它对当代生活可能不产生影响。曾有一位朋友对我说过，他发表很多中短篇小说，几十篇，但社会上没有反响。为什么没反响？他所发表的那些杂志肯定不是没有读者看，只是一般读者看了以后无法表达读后意见。没有反馈就等于没有影响，或者说，可能对个别人来说有影响。可是对于社会来说，作品的影响不大，也不广泛，对时代更没有产生重大影响。这种情况下，批评的意义和功能就突出来了。有些作家很有影响，一般来说，都有很多批评围绕着他们而展开，他每发表一部作品都有人在阐述，有人在批评，或者有人说他好，有人说他不好，这批发出声音的人是读者中的重要分子，有社会影响力。他们说作品好与不好是无所谓的，关键是各种反馈意见使作品与社会的关系越来越密切，影响也随之越来越大。我听过一个传说，澳大利亚有一位作家与一位批评家都很有名，可是他们之间关系不好，势不两立，作家写一部小说，批评家就写批评，把它说得一无是处。结果不是读者拒绝阅读这位作家的作品，而是这位作家的影响越来越大，后来获得了诺贝尔文学奖。那个作家的名字叫帕特里克·怀特，中国出版过他的小说叫《风暴眼》，那位批评家的名字我忘了，在澳大利亚也是很有名的。这也就证明了批评能够拉拢创作和社会的关系。批评说好话还是说坏话并不重要，重要的是他说出来了，有声音了。有了声音以后文学与时代的关系就变得愈加密切了。作家也可以从反馈中知道自己创作问题在哪里，应该如何改进。

◆ 批评说好话还是说坏话并不重要，重要的是他说出来了，有声音了。有了声音以后文学与时代的关系就变得愈加密切了。

但是这还不是主要的，更主要是批评面对的不仅仅是作家，重要的是他用理论形态描述了当代生活。批评家也是站在生活前沿的，他要关注的首先是社会生活本身，他发表的看法也是对当下社会生活的认知，只不过批评家是通过阐述文学创作来表达他的意见。如果是这样来理解文学评论，那么“过度阐释”也就不成立。当然，前提是批评家的阐述必须符合逻辑，言之成理。我觉得所谓“过度阐释”是说明一个批评家有可能从文学作品中看到了一些作家本人没有意识到的、没有看到的因素。作家创作是依靠形象思维，他可能并没有清楚地意识到问题的实质是什么，但是他通过艺术形象把一种感觉写了出来。一个尊重现实、尊重心灵感受的优秀作家，他能够把许多他自己还没有清楚意识到的问题写出来；而批评家的责任是把作家处于朦胧意识下创造的文学元素加以理性阐述，使它产生更大的社会影响力。我在读大学的时候，特别喜欢读俄罗斯革命民主主义批评家，像别林斯基、杜勃罗留波夫的文章。别林斯基阐述果戈理，杜勃罗留波夫阐述屠格涅夫，对他们的批评这些作家都不很认同的，他们后来走的路和批评家预见的也不一样。可是文学批评是一种具有独立价值的文学形态，批评家通过阐述作家作品，发表对生活的真知灼见，以及对社会发展的天才预见。

◆　作家创作是依靠形象思维，他可能并没有清楚地意识到问题的实质是什么，但是他通过艺术形象把一种感觉写了出来。一个尊重现实、尊重心灵感受的优秀作家，他能够把许多他自己还没有清楚意识到的问题写出来；而批评家的责任是把作家处于朦胧意识下创造的文学元素加以理性阐述，使它产生更大的社会影响力。

这个关系你一定要弄清楚，弄清楚以后你再回过来看学院批评有什么好处。刚才我说的前提是批评本身的功能，与学院的学科背景没关系。但是我现在要说的学院批评，学院批评家在批评的时候，有一个学术背景在后面。比如他是文学史的研究专家。他会把中外文学史的背景与当下文学批评联系起来，或者他会引进一种外来思想、一种理论、一种视角、一种参照，通过其阐述文学作品的意义。很多人误解“学院批评”，总觉得“学院批评”有点过度阐释。比如说有些学者用西方理论解释中国的文学作品，就会引来指责，说你是盲目地搬用西方理论术语，对文学作品的阐述不符合“实际”，所以就是过度阐释。这些指责看上去很理直气壮，但是从某种意义上反映了人们对批评的误解。学者应用西方理论应用得好还是不好，他对西方理论理解得对还是不对，这是可以讨论的。但是要求文学批评“符合”作品的“实际”，那就是说，文学作品存在一个绝对的标准答案，它可以制约批评、考量批评。这是很荒谬的。如果是这样来理解文学批评，那么，批评就成了学生做作业题，看它能不能写出一个标准答案。这样的话还需要文学批评吗？所以，文学批评不应该在符合不符合作品实际的层面上接受考量，而是应该考量这个理论和阐述本身对中国当下社会生活有没有意义。文学作品是由审美的语言构成的，语言本身具有多义性，审美性更是一种不确定的因素，这种特点决定了文学作品在每个读者的感受世界里引起的审美反应是不一样的，不可能只有唯一的“实际”。这本身就是一个不准确的标准。

不同的学术观点对社会生活有不同的解读方式和解读立场，因而产生了对文学作品的不同理解，这是很正常的。这样引起的争鸣好不好？我觉得是好的。不同理念引起的学术争鸣，比停留在“我喜欢”或“我不喜欢”，“它真实”或“它不真实”等层面上争吵更有意思。正因为我对批评定位在这样一种意义上，所以我不怎么主张文学批评以居高临下的指责，或者用“骂”与“捧”（“表扬”是一种委婉的说法）来区分批评的意义。有人可能会认为，批评家应该天然比作家要高明一些，应该以批评作家的缺陷和不足为己任（我这里不讨论一些媒体批评以骂人来吸引读者眼球的做法）。我觉得这是过去“政策批评”遗留下来的心理误区，为什么批评家一定比作家高明呢？如果像过去那样，批评家是文艺政策的制定者或推行者，作家又是必须改造的“资产阶级知识分子”，那么这种说法是成立的；而今天的批评家和作家都是站在生活一线感受生活、理解生活，结论当然有所不同，也有艺术趣味的不同，互相争论是正常的，但争论应该是在艺术内涵的层面上各抒己见，在学术的层面上展开争论，而没有理由居高临下地判决这个作品“好”还是“不好”，“成功”还是“失败”。这种送鲜花还是扔臭蛋的二元选择，可以在网上使劲，但不应该由学院批评来做。至于我个人，我阅读的作品有限，阅读经验也有限，不可能对所有作品都发表评论，也不想对我不喜欢的作品去说三道四。我只是选择我所喜欢的，并且有话可说的作品进行阐释。这个阐释本身就包含了我对历史的反思和对生活的批判，以及我自己在阅读作品中的一点艺术感受和审美心得。我把阐释作品看作是与作家的对话和交流。我愿我的阐释加盟于作家所描绘的艺术世界，在作品原有的意义之外，再添上我的理解和声音，以求作家与批评家共同来开发、推进当代文学的未来。

◆ 我只是选择我所喜欢的，并且有话可说的作品进行阐释。这个阐释本身就包含了我对历史的反思和对生活的批判，以及我自己在阅读作品中的一点艺术感受和审美心得。

梁艳：我还有一个问题，今天媒体批评的声音几乎覆盖了社会，新媒体又越来越侵入大众阅读领域，纯文学、严肃文学都不可避免地被边缘化。您刚才说，学院批评的主要范围都是在学院里，它的声音如果不利用媒体来传播的话肯定是微弱的，几乎不为社会上的一般人所知道。那么这是否意味着学院批评也会越来越小众，也将会走向边缘？

陈思和： 我不是这样认为的。首先，我们今天是着重讨论学院批评的来龙去脉和当前的意义，但并没有排斥其他批评流派的意思。其次，我也不否定学院批评通过各种媒体来发出自己的声音。我前面说过，学院批评也可以在少数严肃媒体的理论版面和相关版面发表自己的看法。媒体批评在今天的批评领域是起到重要作用的，尤其在对社会流行文化的引导等方面。而且，学院批评与媒体批评，说到底都是现代知识分子传承人文精神的岗位，两者的特点不同，工作方式也不同，但可以做到遥相呼应，共同来支持和繁荣文学创作。

但我更想说的是，学院批评的声音是与文学教育联系在一起的，它的声音永远不会被边缘化。学院的讲坛（包括各种各样的教育空间：不仅仅限于高校的教室，也包括学术会议的会场、社会公益性的讲座等等）本身是社会一个重要组成部分，一代代精英人才都在学院里成长，学院是精华荟萃之地、精神发展之源，本身就是培养学问、讨论思想、培养人格的地方，它培养的精英人才将要被输送到社会最重要、最关键、最显赫的岗位上服务于社会，怎么能说是边缘化呢？从历史发展来看，文学的传播历来就是两条途径：一条是教育的途径，一条是市场的途径。在一个短暂的时期里文学的传播是依靠市场运作，但是从长远来说，真正进入文学史，成为经典的文学作品，主要是依靠教育途径，代代教习诵读，传承文学血脉。学院批评其实是更加本质地影响了文学的生命。这与大众读物市场不可同日而语的。所以，学院批评任重道远，不可轻视自己。

◆ 从历史发展来看，文学的传播历来就是两条途径：一条是教育的途径，一条是市场的途径。

2012年11月4日修订于鱼焦了斋

初刊北京《文艺报》2012年11月23日

学院、学院派、学院批评[①]

我很高兴在复旦大学开这样的会。这个会有个背景，就是刘志荣担任了现代文学馆的客座研究员。他对我说，现代文学馆希望与复旦合作开这么一个会，我当然支持，于是就与王宏图老师商量，搞一个开放性的活动，让 MFA 的同学一起参加，让他们与当代最重要的文学评论家、杂志主编和作家们有面对面交流的机会。我们设立了两个议题，一个是“大学教育与文学批评”，另一个是“大学教育与文学创作”。我看也不必分开讨论了，这样话题可以丰富一点。

今天，文学批评正处在承上启下的关键时期。我和南帆都是“文化大革命”后恢复高考的第一届大学生，我今年已经 60 岁了，连我的第一批学生，像郜元宝、张新颖、王宏图他们都已经到了接近知天命之年。作家一批一批成长很快，像 70 后、80 后、90 后等等，但文学批评则需要更长时间的积累，要做出引人注目的成绩很不容易。现代文学馆采用了非常好的办法，设立了聘请青年批评家为客座研究员的制度。这是一个典范，作协和高校联手，使一批本来在学院高墙里做研究、在课堂上讲课、在学术刊物上发表论文的人得以直接进入社会实践，与创作者进行面对面的接触和交流。

现代文学馆原来是一个服务性的学术机构，最初是巴老提出建立的，用来提供现代文学研究的场所。当年现代文学馆设在万寿寺，还特意建了很多客房，供现代文学研究者住在那里查看资料，当时的功能与图书馆差不多。但李敬泽、吴义勤特别是李洱来了之后，把这一功能改变了，使它成为学院到社会的一个中介，它可以帮助学院里的人更多地接触现实生活、接触作协系统的活动。我觉得这是一个很好的创意。

---

① 2013 年 6 月 15 日，现代文学馆与复旦大学中文系在复旦大学联合举办“新世纪文学教育”研讨会，本文是笔者在会上的即兴发言，根据录音整理。

中国的文学批评，在1949年以后基本上是由文学界的领导来主持——从周扬开始，到何其芳，再到冯牧，其实都是官员。他们的专业不是文艺批评，而是负责制定和实施文艺政策。他们是通过文学批评来落实文艺政策、实践文艺政策，甄别哪些是好作家、好作品，哪些是要批判的“毒草”，所以大家对批评很害怕。作家害怕批评家的批评，就是那时留下来的毛病。那时候，《人民日报》发一篇批评某作家的文章，这个作家就完了。那时，批评是被看作政治权力的体现，所以批评家的地位就很高。但近三十年来，情况开始转变，作协系统的批评失去了决定作家或作品的生杀大权，它的功能慢慢丧失。

现在老有人在说“批评缺席”“批评边缘化”“批评没有声音了”，好像批评很寂寞似的。你们千万别上当，批评从来没有缺席，只是“打棍子”的批评缺席了，代表权力意志的批评弱化了。前几年，国家进入和谐社会，不提倡搞阶级斗争，所以“打棍子”的批评家都寂寞了。现在讲“批评缺席”“批评要重振雄风”的人，大多是想重新把批评话语权抓到自己手里、把指挥棒抓到手里的人，这种人严格来说，也不是真正的批评家，不用在我们这种场合讨论。文学批评在今天的功能已经变了，最重要的标志，就是批评主体从文学管理部门转移到学院。今天的会上，陈引驰、王安忆、南帆的发言，都在讨论学院派与文学的关系，但我觉得，“学院”“学院派”“学院批评”都不是一个概念，不能混淆。

◆ 现在老有人在说“批评缺席”“批评边缘化”“批评没有声音了”，好像批评很寂寞似的。你们千万别上当，批评从来没有缺席，只是“打棍子”的批评缺席了，代表权力意志的批评弱化了。

首先要讨论什么是“学院”。“学院”是一种功能——我指的是文学教育。学院和文学教育的功能是传承经典。周代以来流传的诗歌不知道有多少，因为有孔子，才选出了三百首诗——用我们今天的话来说，就是编了一个诗歌选本、一本文学教材。不管动机如何，孔子把当时的文学创作保留下来了。两汉的乐府民歌也不知有多少，为什么我们只能读到那么一些呢？因为它们被编进了教材。文学经过几千年传承到今天，无数优秀作家早就被我们忘记——是被历史淘汰了。历史本来就是淘汰的过程，可能有千千万万像曹雪芹那样的作品被淘汰掉了——不过我们选中了曹雪芹的《红楼梦》，当它成为研究对象、成为教学对象时，它就被保留下来了。这个过程简单来说，就是一个“经典化”的过程。古代识字读书的人能有几个？真正爱好文学的读书人就更加少了。但我们的文学还是传下来了，我们今天还是可以从《诗经》《楚辞》到唐诗宋词一路侃侃而谈，这就是依靠教育。这些能被我们知道的文学作品，都是通过古代教育机制保存下来的。试想一下，如果现在没有中文专业，没有文学教育，现代文学上的许多作品可能也没有人知道。学院机制和文学教育从来没有消失——当然，它有时会包裹在经学或者文章学里面，但本质还是对文学的爱好，这是文学教育里很重要的因素。

文学还有另一种传承方式，比如“三言二拍”、《水浒传》、《七侠五义》，是通过民间流传的，是老百姓的爱好。这类通俗文艺也是一代代传下来的，不是通过教育，而是通过市场运作——就像我们用杯子喝水，杯子就会一代代传下来，传到哪一天不再用杯子喝水了，杯子就被淘汰了，但在没有被淘汰之前大家还是会使用它。我们的书写形式已经改变了很多次，从竹简到绢帛，到纸，再到电脑，但内容都保存下来了，因为大家喜欢。以前没有印刷，喜欢了就抄，这些读物不一定是经典，但恰恰被人们喜欢，民间手抄本就是这样流传的。

文学无非就是两种传播方式，一种是通俗的传播、市场的传播，一种是经典的传播。这中间不是截然分开的。比如宋词，当年是通俗的，像今天的流行歌曲一样。这些歌词都流传下来了，进入了文学教育，这就是教育对经典的选择。对于当年的青楼歌女来说，词怎么样可能不重要，只要会唱曲，谁都可以填词，但经典就是选出最重要的歌词文本，比如苏东坡的、李清照的、辛弃疾的。学院的文学教育就是这样的功能。所以，我不太主张在学院里传播通俗文学，因为通俗文学不需要我们保留，市场本来就在选择和淘汰。我们的工作就是要从通俗文学中选择有价值的文本，保存和传承下去。我们培养研究生，培养一代又一代的文学研究者，就是在承上启下。今天还是会有人研究《楚辞》，研究唐诗宋词，通过不同的阐释、不同的发现，使这些经典越来越“经典化”。当然我们不排除今天网上流行的东西将来也可能变成经典，《大话西游》我没看过，但如果真的好，也可能变成经典。当年拉伯雷的《巨人传》不是经典，但后来变成了经典，进入了文学史。过去，《金瓶梅》《三国演义》《水浒传》都是民间流传的，但通过一代代的研究也会变成了经典。

学院的功能就是这样的。如果学院降低自己的水准，跟着市场起哄，那学院的功能就不一样了。有些人不喜欢学院，觉得学院讨论的东西，他们都不爱读——读歌德的《浮士德》还是读流行作品？他们肯定更愿意读流行作品，但《浮士德》还是会作为经典传承下去，它会渐渐脱离一时一地的美学趣味，成为人类共同的财富。学院里的中文系、外文系做的就是这个工作，把经典保留下来。

我们的批评也是一样的。20 世纪 90 年代以前，许多优秀作品都得不到“茅盾文学奖”。“茅奖”在新世纪以后才逐渐发生变化，以前的获奖作品也不一定被重视（有人做过统计，几部重要的当代文学史著作里，获“茅奖”的作品都不受重视），而学院推荐出来的作品虽然没有得奖，仍然有很高的声誉。像张炜的《古船》、王蒙的《活动变人形》，都没有得过“茅奖”，但它们在文学史上的地位比它们是不是获奖作品重要得多。20 世纪 90 年代文学领域的分流很清楚，有的作家创作就是奔着获奖去的，“茅盾文学奖”啊，“‘五个一工程’奖”啊，但是学院的批评和研究并不关心这些。这很正常，因为学院里，我们不需要知道它获得过什么奖。学院就是做纯粹的研究。为什么近十年里有一批作家获得大家的公认？莫言、王安忆、贾平凹、张炜等等，这就与学院的研究分不开。学院开了许多讨论会，培养一大批研究生写论文，无非就是围绕那几位优秀作家，这是我们心中选出来的人。张炜写了十卷本的书，难道是指望给市场上、网络上的读者看的？不会的，他一定是指望给学院里的人看，给教授看，希望研究生去研究它，作家的目标也是很清楚的。作家如果要走市场，就写畅销书，写类型小说，写鬼故事，写盗墓言情都可以；如果要走严肃文学的，可以关注学院；如果想奔获奖的，就去跑奖。——这些道路分得清清楚楚，都是可以走的，而且都走得通，但功能不一样。一个腰

◆ 20 世纪 90 年代文学领域的分流很清楚，有的作家创作就是奔着获奖去的。

缠万贯的通俗作家不要指望学院为他开研讨会，开这样的研讨会，不仅他无聊，学院也很无聊。反过来，我们为一个优秀作家开研讨会，就是为未来选择我们这个时代的经典作家，这就是学院的功能。在这个前提下，我们先界定学院在今天对文学教育的意义。如果学院也在讨论一些根本不值得讨论的东西，那么这个学院就不像学院。这个界限一定要分清楚。

◆ “学院派”用理论试着对文学进行归类，把它变成一种学术。

第二个概念是“学院派”。我们在座各位都有学位，都在高校里工作，都算“学院派”？这也是个误会。“学院派”是不出现在学院以外的。我在1988年第一次到香港某个大学做访问学者，那里有个教授经常在报上写杂文，很有名。但是他们大学里的教授却对他不屑一顾，因为这不是“学院派”的做派。虽然他是教授，而且是名教授。这件事对我刺激很大。那时候我对香港的大学教授很羡慕，大学教授的工作就是培养学生。他们的著作很少，不像我们现在被逼着要考核，要写论文，但他们自称是“学院派”。当时他们大学几位比较文学教授都很有名，但他们都不给报纸写文章，这才是“学院派”。“学院派”有“学院派”的活动场所。“学院派”用理论试着对文学进行归类，把它变成一种学术。不要认为这很无聊，这也是将文学“经典化”的一道程序。当我们在学院里讨论当代诗人、小说家时，必须是一种学术讨论，不是情绪化的，不是泼妇骂街、草寇篡位，学院派讨论的成果也不需要发表在媒体上哗众取宠。像林建法主编的杂志《当代作家评论》、张燕玲主编的杂志《南方文坛》都应该算是这类“经典化”的杂志，这就是与学院联盟的结果。如果他们不是与学院联盟，而是作家协会自己办的刊物，只发一些本会作家的评论，哥们儿姐们儿吃顿饭喝杯酒、写几句吹捧文章，这当然都可以的，但不是“学院派”，“学院派”就是认准几个好刊物。现在评选核心刊物虽然很无聊，但有一点是不容回避的，那就是要分出档次——只能给这些杂志写文章，而不能给另外一些杂志写，因为这些杂志代表了我们的水准。有些杂志看上去很热闹，搞些泼妇骂街式的人身攻击，唯恐天下不乱，但没有价值，不是说这些杂志不能办，它们吸引眼球，给大家看看玩玩也很好。大狗小狗都要叫，总得给他叫，但“学院派”的批评家就不应该在这种刊物上乱叫。“学院派”的阵地就是我们今天的讲台、课堂、学术会议、专业杂志，我觉得“学院派”是很简单的，不是那种吵吵闹闹的场所——这样就把“学院派”低估了。

唐弢先生有句话，我年轻时很不理解。唐弢先生是不主张编写当代文学史的，他的名言是：“当代不宜成史。”为什么当代就不能编史？现在我明白了，当代确实不宜成史。我们20世纪80年代追捧的作家，90年代都消失了，90年代谁还去谈80年代的流行作家？到2000年，90年代流行的作家也消失了，现在流行的，到下个十年就更少了。王蒙说过各领风骚三五年，这是谁都无法预料的。经典化就是这么一点点少下去，不会越来越多——本来10个好作家，现在变20个，再下去变成100个，这就不是经典化，是搞群众运动。真正的经典总是越来越少，这是一项极其严肃的工作，这项工作就是由学院来做的。我觉得，真正称得上学院派的：第一，乱起哄、吵吵嚷嚷、人云亦云、见风使舵的，都不属于学院的研究态度。第二，学院派要讲道理，大家要通过充分说理，通过理论研究、学术研究，讨论一些社会上不去关心但又很重要的问题。这些问题在媒体上是不会引起热烈讨论的，这才是我们学院的工作。

◆ 当“学院派”，你就要甘于寂寞，甘于做高头讲章，不受媒体的诱惑。

今天参加会议的很多都是年轻朋友，也都是来自学院，我还是要把这个话说出来：当“学院派”，你就要甘于寂寞，甘于做高头讲章，不受媒体的诱惑。我举一个例子：上海文艺出版社的曹元勇鼓励我主编文学刊物，我拉了王德威一起编了一本《文学》杂志，一年只出两本。我非常幸运，第一期就组到了一篇好稿子，陈中梅教授写的一篇文章，解释古希腊的一个词——就是词源考。他对一个词的研究写了近二十万字，引经据典，洋洋洒洒。我读了非常兴奋，真是大开眼界。这篇文章分两期刊发，第一期只发了一半，另一半放在第二期发。有人问我：“你的杂志发这样长的文章干吗？”我说：“既然出版社不在乎赔钱，我就做一件别人不做的事情，我要告诉别人什么叫‘学院派’的文章。”陈中梅教授才是难得的学院派，学术文章写得这样精彩，这样有学问。像钱钟书的《管锥编》那样，一章一章，反反复复讨论这个词，这才是学问。他精通古希腊文、拉丁文，从美国留学回来，翻译过《伊利亚特》和《奥德赛》。我就是要提倡这样的大学者的大块文章。香港中文大学的王宏志教授看了陈中梅的文章就跟我说，他也写了一篇论文，解释一个中国字——“夷”，写了十来万字，通过这个“夷”字来讨论翻译意义从古到今的变化。这才是“学院派”做的事情。我们不能今天看到莫言得奖了出来表态，明天流行什么口水诗，又来表态，唯恐媒体把你忘了，这算什么“学院派”？我对我的学生刘志荣、金理都反复说：“千万不要到媒体上晃来晃去，不要飞来飞去忙着开会、抢着发言，做咋咋呼呼只会吆喝的学术明星。想做学问就坐下来，安安静静地研究问题。”大学需要这样的人，中文系也需要这样的人，这才是读书的种子，这才是中文系的精魂。他们留下来就能传承真正的文脉。

每一代人都不一样，我和南帆都是苦出身，年轻时没有受过严格教育，进了大学算修成正果了，但我知道珍惜学院的教育和传承。我自己很明白，我的一生中也就跳跃过一次，就是恢复高考时考进复旦大学。进大学之前我在一个图书馆工作，我也是写书评的，今天看来这些算什么东西！进了大学我才明白，学问应该怎么做，学者应该怎么做，知识分子又该怎么做，在当今社会又该怎么处世。这我都是在大学里学到的。我们这个时代的人，胆子是有的，见识是有的，社会经验也是有的，但我们的学问是不够的。我四十多岁的时候去德语系读了两年德语，就是想再开拓一个学术领域。但我开拓不了，我读了两年还是没用，黑格尔的书还是看不懂。前几天遇到一位华东师范大学研究沦陷区文学的刘晓丽教授，她对我说：“你以前让我好好学习日语，我现在懂了。我后悔没有学好俄语，没有学好韩语，现在不得不跟俄国人合作，跟韩国人合作。”这位教授现在就感觉到了，我们要做一个好的学者，知识是远远不够的。

◆ 什么叫“学院派”？看看钱钟书，看看陈寅恪，也看看陈中梅教授。他们大部分的时间不是在开会，而是在写作，在学习。

什么叫“学院派”？看看钱钟书，看看陈寅恪，也看看陈中梅教授。他们大部分的时间不是在开会，而是在写作，在学习。我要是能够再精通几门外语，我就不是今天的水平了，我的学术境界还会往上走，但我做不到了。你们还年轻，就应该把百分之九十的精力放到学习知识上去，放到知识积累上去，对有些文化垃圾不值得去花时间研究，也不要去讨论，不要以为在报纸上露了一次脸，就很重要了——连报纸都会很快被淘汰，还有什么重要的？现在，你们都已经被捧得很高了，作协给你们青年评论家开会，出版社也来找你们出版著作，名和利对你们来说只有一步之遥，但距离真正的学术境界、真正的“学院派”还有十万八千里。我们宁可推开面前的“一步之遥”去走更难的路，这样我们才能成大器。

◆ “学院派”要有师承，要有传统，把自己融到传统里去。

到了我这个年龄，我就感觉到，再想学东西来不及了。我看到一房间的书很感慨：买书的时候，心里想现在没时间看，等以后有空了再看；等到现在空暇还是没有，但眼睛先不行了——老花了，本来看一本书的时间现在大概只能看四分之一，精力也不够了。所以大家最有精力的时候千万不要耗费在乘飞机、坐高铁跑来跑去凑热闹，开心是开心了，但是把自己生命都浪费掉了。张爱玲说出名要趁早，但为了虚伪的名利付出生命的代价，不值。

◆ 我觉得“学院派”就得把自己局限在自己的工作岗位上，做一点自己能做的事情。把更多的时间放在学习上，放在知识积累上，放在文化传承上。

我们不要轻易地说自己是“学院派”，我们有一个学院的工作证与“学院派”是两回事。“学院派”要有师承，要有传统，把自己融到传统里去。真正的“学院派”，可能著作等身，但也可能一辈子就为学术传统增添那么几块砖，使学术传统更完美。我觉得“学院派”就得把自己局限在自己的工作岗位上，做一点自己能做的事情。把更多的时间放在学习上，放在知识积累上，放在文化传承上。尽管我们的老师、老师的老师已经积累了很多知识。前辈们做的学问，我们不是超越不了，但是前辈建立的学术传统，我们是无法逾越的。我举一个现成的例子，《鲁迅全集》：1981年版是聚集全国大批专家学者，以十多年的辛勤治学、共同研究的集体力量，做成一部注释本的《鲁迅全集》。当然它有不完善的地方，也有那个时代留下的痕迹，但是它是有巨大学术信息量的产物。《鲁迅全集》通过几代专家的努力研究注释，已经形成了传统，是不可逾越的。后来有别的出版社出于商业利益，另起炉灶再搞一套注释本，也是动员了很多新一代的学者的力量——这也是可以的，但问题是你根本无法推翻前人所做的巨大成就。你最多是做些拾遗补阙的工作，做点纠偏的工作，不可能推倒重来。传统就是传统，它需要不断修订、不断补充、慢慢发展。我们学院的功能就是在这个传统中添一块砖，把这个传统修理得更好。现在我们有许多传世的学术工程，基本上都属于这一类。所以要做学院派，就别想另起炉灶，做什么自欺欺人或者欺世盗名的创新。学院派的工作和责任就是梳理好传统，承前启后，默默地守护传统，再把自己的生命信息融入进去。

◆ “学院批评”不是“学院派批评”，而是学院身份的人走到社会上去。

第三个概念是“学院批评”。“学院批评”不是“学院派批评”，而是学院身份的人走到社会上去。比如在报纸上写点文章，我不拒绝，大家也都在写。我认为，媒体杂志也好，评奖委员会也好，作协领导也好，这些都是一种工作岗位。不同的工作岗位会给每个人不同的限制，如果我上电台、上报纸，我就已经不是“学院派”了，是媒体人——这个身份自己必须搞清楚。学院里的人并不是到哪儿都可以自称是“学院派”的。媒体工作也需要大量有学院背景的人去做，但做的时候你就是一个媒体人。你去主持节目，上《百家讲坛》，在媒体上发表谈话，都可以的，只是你的身份已经变了。

但，你即使不是“学院派”，你也不可以放下责任。因为你毕竟是有学院的身份，在一些更时尚的领域发挥功能的时候，你还是应该有一个“学院”的品格，你做的就会跟别人做的不一样。如果自己丧失身份，在媒体上哗众取宠，网络上呼风唤雨，那么你不是违背了“学院派”（这时你本来就不是），而是违背了“学院”的品格。文章写得漂亮、吸引眼球，都是好事，但我们既然是这么一个团队，有作家协会的支持，个人又有非常好的学院背景，就要珍惜这个团队，要形成一种跟当下的创作相互动的、有“学院”风骨和精神的评论力量，这会给未来的文学创作开拓一个新的局面。这是不难做到的，关键要学会做，自己要有意识地发挥自己的优势。文学批评毕竟与写博士论文不一样，我们关注的是当下性，要发现新的问题、发现新的观念，要尖锐，这些都可以做到。我觉得，如果把学院的成果和功能移用到批评领域，利用好媒体，把它做好，这是一件很好的事情。

还有一点，就是文学批评是建设性的，不是破坏性的。今天这个时代是一个乱象丛生的时代。人在这样一个时代里，很容易丧失自己的立场，因为诱惑太多，名利满天飞。在这种情况下，文学批评的功能是什么？批评家有什么资格站在作家的前面？谁给你指导作家的权力？上帝没有给，亚里士多德没有给，刘勰也没有给。谁能拿出一张丹书铁券，说“我有资格指导作家”？你学的这点东西作家也学过——现在大多数作家都是高学历的。凭什么要由评论家来指导作家？这个神话早就应该被打破了，我们这代人不能再相信这种神话。

批评家只能是作家的朋友，只能与作家站在同一条起跑线上，共同面对当下生活。批评的建设性，就在于它对今天的生活提出建设性的意见，只不过它借重了文学创作，它通过对文学创作的理解来表达观点——从这个意义上说，作家和批评家完全是站在同一个立场上对当下生活发表自己的声音。所以，我所研究的作家，就是那些能够引起我共鸣的作家，我能够借他们的文本来谈我自己的观点。我不评论的作家也不是不优秀，只是我找不到与我自己生活经验的沟通纽带，我写不好这样的评论。其实我所谈的意思并不完全是作家说的意思，我不是在阐述作家说了什么，而是阐述我在作品里领悟到了什么。我读到的可能是作家意识到的，也可能是作家没有意识到的。如果作家没有意识到，那就可以帮助作家思考；如果我说错了，也没关系，因为我不是作家的代言人，不需要去与作家商量好怎么说。我当年读巴金的作品就是这样，今天解读王安忆、解读莫言、解读年轻作家的作品也是这样。能够激发我主观感想，说出来对社会有意义，我就说。

◆ 文学批评是建设性的，不是破坏性的。

批评家不要认为自己与生活之间有什么相隔，隔了一个作家，或者隔了专业，其实不是的。我们还是面对生活的，我们只是用自己的专业对生活说话。我觉得，如果批评家都能够站在生活的前沿，我们的面貌就会发生变化。我们要从建设的角度去讨论文学，一个民族的文学需要大家爱护，同样，作家也需要我们共同去爱护。郁达夫说过一句话："一个没有英雄的民族是不幸的，一个有英雄却不知敬重和爱惜的民族是不可救药的。有了伟大的人物，而不知拥护、爱戴、崇仰的国家，是没有希望的奴隶之邦。"我们当然不能说，作家就是自己民族的伟大人物。但是，我很同意张新颖对我说的一句话，他说我们研究文学的人先要爱文学，如果不爱文学甚至仇恨文学、诋毁文学，那么就不要来做文学批评的工作。确实是这样。一个批评家要出于对文学的爱，要读了文学作品会感动，激发共鸣。这是从事批评工作的基本底线，否则我们的文学就可以不存在了，我们这些批评家也可以不存在。

根据录音稿修订于2013年7月3日

初刊上海《文学》丛刊2015年秋冬卷

上海文艺出版社出版2016年版

传媒批评：一种新的批评话语

新千年第一个月京沪各类报刊的文艺版热闹非凡，但不是“皆大欢喜闹新春”的那种热闹，而是延续了去年年底传媒批评的热点：一是王朔的随笔集《无知者无畏》的出版，二是关于《十作家批判书》引起的争论，读书界被笼罩在一片狂欢气氛之下。

我之所以用“狂欢”这个词，是觉得这次“批判热”既不同于过去的政治大批判给人带来的肃杀之感，也不像通常的学术之争那样深刻与沉闷，而是一种无拘无束的游戏。其特征是被批判者谁也没有当真，没有人气急败坏地站出来答辩论战，似乎只有叫阵，没有应战；最沉不住气的是金庸，但他只是摆出一副大人不记小人过的姿态。我曾经说过金庸也确实需要有这么一个王朔来为他提高在大陆的知名度，否则他的名气始终在一批武侠迷中游荡，上不了知识界的台盘。他的应答王朔与他出任某大学文学院院长和发表什么关于新闻的讲话是一整套的游戏。而对这场“批判热”反响强烈的倒是来自批评界的主流，大多数是持不赞同的态度。其不赞同的也不是针对具体内容，而是这样一种陌生的批评语言与批评方式，换句话说，原来的批评规范与批评道德被搅乱了。被批判的作家们不在乎是因为这场批判明显地没有权力做背景，批评家在乎的是因为这场批判缺乏权力背景但受到了市场的青睐。如果同样是这样一些内容的文章发表在学术刊物上讨论，可能其效果就像丢入山谷的石头，在文化市场上一点回响也没有。

很显然，这次操作批判的是商业性的炒作，包括图书出版运作中的书商和传媒系统的记者，以及利用商业操作和传媒批评来获取名利双收的当事人。其他局外人的争论，无论赞同还是反对，对书的行销总是好事，集体无意识构成了一场狂欢的“共谋”。我们不难发现，这场“批判热”中作者传播意见的运作秩序已颠倒。

以前一般情况下运作模式是书写—发表—经销，作者从自己的研究心得出发著书立说，然后才发表在刊物上或者结集成书，进而由出版社投放市场接受检验。这过程中作者传播自己意见的途径是书写—发表—经销，有许多作者只关心书写与发表，不关心经销。而这次“批判热”的运作模式显然是倒过来的：市场热点—策划图书—学者书写。也就是先需要制造市场热点，如“十批判”书的批判对象本身都是市场熟识、流行的名字（假如钱钟书的《围城》没有被拍成电视剧而家喻户晓的话，假如贾平凹没有一部《废都》传世的话，都不会成为被批判的对象），然后由出版商与策划者共同策划选题和制造选题，最后才邀请学者加入这场游戏。王朔的运作也是这样，他首骂金庸正是为后来的《无知者无畏》制造热点，早在文章上网和出书之前，已经在媒体上到处宣传王朔开涮名人的消息。（据说本来开涮的还有鲁迅，但经过测试发现这样不利于行销，还可能有麻烦，所以就让老舍独自受点儿委屈。）

这种以行销为目的的文化运作过程，导致作者地位的下降，而书商、策划人则占据了文化批判的中心，形成一种新的文化经纪人的职业。一本严肃的思想批判论著，经过包装可能会降低它的战斗力，变成小丑式的杂耍游戏，但因此也吸引了更多的观众与看客。坦白地说，当我刚刚拿到《十作家批判书》的时候，我本能地反感封面上耸人听闻的宣传语与包装，但是当我读了几篇文章后感觉才一点点好起来，尤其是朱大可的文章，撇开那些“文化口红”之类的侮辱性语言外，我认为文章里对大众文化市场如何改造知识分子精英的分析相当尖锐而且深刻。同样，对于“一点正经没有”的王朔居然批判也是一点正经没有的金庸，我完全有理由认为这不过是一场周瑜打黄盖式的市侩炒作，但是读了王朔的其他几篇文章，尤其是他对大众文化、港台流行文化以及对老舍的批判，我对王朔的感觉又渐渐恢复了 20 世纪 80 年代读他那些颓废色彩颇浓的小说时的感觉。我不喜欢《渴望》和《红樱桃》时代的王朔，但对于他对传统道德的撒野与嘲讽仍然是同情的，尤其是他自作多情地对知识分子立场的认同，使我有点相信他批判金庸还是有真诚的一面。其实这一点王安忆早就说过，但为什么大家并不重视王朔话语里可能存在认真因素呢？我想原因就在于这种诉之于传媒的批评形式。不仅是我，许多朋友说起这两本书时都不反感批判的内容，只是对于那种故作激烈惊人之语的商业炒作不能不保持警惕——虽然这种警惕可能是来自我们思维中的传统惰性。

什么是商业炒作的批评形式？其特点是制造新闻热点，故作夸张姿态来迎合大众心理，原则变得不重要，知识分子的原有立场及其尊严让位给以利益为中心的商业行为。20 世纪 90 年代初欧洲葡萄丰收，大量的原装进口葡萄酒倾销到中国市场。当时在上海的洋葡萄酒价格是 70 元到 100 元一瓶，但听有关人员告诉我，进口价最低时则是六七元一瓶。葡萄酒商可以有足够的利润分出来用于宣传，于是传媒上不断出现专家医生建议大家喝包治百病的葡萄酒，一时间红酒主宰了整个饮食行业。中国土生土长的书商和出版商大约还不至于有能力像酒商那样慷慨收买传媒宣传工具，所以有必要请出一些严肃的知识分子来加盟，利用他们的精神资源，同样达到进入传媒宣传、制造利润的目的。平心而论，中国刚刚形成的传媒系统还不具备独立的意识形态，它还包容各种复杂的人文因素，其中不乏思维活跃、坚守良知的媒体人，他们对于图书市场的认识也有自己的立场，只有当他们真诚感受到知识分子的心声时，他们才会以传媒特有的方式来宣传图书。当《十作家批判书》和《无知者无畏》进入宣传炒作阶段时，我接触过一些传媒界人士，他们并不认为王朔、朱大可等人的批判攻势全是出于无理取闹。显然在某些热点话题上，传媒与书商是撞在一起了。

◆　什么是商业炒作的批评形式？其特点是制造新闻热点，故作夸张姿态来迎合大众心理，原则变得不重要，知识分子的原有立场及其尊严让位给以利益为中心的商业行为。

特别尴尬的是一些想认真表达自己的学者。我读《十作家批判书》时，不能不感受到那些批评家的为难，他们既要表达自己，同时又不能不迁就市场而制造惊人之语。如批评钱钟书的《围城》，本来是很正常的学术批评，批评者所持的观点也没什么惊人之处，但一定要把《围城》假设为经典，然后封它是伪经，这不能不让人感到牵强附会。朱大可对“后文化时代”中精英的批判何等深刻，好几处言论都让我由衷折服，可是他也不得不用夸张的语言来制造媚俗效果。他的文章里引用了一个捕风捉影的传说，说妓女的钱包里有口红、避孕套和《文化苦旅》，海外有些无聊报纸以此嘲笑余秋雨，朱大可却明确表示这是“错误的理念”。我觉得大可这种坚持很对，把严肃的批判与无聊的传闻区分开来。但他进一步又把《文化苦旅》设定为“文化口红”“文化避孕套”，以推断其充当了“文化消费品”的功能，客观上仍然利用了这个无聊传闻。纵然《文化苦旅》有各种缺点，但它能让一个妓女喜欢却是不可以嘲笑的。为什么妓女就不能喜欢读好作品？如果说，口红与避孕套对一般妇女是可有可无的消费品，那么对一个以卖淫为谋生手段的妓女来说，它们就成了不可缺少的必需品，以此来推断《文化苦旅》的精神消费意义，即使成了那个妓女的精神需要，这有什么值得嘲笑呢？关于知识分子与大众文化市场之间的尴尬关系，我想王朔在《我看大众文化》里现身说法说得很清楚，这也同样可以看作是朱大可那样坚决批判大众文化的精英所面临的困境。

◆ 商业炒作通常离不开传媒的作用，但商业炒作不等于传媒批评，同样，知识分子的独立批判精神与传媒批评本质上是不相容的，但并不意味着知识分子完全不能参与到传媒机制里去发出自己的声音。

所有种种的矛盾与尴尬都向我们提示了一个问题：不管我们有没有意识到，一种新的令我们感到陌生的批评话语已经出现，我姑且把它称作传媒批评。我们向来的文学批评只有两种话语，一是与某种政治权力相结合的批评话语，二是以启蒙或审美为特征的知识分子的批评话语，而传媒的批评方式与批评话语显然不同于前两种，尽管它背后依然受到意识形态的支配，但作为大众文化的一翼，它有着自身的运作方式与运作规律。商业炒作通常离不开传媒的作用，但商业炒作不等于传媒批评，同样，知识分子的独立批判精神与传媒批评本质上是不相容的，但并不意味着知识分子完全不能参与到传媒机制里去发出自己的声音。这就需要我们结合中国的特殊社会环境来研究传媒批评的形式与语言特征，建构起传媒批评的规范及其话语系统。事实上从 20 世纪 90 年代开始，大众传媒的因素不断渗透到文学批评领域，从文学广告到文学炒作，进而是文学批评，步步得手，这次由王朔骂金庸揭开大幕的一场场“批判热”，又正面显示出它的独立的社会批判能量。对于这正在逐步形成的中国式的传媒批评，我们很难用外在于它的标准来否定它或无视它，而如何正面发挥它的社会批判能量，使之成为当代社会文化建设的组成部分，正取决于知识分子多大程度上参与了其中的工作。

2000 年 2 月 3 日于黑水斋

初刊上海《文汇报》2000 年 3 月 18 日

再说传媒批评

我在几年前写过一篇讨论传媒批评的文章，本来还想继续探讨下去，只是因为忙别的事就搁置下来了。这几年网络发展推动了传媒批评，成为当今文化生活中越来越重要的一种批评形式。今天从网上读到崔永元怒斥冯小刚导演的《手机》的谈话，这本来是一篇发表在北京一家报纸上的谈话，现在被网络转载，产生了很大的影响。《文汇报》编者转载了崔的某些观点，来信希望我谈谈看法：崔的谈话仅仅是私人的发泄还是一种文艺批评？

我觉得简单地判断一篇批评性的文字是否属于文艺批评是没有什么特别意义的。因为广义地说，对文艺作品的任何批评都可以称为“文艺批评”，但是冠上了“文艺批评”的文章也未必就比一般非文艺批评的文章多几分真理，关键是说的话本身有没有批评的逻辑和充分理由。

因为我没有看过《手机》，也没有看过冯小刚导演的任何一部贺岁片，所以对于崔永元的指责和批评，无法从事实上来判断其对错。但从崔的讲话本身内容而言，我觉得有一些问题是值得进一步探讨的。比如，崔本人在没有看完片子的前提下，怎么就能凭剧中“有一说一”来断定就是影射“实话实说”？“永元”与“守一”（影片主人公的名字），从语言的角度确有某种对应的感觉，这是古代小说里经常有的手法，但也不能排除编导者取其名是出于偶然。因为“严守一”在影片里是一个玩弄女人的人，其名字仅仅是对其行为的一种讽刺，而且在目前的文化氛围里，一般观众的知识修养大约还不可能从字面上的“守一”来联想“永元”。当然冯小刚和刘震云肯定是从崔永元那里得到过许多关于电视节目主持人的生活和工作的知识，但不能仅凭这样一些表面符号的类似，就断定这部影片写的就是崔永元。艺术作品中即使是描写一个坏人，总还有一些正常人的生活形态，可能是作家从某些普通人的生活习惯上借用过来的，不能因为有某种符号上或者细节上的相似就断定这个坏人就是写某某人。这是文艺批评的常识。这么说，并不是否定崔永元的这种主观推测，只是觉得，要指责影片影射了崔永元以及《实话实说》栏目，还需要从影片本身的许多细节里找到证据。——这也是文艺批评的一般常识，如果真是一篇认真的文艺批评，就应该从影片细节的分析出发，来讨论这里有多少成分来自崔永元提供的细节，以及有没有对崔永元构成实质性的伤害。

而现在，构成对崔永元伤害的，我就事论事来说，恰恰是传媒批评。我指的是传媒界有意无意地利用《手机》在做文章，或暗示或直接地把《手机》与崔永元联系起来，制造出各种新闻。比如崔永元的谈话中的那个追着崔永元问“你能对你的妻子负责任嘛”的女记者，我觉得就是属于职业道德很差的狗仔记者，而这样的狗仔记者制造出来的大量传媒垃圾填补了形形色色的传媒的版面。这样的传媒文字构成对于一些刻意炒作自己（或作品）的人来说可能是一种必需的手段，类似流行歌星制造绯闻，这是最低级的传媒批评，但它不能不伤害到一些正派的人。鲁迅当年就阮玲玉的死发表“人言可畏”的文章，这“人言”在今天来说就是一种低级趣味的传媒文字。当然还有高级一些的传媒批评，那么，那位采访崔永元的记者的文字，以及崔永元本人提供的“怒打手机”的谈话，本身也只是传媒批评的一种。我们可以从文本里看到：那位记者不是被动地记录崔永元的谈话，也不是一般地提出问题，而是不断在制造话题，包括对冯小刚与刘震云的攻击性批评。也可以说，这是在诱崔永元一步步进入一个预设的采访圈套。在这样的氛围中，崔永元不可能从文艺的角度来分析这部影片所存在的问题。我从文章里读到的，通篇是对冯小刚怒气冲冲的指责，虽然有可读性，但没有说服力。比如采访中有一段话是用冯小刚历年导演的贺岁片片名来分析冯小刚其人的发迹史和“末路”，这似乎有一点好玩，但没有什么说服力，也没有批评的力量。尤其是谈话中不断批评这部作品的床上戏太多，暗示有关部门应该对此审查，我是不以为然的。崔永元长期在央视工作，有一种居高临下的视角，受到伤害而迁怒于电视审查制度的不严，我觉得这就有点过分了。

这篇谈话中包含了崔永元的某些艺术观点是很有价值的，比如他提出艺术家应该对人和人生有诚实的体验、反对电影电视创作中的庸俗倾向等等，都是非常好的。但是一进入文艺批评领域，他的非专业的缺陷也很明显。比如谈话中有这么一段话："把《手机》的乱搞男女关系安在电影圈里，我就认为这个戏拍得非常真实可信。这是没问题而且是地球人都知道的事实。但如果愣把乱搞焊到电视新闻队伍里，我就感觉并不十分恰当了。起码在我身边的新闻主持人当中，基本生活态度还不是这样偷鸡摸狗。所以一旦有谁和谁乱搞，那还是惊天动地的新闻。大家还不至于滥情偷情到那个程度。所以我可以说，如果这个影片是在影射我们新闻节目主持人、谈话节目主持人，那就是莫须有地泼了一桶很脏的粪水。"我读到这段话时就忍不住在想崔永元其实还是认可了这部片子所描写的内容"真实可信"，只是认为不应该把这些故事安放在他（或者是电视新闻圈）身上，如果这段话网上没有传错的话，我觉得崔永元无意中就把前面谈话中对这部电影的所有批评意见都自己否定掉了。我想这并非崔永元的本意，但他不知道文艺批评的立场应该是一以贯之的，艺术批评与私人经验不应该变得太紧密，不能以我"周围的生活不是这样的"来衡量一部作品的描写是否正确。电影圈里也会有正直的艺术家，如果再出来一个人指责崔永元这段话是向电影界"泼了一桶很脏的粪水"，那又作何解释？也许崔永元会辩解，这只是接受采访时的一句气愤话，而非深思熟虑的结果，这当然是可以原谅的。但我举此例的目的，正是《文汇报》转载所存在的问题，即传媒批评虽然也是属于文艺批评的一种，而且好的传媒批评也同样可以起到对文艺作品的读解和批评，但是传媒批评从形式和性质上说，它的随意性确实是比较大的。

◆ 艺术批评与私人经验不应该变得太紧密，不能以我"周围的生活不是这样的"来衡量一部作品的描写是否正确。

而且，就传媒批评的性质而言，它总是与宣传炒作的功能联系在一起的。宣传有正面的，也有反面的，几年前我在接受一家记者采访时，顺便说到了当时被炒作得正热闹的王朔与金庸大战，立刻就看到了王朔的反应，他先是赞扬我说得有见地，然后说，我的意见见报本身也是对他的一种宣传，正是欲以其人之道还治其人之身。我觉得王朔说得有道理，以后就更加谨慎发表自己的看法，即使批评意见也是如此。回到崔永元的谈话，它的被发表和被炒作，真的能达到什么效果呢？最高兴的是媒体，因为有了可以炒作的新话题。还有恐怕就是冯小刚，还有谁比这个煽动性的广告更有宣传的力量呢？崔永元不是对观众在做一个免费的《手机》广告么？而对于制止关于崔永元的谣言而言并没有太大的意义。所以，关于这个问题我倒是赞赏另一个也被涉及的主持人的话，“清者自清，浊者自浊”，不予这样的方式申辩。这样，倒是对看戏的虚无党和做戏的虚无党的一个无趣的打击。

我这里通篇所要说的，都不是对《手机》和崔永元之间的是非的判断，我也无意对此做出判断。我只是借这个例子来说明当前传媒批评和专业的（或者学院式的）文艺批评之间的区别。传媒批评是文艺批评的一种新型的形态，而且在当代文学艺术领域的作用越来越大，甚至左右了文艺作品在市场和社会上的运行，以及文艺作品与读者之间的沟通。但是对于批评家如何关注传媒批评，进而影响传媒批评，这个课题至今没有人去很好地研究。而且，严肃的专业批评的沉默也造成了传媒批评的泛滥。就像崔永元这个谈话被当作文艺批评来传播，正是因为我们至今也没有见到一篇有见地的对历年贺岁片的艺术批评，也没有见到一篇对冯小刚导演风格上的优点和缺点的击中要害的批评，这才是我们批评家的失职与悲哀。

◆ 文艺批评的一种新型的形态，而且在当代文学艺术领域的作用越来越大，甚至左右了文艺作品在市场和社会上的运行，以及文艺作品与读者之间的沟通。

2004年2月7日于黑水斋

初刊上海《文汇报》2004年2月10日

“神马”批评不是“浮云”

从报纸上看到，对于当前文化批评缺失的指责突然多了起来，但是我读了几篇相关文章后，还是没有明白：被“缺失”的“文化批评”究竟是指针对文化现象的批评，还是作为一种批评类型的文化批评？如果说是后者，目前大学里有许多文化批评和文化研究的学者和学术平台都在按部就班地进行理论引进和学术研究，学术会议年年举行，国内外学术交流越来越频繁，不能说它已经“缺失”了，不过是表现空间不同，批评功能也不同。新世纪以来的文化批评领域是由两大批评空间组成的，一个是媒体批评，另一个是学院批评。前者的载体主要是各类现代媒体（报纸、杂志、电视、广播、网络、手机等），后者的载体在学院（讲坛演说、课堂讲授、研讨会、课题论证、学术性期刊、师生传承等等）。两者之间有一定联系，相互利用、互为影响，但也不可混淆起来。媒体有时候需要借助学院的声音，但多半是被修改过的声音；学院有时候也会利用媒体的渠道，但多半也是碎片的报道。两者关系仍然是相当隔膜的。

◆ 媒体批评犹如这人体中“手”和“嘴”的功能，它需要借外部的批评声音来完成对媒体内部病象的批评和治疗。

我理解当前对文化批评不满的声音，主要是指媒体批评，也就是当前媒体对各种文化现象的批评声音太少、太轻、太混乱，甚至出现误导，其中也可能涉及学院批评——学院的理论研究不一定联系实际，批评的声音太轻，或者学院离开媒体太远，社会上引不起反响，等等。但我认为，这正是我们今天存在问题的关键。因为媒体批评本身就是媒体文化的一个有机组成部分，纠正媒体文化的问题不能完全借助媒体批评，就像人体中的脾胃发生了问题，不可能依靠人体的手和嘴来治疗，而是用手去取了药，通过嘴的吞咽来完成治疗。关键还是“药”的疗效。媒体批评犹如这人体中“手”和“嘴”的功能，它需要借外部的批评声音来完成对媒体内部病象的批评和治疗。

今天的时代之风，可以用作家王朔以前的一部小说的题目来概括：一点正经没有。这是一种隐含了强烈腐蚀性的时代之风，任何严肃的话题一旦被提出来，它都会以娱乐的方式将之消解。一场学术研讨会的讨论，最后被消解在吃喝玩乐、宾馆红包的吵嚷之中；一场必要的学术论争，最后被消解在个人恩怨、派系之争的是非圈里；一个值得关注的话题，最后陷入无穷无尽的八卦新闻炒作之中。面对某种文化现象的批评，只要伤及其背后的商家利益必然会遭封杀，而最好的封杀方式就是嘻嘻哈哈地在双方脸上涂一圈白粉，彼此彼此，都成为逗人娱乐的小花脸。那么，还有什么批评不是“浮云”，不是一阵风过耳呢？应该说，“一点正经没有”的时代之风是对历史上曾经有过的“无限上纲上线”的时代之风的反动，并非没有一点合理的社会心理作为基础，但是这种社会心理是可怕的，本质上就是对任何稳定性价值（包括自身的人性本能）拒不信任的虚无主义。哀莫大于心死，心死未必就以哀的姿态出现，当它以喜剧的形式出现的时候，那就是一点正经也没有了。

问题还不止于此。当这种一点正经没有的时代之风弥漫到新媒体——以网络、手机、微博等形式流行开去的时候，它的影响就不可预测了。我不太同意有的学者全盘否定网络等新媒体中出现的群体声音。批评和言论本来就不应该设有门槛，新媒体为大众建构了言论的平台，使言论从权力和专业的专利中解放出来，它并非消极。我举一个例子，电视剧《士兵突击》在网上走红就显示了媒体文化批评的正面力量，网络上有时候会出现原始正义的声音，超过专业批评的声音。在那种虚无的时代之风还没有完全占据新媒体的空间时，民间原生态自身有健康因素在滋长，只有当人的理性丧失了影响力和自由表达的能力，乌合之众的盲目与狂热成为主导的时候，这种虚无的风气一旦形成才会变得不可控。

简单而空洞地指责文化批评不能解决这种现象。这不是文化批评本身的“堕落”，而是整个社会的时代风气堕落的征象，媒体文化集中映射出这种风气，而媒体批评仅仅是这种文化现象的一个方面。要

“拯救”媒体文化批评就不能仅仅依靠媒体批评的能力，它需要协调媒体批评与学院批评，通过外在的理性的批评力量和批评形式来制约媒体的舆论。就目前的批评状况而言，学院批评是发挥自身积极作用的时机。但是，学院批评自身的不足以及它如何在纠正媒体批评过程中不是自己也变得媒体化，这本身将涉及一系列的问题，可以再做进一步的思考和研究。

◆ 要“拯救”媒体文化批评就不能仅仅依靠媒体批评的能力，它需要协调媒体批评与学院批评，通过外在的理性的批评力量和批评形式来制约媒体的舆论。

2011 年 5 月 14 日

初刊《文汇报》2011 年 5 月 20 日

再谈对新世纪十年文学的理解

我在《对新世纪十年文学的一点理解》一文中曾经说过自己的写作计划，要进一步讨论当代文学的“中年危机”现象，但是在开了一个头以后，就迟迟没有写下去。这过程中自己在认识上发生了变化，其原因是在2010年6月复旦大学召开的“新世纪十年文学”国际学术研讨会上，主办者有意邀请了两群不同年龄层的作家：一群是中坚作家，莫言、余华、王安忆、苏童等，另一群是当红的年轻作家，蔡骏、韩松、飞氘、张悦然、郑小琼等。他们的创作触及网络文学、惊悚小说、科幻小说、打工文学等方方面面，也都是拥有大量读者的作家。当我看到这两个不同群体的代表性作家在同一个会场上发表自己文学见解时，原先的期待突然落空了。——记得在20世纪80年代后半期，也是当代文学的审美观发生裂变的时代，当“重放的鲜花”一代作家在抗击政治上极左残余势力，大声疾呼文艺“为人民”的文学主张时，他们与20世纪50年代以来把“人民”概念混同于政治权力集团的主流理念发生了断裂，但同时，在这一代“重放的鲜花”派的作家后面，又发生了新的裂变：从1985年寻根文学开始崛起的新一代作家，以新的美学原则与当时的知识分子的广场意识渐行渐远，出现了走向民间的新趋向。庙堂、广场和民间三种价值取向逐渐形成鼎立势态。我的许多同龄朋友们至今还沉湎于80年代的怀念之中，主要原因是那个时代的多元裂变的文化走向中，我们正作为年轻的、朝气的群体力量迈向充满信心的未来。——我要插入这一段回忆80年代的感触，是因为我原先一直以为，新世纪最初十年的文学状态中似乎也将出现一种文学和美学观念上的断裂：从目前创作力相当旺盛的中坚作家的创作中所获得的批判精神，与当代大众媒体文化孕育出来的文学新人的创作之间，将产生尖锐的对立。

学院派批评一直在提醒我们，20 世纪 80 年代开始形成的、秉承了五四精神的巨大批评能量在文学创作中逐渐减弱，后继乏人的迹象似乎已经显明，而各种被媒体、书商、利益集团所支配的文化现象：媚俗、趋时、自我矮化、庸俗化、娱乐化等等愈演愈烈，借助媒体批评推波助澜，吸引了大量的青年读者。这样的断裂，与以往文学史上的每一次断裂都是由先锋运动来推动社会批判和传统批判，催化主流文化发生新的蜕变的状况不同，仿佛是倒过来了，陷入一种“危机”。这种文化上的危机，我也隐约地意识到，我把它看作是人的生理现象，如同进入中年状态的身体，虽然成熟了，但身体的各种能量也开始逐渐衰退，常态的、稳健的、随波逐流的日常化现象逐渐取代了激进的、蜕变的青年先锋运动。因此，坦白地说，我在 2010 年 6 月的国际研讨会上期待的是年轻作家们新的先锋宣言，期待着他们在孕育他们写作的环境中发出新的反叛主流的声音。我并不在意他们站在什么立场上反对主流，而是希望通过挑战和争论来激活当前文学的超稳定状态，我期待的是我们的时代应该出现新的美学观念上的断裂的跳跃发展。事实上，这种断裂的可能性曾经在 20 世纪 90 年代出现过，如以韩东、朱文为代表的新生代作家们，如以棉棉、卫慧为代表的 70 年代出生的作家群。尽管他们的审美趣味和文学理想都不一样，但是对既成主流文化规范的否定和破坏则是相同的。可惜他们的声音还是太微弱，都被主流文化的声音压了下去。我这里所说的主流文化不仅仅是来自单一的官方声音，而是综合了当前主流社会利益的各种文化力量，也包括学院知识分子中间的某些主流的声音。现在，有大量纳税人的财富做支撑的庙堂文化腰粗气壮，除了审查制度以外，管理方面也推行了金钱拜物教策略。在利益的旗帜下聚集了大批体制化的知识分子和各种媒体力量，在他们面前，任何异端的声音都具有可能引起不安的嫌疑，必须赶尽杀绝之。

◆ 在利益的旗帜下聚集了大批体制化的知识分子和各种媒体力量，在他们面前，任何异端的声音都具有可能引起不安的嫌疑，必须赶尽杀绝之。

但是，新世纪以来的文学毕竟出现了某种不可忽视的迹象：首先是网络、博客、微博等新媒体形式的快速更新与发展，使原先颟顸、僵化的体制捉襟见肘、愈显笨拙；其次是由于庙堂、广场与民间三分天下的界限日愈模糊，相互渗透，很多原则性的大是大非都被混迹于各种民间话语之中，遮蔽在藏污纳垢之内，精英的批判力量是通过民间形式而不是知识分子形式来表达，很难被分辨出来。譬如这十年中最优秀同时也是最具有现实批判力量的文学作品，如贾平凹的《秦腔》和余华的《兄弟》都曾经被一些以精英自居的文学评论家所轻视和否定，他们口口声声高喊当代文学缺乏批评精神，却看不到如此全面深刻的批判现实主义的作品存在于自己的眼前。为什么会产生这样的错位？这就涉及当前学院批评的一种与生俱在的缺陷：观念脱离了实际，成为一种抽象的、僵硬的、教条的精神原则。比如有些批评家批评《兄弟》在叙事上所含有的戏谑、讽刺甚至胡闹的艺术手法，认为这与严肃批判的内涵是不相容的，其实反过来问：戏谑、讽刺甚至闹剧式的艺术手段又有什么不好呢？这不就是来自民间的喜闻乐见的传统手法吗？又有些批评家在批评《秦腔》时见怪于它过于渲染人体的下半身与肮脏的排泄物，但我们如果依据巴赫金的民间理论来看，这根本不算什么，恰恰是表达了底层民间的旺盛生命力的象征。而那种戏谑、闹剧似的手法和对于人体下半身的渲染，本身就是来自民间的文化成分，看不到这一点和不认可这一点，那就看不到或者感受不到这些作品文本所隐藏的深刻的现实批判精神。作为知识分子的学院派评论家们不能只认可知识分子的批判才是批判，而看不到民间传统中的许多尖锐泼辣的生存智慧与严肃批判精神。文学文本自身是一个复杂的、含混的，体现着巨大个性的生命混合体。批评家在解读文学文本时不能一厢情愿地要求文学表达单一的批判精神，退一步说，即使有这样的单纯的批判性文学，难道就是好的文学作品吗？

◆ 文学文本自身是一个复杂的、含混的，体现着巨大个性的生命混合体。批评家在解读文学文本时不能一厢情愿地要求文学表达单一的批判精神，退一步说，即使有这样的单纯的批判性文学，难道就是好的文学作品吗？

正因为如此，新世纪最初十年的文学创作（主要是长篇小说）显示出极为复杂但也更加接近文学本来面目的特点。如果我们把这样的问题换位来看，那么，在我们批评界一贯轻视的更加边缘的小说文类中，或者说在更加年青的一代作家的流行作品里，是否也可以找出与他们作品的外在形式相反的而于现实更有批判意义的因素呢？

正是抱着这样的观点，我期待着在那次国际研讨会上出现奇迹，就如在 1986 年在北京举行的新时期十年的文学研讨会上出现了一匹黑马，创造了批判的奇迹。但是我的失望所在是没有发生奇迹，不知道是新世纪十年的文学真的不足以产生新的自我审视、自我批判的青年先锋因素，还是年青一代的作家在社会环境的熏陶下变得圆滑而温顺。我当然不是说青年作家们的创作没有足够的新因素，而是这些新的因素并没有成就新的理论力量和审美观念，足以冲击当下的文学主流的审美规范。我希望的是龚自珍所说的，“我劝天公重抖擞，不拘一格降人才”。

但我并不以为没有挑战就表明没有新的文学因素在成长，事实上是有的。我要说的是像韩寒博客那样尖锐的具有挑战性的言论，在他的言论里我似乎能看到青年先锋精神的新动向。还有像一批在文学的边缘领域游走的优秀作家们，如刘慈欣、韩松等作家的科幻小说，尤其是韩松的具有中国特色的奇异幻想，充满了对中国现实的了解和嘲讽。也许他们的力量还不足以与现实的文化主流构成对话以至于挑战，但是这些新的文学迹象如果能够受到评论界的重视和支持，他们和他们的奇异的创作，以及他们背后所拥有的庞大的读者群，都可以有更好的开拓与创新。2010 年香港浸会大学第三届红楼梦长篇小说大奖授予台湾先锋小说家骆以军的《西夏旅馆》，应该是一个信号，年青一代的先锋运动有望在新世纪下一个十年中迅速崛起，创造出一派新的文学天地，文学的接力棒将重新回到年青一代手中。

写于 2011 年 3 月 1 日

初刊《杭州师范大学学报》2011 年第 2 期

原题为《期望于下一个十年——再谈对新世纪十年文学的理解》

第四辑　略论批评家

陈骏涛先生和他的文学批评

竟然，精悍生动、充满活力的陈骏涛老师也达到了从心所欲的生命境界。那天从电话里他告诉我，他的学生们要编一本书为他庆生，他嘱咐我为此书作一篇序。[①] 我拿着电话发怔了一会儿，当然是恭敬不如从命，但又总是觉得不妥。骏涛老师是 20 世纪 60 年代复旦大学中文系的毕业生，算起来应是比我长一辈的学长，又是把我推上学术道路的编辑，在我的学术生涯中起过重要的影响，是我的引路人之一。我理当写一篇文章表达这种感激，但是要我写序怎么敢当？不过我知道，让学生为自己的著述写序是骏涛老师的一贯风格，倒也不是对我格外纵容。还是在 20 世纪 90 年代初吧，他就让他的学生陈墨为他的论文集写过序，那时陈墨才三十出头。陈骏涛老师曾乐此不疲地为许多青年评论家、青年作家的作品写序作论，把他们推荐给读者，同时他又主动挑选年轻的朋友为自己的著作写序。我想，这里有着一致的追求，即他是有意地忘记自己的年龄，愿意与比他晚一辈的朋友为伍，从他们身上获得当下生活中最敏感的生命信息和活力。

骏涛老师在许多场合都说过，他是从四十岁以后才真正走上文学批评道路的。以前十年是一片空白。这话强调的次数多了，别人也这么看他。我读过好几篇谈他的文章，都有意无意地说到了这一点。这说明骏涛老师很在乎自己的年龄层，在乎就意味着他心不甘情不愿地面对当时的自己竟过了不惑之年。他觉得自己还年轻，一切可以重新开始，像“文化大革命”后起步的年轻人那样，一往无前地去探索追求，并在探索中重新塑造自己。但是，事实上他毕竟是人到中年。这“中年”不仅仅意味着生理上的年龄界限，同时还包含着极为丰富的内涵：人生阅历、经验、况味、挫折，以及种种现实环境中的限制

① 陈骏涛：《这一片人文风景》，河北教育出版社 2007 年版。这里指的是该书序二。

和尴尬。比他们更年长一代的知识分子，或为“右派”，或为“牛鬼”，受尽风霜，历尽苦难，近于原始的理想主义支撑着，有一种大起大落、风过耳似的自信；比他们更年老一代的知识分子，从五四运动看到“文化大革命”，看来看去看得大智若愚，洞察秋毫，因为受过良好的教育与时代的熏陶，苦尽甘来的阅历把他们练得炉火纯青。这两代人是坚定的、清晰的，纵然再有大风浪也不会有太大的惊恐和失望。而比他们更年轻的一代，也在“文化大革命”的废墟上迅速成长，这代人几乎是本能地怀着对历史的反叛和对未来的憧憬，开始书写自己的历史，他们还没有被后来弥漫成风的市侩气息所侵染，无所顾忌，敢想敢说，敢于在探索中以闯入禁区为快事。而恰恰是居于这几代人当中的一代中年人，当时感到有些惊慌失措了。他们这代人没有来得及获得理想主义的信仰却让意识形态灌输充斥头脑，没有经历太大的苦难却有的是盲目的狂热以及狂热之后的空虚。他们认识到时代在变化并愿意赶上潮流，却在知识结构上时时感到力不从心，更何况他们长期在“左”的路线威胁下难免心有余悸，患得患失。我在成长过程中遇到不少这类诚恳而善良的知识分子，他们总感到自己是被耽误的一代，他们大多是我的师长辈。他们由衷地对我说：“你们是赶上了好时光，我们当初也想这么做，但客观上没有为我们提供这样宽松的环境啊。”陈骏涛老师在 1988 年为我的论文集《批评与想象》写的序里，就这样极为真诚地说：“陈思和所走的路子，正是我先前想要走，却由于种种原因（主要是由于主观方面的原因）没有走成的路子，我在他身上看到了我想达到却没有达到的东西。当一个年轻的后来者从我身上跨越过去的时候，我不讳言我的心情很复杂、很不平静，是欣喜？是惶愧？是妒忌？……可以说都有，但我绝没有阻拦他们前行的念头。”其实我在 20 世纪 80 年代末才刚刚起步，实际上并没有达到骏涛老师所感受的那种状况，但是他预感到像我这一代人可能会达到的状态，而这个状态正是他自己也曾经预期的追求目标。但我那时对骏涛老师这种发自内心的感叹并不十分理解，青年人感觉不到年龄所带来的生理上和心理上的致命威胁，只有当我自己也过了五十岁，所谓知天命了，才能细细咀嚼老师的话，才感受到一种遗憾和辛酸。但是我还是要说，这一代人中最卓越者，在意识到自己可能遭遇的局限的同时，一种知识分子高贵的品行也油然而生。这就是他们毅然放弃了与年青一代比长短的念头，转而甘为人梯，以极大的热情扶植和提携正需要前辈指导的年青一代，用他们这一代人曾经拥有的经验教训和工作条件，来为年轻人摇旗呐喊，创造条件。在我个人的人生道路上，就遇到这样的好老师。周介人和陈骏涛，都是我终生感激的指导者、兄长和老师。骏涛老师说他在我身上看到了自己想达到却没有达到的东西，其实，正是因为他和我所走的路是一致的，而我正是在他的帮助和扶植下一步步走向目标的。换句话说，是他搀着我一起走向这一目标，我们是以共同的努力去追求共同的东西。在学术事业的追求上，撇开个人的得失，我们所追求的，是一个共同的目标，即知识分子的人文理想在今天社会可能达到的影响力。在这个意义上，陈骏涛老师做到了他们这一代知识分子所能够做得最好的一面和最好的境界。

◆ 在学术事业的追求上，撇开个人的得失，我们所追求的，是一个共同的目标，即知识分子的人文理想在今天社会可能达到的影响力。在这个意义上，陈骏涛老师做到了他们这一代知识分子所能够做得最好的一面和最好的境界。

想一想我们当初接受陈骏涛老师帮助时都是什么年龄？我和李辉在大三的时候在《文学评论》上发表了第一篇论文，我们是针对一位巴金研究者讨论巴金早期世界观的论文而写的。那篇论文的观点是认为巴金早期世界观不是无政府主义，而是革命民主主义；而我们当时的体会是，巴金早期的世界观主要是无政府主义，但他所接受的无政府主义的反对强权和专制主义的思想，在五四时期当然是进步的，与五四新文化运动是同步的。那时我们还是大学生，人微言轻，由贾植芳先生介绍给《文学评论》的王信先生。不久，我们收到了署名编辑部的来信，热情地指导我们如何修改这篇论文，要求提得很具体，于是我们把它改作一封读者来信的形式讨论问题，但仍然有八千字。我现在还保留着陈骏涛老师的这封信，但我们一直不知道这封信的作者是谁，多年以后我才了解到，我们的稿子是由王信老师交给陈骏涛老师处理的。不用解释，即使是现在的大学生也能理解，当时的本科学生能在《文学评论》上发表文章，对其后来的人生道路意味着什么。

20 世纪 80 年代末，我的两部书稿《巴金论稿》和《中国新文学整体观》出版后，浙江文艺出版社要出我的有关当代文学评论的集子，列入“新人文论”丛书，按照丛书要求是需要请一个前辈名人写序，我当时就想到了陈骏涛老师。因为他当时正开一个专栏介绍一系列青年评论家，曾介绍过我，所以我一开口他马上就答应了，不久就寄来了他的长序，里面有我前面引用的一段话，态度极为诚恳，很让我感动。可惜我与浙江文艺出版社无缘，这本书费了很多周折还是没有出版。我后来在台湾出版了第一本论文集《笔走龙蛇》，主要收入了这本论文集的内容。骏涛老师的序也被收在里面。但《批评与想象》这本书则是不存在的。① 骏涛老师写文章喜欢列举对方的年龄，我注意了一下，1986 年他写专栏介绍青年评论家，那些被推荐者的当时年龄是：我和许子东都是 32 岁，王光明 31 岁，陈晋 30 岁，罗强烈才 28 岁，只有黄子平和周政保年龄略大一些。可以想见，当时处于 30 岁左右的年轻人，是多么需要有前辈的帮助和提携。

其实，陈骏涛老师从事编辑工作有它自身的价值所在，提携青年是他顺水推舟的事。而骏涛老师作为文学领域权威刊物的编辑，为学术研究的承前启后发挥过很大的作用。从事现当代文学研究的学者大约都认识王信老师和陈骏涛老师，尽管他俩的个性不同，王信的坚定有识、陈骏涛的热情活跃，都给我们留下了深刻的印象。20 世纪 80 年代是文学观念更新变革的时代，社科院文学所在文学研究领域的解放思想、探索学术方面是一面旗帜，刘再复先生出任所长，继承了当年何其芳的传统，在文学理论领域勇于创新，勇于探索，先后提出一系列的理论命题，引起了很大的争议，但确实有力地推动了全国文学理论的探索热潮，对于中国当代文学理论的发展走出了关键性的一步。20 世纪 80 年代的文学理论探索热潮，是通过一系列论文和一系列会议来推动的，而骏涛老师积极参与其间，组织会议和发表论文，

① 《批评与想象》当时没有出版，直到 2014 年华东师范大学出版社重版“新人文论”丛书时，丛书策划人黄育海、李西庆把这本书列入出版，所以在 2014 年，《批评与想象》还是出版了，仍然用了陈骏涛老师的序。特此说明。——陈思和写于 2021 年元旦。

发挥了推波助澜的作用。现在想起来，厦门会议、十年会议、海南会议等顺利召开，骏涛老师作为一个卓越的会议组织者和刊物编辑者功不可没。再接下来是 20 世纪 90 年代商业大潮呼啸而至和人文精神的大衰退，知识分子的理想激情受到重创，纯文学急剧地边缘化，而许多有理想的知识分子必须寻思如何重新整合自己的方阵和力量。我当时提出过一个理论假设，即知识分子的三种价值取向：庙堂取向、广场取向和民间岗位取向。当时的现实状况是：庙堂、广场都已经走不通了，所以知识分子应该调整自己，在民间确立自己的工作岗位，发挥自己的作用，传播自己的人文理想。我始终认为，知识分子的人文精神是一种实践，而不是高谈阔论，要用实践来证明人文理想在当代社会是有生存下去的可能的。而什么是知识分子的民间岗位？ 20 世纪 90 年代初的教育和出版两大领域还不像现在那样受到体制束缚，应该是比较理想的知识分子传播人文精神的岗位。尤其是出版，当时许多有识之士都纷纷投入出版领域，结合民间书商的二渠道发行和一部分私人企业游资推出了一批有影响力的出版物，挽回了出版界一股向钱看的颓败之势。我当时主持和策划过“火凤凰新批评文丛”系列图书，骏涛老师策划过“跨世纪文丛”，都是有影响的品牌读物。当时“火凤凰新批评文丛”系列偏重文学评论和纪实文学，“跨世纪文丛”偏重文学创作。我毫不夸张地说，“跨世纪文丛”的出版，挽回了纯文学当时遭遇的颓势。第一辑十二本作品集中有王蒙的争议作品，有贾平凹的乡土文学，有陈染的女性主义文学，有余华、格非的先锋文学，有方方、池莉的新写实，也有苏童、叶兆言的从先锋转写实，还有刘震云、刘恒的当时最有实力的书写民间。可以说，都是一时之选，囊括了当代最有影响力的文学创作，使 20 世纪 90 年代的文学创作获得了一次整体性的社会确认。这是编辑工作介入创作和出版的一次成功实践。以后媒体策划出版的机会越来越多，反倒失去了当年的知识分子理想和实践的生气，只是制造出虚假的繁荣。而骏涛老师当年的实践，我认为是不可被遗忘的。

◆ 我当时提出过一个理论假设，即知识分子的三种价值取向：庙堂取向、广场取向和民间岗位取向。当时的现实状况是：庙堂、广场都已经走不通了，所以知识分子应该调整自己，在民间确立自己的工作岗位，发挥自己的作用，传播自己的人文理想。

我还想谈一下骏涛老师的理论写作。为了写这篇文章，我翻箱倒柜地寻找骏涛老师的著作，被我找到两本：1985 年版的《文学观念与艺术魅力》和 1996 年版的《文坛感应录》。以后大约我与骏涛老师疏于联系，没有获得他的赠书。我翻阅了这两种书，其实是重温了当年的文坛盛况。骏涛老师首先是一位当代文学板块的编辑，他的理论文章是编辑工作的副产品，其特点非常鲜明：敏感、及时、反应迅速、态度宽容。在第一本论文集里，他的一系列论文都是抓住了“多元”这个关键词，意在强调文学创作、文学观念、文学功能可能达到的多元性。这个概念在今天已经被人用得俗滥，但是在当时，整个国家主流意识形态还僵硬地控制着一切的时候，提出多元化本身就是具有革命性的探索。骏涛老师明确解释了多元化与多样化是不一样的概念，多样是指只有一个中心，而表达方式可以多种多样；而多元，就是意味着由多种中心构成了多种表达形式。这是切合当时文学发展的实际状况的，从传统的多样性转向真正的多元性，是 20 世纪 80 年代文学发生实质性转化的一环，由此保证了 20 世纪 90 年代的无名状态的出现和真正个性化的繁荣。正因为他始终坚持、鼓吹多元的原则，他对文学创作中出现的各种探索、创新、实验都采取了理解和支持的态度，如对于现代主义思潮的兴盛、对于文艺方法论的讨论等等，他的态度是温和的，但始终坚定地站在支持者的前列。在后一本书里，骏涛老师像是站在社会大潮里，以一个敏感而忠实的观察员的姿态，记录着时代大变迁之际文学领域出现的各种现象，他不仅亲自参与策划丛书，推动严肃文学走向市场，还不断关注各种各样的文化现象，提出自己的见解。读这本书让我仿佛又回到了那个年代：阳雨关于“文学失去轰动效应”的争论、王朔现象、人文精神寻思，以及什么梁凤仪、雪米莉等等，很多事情都被一一保留在他的文字里，也许，以后人们要研究 20 世纪 90 年代的文学变迁和大众文化的崛起，这是一本很有价值的参考文献。1985 年被人称为文艺理论的方法年，骏涛老师在理论上也曾有所倡导，他与他的学生一起提出的“新美学—历史批评”也是我觉得比较可行的批评方法，即使在今天仍然有深入探讨的必要。骏涛老师的批评文字，文笔轻松耐读，举重若轻，表达清晰，都是值得我们学习的。可是，这些文字都没有收入这本纪念集，以致骏涛老师作为文学批评家的风姿面貌，展示得并不清楚，所以，我要特别地在这里强调一下。

2006年10月29日写于台湾政治大学
初刊上海《文汇读书周报》2007年5月25日
原题为《〈这一片人文风景〉——自己的书架之二十九》

略谈吴亮的《文学的选择》

也许，今天的文学批评不应该再处于文学之舟中三四等舱的位置，不应该再依附于文学创作而显示其存在价值——无论是作为创作的指导还是作为创作的附庸，实际上都使批评处于这样一种尴尬境地——批评应该是一种独立的审美意识的展开，是一种艺术感觉转化为理论形态的表述方式。它将以平等对应的姿态出现在文学创作的对面，成为一个时代文学的两种并存互补的形态，共同繁荣着文学的世界。吴亮的第一本批评集子《文学的选择》，正表现出这样一种鲜明的批评个性。

我们在这本批评集子里，看不到那种冬烘先生的唠叨，也看不到那种教师爷般的狂妄自大。吴亮的批评个性首先是通过对自己才能的限制来体现的。他的批评对象很有限，有蒋子龙、张弦、高晓声、谌容、王蒙、张承志、邓刚、李杭育、王安忆，如此寥寥。而且这些屈指可数的批评对象又被再次选择，他对王安忆感兴趣的不是《雨，沙沙沙》，不是《流逝》，却是一部鲜为人知的《命运交响曲》（最近他又评论了《小鲍庄》，但不属于这本集子，又当别论）；他对谌容发表议论的不是《人到中年》（虽然他一再提到这部小说中的一个反面角色），而是她的《杨月月与萨特之研究》以及其他一些讽刺作品。再者，即使在这些有限的批评成果中，也并非篇篇精彩，字字珠玑。只有在他个人的机智能借助批评对象充分表现出来时，文章才显得生龙活虎、昂扬而且充实。

评张承志小说的《自然·历史·人》是这组批评文章中的杰作，也是最能体现吴亮风格的一篇。当我读着作者对太阳的颂扬，对历史与人的沉思的时候，我简直怀疑我读的不是文学批评，而是一篇意境深远、文字激扬的优美散文。作者把强烈的主体意识渗透到张承志的小说中去，经过与小说文本所含有的各种元素的化合和发酵，生成了另一种新的元素。吴亮优秀的批评大多是这样的化合物，既非单纯对批评对象的阐释，也非单纯的批评主体的发挥。它属于一种批评家的创作。作为批评家的吴亮，他首先没有忘记面对生活本身，他与作家是站在同一个立足点上发议论。作家借助于创造艺术形象来抒发对生活的感觉，而他则是借助于既成的艺术形象来抒发对生活的感觉。这种带有创作倾向的主体意识的强烈渗透，构成了吴亮批评风格的独特个性。

当然，真正构成吴亮批评个性的不仅仅是主观渗透，而是在这种渗透中所体现出来的独特的人生观与艺术观，及其独特的表述方式。批评可以是理性的、判断的，也可以是充满感情的、印象的。但不管如何，批评家首先是读者，他阅读作品的过程，也正是作品不断唤醒他那平时沉睡着的生活经验与艺术感觉的过程，他只有从文学作品中读出了自己，才会与文学作品产生精神上的共鸣。因此，阅读作品不过是一种认识自我的手段，对作品进行批评，也不过是批评者把阅读过程中被唤醒的个人激情转化为理性形态表达出来。很难设想，当一个人成为某种理念的人格化时，他怎么可能对作品做出强烈的精神感应；也很难设想，一个对他所阅读的作品引不起丝毫激情的人怎能写出好的批评文章。吴亮的文学批评活动不是从学习文学原理开始起步的，他一开始就带着生活的沉思走入文坛。在他第一篇论文《变革者面临的新任务》中，他透过乔光朴的变革活动滔滔不绝地对生活发议论，当时人们还陶醉在蒋子龙所描绘的浪漫式的改革热潮中，或者以现实主义的态度争论着乔光朴改革的可能性，而吴亮却从一个新的角度指出了：乔光朴“变革的结果只能是下一步改革的开端。因为他致力于变革的目标，是一种权力指挥系统，还不是经济责任制”。这完全是出于对生活的评价，但他从现实生活中“人们的全部活动不是建立在他们对自身利益的追求的基点上，而是出于对某些在他们之外、之上的支配力量的服从”的传统意识中，看到了乔光朴式英雄诞生的社会原因及其历史局限。作者不无忧虑地指出：“如果不改变这

◆ 吴亮的文学批评活动不是从学习文学原理开始起步的，他一开始就带着生活的沉思走入文坛。

种状况，那么，人民仍将是一个被动的历史因素。”吴亮的批评个性正体现在这里，尽管他对乔光朴的英雄气魄毫不掩饰自己的赞赏，但他更关心的是对普通人的意识的尊重。从这个起点出发，他为傅连山的遭遇大声疾呼，也为高晓声笔下的大好人江坤大痛心疾首。当张弦的《回黄转绿》和《银杏村》同时并陈于他的面前时，他对前者的评论显得心不在焉、敷敷衍衍，而对后者描写县委书记带有“包办”性质的主持公道，以及传统文化压在孟莉莉精神上的沉重负担等情节表示出浓厚的兴趣，机智的锋芒也随之脱颖而出。同样，他能够在张承志、邓刚笔下所描绘的大自然中看到了品格的力量、精神的物化，并为之激动不已。但对于当代文学作品中另一种“天地大美而不言”，于无我中观照自然的特色却沉默不语。事实上，批评家面对文艺作品时，只能对他感兴趣的部分发议论。这就形成了批评家的局限，同时也形成了批评家的个性。所谓个性，是指构成一个批评家与其他批评家之间相区别的界限，它对这个批评家本身未尝不是一种模式，或如吴亮所称的，是一种圈子。批评家的批评个性形成于他对批评圈子的选择。

◆ 文学批评是借助于文学作品说话的，它当然要受到批评对象的制约。从表面上看，这种制约力量同时又是一种引导的力量，把批评家的认识引向作品本体的思想艺术特征。

文学批评是借助于文学作品说话的，它当然要受到批评对象的制约。从表面上看，这种制约力量同时又是一种引导的力量，把批评家的认识引向作品本体的思想艺术特征。但实际起作用的，不过是一种既制约着作家，又同时制约着批评家的共同经验。这种经验把创作丰富的内涵抽象化、复杂的形式规范化、混沌的意象条理化，然后使人相信，这就是作品的客观本体。一旦作家或批评家摆脱这种经验，换取另一种经验（或选择另一个角度）去写、去评这些文艺作品时，他们可能会获得完全不同的感受，原先的本体就显得不那么重要了。过去我们长期被某种单一的原则支配着思维的时候，总是对作品的所谓“客观本质”穷追不舍。吴亮的批评自然也有自己所依据的经验，也受到批评对象的制约。但他并不着意去寻求作品的客观“终极”，他常常根据自己的经验，在作品所提供的画面中涂上自己的墨彩。这在《李杭育给我们带来了什么》一文中体现得很充分。他洋洋洒洒地论述了历史对今天的意义，但这些论述未必是李杭育作品本身蕴含所在，只是传达着吴亮自己的历史文化观点。他在评论张承志、邓刚的文章中，也多少存在着这种情况。这些文章，正是这本集子中最富有吴亮的批评个性的部分。我不怎么喜欢他把作家的作品拿来逐个评点的那几篇，虽然也不乏精彩之处，但从总体上说，有些大而无当。当他失去了自己所特有的理论气势时，他的文章就显得沉闷。只有在那些充满着主观色彩的批评里，他的批评能力才发挥到了最高，也是最自由的境界。他没有履行批评匠人的义务，却成为一个出色的批评家。

◆ 吴亮的批评个性的另一方面，在于他独特的表述方式。

吴亮的批评个性的另一方面，在于他独特的表述方式。他才华横溢，从理论气势到遣词造句，都透出一股雄风。他的语言有时近乎华丽，但不浮；有哲学味，却不涩。仿佛是哲学家做了一个梦，他想圆梦，逻辑和概念隐在奇幻的想象力的背后，使幻想带上理性色彩，理性又被披上五彩的外衣。他接触到所喜欢的文学作品时，情绪立刻就活跃起来，诗情如潮，汩汩而至。这种情绪常常使他的理论生辉。那篇一度很引人注目的《“典型”的历史变迁》，我原以为是一篇枯燥的概念旅行，可是一读上就不忍释手，他完全摒弃那些抽象的概念，从具体作品入手，从古希腊悲剧一直谈到尤奈斯库和卡夫卡，那么自信、那么生动，从作品的实际成果来修正理论的既成定义，说得有情有理，令人佩服。当然，我这么说并非对抽象理论表示蔑视。事实上，吴亮还写过绝顶漂亮的《对话》，是纯理论的，也同样具有激情与文采。

◆ 吴亮的批评个性在表述方面的第二个特征，则表现出他对文学批评中二律背反现象的尊重，以及对各种文学现象的客观存在的尊重。

吴亮的批评个性在表述方面的第二个特征，则表现出他对文学批评中二律背反现象的尊重，以及对各种文学现象的客观存在的尊重。他的理论世界不是在躲开了对立面的前提下一厢情愿地完成的，也不是在对立面的不断诘驳与责难下逐步趋向完善的，它一开始就包容了对立面，在两种针锋相对的矛盾的充分展开过程中形成自身。这种尊重的背后是理性的极致，吴亮对欧洲古典哲学下过功夫，理性主义制约了他的整个思维方式。所以他即使对一些非理性的命题认可时，基础仍然是理性的。在一篇写得很精彩的论文《对文学确定性的寻求》中，他将批评的主观倾向与客观倾向、批评尺度的变易性与稳定性，都做了辩证的论述。由此得出结论：要摆脱这种种复杂矛盾，途径只有一条，“那就是承认任何文学批评倾向和批评尺度的运用，都可能导致错误”。这种理性的态度未能影响他本人对批评倾向与尺度的选择，却使他没有重蹈西方批评史上长期存在的各种理论体系和批评体系互为排斥、互为取代的“之”字形发展的老路。他以理性的力量观照万象纷呈的文学世界，也依据理性的力量确立了个人的自信。他一方面承认任何文学批评倾向的局限性与可错性，另一方面又坚定不移地肯定文学批评的至高操守与至高目的是对真理的追求；一方面论断批评尺度的变易性，另一方面又明确宣称批评家应该选择自己的批评圈子；一方面他看到了批评家在万象纷呈的文学世界面前，智慧之光很难洞悉它的全部奥秘，另一方面他又执着地坚持批评是对文学确定性的寻求。他总是在整体上把理性推向极致，对文学批评的一般原理做出怀疑的与相对的理解，但同时又在个人批评意识中有着明确的追求。吴亮的批评个性的外在形式就是在这样一种矛盾中形成：在整体的不确定中寻求着局部的确定性；在选择自己批评圈子的同时又承认这种圈子的局限性。他甚至这样勉励自己：“如果你坚信自己，那就应充满勇气，直抒己见。但不要忘记，你也可能有错。”这对吴亮来说，也许是一种难以摆脱的矛盾。矛盾，也包含了深刻。

这种理论上的宽容大度，也来自他对历史的尊重。他非常强调人类历史及其精神文化的延续性。在他看来，人类的历史文化不是一潭死水，而是绵延不绝，至今仍然汹涌澎湃着的长河，研究历史和研究以往的全部文化史，除了使人们认识过去以外，更重要的是使人们深刻地理解现在。历史意识是当代意识的一个重要组成部分，正像我们今天的生活于明天有重大的意义一样，历史也参与了我们今天的生活再造的运动。吴亮完全没有年轻人通常犯有的傲慢幼稚病，他不藐视历史和传统，相反，认为人们并不能总是傲慢自恃地对行将消逝的往事投以轻蔑而骄矜的一瞥，以为唯有现在才把握有打开通向未来之门真正的钥匙。对人类的生存、繁衍和发展来说，任何时代都是有意义的，这种意义不单是阶段性的，也是整体的。换句话说，昨天不仅对昨天有意义，而且对今天以至明天仍有意义。不管吴亮对历史文化本身理解到什么程度，他这种态度是很值得注意的。历史文化观念决定了他的批评的表述方式是理性的、宽和的，理论的尖锐与语态的谦和形成一种独特的文风，使他的文章富有魅力。

过分的理性有时也会带来某种限制。吴亮在批评实践中充分展示了自我的个性，展示了一种创造者的恢宏气度。但在批评观上，他的态度仍然是十分谨慎的。他曾这样描绘他心目中的批评模式："确定而明晰的表达，自信的解释，把内向的化为外向的，把秘隐的昭示给读者；把个性、偶然性和痴情纳入共同经验，拂去神秘的、不可理喻的纱幛，拆除作品与读者之间可能存在的隔膜和藩篱，分析层次丰繁的叙述结构和意蕴并将它们简化，把它们重新编制成逻辑程序，使读者从认识的角度把握它们；暂时打破保留文学的浑然一体，把多义的内容做一番梳理，然后再回到统一状态给予他们总体的评价。"在这段描绘中吴亮避而不谈批评对作家创作的指导和影响，体现了作为一个批评家的自信：批评不需要在作家旁边确立自己的位置。但他又力图确立批评在读者面前的位置，他把批评的任务看作是作品与读者之间的桥梁。这在一般意义上讲也是不错的，因为任何文学总是存在一个面对读者的问题。但是批评任务是否仅限于向读者传达作品的信息？是否批评家要充当读者的教师，为他们的阅读水平和审美水平负责？我认为也是不必的。既然批评家也是读者，就像他没有理由一定要比作家站得高一样，他也没有任何理由一定要比其他读者站得高。他只能从一个角度，即自我的角度来认识作品、把握作品。他做出的评价，也只能是对作品的无数解中的一个解。当他把他的结论陈列在读者面前的时候，他只能对自己负责。他应向读者说："这是我的。"而不能，也没有资格说："这就是他（它）。"而且，吴亮对批评特征的描述也过于理性化了，正如他自己所说，批评家所面对的是一个由作家的复杂经验感知化了的世界摹本，当作家面对世界觉得难以用清

◆ 批评不需要在作家旁边确立自己的位置。

晰的语言陈述出他的复杂的个人经验时，他只能借助于形象。既然如此，那么批评家面对这样的创作时，他又怎么可能用“确定而明晰”的语言对作品做出准确的表述，并向读者保证这种表述的真实性，使读者“从认识的角度把握它们”呢？我很怀疑。这里还姑且不谈使读者“从认识的角度”把握作品是否明智的问题。作品于读者，常常是因千人而具千形，因万人而呈万态，每个读者都能从中读出自己，每个批评家也都能从中描绘出自己。我们批评界的繁荣，也只能期待着每个批评家都能从文学作品中描绘自己，用自己的歌喉，唱出自己的声音。

◆ 我们批评界的繁荣，也只能期待着每个批评家都能从文学作品中描绘自己，用自己的歌喉，唱出自己的声音。

吴亮最好的批评文章都具备这种特点，他的强烈的个性意识与气势非凡的批评才华实际上把他推得更远，甚至超越了他自己理性所及的限度。作为他的朋友，我满怀喜悦地注视着他的努力和探索，我希望他能不断扩大自己的知识面和不断积累自己的知识量，使他的理论更扎实、气势更雄浑、批评更敏锐，在这块贫瘠的土地上得到更大的收获。

初刊《青年评论家》1986年1月1日
原题为《略谈吴亮的批评个性》

略谈蔡翔的《一个理想主义者的精神漫游》

批评是一种议论，优秀的批评家总是与作家站在同一地平线上，首先是对生活，其次才是对艺术诉说自己的理想、愤怒和梦。这种议论如同创作，在精神上应是绝对自由的，它也许是深入研究生活现象及其背后更为深层的规律以后所得的真知灼见，也许是个人在生活环境的限制中无法实现欲望的一种宣泄，也可能是批评家的“白日梦”。文学对人就是会发生这样奇妙的魅力：山川、大漠、森林，异国情调，现世百态，男女恋情，生死离别……

◆ 批评是一种议论，优秀的批评家总是与作家站在同一地平线上，首先是对生活，其次才是对艺术诉说自己的理想、愤怒和梦。

各种文字所构成的没有色彩、没有音响也没有生命的意象一旦在你的心灵感到枯竭，渴望获得这方面滋补的时候，一旦你的好奇心被煽动起来迫切想探究在现实行为中无法探究的种种奥秘的时候，或者在你的某一部分经验突然被唤醒，顿时给你带来无穷无尽的情感浪潮的时候，它们——这些文字构成的意象群——立刻就活泼起来，光泽耀眼，余音绕梁，为你展示出一个又一个异常丰富的黄金世界，引导着你去精神漫游。对于批评家来说这样的精神漫游是完全自觉的，他的精神本身可以是一支军旅、一支冒险队，他的漫游历程还带有严肃的科学使命，需要搜集标本，需要考察与沉思。或者有人认为，批评永远是第二手的，它取决于创作的成就。然而就批评家在生活与文学的浑成世界中漫游的实质性意义上说，它与创作完全是同步的。

蔡翔的批评，文字背后总是奔流着他的热血，跳跃着他的心。焦灼与不安，追寻与反思，年轻人的渴望，成年人的理智，都交织在一起，仿佛是强劲的风，鼓得风帆突突地起落不定。他把自己的批评集取名为《一个理想主义者的精神漫游》，并不是随意的。正因为批评的自由性情不能不受它的对象的限制，批评家唯有靠自己的选择，作为摆脱这种批评自身所带来的不可克服的内在矛盾的方法。他选择了张承志、梁晓声、贾平凹、郑义、孔捷生……的作品，作为他的精神漫游历程中一个个点；他从这些作品中汲取了诗情与力量，同时又轻而易举地克服了它们，超越了它们。在短短几年的批评活动中，他为自己提出了一个接一个颇有趣味的探求目标，以期从中感受到思索的苦恼以及领悟的愉悦。

蔡翔从事批评的时间不长，他最早一篇论文《高加林和刘巧珍》发表的时候，新时期文学从《伤痕》起已经进入第五个年头。如果后人对这一段文学史作整体观照的话，一定会发现，1983 年是新时期文学发展初期的一个“坎”。它继承了新时期文学头五年（我这里是把 1978 年的“伤痕文学”看作是新时期文学的开始）所恢复与发扬的现实主义创作的辉煌成果，而且对这一成果的实际意义做出理性思考的时机也已经成熟了；同时在前一年，以介绍、模仿西方现代派艺术为主要特征的文学新潮也已汇成江河，新艺术、新方法、新理论纷沓而至，扰乱了刚刚坐稳屁股、得到了一点儿自信心的传统现实主义的审美意识。这新的因素当然也需要有一个清理、筛取以及融合的过程。这一切，都必须在 1983 年开始起步。事实证明，这些工作在这一年中做得颇有成效，其证明之一，即紧接着在下一个年头里，文坛上出现了《北方的河》《棋王》和《商州初录》。——这几部作品都成功地将现代审美观念与中国文化传统做了初步的融会，从各个侧面开启了 1985 年文化寻根文学的先河。

在这个背景上读蔡翔的最初几篇批评文章，就不难理解为什么蔡翔的批评起点一开始就那么高：文学史在他面前已经展示了承上启下的趋向。1982 年发表了好几部相当成熟的现实主义作品——《人生》正是其中的一部，作品所包容的思想深度与表现形式的结合上达到了较为和谐的程度。然而，成熟必然给作品带来两种结果：程式化与新的突破。在高加林身上，正强烈地体现出农村传统的生产方式解体前夕产生的社会的、心理的、道德观念的新变化，这种性格内涵已经超越了单纯的社会意义——他不仅是社会变革愿望的体现者，同时还表现了传统文化观念向新的文化观念转化的历史趋向，他在恋爱选择上的冷酷与功利，正被当代某些青年人看作是与传统观念告别的痛苦象征，蔡翔通过对这个人物的社会分析，实现了这样的超越。他指出："倘若在我们古老而又有待开发的土地上，始终循环着'日出而作，日落而息'的生活方式，而不能生产更多的精神文明，倘若刘巧珍诚挚而又深沉的爱情始终不能满足高加林个人愿望中的合理的部分。那么传统的生活哲学又怎么能说服他、束缚住他呢？"似乎，在蔡翔的第一篇文章中，已经隐隐约约地决定了他以后的批评趋势：社会—文化的批评轨迹。这是1983年作为新时期文学史上转折性的一年的全部意义，给蔡翔的批评留下了深刻烙印。

蔡翔的批评，可以说是社会的批评，从高加林与刘巧珍的恋爱到韩玄子与王才的较量，他的注意力总是被文学创作中包含的重大社会内容所吸引，他常常被一些浪漫主义、英雄主义的作品煽起了强烈的激情而久久难以平静。梁晓声一部分知青作品中的英雄主义，虽带有不容忽视的矫情与做作，可是蔡翔在明明意识到这一点以后仍然为他的激情辩护，以为它反映了人们对确定性的追求。蒋子龙笔下"刘思佳救火"情节，无论是从结构形式还是人物性格刻画来说，都因为缺乏真实性而成为蛇足。然而，蔡翔在批评中则认为这是人物内在的理性世界的必然表现，是刘思佳性格的闪光点。也许在蔡翔的心灵深处，也同样深深地潜藏着一种对英雄主义的渴望。文化传统在中国知识分子心理上造成种种积淀——诸如社会责任感、建立功名成就、重义轻生等因素，都构成了"英雄主义"这一文学幻象，作为人们无法抹去的内心光荣。蔡翔的批评中明显地流露出这种倾心，即使对《大林莽》里谢胜小分队的狂热与毁灭，他也能感受到一种人类最珍贵的品质——英雄主义的精神。社会学的批评，离不开依据某种社会价值标准来为文学形象作判断，对英雄主义的内心渴望，正是这样的批评依据之一。

值得我们探究的是，蔡翔这种英雄主义渴望来自何处，是什么力量使这种看似可笑的英雄主义不但影响了他对社会的价值判断，还影响了他对文学与美学的判断。不错，他从小就喜欢读中国古典小说，那些一星半点东方文化精神的草莽英雄曾是他最倾心的朋友；还有，他在跨入青年门槛之初就独自一人闯荡天下，在传统文化还保存得比较完整的农村接受过“再教育”，这也许培养了那种悲壮的英雄主义精神。这些经历恰好说明了一种有趣的现象，即在蔡翔的心灵深处，接受英雄主义教育与接受中国文化传统的影响几乎是同时的，很难把这两者截然分开。虽然他除了把英雄主义外化为一种社会价值的标准，还把它向内转化为对自我价值的确认，但更多的是，他的英雄主义没有引导他走向个性主义，而是相反，把他引向了传统文化。蔡翔曾深情地描述过我们这一代（30 岁左右的一代）人与传统的关系：“我们在传统的氛围中成长乃至成人。在我们的潜意识中，在我们感情积淀中，蕴含着对确定性的偏好，对理想、友情、爱、信仰的宗教般虔诚，蕴藏着对人的自信，对外有世界的主宰欲望”——也许，蔡翔内心的英雄主义渴望在这儿才能得到最有力的解释。他正是提倡一种在群体意识下的个性的高扬，来寄予对英雄业绩的渴望。这样我们能够理解，为什么他对张承志的作品如此喜欢，为什么他对自然、土地、历史所带来的安全感如此的重视，而且本能地对“无根的到处飘浮”状感到忧虑。

这就使蔡翔的批评超越了社会学的意义，进入文化批评的范畴。与一般急于同文化传统划清界限的青年批评家不同，蔡翔首先认为：人是无法超越传统的控制的，尽管人渴望着超越，进入自由境界，但这不过是一种理想。相反，人只有意识到自身在现实传统中的不可超越性，才能从虚浮的无根状态中挣脱出来；人只有真正了解了自己的过去和所处的文化环境，才有可能对自身有一个比较实际的认识，从而找到自己赖以继续行进的坚实的精神土壤。这种对传统文化在现实生活的合理性的认可，使他的批评眼光越过了社会的范畴，看到了支配着人物活动的文化背景。从这个角度出发，他从文学艺术中的返城知青形象，归纳出“边缘人”的概念：他从这一大批内心中充满了“烦躁、苦恼、困惑、孤独以及无休无止的精神的或实践的探求”的当代青年中看出了他们身上正承受着两种文化——农村文化与城市文化的激烈撞击，并且断言：这种撞击必将会产生一种新的文化，兼收并蓄而又面貌迥异，活泼而富有时代气息，又带着传统胎记，以这种文化批评为出发点，他对张承志的许多作品都作出了精彩的解释。

蔡翔对于张承志的偏爱，从他写作的篇目也可以看出，除了在许多综合性的批评文章中他一而再、再而三地论及《黑骏马》《大坂》等作品外，还一连写了三篇文章，讨论张承志的小说。《一个理想主义者的精神漫游》是对《北方的河》的评论，这是一部被评论家说滥了的作品，但蔡翔的解释则带有强烈的个人风格：他紧紧扣住小说中几条河流所具有的人格意义与象征意义，将汹涌澎湃的诗情渗透在对历史与人物的分析之中，强调了文化对精神的制约与精神对文化的超越。《在生活的表象之后》可以说是前一篇文章的扩大，批评的范围放大到张承志的所有前期小说。他通过对张承志笔下的草原、大河、戈壁以及静穆的莽山的分析，揭示出这是一种文化的力量，指出张承志的小说正要完成这样一种任务：使某种现代观念同历史文化接壤。这个结论，在当时的文坛上具有明显的超前性。在两年以后所写的《追寻的痛苦》中，蔡翔不再把传统文化当作一种批评客体，而是作为对象去分析，他把它融入批评主体的思维方式之中，去观照张承志的近期作品。文章里关于“空”与“有”的关系的分析是相当精彩的，它不但标志着作者作为一个批评家的成熟，同时也证明了他在文化研究上的努力：文化批评不是把文化因素当作一种万金油似的随时可以涂抹在作品上的因素，真正的文化批评在于作者自身对中国文化传统的深刻理解，以及具备有关传统文化在知识上、美学上的修养，再把这些因素融入自己的审美眼光之中，成为观照批评对象的力量。

◆ 文化批评不是把文化因素当作一种万金油似的随时可以涂抹在作品上的因素，真正的文化批评在于作者自身对中国文化传统的深刻理解，以及具备有关传统文化在知识上、美学上的修养，再把这些因素融化到自己的审美眼光之中，成为观照批评对象的力量。

蔡翔的批评，具有思辨色彩，文字中含有强烈的抽象性。这种特征一方面可能受制于它的批评对象，近期的一些文学作品——譬如张承志的近期小说，都具有越来越晦涩的抽象意义；另一方面也出于作者对哲学的爱好。他许多综合地论述当代文学理论问题的文章，常常展开着两种观念的对立与冲突，以求它们在统一与互补的关系中获得发展。《文学中的社会意识与美学理想》一文就是这样一篇从新的角度对当代文学创作的某些现象所做的解释。为什么人们既理解高加林的行为，又要对巧珍式的爱情大加赞美？为什么李杭育描写的“渔佬儿”福奎对社会进步采取不合作态度，反而能引起人们的同情？还有，去年以来，文坛上引人注目的“寻根”文学也面临这种尴尬处境。它们对古代哲学与文学的推崇，被人理解为是逆潮流而行的“反动”行为，与现代化的步伐不合拍。这些现象，都应该做怎样的解释呢？蔡翔的文章，正是为解释这一文学现象而做的大胆假设，作为一种理论的尝试，我认为它是十分有意义的。

只要不是故意歪曲，蔡翔关于文学“社会意识”与“美学理想”的划分是符合事实的，扯不上什么黑格尔的思辨哲学。它们之间的不一致性也是存在的，通常是在历史发生急剧变革时期。所谓文学中的“社会意识”，我从文章中的阐述来理解，蔡翔似乎没有把它解释作文学中的所有社会内容，而仅仅局限在人们对历史发展的客观性与严酷性的认可。它强调人在社会环境中是社会的、现有的和受动的，揭示出客观环境对人的制约作用。所谓文学中的“美学理想”是指人对更高意义上的绝对自我的追求，具有净化人的心灵的作用。在文学创作中，一般来说两者是默契配合的，正如蔡翔所说的，社会意识和美学理想构成了文学这个生机勃勃的联合体。它们又确实经常对立，现实主义文学要求作家从历史进步的观点去认识历史，去歌颂历史进步过程中的每一个细节；但在历史发展中并非每一步都是公正的和美的。一个作家有权在这种历史进程的描绘中加入自我的美学感受，以人的心灵的美来弥补历史发展所常有的缺憾。那种认为文学的社会意识与美学理想何时何地都必须一致的观点，恰恰是犯了形而上学的方法论的错误。

蔡翔的文字有时十分晦涩，有时则十分富有诗情；有时他喜欢把具体作品的分析上升到抽象的理论高度，在追求理论的抽象性时，对概念的推理与演绎流露出过度的偏好；有时则在分析中充满着艺术直觉，充满着心灵深处所爆出的美的火花。他也不总是运用思辨的方式搞批评，常常接触到形而上领域的时候，他倒是喜欢运用直观与感悟的方式，来描绘他的感受。在对张承志、郑义的作品评论中，这样的例子俯拾即是。

甚至在批评的形式上，蔡翔也为适应于表达那种直观式的思维形态而探索着。近一段时期，他似乎一直在尝试着用一组长长短短的段落，参差不齐地排列在一起，组成一篇完整的文章。其中每一个段落，都表现了作者的一种思考的视角，或者说，是一种不同角度的对中心思想的阐释。与正规的分章节相比，它活泼、自在，有话则长，无话则短，整篇文章的结构也显得自如。

从内容上说，是社会—文化批评的轨迹；从方式上说，有思辨—直观批评的轨迹；从气质上说，我以为蔡翔的批评具有诗人—学者的批评特点。这就构成了蔡翔的精神漫游的第三个轨迹。他的批评文章，虽然也表现出强烈的主观性，但他从事批评时却常常喜欢变换自己的形体，使带有主观色彩的“我”融入作品所展示的文学世界里去，与作品中的人物共同呼吸、共同感受、共同生活。正因为这样，他评论《远村》《老井》时说：“我也变成了一座山。”在评论《北方的河》时，他又把自己置身于大河的世界之中，仿佛与主人公在一起经受着大河的咆哮与喧嚣。这种气质，带有强烈的体验型的诗人气质。

近来，我读蔡翔的批评文章时却感觉到，他明显地朝着学者型的批评道路在发展。这不仅表现在他的一些理论文章中喜欢引经据典、逻辑严密，更重要的是他在这些文章里提出了一系列具有学术价值的观点，如“边缘人”“社会意识与美学理想”“经验”与“形而上学”等等，有的是新概念的创造，也有的是对一些研究领域提出了自己的研究成果。我最喜欢也最佩服的是《文学、经验和形而上学》一文，他把文学分成经验的部分与形而上的部分，认为经验是有限的，它可以给作品一种确定性的解释，形而上部分则是不确定的，它无法用经验来验证，从而构成了文学的永恒之谜。在文中，他以中西文化的不同特点，对东西方文学创作中的形而上学问题做了相当精辟的分析。这种对文学作品的有限性与无限性的解释，我认为是对中国传统小说理论的一个突破，有着极为重要的学术价值。

蔡翔最近又提出了知识分子研究的问题。从《文学评论》上所发表的《知识分子与文学》一文看，作者的许多尚未展开的构思都包含了相当有趣的命题。那篇论文只能是一部大书的绪论，对当代知识分子做历史的、比较的考察与研究，还有待作者锲而不舍地钻研。我想，蔡翔的学术成果一定会更加辉煌的。

初刊兰州《当代文艺思潮》1987 年第 2 期
原题为《精神漫游的历程——略谈蔡翔的批评个性》

关于杨扬的文学批评

第一次见到杨扬还是好多年前，他刚刚写完博士学位论文的时候。记得是他与他的同门师弟袁庆丰一起光临黑水斋，送论文来请我审阅。那天留给我的印象是袁庆丰活跃好辩，说得也多，杨扬则沉静地坐在一边。他们俩的博士论文分别是研究茅盾和郁达夫。我对郁的兴趣大一些，而且袁庆丰也是性情中人，对郁的热爱近于偏执，以至于迁怒于一切对郁有妨碍的人。我不大赞成这种不分青红皂白的态度，所以与袁庆丰讨论得比较多，后来在论文答辩会上也有过认真的“一辩”，好像庆丰在他的一本学术专著的后记里写过这个场面。而对杨扬的《茅盾早期文学思想研究》则没有大的疑义，读后印象是持论平和、材料充分，无惊人之论，按一般的博士论文要求，也就是这样了。后来杨扬的博士论文很快出版了，而袁庆丰则连续出版了他的两部关于郁达夫的专著，都是以他的博士论文为基础改作的。

后来我与这两位钱门弟子都保持了长期的友谊，尤其是杨扬，因为同在上海住着，经常一起参加各种学术活动，了解得也更多一些。他给我的印象第一是书读得多，而且读得比较杂。他有时托我代购的图书和有时替我买的图书，都有一些比较冷门的文史类图书。这种读书法我很喜欢，我自己的读书习惯是尽量不读读书界一时流行的书，不管是中国的还是外国的，所以对有些权威读书杂志或者传媒书商推荐的好书，通常是不读或少读。当然不是说这些书不好，只是持了一种偏见，凡流行一本书，读书界很快就会制造出有关这本书的许多话题，形成一时的风气，中国的中国人也谈，外国的中国人也谈，谈得很热闹、很投机，仿佛这就是学问似的，却妨碍了学者正常的专业思考和关注。为了对话而放弃自己本来应该做的事情，我觉得是时下学界读书的一大风气，有了网络以后尤其盛行，在我看来几乎与当年强迫知识分子用政治学习来替代专业研究同样严重。所以我尽量不读流行书，也就少了对话的可能性，可以使自己保持纯净的心境来面对书本，增进知识。从这一点上说，我赞成杨扬的博览群书，虽然我不知道他买了这些有趣的书是否都读过了。杨扬给我的第二印象是工作很有热情，精力充沛。我与他一起策划过一些图书，具体工作都是他做的，而且相当干脆利索，凡交代他做的事情不出两三天就有回音。我本来是个慢性子的人，做事情总是反反复复拿不出结果，又总是过高估计自己的工作能力，不知怎样去拒绝别人的请求，结果是把自己弄得焦头烂额。所以平时最怕合作者与自己一样拖拉成习惯，这样就永无出头之日。反过来对有能力及时处理各种事务的人就心怀好感。杨扬其实也是个承诺很多、手头事情做不完的人，但凡有所托，他总能及时完成。有一段时期他母亲病危于医院，他在日夜陪伴照顾病人之余，居然在短短时间里协助我完成了《世纪回响》第三辑书稿的编辑工作。虽然有时在迅速与热情的催促下他难免也有粗疏之处，但难得的是这种朝气蓬勃的精神。

以读书之博和热情之盛来治学和从事文学批评，杨扬逐渐改变了他做博士论文时期的平和与理智，越来越尖锐与感性。他的第一本批评论文集《月光下的追忆》是由我主编的“逼近世纪末批评文丛”中的一本，这套丛书原先是为“火凤凰新批评文丛”准备的，后来出于某种原因，改在山东友谊出版社出版，依然是一色的上海青年批评家的文学批评集。杨扬原来的研究重点在现代文学和文化史方面，所以我对他在当代文学批评方面的工作情况不太了解，组稿时对是否邀请他加入曾经犹豫过，但在读他的书稿时，有两篇论文激动了我，那就是收在书稿里的《先锋的遁逸》和《商务印书馆与20年代新文学中心的南移》。前一篇讨论的是当代先锋文学、先锋批评与意识形态的关系，我记得最初是发表在香港《二十一世纪》杂志上，这家杂志重思想轻文艺，对中国当代文学的现状相当隔膜，我敢说迄今为止杨扬这篇论文是它们所发表的有关当代文学批评中的最好的一篇。其文风之尖锐泼辣，令人汗颜。他在文章里别出心裁地提出了南方作家和南方批评的概念，并将其与来自北方学院派的先锋批评尖锐对立起来，他详细地分析了诞生在南方地区的作家群如苏童、余华、格非等是如何被那批学院派批评家塑造成先锋作家的，并对比了原先李劼、吴亮等南方批评家与后来的先锋批评家对待这批创作者的不同态度。论述中他非常尖刻地批判了20世纪90年代初甚嚣尘上的所谓后现代批评。他指出："所谓解构，在一般人心目中应是与反思结合在一起的文化批判活动，解构的主要对象是当代意识形态，包括文学中与意识形态关系密切的部分。而鼓吹后现代的先锋批评最初也表现出解构当代意识形态的主观意图，他们强调先锋作家的创作，是对当代意识形态的一种疏离。但这种解构对象渐渐就变得极其模糊，先锋批评认为先锋文学的先锋性之一，就是颠覆文学中的人道主义。先锋批评通过对先锋文学的阐释，割断了先锋作家原先与南方批评的联系，而导向了后现代主义的发展方向。"而"经过后现代批评理论二三年解构之后，新时期文学中所有的人道主义价值关怀受到严重消解，各种调侃人生的文学吸引了一批崇拜者。后现代主义的所谓浅度表现模式，取消了作家、批评家对现实问题的紧张思考，使20世纪90年代中国当代文学、当代批评的质量明显下降，既没有优秀之作，也没有锐进的批评"。在我看来，他的态度多少有些偏激，但确实说出了当时压抑空气下许多沉默中的知识分子的心理感受。他把文学以至文化现象与当代意识形态的关系作为考察前提的思路与方法，并以此来批评先锋文学和先锋批评的解构意义，究其基本立场仍然是20世纪80年代的知识分子人道主义的正统立场，从中可以看到一点知识分子传统精神的体现，这是当时许多青年学者所缺乏和疏忽的。也许，正是因为杨扬是从研究五四运动以来新文学传统起步的缘故吧。

后一篇谈的是商务印书馆与五四新文学传统的关系。杨扬研究商务印书馆花过较大的力气，后来写成了一本学术专著。但与四平八稳的学术论著相比，还是这篇论文更吸引我。这篇论文发表在鼎盛时期的《上海文化》杂志上，早在现在人来疯似的上海怀旧热之前好几年，这家杂志社就有意识地开展了对上海文化的研究，杨扬的文章虽然讲的是出版历史，但着眼的却是文化中心南移，即如何繁荣上海文化事业的原因探讨。这里又似乎涉及南方文化的问题。杨扬生长于南方城市，求学于南方都市，对滋养他成长的生存环境有一份特殊的感情，而总是对传统思维中的政治文化中心一体的文化地域沙文主义不以为然，所以他才会在论文里说出这样的话：“一个区域文化中心的形成，单靠几个人、几个文学社团和几家刊物，是远远不够的，而必须借助于该地区某种具有广泛社会影响和组织力量的文化组织机构的作用，才能确立起该地区文化中心的形象。五四时期北京之所以能成为中国新文学诞生的摇篮，是与蔡元培主持下的文化地位和社会影响分不开的。20 年代，上海之所以能够逐渐取代北京而成为国内新文学中心，同样是与当时上海拥有在经济实力和社会影响上都远甚于北京大学的文化组织机构——商务印书馆分不开的。”其立论的大胆在于将商务印书馆于新文学的作用与北京大学相提并论，这显然有悖于以前的文学史回忆录及史家论断。虽然我对现代出版与现代文学的关系很感兴趣，也力图描述出现代出版对文学的关系，但还不至于对商务印书馆这一个“单位”与新文学的关系做如此重大的肯定。因为我以为，出版社对文学的支持不能完全以经济实力而论，更是要看它是否具有与新文学同担当共命运的事实。以营利为目的的出版商也会在一定程度上利用和支持新文学事业，但一旦新文学与现实的矛盾尖锐时，很难说这些出版商会愿意担当风险。我的这种忧虑也不是仅仅从消极的意义上来说的，从另外一面说，由于经济的力量过于强大，有时候出版社的保守态度也会影响新文学的进展，只要看 1927 年以来，商务印书馆对新文学中所有活跃的力量都缺乏热情，原来文学研究会的重要作家不得不另组开明书店的事实即可说明。与当时活跃在上海的中小书店如开明、北新、现代、光华、生活、文化生活、良友等更加具有民间知识分子特征的书店相比，商务印书馆的亲庙堂态度实在是妨碍了对新文学的支持。杨扬对商务印书馆情有独钟自然不失为一家之言，但过于热情有时也会忽略了资本主义企业与文化关系的复杂性，这也可以看作是杨扬治学的天真的一面。但如果把杨扬对现代大都市经济模式与都市文化建设的关注结合起来看，他的热情与天真也都可说明他后来对20世纪90年代文学的一系列的学术批评。

关于20世纪90年代文学的批评，是杨扬近年来的主要文学批评内容。出于对现代都市经济发展与文化关系的肯定，他很乐观地肯定了90年代的文学特点。在他的新编批评文集里，90年代文学批评占了一半以上的篇幅，既有讨论王安忆、陈村等上海作家创作的批评，也有长篇讨论90年代文学特征的专论。从表面上看，他不再像当年批评先锋文学淡化文学与现实紧张关系那样持80年代知识分子的正统立场，而是以未来文学发展的新势态来肯定文学创作中出现的新的精神现象。在《变化意味着什么》和《蜕变与分化》两篇长文里，他一再强调90年代生活观念与审美风气的变化，导致80年代成名的作家在创作上裹足不前，而他所肯定的王安忆的创作之所以获得成功，正是因为他及时地调整了自己的创作思路，有意开拓出表现现代都市题材的新境界。他一再强调90年代作家们“面对的社会现实生活已经发生了转变，在这种新的现实生活面前，作家批评家应该有一种新的应对办法”。出于同样的理由，他对近年来鼓噪于文坛的所谓“70年代出生”的作家关于现代都市生活的另类描写采取了支持的态度，并对保守的批评意见表示了愤怒的良知。我读到他的这一段话不能不为之动容：“对一个转型时期的文学、对一些正在成长之中的作家作品，以任何道德的名义、大师的名义来苛责与扑杀，都是愚蠢的行为。在新世纪来临之时，动用行政的手段，封杀一些年轻作家作品的举动，假如不引起一些作家、批评家的抗议，或者置这样的文学现实于不顾，而依然以一种高调的批评姿态安然地谈论什么‘重要’的文学问题，我实在不知道还有什么比关注这种严酷的现实更重要的文学问题了。”引用杨扬的愤怒之语实在是不得已，我知道这些话很容易得罪一些人，但不如此很难解释杨扬评论的尖锐性。很多人有这样一种错觉，好像现在经济发展过程中，一切消极现象都来自经济体制本身，似乎长期控制文学的习惯势力已经不复存在了，社会矛盾又回到了当年马克思分析资本主义原始积累时期的贫富之间的简单冲突。

以这样的论点看问题，对随着当代经济发展而出现的都市繁荣能否用以批判的眼光就成了一种思想分界。我不想介入这一类的争论，扯出这个话题仅仅是为了说明杨扬批评的独立性。在杨扬近期所作的论文里，他对现代都市文化的繁荣无疑是持肯定态度的，但这绝不意味着他与现实中妨碍文艺创作自由的消极因素相妥协。当放肆的年轻作家们的文学实践归于失败的时候，文坛上只有杨扬站出来表示了惋惜和愤怒。这也是杨扬的天真与单纯，尽管我以自己的阴暗心理早已经预见了这种昙花一现的结果，也不会过于感到意外和愤怒了。

在关于20世纪90年代文学的总体看法上，我与杨扬有一致的地方。我把90年代的文学归纳为无名状态，即是打破共名对文学的同一性的制约，强调多元的文学精神。90年代文学的最大特征就是作家们从一元的集体立场，转向多元的个人立场，这是90年代文学活跃和繁荣的主要原因。但我不能同意的是杨扬用过于简单的进化观念来划分90年代作家们的创作。我的看法是，90年代是由多种多样的个人立场的创作构成的，就创作风格成熟的程度而言，当然是一批知青出身的作家为先；而“60年代出生”的新生代作家和“70年代出生”的青年作家的创作风格刚刚形成，也将会在以后的进一步创作实践中逐渐成熟起来。但这种分野绝不是意味着一群作家只代表过去，另一群作家可以代表未来。知青一代的代表作家们在90年代的创作中虽然直接描写现代都市生活比较少，但这不是他们的缺点，而恰恰显示了他们的成熟，他们不屑急于把生活中刚刚出现的新信息写进自己的作品，所以我们当然也不能任意向作家规定写哪一类题材已经过时，而写另一类题材又可以延长到新的世纪。我承认90年代文学是有许多值得我们重视的地方，但这是否已经使90年代文学达到了文学史上的新阶段，还需要实践的进一步检验。

杨扬是一位很认真执着的青年学者，记得他在批评文集《月光下的追忆》的封面上写过一段话：“我用黑色的小字纺织一个花篮，以此祭奠死去的十年，告慰我无法平息的青春梦幻。”也可以说是他把自己的生命意识转移到文字里去了。这一晃又有五六年过去了，他依然青春焕发，充满活力。我读他近年的批评文字时，这段话一再出现在我的脑海里。是的，我正感受着一个火辣辣的生命在燃烧，于是写下以上感想式的文字，权当作与杨扬共勉。

2001 年 1 月 22 日于黑水斋

初刊南宁《南方文坛》2001 年第 2 期

王光东的文学批评

认识光东已经有好多年了。那时他在山东编辑《文学世界》杂志，因为约稿的事情就这么认识了。我本来对山东的作家就有好感，张炜、尤凤伟、刘玉堂等人的作品，我都写过评论，其中有的就发表在《文学世界》上。大约是在我发表了《民间的浮沉：从抗战到“文化大革命”文学史的一个解释》等一组讨论“民间”的论文后，光东就表示出对“民间”理论有浓厚兴趣，经常在电话里提些问题，然后一起讨论，渐渐地话题就多了起来。他的兴趣随着时间的推移越来越浓，以至于下了决心，放弃原单位可能晋升的机会，跑到复旦大学来读博士研究生。经过几年的努力终于如愿以偿。那时他已经有了正高职称，缘于一个机会，被引进上海大学中文系执教，上海批评领域又增加了年轻的新生力量。

◆ 王光东的评论文章有鲜明的特点：第一，作品读得多。第二，他的评论有明确的倾向性，能够及时地将个人的爱和厌转化为理论形态表达出来。

光东已经出版了几种著作，给我留下较深印象的是《新时期小说情感类型论》。他的评论文章有鲜明的特点：第一，作品读得多。他作为一名理论刊物的编辑，十多年来一直沉浸在当代文学创作的各种思潮流变之中，出于对文学的执着，他密切注视着文学发展路向，能够及时从文学创作的诸种复杂现象提升出各种典型的情感因素加以分析，也是间接地参与了对当代生活的描绘与批判。第二，他的评论有明确的倾向性，能够及时地将个人的爱和厌转化为理论形态表达出来。我认为这是作为文学评论家最基本也是最重要的素质。文学评论家与作家一样，站在生活的激流中体验生活和感受生活，其审美活动必然带有个人局限。评论家阅读文学作品虽然是一种工作，但同时也必然有个人爱好在起作用，所以审美倾向将决定阅读对象的选择。光东偏爱那些有力度地展示现实生活中矛盾冲突的文学创作，对张炜等具有民间立场的创作情有独钟，反之，他对描述现代都市生活的个人书写则不以为然。我想这是作为一个批评家的可贵的局限，因为我看多了批评家成为一种不负责任的职业性写手，即对作品没有选择，没有原则，不管是怎样一种风格与倾向的创作，都可以拿来乱说一气，视文学批评为掌上玩物。这样的万能批评看似所向披靡，实则空洞虚弱，应为严肃的批评工作者所不取。光东的局限反倒显出了他对批评工作的谨慎与认真。

这本《现代·浪漫·民间》[①]，光东虽然称它为论文集，其实内容相对集中，包含了四个专题：第一、二专题关于现代主义文学和郭沫若的论述，篇什之间的内容联系相当紧密，等于是两本小型的学术专著；第三、四两个专题才是论文汇集，其中第三个专题所讨论的民间问题，是他正在撰写中的博士论文的笔记片段。去年他在《当代作家评论》杂志发表《民间与启蒙》一文，正面阐述了他对民间理论的一些想法。近年来，有关民间的理论问题一直受到文学理论领域的关注，有争论，也有批评，我对此都感到欣慰。因为一种理论的倡导和深入，就是有赖于学者们从不同侧面去议论与证伪，也可以说理论的生命在于争辩。我读过几部以民间理论作为依据或者对象的硕士论文，都写得很有特色，其中有一位香港中文大学的硕士生用民间理论来分析莫言的长篇小说《天堂蒜薹之歌》，把这部小说的叙事形态拆解成官方话语、知识分子话语与民间话语三部分，进行比较和研究，竟写了十来万字，可以说是一部非常成功的民间文本的解读。还有一位山东师范大学的硕士研究生，论文题目就是研究民间理论的几种批评模式，我读后也觉得很有启发。现在光东的博士论文是以 20 世纪中国文学史和知识分子道路为背景，研究和梳理民间理论观念的几种演变轨迹。他把近百年来的民间理论观念分为三条线索：一条是以李大钊、邓中夏等人为代表的民粹思想，后来与革命实践结合，经过瞿秋白、毛泽东的努力使之成为政治符号和国家权力意识形态的符号；一条是以鲁迅、周作人等为代表，对民间持二元态度，既批判民间藏污纳垢的浑浊性以达到启蒙的目的，又在民俗、艺术形式等方面充分

① 王光东：《现代·浪漫·民间》，上海人民出版社 2001 年版。本文为该书序言。

吸取和肯定了民间的积极健康的生命力；还有一条纯粹是从艺术审美角度来肯定民间形式的生命力，如刘半农和胡适的观点。这三条线索在漫长而动荡的中国现代文学史上各有沉浮消长，并对当下学术界关于民间的理论讨论产生影响。我觉得他能从文学史的背景上扎实地下功夫，努力梳理一个理论概念的来龙去脉，以推动当代思维的更新与发展，是一个非常好的开端。现在学界以西方理论为底子作博士论文的俯拾即是，但能从中国自在的民族文学以及生存环境出发，把感性的理论研究上升到理论高度的学术研究真是很少。光东在《民间与启蒙》里批评一种观点，即把民间分为市民民间和乡村民间，认为市民民间与知识分子有深刻的联系，是进步的，而对落后的乡村民间则应该拒绝。我想市民民间当然是与知识分子相联系的，可那是西方的知识分子与西方的市民社会，而具体到中国的生存环境，20 世纪几代知识分子的成长能与中国的乡村民间不发生极为深刻的联系吗？中国知识分子的民间立场只能先从乡村民间开始，否则，凭空去捏造一个西方模式的民间样板让知识分子来认同，怎么看都是虚伪的。我在开始研究民间理论时，也是从读西方的民间社会的理论开始，但是联系到中国社会实际，研究对象规定了理论必须紧紧粘在自己的土地上才能产生真正的生命力。为此，我对光东的博士论文抱了很大的期望。这本论文集中所收录的几篇关于民间理论和民间文本的研究文章，我想多少能透出他的博士论文的部分信息。

光东是山东人，做学问也有着鲁人忠厚的一面。他的硕士论文是研究郭沫若，工作以后写了大量当代文学评论文章，最近几年又转向中西影响比较的研究，涉及的研究领域相当广泛，对现当代文学的方方面面都有自己的见解。但忠厚的人在性格上又往往太拘谨，写文章不怎么放得开，有时缺少锐性，当然我这么说并非希望评论家都去骂人或者吵架，但必要的批评还是需要有胆有识。光东研究“民间”理论的审美性，而“民间”本身就处于另类的文化位置，长期被各种主导性话语所遮蔽，要揭示民间的文化形态及其价值取向，确立文学研究与批评的民间立场，仅仅有中外理论修养与大量文学阅读还是不够的，重要的是作为知识分子的良知与勇气。所以，我希望光东以此为起点，在文学理论与批评领域开拓出新的天地。

2001 年 3 月 3 日改定于黑水斋

初刊南宁《南方文坛》2002 年第 1 期

吴义勤的文学批评

初识吴义勤还是他在扬州师范学院攻读硕士学位的时候，那时他的论文好像是在做关于徐訏小说的研究。徐訏在内地文坛上早已销声匿迹，不闻已久，只有一部20世纪40年代的畅销书《风萧萧》似乎还时而被人当作反面教材提起。当时吴义勤在通读了徐訏海外出版发行的18卷全集的基础上，对这位被遗忘的作家的创作第一次做了全面论述。后来徐訏的小说被改编为电影再度引起国人注意，而吴义勤的硕士论文则成了内地研究徐訏的第一本启蒙书。虽然他后来主攻方向在当代文学批评，但在徐訏研究领域里还保持着权威性。我个人在工作中曾有两次请他帮忙：一次是编《当代文学100篇》时，想选一篇徐訏在香港时的短篇代表作，请教吴义勤，他不仅提供了篇目，也加了自己的分析文字，所选作品的凄美与说明文字的精美堪称两美；还有一次是我与朋友一起策划《无名论坛》的专栏时，吴义勤应约写了徐訏创作论，题目是《通俗的现代派》，我认为这是对徐訏小说风格的最为确切的评价，这篇文章发表后被其他权威刊物转载，曾经产生过不小的影响。

去山东师范大学任教后，吴义勤的主要学术工作是关于当代文学批评。在众声喧哗的20世纪90年代中国文坛上，他的批评眼光投射于先锋文学思潮，尤其在90年代新潮小说叙述语言的更新走向中寓于自己的寄托。除了另有专门著述外，本集[①]中所收的《史诗的尴尬与技术的无奈》等论文，正是阐释这一观点的。他在文章里批评关于长篇小说只要求生活容量而不在于技术的观点，尖锐地指出：中国文学艺术水平低的原因，“一是艺术观念艺术思维的僵化落后，二是技

① 吴义勤：《目击与守望》，山东文艺出版社2001年版。本文为该书代跋。但文中所提到的《史诗的尴尬与技术的无奈》一文，后来没有收入《目击与守望》，特此说明。

术素养的低劣”。他如此尖锐地提出问题，是为了把小说叙述的技术更新问题与新潮小说发展的意义联系起来，给予新潮小说一个重要的文学史定位，期望出现一个小说的“技术主义的时代”。这种尖锐泼辣的学术论断并不是经常出现在吴义勤的文章里，可见他对新潮小说的支持是不遗余力的。

从“通俗的现代派”的研究到对新潮小说的技术更新的全力支持，是吴义勤参与当代文学的基本途径。评论家与作家一样，对文学的参与即是一种选择，以主体的有限投入来丰富文学的世界。吴义勤的批评特长在这种选择中也充分显现出来，推而广之，他在小说叙述技术层面上的敏感形成了自己特有的批评语汇，发掘出常人不易发现的艺术特点。我很佩服他关于尤凤伟的《中国 1957》和张炜的《柏慧》的论述。这两部小说也是我喜欢的作品，虽然当代人的脆弱神经受不了它们猛烈地批判现实，抱怨它们失落了艺术美感。这两部作品（还有张承志的《心灵史》、张炜的《家族》等）在当代文学中是极为孤立的，但它们代表了中国知识分子最有风骨的精神面貌。我认为，这两部小说最有价值的地方在于精神层面，并不在语言艺术方面。张炜在《九月寓言》中以“融入野地”的形态创造了关于大地的美学境界以后，我们有理由期待他以后的小说能使这条美丽的道路变得更加宽广。但是《柏慧》以及史诗式的《家族》并没有沿着这条道路继续走下去，而是返回到现实层面上与邪恶势力进行短兵相接的肉搏战。这是鲁迅式的选择，很难在语言叙述层面上展开张炜的固有优势。尤凤伟的《中国 1957》更是一颗艰涩的苦果，峻峭凌厉的文风与严酷粗粝的主题浑然一体，让人喘不过气来的精神重压，往往使人忽略其文体上的独创。我对《柏慧》的艺术有过若干探索，但远未涉及文体层面，对《中国 1957》则久久无法动笔。为此，我特别高兴读到吴义勤的两篇评论文章。在《拷问灵魂之作》中，他一下子就把张炜的思想探索和精神独白归结到一种语言的创新：“《柏慧》实在是一次真正意义上的语言拯救，是对于我们亲历的那些生存话语的重塑和唤醒，是对于我们生存记忆的一次卓有成效的复苏与激活。”因为当我们面对“土地、母亲、正义、立场、信仰、责任、愤怒、同情、道德、宽容……这些久违了的生存语汇时，不得不经历一场持久的精神羞愧、震颤和感动”。他很自然想起了鲁迅：“鲁迅的杂文和《柏慧》式近乎‘思想随笔’的文字在有人看来并不是文学的声音，但无疑都是正义的声音，是精神的声音……张炜式的话语才是真正关注人类命运的话语，才是真文学的话语，才是真正逼近和拷问作家自我和整个时代知识分子灵魂的话语。”在分析《柏慧》的叙事文体时，吴义勤又紧紧抓住“回忆”和“倾诉”两种形式，认为这是小说的“最基本的推动力量，正是借助于‘回忆’和‘倾诉’，小说才能有效地把历史和现实、精神和存在、人性的审视与精神家园的寻找等等主题话语交织、融会在一起，从而使小说具有逼迫人的灵魂的思想力量”。他在《艺术的反思与反思的艺术》中对尤凤伟的《中国 1957》的评论更加慧眼独到，他称《中国 1957》是他在 2000 年度读到的“最为优秀的小说”，而“说它优秀，不为别的，只为它的艺术，只为它的艺术纯粹性和艺术创造性”。这样的断语不能不使我震惊。吴义勤并非故作惊人之语，他从“‘回忆’的叙述学意义”“无为而为的结构艺术”“虚实相间的文体风格”和“语言的冷与热”等四个方面，令人信服地展开了对小说的艺术分析，很难说他这样分析是否已经对小说做了“盖棺论定”的艺术鉴定，但至少他的艺术分析使读者不再把小说的思想内容与小说的叙事风格看作是两种不相干的东西。吴义勤一向反对割裂内容与形式的关系，支持新潮小说家提倡的“内容形式化和形式本体化”，张炜和尤凤伟不是新潮小说家，但吴义勤在分析和评论他们的作品时，不知不觉地使用了新潮小说家的理论，很贴切地写出了这两部作品的艺术特点。

吴义勤的评论特点不仅仅在于对语言的敏感，如关于解释文学史的关键词“真实性”和“写真实”的文章里，他自如地运用大量文学史资料，梳理出这两个词在文学史上的演变发展，显示他对文学史资料的娴熟。可惜我手头没有更多的吴义勤的文章，否则或许能对他的评论特点说得更加充分些。他的评论集《目击与守望》是作为“文学

◆ 吴义勤的评论特点不仅仅在于对语言的敏感，如关于解释文学史的关键词“真实性”和“写真实”的文章里，他自如地运用大量文学史资料，梳理出这两个词在文学史上的演变发展，显示他对文学史资料的娴熟。

鲁军新锐”文丛中的一种出版的。早几年就听说山东的几位年轻评论家格外出色，后来鲁人王光东归了“新海派”，而南人吴义勤却成为“新鲁军”的一个重要成员。光东的评论有鲁人的忠厚，而义勤的评论离不开南方人的聪慧与秀气，其他几位青年评论家也各具风貌，这样丰富多彩的评论性格使山东的批评领域充满生机勃勃的气象，甚至对当下的文坛有相当的影响力。这正是我所感到欣慰的。

2001 年 10 月 20 日于黑水斋

初刊上海《文学报》2002 年 5 月 9 日

原题为《守望着文体与技术——吴义勤文学批评略谈》

郜元宝的文学批评

十年前，我创办“火凤凰”学术著作出版基金，编辑“火凤凰新批评文丛”的时候，郜元宝就把他的第一本论文集《拯救大地》交我出版。那正是他刚刚获得博士学位，学术上意气风发的时候。我曾希望出版他的博士论文，他却告诉我，他研究的是海德格尔美学思想，这样系统地梳理海氏美学理论，就形式而言并不符合海氏的美学理想，所以，只要能以单篇论文的形式发表几篇就可以了，不必集成专书出版。而他对于自己正在花大气力从事的文学批评却是寄予了期待，希望自己有所开拓、有所发展。《拯救大地》是他的第一部作品集，以后元宝陆续出版了三四种著作，除了一部《鲁迅六讲》是由几篇有连贯性的论文组成外，其他均是以散见于报刊的论文、随笔的结集。

这自然很符合我的性情，文如其人，一种看似慵懒恰见勤奋的文人品貌，表现在文字之间。虽然是寄身于学府，眼睁睁地看到日甚一日的所谓“核心期刊”“论文规范”逼得人们性情顿失、才气全消，更加谈不上学术价值，我对此是常有非议的。自从有规定研究生非在核心期刊上发表论文，否则就不能毕业拿学位的土政策以来，许多被列为“核心”的刊物，所刊文章篇幅越来越短小，文章论题却越来越宏大，非常空洞，仿佛是论文提要的汇编集，而发表在其上的那些文字，虽然毫无新见，却仍然成为学术论文堂而皇之地蒙混过关。不仅研究生热衷于此道，连所谓的学者教授也热衷于此道。有时看到流行书店的一套套装潢体面、似砖似墙的套书系列，一翻便知道是挥霍了国家的各种项目经费而拼凑出来的伪劣产品，未开卷先倒了胃口。而在相形之下，元宝的治学精神尤其显得难得。他是主动放弃了窗明几净、高头讲章的本专业，转而写出见心见血、有性有情的尖利文字，立足于浑浊的当代思想文学领域，不趋时尚，无求门面，有话则长，无话则短，直面人生与现状，阐述一己之见解，或是金声掷地，或是雾里看花，但毫无伪饰则是一贯的。我觉得这样一种批评文字在目前的文坛上仍然是可贵的。现在元宝将几年来发表的批评文章自选为一部选集《说话的精神》①，我想其大致的批评风格也能展现于其间了。

因为这部书稿是选集，所收的文章一直可以追溯到《拯救大地》的时代，为此我又翻阅了一遍《拯救大地》。见其在后记里诉说，这本小书花了他而立之年以前的五六年的时间，如此算来，现在这部自选集里所收的文章倒有了十五年左右的历史。其所批评的对象，除了个别几位前辈以外，均是近二十年活跃在当代文学领域的作家，他在那篇题为《匮乏的时代，无力的言辞》的后记里，从自己的含混晦涩的文风说起，把自己定位于20世纪80年代成长起来的先锋作家的行列，表达了60年代出生的一代文学家的环境压力和言辞困境。我记得当初读这篇文章，第一个直感就是自己似乎老了一代。其实作为批评家是不应该有什么年龄代沟的，一个从事文学批评的人，对文学的人文感受应该能适合于所有的作家，我们读外国名家大家时，只感到地域或语言上的隔膜，却从未觉得他们与我们之间的年龄差异，卡夫卡、里尔克比我们老了几代？托尔斯泰又比我们老了几代？这不是我们考虑的问题。同样生活环境下的、比我更加年轻的作家，也不会因为年龄的差距就对生活的看法发生根本的变化，否则我们所有的文学传统教育都将变成无意义的行为。我承认文学存在着不同的生活观念和审美观念，但这并非年龄或者代沟所决定的，对艺术的感受是不应该有年龄隔阂的。但是元宝，还有与元宝同辈的批评家中，急欲从年龄层次中分明出自己的定位的态度却很明显。不久，我也发现了，他在批评活动中，主要感情投诸与他年龄相仿的先锋作家的创作，而且能够比较真实地传递出作品的新的信息，也是事实上的成就。虽然他对于年长的作家（如王蒙）的作品也做过很大的关注，并发表了多种看法，但我仍然喜欢他对孙甘露、朱文等人的作品的分析和解读。这

◆ 我承认文学存在着不同的生活观念和审美观念，但这并非年龄或者代沟所决定的，对艺术的感受是不应该有年龄隔阂的。

① 郜元宝：《说话的精神》，山东文艺出版社2004年版。本文为该书序言。

部选集没有收进关于孙甘露的几篇论文，我觉得是有些可惜的。

关于郜元宝的批评风格，我想用杜甫的两句诗来表示，一句是“转益多师是汝师”，另一句是“语不惊人死不休”。前一句说的是他的学艺过程，后一句说的是他的文章特点。就前一句来讲，元宝在复旦大学中文系师从多位名家，学术专业上涉猎颇广。他在硕士生期间跟从应必诚教授学习中国古代小说理论，博士生期间又随蒋孔阳教授学习西方美学，于中于西的文艺学理论都有所得益。他的博士学位论文是专攻海德格尔的美学思想，后来在从事当代文学的研究和批评中，许多理论和见解来自海氏的资源。毕业留校任教，他被安排在现当代文学教研室，想必当时的系领导认为他在当代文学批评方面的成绩是相当出色的。但他也没有仅仅停留在当代文学批评领域，反而一步跨出去，直接攻读鲁迅的全集和五四以来的重要作家的文集，几年以后，他对鲁迅的研究心得日益丰满，并且很快就找到了自己的切入点，即从心学的角度进入鲁迅庞大的著作体系，《鲁迅六讲》是他的一部重要的鲁迅研究的著作，能在汗牛充栋的鲁学著作中发表独立心得。而对于五四以来的文学创作的研究，他也能从语言的演变角度，分出“音本位”和“字本位”的不同流派，以此来重新规划和描述文学史的演变发展。无疑，这些发人深思的创新见识里，融入了他早年攻读海德格尔等西方美学著作和中国古典美学思想的心得，厚积薄发，故能发人之未发之声。这样的当代文学研究和批评，要做好实在是不易的。至于后一句话“语不惊人死不休”，指他在批评文风上的努力实践。一般来说，文学批评的文风只有时代的风格，很难有个人的语言风格，批评文章毕竟不如创作那样容易突出语言的个人风格。但我这么说元宝的批评文章的特点，是指他从一开始就有意地在语言文体上下功夫，而且成为他在学术研究中孜孜不倦为之寻求和努力的方向。我觉得在当代文学批评领域里很少有人如此自觉地寻找文体风格。他早年的批评文字趋向于西方文论的思维形态，晦涩含混，句子也曲折冗长，他把它归结为自己一代人的生活环境和言语表达的困难。但不久我们就看到，他在深研鲁迅著作以后，语言风格有了明显

◆ 关于郜元宝的批评风格，我想用杜甫的两句诗来表示，一句是“转益多师是汝师”，另一句是“语不惊人死不休”。

的转变，一种鲁迅式的尖锐、反讽、深刻以及言简意赅（同时也包括了一定程度的尖酸刻薄）的话语特点凸显。再甚者，在《鲁迅六讲》的序里竟用了文言文来表达，语言简洁而含蓄，据说连审读机关的官员们也读不明白，狐疑了多时，生怕句子里面藏了什么玄机。最近我读他的评论文章，语言倒是越来越平实，意思也越来越畅达，应该说他的语言确是在日新又新、时时变中，有意而苦苦探索着。这虽然只是他的批评实践的一个组成部分，但由此一斑大致也可以窥见元宝在文学批评领域里的努力风貌。

关于元宝的批评观点和倾向，本来还可以多谈一些，但走笔于此，我想起了另外一个话题，即当代文学批评的建设问题。在 20 世纪 90 年代初的时候，“批评的缺席”是常常被人说三道四的，但那时真正的批评并未缺席，一大批青年批评家从学院里成长起来，为当代文学批评领域带来了不可阻挡的新鲜气息。如果不是文学批评的努力，很难设想在市场经济的冲击下严肃文学创作依然能够屹立于文学领域，元宝和他的许多同代人的成长便是一个证明。但是，随着新世纪的到来，也随着社会经济和文化发生了急剧的分化，当代文化领域处于重新组合的转折点上，许多新的话题吸引了学院里的大部分人文学者，他们从中看到了新的事功的可能性，而文学领域则被一些学者自以为是地贬低为百无一用的场所，被发配到文化的边缘。其实，文学能够逃过社会主流的过分关注和实用主义的利用也未必就是坏事，但对于当代文学创作如何认真感应当代生活的敏感，却被严重地忽视了。这也同样妨碍了文学批评队伍的建设。元宝当年自觉定位于 20 世纪 80 年代后期崛起的先锋一派的行列还是正确的，现在从创作的角度来看，所谓 70 年代生人、80 年代生人一波一波地层出不穷，但真正有实力、有影响的批评家队伍却仍然停留在 60 年代出生的一代人那里，即使是那一代的批评家们，多半被学院里的重重教条和规范压得像五指山下的猴头，奄奄一息之势也就近了。我以为，这倒是真正有“缺席”的危机了。所以，借着郜元宝等一代批评家的自选集的出版，我真心希望它既是一种激励，也是一种再生，能够像当年我所提倡的“火凤凰”的美丽意象那样，在熊熊的大火中使文学批评的力量重新再生出新的生命力量，薪尽而火传，残灰不会寒。为此愿与元宝共勉。

2004 年 2 月 9 日于黑水斋

初刊上海《文汇报》2004 年 3 月 14 日

原题为《期待文学批评生出新的力量》

张新颖的文学批评

大约是1979年春天的时候，上海作家协会刚恢复活动不久，成立了一个业余文学评论组，参加者主要是前几年在各个文化馆和图书馆里业余搞书评的年轻人，我那时在复旦大学中文系读书，缘于过去在卢湾区图书馆搞过书评的关系，也去参加过活动。记得在作协东厅会议室里满满坐了一房的人，有些相熟，有些不识，其中就有后来坚持搞小说评论的程德培。大约又过了一年，《上海文学》发表了吴亮、蔡翔等人的评论文章，杂志的周围渐渐聚集起一批年轻的评论家。我在大学时代把主要精力放在现代文学方面的研究，很少再写有关当代文学的评论，不过对这些朋友们的文学活动依然很关注。如果今天有人从当代文学批评史的角度来看当代文学，我觉得《上海文学》杂志所扶植的文学批评新生代，其文学观念、审美趣味以及批评语言的革新，对当时文学理论界的冲击不亚于前朦胧诗对诗歌领域、前先锋派对小说领域的革命性突破。在“文化大革命”后的最初几年里，上海在文学方面的贡献有点像20世纪30年代的海派文学，往往是开风气之先但不能假天子以令诸侯。这一现象可从《伤痕》和《班主任》，《于无声处》和《丹心谱》，《女神在行动》和《绝对信号》，《剪辑错了的故事》和《布礼》等对应关系的效果上得到证明。但文学批评方面似乎更成功些，虽然也处于边缘地位，终能自成一翼，到1984年的杭州会议、1985年的厦门会议，上海的青年评论家终于向文坛展示了自己独特的风貌。

当时就有不少人议论过这个问题：上海为什么文学创作上不去，文学评论却那么活跃？我到现在还找不到满意的答案，只有一点是大致明确的，上海本身是个开放性的移民城市，缺乏稳定的地域风格和人文历史，甚至也缺乏稳定的语言美学特征，因此在文学创作上与那些拥有地域性审美风格的地区派（如京派、晋派、湘派、陕派、川派等）相比很难取得优势。但文学理论的发展却有些不同，虽然理论研究也离不开对生活的真知灼见，但更需要对人文传统的自觉皈依。几十年来主流意识形态对知识分子的绝对占有，导致了人文传统的全面萎缩。文学理论不像文学创作那样接生活地气，即使在政治意识形态最强大的时候，生活现实的民间性依然会悄悄地纠正某些偏见，展示出生活的本相；然而理论工作是倚仗了精神传统发展来发展自身的。当精神传统本身处于萎缩状态，理论的自身魅力似乎很难表现出来。当时上海在全国整体的文化氛围中并不算最开放的，但上海毕竟远离政治权力斗争的中心圈，所以当北京的理论工作者正在用一种二元对立的方式进行拨乱反正时，上海的年轻评论家们已经悄悄地偏离了意识形态本位的思路，朝文学本体接近。这时候“开风气之先”的城市文化特征又一次起了作用，知识分子的人文精神也只有在具体的现实的利害冲突之外才能慢慢健全起来。

◆ 知识分子的人文精神也只有在具体的现实的利害冲突之外才能慢慢健全起来。

人文传统主要是靠古今学统来体现，但在政治意识形态把学统摧毁的情况下，人文的精神更多是靠健全的心智去感受。在“文化大革命”刚结束不久，意识形态对教育还全面占领的情况下，接受教育的同时也接受了一套窒息积极思维能力的教条框架。事实证明，真正靠接受教育成熟起来的学者，必须花费比接受教育时更多的力气来消除教育所带来的后遗症。上海的年青一代评论家们在这一特殊的环境下养成了很好的批评习惯，即不但拒绝传统的意识形态侵犯，也拒绝各色西方流行的话语侵犯，他们在文学和理论面前，始终保持清醒而敏感的审美触角。时至今日，他们也许在继承中外古今遗产方面做得很不够，但在意识形态和流行话语面前保持独立文学品格，融自身于文学与生活之中去发现话题、提出话题的研究风气，在全国的理论界依然是独步的。

其实，要对上海的文学评论队伍发言，还轮不到我来饶舌，写这篇序言前我之所以会突然冒出这些想法，纯属不按牌理出牌。因为我在通读了张新颖的文学评论集后，生出一种强烈的感情，从他的贴近文学本身、注重艺术感觉以及在评论中投入了主体对生活所保持的领悟和激情等文风特点中，看到了上海评论整体精神在他的研究文风中体现出来。事实上，上海评论界自《上海文论》时代以后，一直处在低落的状态，“批评的缺席”的呼声来自评论家深刻的自省：不但是面对至今盛行依旧的政治意识形态和西方流行话语，而且还遭遇了新兴的商品大潮下庸俗炒卖的媒体风气。但这只是现象的一面；从另一面看，近十年来上海高校在一种相对自由活跃的人文空气下渐渐地培养出一批新的青年文学评论工作者，桃李不言，下自成蹊。上海老一代学者始终坚持“但开风气不为师”的潇洒风格，让学生在接受中外文学传统教育时不执于某种主义、某种理论，保持心智的健全和感觉的清醒。这次由上海文学发展基金会火凤凰学术著作出版基金策划赞助的“火凤凰新批评文丛”中所收的几种青年批评家的论文集，正是近年来上海文学评论领域涌现的成果之一。在春节的几天里，我先后读了其中三位作者的文稿，郜元宝是攻读西方美学的博士，主要研究海德格尔的美学思想，胡河清的博士学位虽是现代文学，但对《周易》及东方文化方面学有专长，张新颖曾是比较文学的硕士生，也是兼备了东西方文学的知识修养。但他们除了自己的专业以外，都对当代文学情有独钟，写出了一篇篇引人注目的评论文章。我觉得热爱当代文学不仅仅是一种纯粹个人的爱好，而且体现了这个时代对年轻人的有力感召。他们都不是那种把自己关在学院里自命清高的学者，而是热爱当代生活，愿以自己的知识才华参与当代文化的建设。尽管他们将各自的知识背景融入研究对象时不一定做得很圆满，如元宝为文失之晦涩，河清研究偏于虚玄，但他们绝没有学了东方或西方的一知半解而炫耀而标榜的习气，各人走各人的道路，各人说各人的块垒，形成一个文学的多声部合唱，这样才能创造出文学批评的真正繁荣。

◆ 1989 年我第一次协助贾植芳教授指导比较文学硕士研究生，只收了他一个学生。虽是与贾先生合带，而且主要是先生指导，但在我个人为硕士生导师的履历里，他算头一个，我多少总有点珍惜这缘分。

说到张新颖，我可能有更多的话可说。1989 年我第一次协助贾植芳教授指导比较文学硕士研究生，只收了他一个学生。虽是与贾先生合带，而且主要是先生指导，但在我个人为硕士生导师的履历里，他算头一个，我多少总有点珍惜这缘分。新颖个头不大，性格内向，初接触时让人觉得他有些怯懦，只有接触久了才了解他治学的聪明和为人的方正。其实在年轻学子中并不缺乏聪明而方正的人，但新颖除了聪明绝不油滑、方正绝不张扬外，其性格中还有一种非常有利于成为学者的特点，即沉静。有一件事给我留下很深的印象。在他临近毕业的时候，分配遇到了些麻烦，本来安排留校的事突然发生变卦，令人一时难以接受。我那时身为他的导师，自然对他未来的事业前途负有责任，于是到处托人说项，幸好《文汇报》领导出于爱才，同意他进了报社当记者。但就在这段时间里，新颖既没有急得一筹莫展，惶惶不可终日，也没有上下奔走，去找关系走门路，而是安安静静地坐在寝室里，写出了一篇很漂亮的评论史铁生的文章《平常心与非常心》。在文章里他议论了人应该怎样面对困境和命运，讲的全是史铁生的创作，清朗明白。此文在《上海文学》刊出后很受好评，但知情者如我，深知他文字背后的寄托。作为一个优秀的文学工作者，他的才能并不仅仅表现在他是否能敏感生活，也不仅仅在于他能否把这种感受表达出来，这些才能是任何一个做文字工作的人都能做到的，而唯有文学家才能把对生活的感受通过沉静的过滤，转化为审美的艺术的形态表达出来。不著一字，尽得风流，在这个意义上才是完美的。从这件事后，我以为新颖只要坚持在学术的道路上走下去，前途当会有较大的发展。

◆ 新颖除了聪明绝不油滑、方正决不张扬外，其性格中还有一种非常有利于成为学者的特点，即沉静。

新颖为自己的第一本评论集取名《栖居与游牧之地》[1]，并解释说："文学就其小而言，是我的家，是我居住的地方和逃避之所；言其大，则是空旷辽阔生机勃勃的原野。我的感受、思想、精神在这原野上自由游牧，逐水草为生。"这种个人与文学的关系鲜明地表达了他们这一代青年文学工作者的精神特征。与上几代文学家们把文学看作是表达思想或者宣泄情感的工具不同，文学在这一代人手中不再是与外部世界交流的渠道，而变成逃避世界、使内心有所寄托的场地。在这一点上，新颖的比喻似乎有更大的涵盖意义。在这几位年轻评论家的文集里，尽管对批评对象的理解各有不同，但其关注的视点几乎一致，

① 张新颖：《栖居与游牧之地》，学林出版社 1994 年版。本文为该书序言。

都集中在当代先锋性或者民间性的作家身上。这不是偶然的现象，一代文学自有一代发言者和解释者，这些年轻的评论家有着自觉的文化层次认同感。郜元宝在他的论文集后记中明确地把先锋作家引为自己的同代人，把自己的困惑与先锋作家的创作特征联系起来加以阐释。在新颖的一篇题为《我们如何表达自己》的文章里，他通篇使用复数第一人称，在文章的最后三段文字里，几乎每一个简单句里都反复出现了“我们”这个词。这种宣言式的文体里，抒发了强烈的“代”的意识：文学在这一代人手里不仅仅是表达的工具，因而它的鲜明性往往被更为含混的意义所覆盖。因此，似乎不能指望在这些评论文章里读到过于明确的意义，但我们从这些富有感受性的文字里不难理解一代年轻的知识分子所遭遇的困惑、绝望和反抗。

平心而论，新颖的文章是比较容易沟通的，原因就在他善于把自己的感情不加掩饰地寄托在评论文字间。我喜欢读他的文章的原因主要也在这里，从他的文章里可以读到我们这一代上海评论家们惯有的风格：感性、贴切，没有任何外在的理论障碍，一下子就沟通了评论主体和评论对象之间的交流。他有两篇评论张炜的文章，也许因为他们同是山东农村的孩子，他读张炜对田野上奔跑的描写时，激动得使用了“复活”这样庄严神圣的词。他如诗如歌地分析着作家的创作：

◆ 平心而论，新颖的文章是比较容易沟通的，原因就在他善于把自己的感情不加掩饰地寄托在评论文字间。

> 对于张炜来说，对生生不息的东西视而不见要比深切感受它更加困难。也许在一段时间里，世俗尘物遮蔽了张炜的深切感受，但生生不息的东西是不会被永远遮蔽的，它自己就会动起来，帮助张炜抖掉身上的遮蔽之物，牵引他返回他生长的大地。而只要融入这片亘古的土地，顺从自然和天性敞开心靠，历经千年而不衰的生生不息就会立刻在个体之我的身上强烈地涌动。这时他敏悟到：大地的本质或生生不息的事物的最深、最根本的内里都不是一个硬核，而是一个绵长不绝的流程，并且要流到自我的身上，还要通过自我流传下去。生生不息肯定不是孤立的个体的特征，它归从于一个

比我更大更长的流程。让生生不息之流从自我身上通过，也即意味着自我的消融和归从，我不再彰显，因为我在自己的家里，我与最深的根基恢复了最亲密的联系。

这种评论文字已经很难再区分哪些是客观理性的分析，哪些是主体的自我体验，我想这类精彩的评论文字本身或许就是一种创作、一种诗。只有当评论主体读作品如同读生活，完全沉浸在对生活的感受里，才能达到这种主客体亲密无间的抒情。新颖的评论文章或许最不具理论色彩和知性特征，但它们都充沛了这样一种精灵般的魅力。

本书另有一集是关于中国台湾、香港文学的研究，也是相当有特色的。新颖在读研究生期间主攻中外文学关系。他的学位论文题目是我指定的："西方现代主义文学对台湾文学的影响"。这题目的难度很高，且不说资料搜集困难，还需要有特别敏感的体验，方能把握住一个完全陌生的地域环境下的文学现象。较长一段时间以来，学术界对台湾文学研究处于盲目的状态，先是哄抬美籍华人作家，后又炒台湾通俗作家，似乎捡到篮里就是菜，很少有文学史家的眼光。如果真要研究西方现代主义文学对台湾文学的影响，就必须从头做起，追根寻源，这是非常困难的事，连台湾的学术界也未有人做过。我曾经想系统研究这个题目，并在香港搜集过一些有关资料，但稍稍接触到了一两个作家（如王尚义、吉诤等），就知难而退了。现在我把这个难题，同时又是我的心愿留给了新颖，他却很认真地接受了下来。那篇关于《文学杂志》的论文，就是这个题目的一部分，他从研究夏济安入手，引出一份杂志的特色与一种思潮的形成。这种由细部入手，再展示宏观的研究方法，不但表示了对研究资料的尊重，也保持了研究者丰富而健全的艺术感性。较之有些年轻学者生吞活剥了一些理论来自我炫耀，更显出了做人为文的诚实风范。本来在研究了《文学杂志》以后，新颖将继续研究《现代文学》杂志的，本集中几篇关于台湾作家的专论，就是为这个题目所做的准备。可惜时间苦短，他很快就毕业了，走上了记者的工作岗位，新的环境使他的研究一度停顿下来。我不知道他究竟何时能真正完成这个课题的研究工作，但我是认真地期待着。

拉拉扯扯，不觉已占了不少的篇幅，本来对新颖的文章还该多谈些的，包括对其存在的不足，但作为一篇序再长下去未免有点喧宾夺主的嫌疑，不妨暂且打住。不过有一点题外的话还是想说，“火凤凰新批评文丛”现在只编了第一辑，虽说是以鼓励青年评论家为主要方针，但也不想仅限于此，希望第二辑、第三辑陆续编下去，为耕耘我们自己的园地，做出我们一份努力。

1994 年 2 月 19 日于黑水斋

初刊北京《青年文学》1994 年第 10 期

原题为《张新颖〈栖居与游牧之地〉序》

第五辑　批评的新生力量

也谈“批评的缺席”

燕玲女士：

所嘱为《南方文坛》改刊一周年写一两句话的事，我一时也想不出说什么，就免了吧。贵刊一年来的新面貌有目共睹，我想会有不少人来祝贺周岁生日。不过我仍想说我很喜欢这个刊物，我之喜欢，你大概从我为它写稿之勤这一点，也能看出几分。

这次读了第五期《批评之旅》专栏的两篇讨论所谓“批评的缺席”的文章后，倒是生出些同感，有几句话想说。陈骏涛先生是我的老师，他在担任《文学评论》编辑的时候，正是20世纪80年代文学评论最繁荣的时候，许多青年评论家的文章都是经他的手介绍给文坛，从而也推动了文学评论的繁荣。我是深受其惠的一个，至今一说到这些事，我对陈先生仍怀着深深的感激。可惜现在有些感激的话也没处说，我近日在国内重版了自己十年前的一本论文集，因事生情，在后记里说了几句怀念当时情境的话。文章寄给了北京一家报纸，结果排了版被撤下来，原因据说是主编们认为我有怀念80年代的情绪。我不健忘，80年代似乎不是国统区，也不是沦陷区，而是邓小平主政的改革开放时期，怎么就不能怀念了？难道80年代生机勃勃的文学事业不是事实吗？所以，现在有人说到90年代的文学批评怎么不行，其潜台词是80年代的文学批评怎么行。可是他们想到没有：如果现在连80年代的文学都有人认为不可以怀念，那似乎只能怀念60年代或者70年代的文学大批判了？

对，我想说的就是这一点。陈骏涛先生已经好几年没见到了，他还是那样忠厚诚恳，认真地一条一条地摆出90年代文学批评的特点，企图来证明批评没有缺席。其实连80年代的繁荣局面都能视而不见的人，又何尝不知这些事实？或许在这种人的眼中，你说的这些事实就是“缺席”的证明，你又有什么办法呢？

今年6月我为《逼近世纪末小说选》的第四册写序时，已经说过了这个想法。我说：“近来常听到有人抱怨‘批评的缺席’，我是并不以为然的，近年来文学批评较之80年代有了很深入的发展，许多评论工作者一直在努力寻求这个时代的文学特点，人们之所以感到批评的缺席，只是表明了关于批评的传统观念没有改变，一种陈旧的批评观念仍在作祟，那就是片面地以为批评必须与话语权力形态结合在一起，希望树立起批评的权威意识，使批评成为主宰舆论导向的力量，对文学创作构成某种威慑作用。在有些人看来，仿佛只有这样的批评才算是出席，它的出席是要以逼迫别人退席为代价。其实，批评家与作家都是面对生活的发言者与阐释者，批评家是根据一定的理论立场来解释创作现象，但这些理论立场只不过是对批评家确立自身批评视角有约束力，而不是对被批评的作家有指导意义。批评者首先是以参与者的身份投身当代文化建设，他的声音应该与作家的声音共同构成一个和谐的或者不和谐的多重奏，但绝不是去充当乐队指挥。不弄清这个道理，就无法在当下‘无名’状态下的文学现象中找到批评的位置，也无法对之做出实事求是的把握。”我现在仍然坚持这个想法，要谈批评的缺席，先要弄清楚批评在现在文学领域的功能和价值，如果还是想恢复20世纪50—70年代那种金棍子式批评，或者是这两年似乎有些死灰复燃的金棍子式批评，——譬如，今年年初有一篇奇文居然对我的一篇评论王蒙的文章恶意地引申，企图以此来证明王蒙作品之反动，其言辞其逻辑推理方法，都让人想起江河里的沉渣腐尸，一有风吹就泛了起来。这样的“批评”——如果也算是批评的话，我想最好还是让它缺席，永远地缺席，连遗臭万年也是不配的。

◆ 批评家与作家都是面对生活的发言者与阐释者，批评家是根据一定的理论立场来解释创作现象，但这些理论立场只不过是对批评家确立自身批评视角有约束力，而不是对被批评的作家有指导意义。

这是第一个层面上谈缺席。接下来再看第二个层面上的所谓“缺席”。我们说这个术语先要弄清楚什么是批评的“缺席”。其实这个说法最早是批评界自己出于自责而说的。我记得是20世纪90年代初，上海有人吹捧一部流行读物，批评家吴亮站出来说话了，他写了一篇文章，题目就叫《批评的缺席》。因为时间隔得久，手边也没有吴亮的书，原话是记不清了，大意是说：他从来不对垃圾发言，但看到有一群人围着垃圾跳舞，他有责任出来说话。而这些围着垃圾跳舞的人，并不是评论家，而是商业炒作下的传媒批评。严肃的批评界没有人去凑热闹，吴亮出来说话本身就表明了批评界没有缺席。别的地方我不知道，在我生活其中的上海批评界，我是了解的。当年《渴望》轰动京华，南下到上海就遭到了许纪霖先生的尖锐批评；"陕军东征"本来也没有什么不好，但因为缘了北京传媒的炒作变了味，在上海受到过批评家程德培先生的批评。还有前几年"文化大革命"时期的代表作"样板戏"和浩然的《金光大道》的复活，遭到上海《新民晚报》《文汇报》和《文汇读书周报》等报的连篇反驳。关于"重写文学史"和"人文精神寻思"的讨论，也是从上海发起讨论。上海的知识分子，自巴金、柯灵、王元化、贾植芳、徐中玉、钱谷融、何满子等起，近二十年来开创了一个很好的传统，就是承传了鲁迅为代表的新文化传统，坚持知识分子独立思考的立场，并在民间岗位上养精蓄锐，传播着人文理想和人文精神。我生活和工作期间，从未感到过"缺席"的寂寞，批评，不一直随着文学创作在活跃着、发展着？

◆ 上海的知识分子，自巴金、柯灵、王元化、贾植芳、徐中玉、钱谷融、何满子等起，近二十年来开创了一个很好的传统，就是承传了鲁迅为代表的新文化传统，坚持知识分子独立思考的立场，并在民间岗位上养精蓄锐，传播着人文理想和人文精神。

更值得注意的是，上海近年来从复旦大学、华东师范大学、上海师范大学相继培养出一批新锐的文学批评家和青年学者，他们大多有博士学位，有较好的中西文化素养，如郜元宝，他的专业是研究海德格尔的美学思想，毕业后才逐步转向中国现当代文学研究；如陈引驰，他的专业是佛教文学与老庄文学，但他近年的学术研究却重在西方马克思主义文学批评和现代学术史；张新颖和严锋，专业都是比较文学，现在一个偏重现当代文学研究和批评，一个沉溺于电脑图像时代的文学特征研究，——这些年轻人都是复旦大学的毕业生，都是我比较熟悉的。像这样的年轻人在上海批评界有一大批，如华东师范大学的杨扬、上海师范大学的薛毅等，都是成果显著的青年学者。近年来由我主编的"火凤凰新批评文丛"出版了 9 种，"逼近世纪末批评文丛"出版了 7 种，其中大半是这些年轻人的批评论文集。这些批评论集原先都以为没有出版市场，但出版后都深受欢迎，有的已经重印了三次。可以说，这是批评领域新人涌现的一个证明。为什么这种人就视而不见呢？我说的这些例子，只是就个人有限的范围所知的一些批评现象，远远不能涵盖近年来整个批评界的实绩。如果一味地指责没有好批评，是不符合实际状况的。如果认真地追究，那么，近年来小说、诗歌、戏剧等样式又有多少繁荣？如果说有些传媒的商业炒作也算批评，那么专为商业炒作而写的小说、散文，又何尝没有？为什么就没有人说创作的缺席呢？所以我想，说到底仍然是一个观念的问题。王干兄著文大叫“保卫 90 年代批评”，其实也属不必，人家并不曾攻击你，只是无视你，何须保卫？ 90 年代文学批评之发展，新人之踊跃，都实实在在地存在着，也无须保卫。

要解决所谓“批评的缺席”的说法，我想先要认同批评界的两个转变。第一个转变是批评家来源的改变。过去的文学批评家都是文艺界的管理、领导人员以及重要报刊的编辑，他们在文坛上构成一定的权力范围。他们对文学创作的批评，象征了国家文艺政策、领导权力对创作的制约，或者是对舆论导向的控制。而 90 年代以来批评家的身份变得民间化了，大多是大学教师、研究生和研究人员，他们开始使批评脱离权力话语，使之成为一种个人的声音、多元的声音。如果说 80 年代吴亮们的充满个人话语的批评还被视作异端，那么现在已经是浩瀚的整体局面。这样的时代的批评，自然不会同一个声音、同一种语调，必然是多声部的嘈杂声音，原也包括了批评界内部的争论和对立，我认为这都是恢复正常批评的第一步，没有自由发表自己的观点、没有自由选择表达方式的前提，就没有真正意义上的批评。前一二年我曾听有人呼吁什么净化批评的语言，不由自主地生出悲哀来，我不知道，如果不是权力的插手，谁将有这个资格来净化别人的批评语言？一个多元的批评时代，批评的声音自有高和低、雅和俗、中和西、激烈和平和，这才叫多元繁荣。如果全国上下是清一色的被“净化”的批评语言，将会倒退到何等可怕的境地。第二个转变是批评的功能也不仅仅是“赞香花、批毒草”，随着批评家主体意识越来越强烈，批评家的功能不再是第二性的，批评家不必依据什么教条来

◆ 要解决所谓“批评的缺席”的说法，我想先要认同批评界的两个转变。第一个转变是批评家来源的改变。第二个转变是批评的功能也不仅仅是“赞香花、批毒草”，随着批评家主体意识越来越强烈，批评家的功能不再是第二性的，批评家不必依据什么圣意教条来逞威，而是直面人生，从活生生的现实生活中发现问题和提出问题，并找出理论上的解释。

逞威，而是直面人生，从活生生的现实生活中发现问题和提出问题，并找出理论上的解释。这与作家从现实生活中获得感受并通过形象来加以表达，本质上是一致的，也可以是同步的。有时批评家完全可以走到作家的前面，他所依托的艺术形象，有时并不能完全符合他的理论内涵，这时候的批评本身也包含了强烈的主体创意。他的批评不限于批评，更重要的是包含了创造，他的阐释可以高于被阐释者，但又必须依托被阐释者的具体艺术形象来完成。多元时代批评的多元性，不是表现在容许表达的结论是否多元，更重要的标志是作为独立于世的文学批评家的主体意识的表达，能有多大的自由度。前几年关于“人文精神寻思”的大讨论和关于张承志、张炜作品的讨论，透露出批评界对这种自由度的探寻。因此，现在再把批评的界定放在对某些作品或创作现象的孤立的评论上，那确实是不多见了。

◆ 有时批评家完全可以走到作家的前面，他所依托的艺术形象，有时并不能完全符合他的理论内涵，这时候的批评本身也包含了强烈的主体创意。

批评领域发生这样的转变是好事还是坏事，是促进了批评繁荣还是窒息了批评，这都可以讨论。但所谓“批评的缺席”的批评本身所反映的一些观念，我认为也应该认真反思。我对这些问题没有什么系统的思考，不过是读了陈骏涛、王干两位先生的论文而有所感，就拉拉扯扯地写来告诉你，当然有些话只能私下说说的，你明白就行。

祝《南方文坛》越办越好！

陈思和

1997年11月10日于黑水斋

初刊《南方文坛》1997年第6期

关于“火凤凰新批评文丛”

元旦那天，照例是要检点过去一年的工作，可是因为生病，好几桩本来计划中的事都被耽搁下来，想来有些黯然；好在新年一过就收到了学林出版社寄来的“火凤凰新批评文丛”[①]的样书，抵消了年前的内疚，一个心愿终于看到了落实，不免会充满喜悦。这套丛书中有三位作者都是近年来活跃在文学批评领域的年轻朋友，我感到高兴的不仅是他们的学术成果得以展现，更是从他们的著作里看到了上海文学批评的一股新气象。

20 世纪 80 年代以来上海的文学批评有着卓越的成就，正如在文学创作上有闻名全国的“湘军”“陕军”“晋军”以及“京派”等劲旅；上海值得骄傲的是在文学批评方面，尤其是在文坛上哄抬炒卖成为风气、“批评的缺席”呼声甚高的时候，上海批评界以严肃的态度批评了王朔现象、张艺谋现象、浩然现象等文坛时装，高扬了知识分子人文精神。更令人欣喜的是，在文学理论和文学批评方面上海新生代也渐渐地崛起了，他们来自全国各地，聚集在上海的高校里攻读学位，接受严格系统的正规教育。桃李不言，下自成蹊，上海老一代的学者始终坚持了一种“但开风气不为师”的潇洒风格，让学生在接受中外文学传统教育时不执于某种主义某种理论，保持了心智的健全和感觉的清醒。“火凤凰新批评文丛”中所收的几种青年批评家的论文集，正是近年来上海文学评论领域涌现的成果之一。这三位作者，郜元宝是攻读西方美学的博士，主要研究海德格尔的美学思想，胡河清

① “火凤凰新批评文丛”，陈思和、王晓明策划，上海学林出版社 1994—1999 年出版，共 12 种。分别是：陈思和《鸡鸣风雨》、蔡翔《日常生活的诗情消解》、郜元宝《拯救大地》、张新颖《栖居与游牧之地》、胡河清《灵地的缅想》、李振声《季节轮换》、薛毅《无词的言语》、王彬彬《在功利与唯美之间》、夏中义《思想实验》、王鸿生《态度的承诺》、罗岗《记忆的声音》、朱大可《逃亡者档案》。

的博士学位虽在现代文学，但对《周易》及东方文化领域学有专长，张新颖曾是比较文学的硕士生，也是兼备了东西方文学的知识修养。但他们除了自己的专业以外，都对当代文学情有独钟，写出了一篇篇引人注目的评论文章。我觉得热爱当代文学不仅仅是一种纯粹个人的爱好，而体现了这个时代对年轻人的有力感召。他们都不是那种把自己关在学院里自命清高、不可一世的学者，而是热爱当代生活，愿以自己的知识才华参与当代文化的建设。尽管他们将各自的知识背景融入研究对象时不一定做得很圆满，但他们绝没有学了东方或西方的一知半解而炫耀、而标榜的习气，各人走各人的道路，各人说各人的块垒，形成一个文学的多声部合唱，这样才能创造出文学批评的真正繁荣。

更值得说一下的是去年不幸去世的胡河清博士，我未曾与他谋面，但读过他许多文章，常常被他的一些奇特见解所吸引。这次为出版他的这部文稿，与他通过几封信，他在信中语气极为谦恭，对编辑自己的第一部论文集异常认真，目录几经删减，留下的都是他认为自成体系的文章。他还为这部文集写了一篇很长的序言，详细回顾了自己的治学道路。我读后深为感动，但觉得作为一篇序文似乎稍长了一些，希望他自己再压缩些。可是没等我把这意见转达给他，这颗才华横溢的文坛新星竟陨落了。这篇序文似乎成了他的遗嘱。如今一字不改地收在《灵地的缅想》中，在我心中是默默的纪念。

自《上海文论》时代过后，上海的文学批评曾一度低落过，现在新生代的崛起显示了批评的新气象，活跃在上海文学批评领域的年轻学者远不止这三位，这套旨在发扬上海文学批评的传统优势、为青年学者的学术研究提供机会的丛书在商品大潮中提倡了一种严肃的出版风气，希望能够坚持下去，继续出版第二辑、第三辑，为繁荣上海的文化事业做些扎扎实实的贡献。

初刊上海《新民晚报》1995 年 1 月 16 日

原题为《文学批评的新气象》

“80 后批评家文丛”[①] 总序

我先声明一下，这套丛书的策划者不是我，而是几位年轻朋友。今年 5 月我去北京师范大学开会，周明全和刘涛来访说，云南人民出版社正在编辑一套“80 后批评家丛书”，书稿已经齐全，想请我当一个现成的主编。这样的情况我很少遇到，以前凡是我挂名做主编的丛书，质量姑且不论，一般都是我自己组稿或策划的，很少当现成的挂名主编，因为这样我会感到不安。但是这套书情况比较特殊，一来是青年人的书，尤其是 80 后的文学批评家，目前大多数在高校里艰难地挣扎奋斗，文学批评也不是什么畅销书，我有机会支持，一定会尽些绵薄之力，这符合我在工作中一贯的追求；其二，这里所选的八位青年批评家，至少有四位是我熟悉的青年朋友，其他几位的文章也常见于报纸杂志，对我来说并不陌生。所以，我犹豫一下也就答应下来。原来想，虽然不是我主动策划编辑的丛书，但我可以通过阅读文稿，为丛书写篇导论，尽些主编的义务。不过这个念头很快也被打消。当我读周明全的论文集《隐藏的锋芒》电子文档时，读到了其中一篇《顽强而生的“80 后”批评家——兼论当代文学批评的流变及“80 后”批评家个案分析》，写得很全面又到位，我觉得就是为策划这套丛书而写的，里面论及的几位青年批评家的作品，也都收入本丛书。因此，我以为明全这篇论文才是这套丛书绝佳的序文。我建议他不妨拿出来印在丛书的前面，给读者一个完整的导论。

于是，我似乎也可以不必费时去另辟蹊径，写什么导论了。

不过既然答应了担任主编，总还是要说几句话，这些话也是现成。前几天中国现代文学馆所聘的第二批客座研究员，在复旦大学举

① 周明全主编“80 后批评家文丛”，两辑 11 本，云南人民出版社 2013 年、2015 年版。

办一个“新世纪文学教育”的研讨会，我被邀在第一场做了主题发言。起先并没有做专门的准备，可是听了前几位发言者话题中屡屡讲到“学院派批评”，我有感而发，谈了一些自己平时所感所思的问题。因为没有草稿，现在回想也记不清楚当时的具体论述，只能把大致的意思在这里再说一遍：

80后的批评家，大多数来自学院，受过专业教育，具有高等学历，也有很多批评家毕业后依然服务于学院。那么，是不是他们的批评，都是学院派批评了呢？

文学批评对文学创作的意义，与以前相比，现在已经有了很大的变化。20世纪50年代以来的权力意识形态对文学创作的引导，主要是通过文学批评来体现的。所以，那个时候的批评阵地主要是作家协会以及相关政府部门，当时的批评家，主要也是思想文化部门的领导者和管理者，他们肩负着舆论导向的责任。他们的批评体现了权力的声音，批判和赞扬，都决定了作品甚至作家的具体命运。这种权力意识形态的文学批评，从20世纪90年代逐渐改为奖励机制的舆论导向策略，批评本身渐渐式微，不再有多大的威慑力量。现在经常会在各种场合听到所谓“批评缺席”“批评被边缘化”之类的抱怨，其实这何尝不是好事？ 20世纪90年代以来当代批评从来就没有缺席过，只要看我们的批评梯队已经从50年代生人到80年代生人一代一代地成长，就是一个证明。我们在文学创作领域不一定讲得清楚每个年代生人的代表作家和代表作，但是在当代批评领域则是清清楚楚，高校学院的研究生培养制度就是一个生生不息的人才源泉，当代文学的教学、研究、阐释，以至近年来国际汉学的重心也朝着现当代文学和文化现象倾斜，文学批评的专业刊物运作、围绕文学作品的学术研讨，都在正常地进行发展，为什么就“缺席”了呢？事实上，我以为“缺”的不是批评本身，而是长期以来把文艺批评与权力意识形态挂钩而形成的批评家的“权威”、批评背后的话语“权力”以及对作家指手画脚并掌生杀大权的“领导”身份。“批评家”的特殊身份已经丧失，批评只能回到具体的民间工作岗位上，做一份属于自己的工作，我认

◆　“批评家”的特殊身份已经丧失，批评只能回到具体的民间工作岗位上，做一份属于自己的工作，我认为是中国文艺走向健全和自觉的前提条件。

为是中国文艺走向健全和自觉的前提条件。

随着20世纪90年代市场经济发展和大学学位教育制度的完善，文学批评逐渐向两大模块转移，形成了媒体批评和学院批评的模式。在“文化大革命”以前，媒体只是权力的喉舌，学院是被改造的对象，基本上是不存在纯粹意义的媒体批评和学院批评。但20世纪80年代以后情况不同，媒体背后不仅有权力背景，还有商业的背景、利润的背景，媒体的声音就变得复杂诡谲了，媒体批评当然不能排除权力意识形态的导向，只是其作用更为隐蔽，表面上呈现的往往是以商业利益作为推手。媒体批评呼风唤雨，左右了社会的一般舆论导向。而学院批评又呈现出另外一种面貌。严格地说，学院派是不介入一般媒体层面的，学院批评的主要场域在大学讲堂、学术刊物和高端会议论坛，言说的对象是学生、同行和专业人士。很多人批评学院派讲究论文规格、专著等级、刊物品质以及玩弄概念游戏，这些表面上为人诟病的症状，恰恰是学院派企图保持专业独立性和拒绝来自社会媒体（包括隐藏其后的权力）诱惑的努力，学院派以艰涩繁复的行规来维护知识的纯洁性，与媒体批评划清了界限。学院派不是不关心当代文学的现实意义，而是通过理论解读和文本阐释，在文学的社会功利性、大众性、现实性以外，另外建立一个批评的行业标准体系。学院批评仍然是建设性而非自娱性的，不过它追求的是在更为抽象层面上与作家以及同行们的精神交流，它是利用作家作品的材料来表达对当代社会、文化建设的看法，它以不随波逐流、清者自清的态度形成了冷寂、沉稳、独立而博学的各种学派，它与活跃在社会大众领域的媒体批评正好形成了两种互为照应的批评声音。

◆ 学院派不是不关心当代文学的现实意义，而是通过理论解读和文本阐释，在文学的社会功利性、大众性、现实性以外，另外建立一个批评的行业标准体系。

媒体批评与学院批评的区别，不是以批评者的身份来决定的。不是说有了一张高学历文凭就可以戴上“学院派”的桂冠，也不是说一个从学院出来的批评家发表的意见都是学院派的声音。所谓学院批评还是媒体批评，主要看其批评的环境。学院的批评家自然是应该在媒体上开讲座、写书评，在各种新书发布会或作品讨论会上发表看法，但这个时候他并不代表学院批评，更不能以学院派自居，他仍然是以一个媒体人的身份在对大众说话，依然是属于媒体批评。我从不反对学者利用媒体向大众传播文化科学知识，努力把自己的学院背景彰显出来，尽其可能抵制商业社会中权力与利润对媒体声音的双重制约。尽管这种努力可能收效甚微，但仍然不失为自己的声音。其实我对这样的声音也是迷恋的，并且一直在实践中尝试这种声音在现实社会中发展的限度与可能性。我也不反对学院批评利用媒体对当代文学发出尖锐批评，但既然是带了学院的背景从事批评，那就要使批评尽可能具有独立的学院立场和说服力。——说到学院立场，我还想扯开去说几句，由于人文科学的特殊性，如果学院批评家要做一个自觉的人文知识分子，走出学院，走进社会也是必然的实践，但他所面对的环境就变得极为复杂，要在权力与商业双重制约下的媒体发出第三种独立的声音，要在介乎学院与媒体之间的第三种途径进行探索实践，并不是充满鲜花的途径。年轻的批评家们怀里装着高学历证书，满腹经纶，满志踌躇，企图走上社会舞台，拨动媒体风云的时候，我建议先要做好这样的心理准备——你是有可能利用媒体发出自己的独立的声音；也有另一种可能，你被媒体利用和改造，你的貌似独立的自己的声音，已经在不自不觉中成为权力与利润共谋的工具。而后一种结果，在今天的浑浊暧昧的媒体文化中，绝不是杞人忧天。

关于学院批评的种种特点，包括学院派批评自身存在的问题，在这篇短短的序文里是说不清楚的，不说也罢。我说这些话，放在一本青年人的书的前面，似乎有些煞风景。但这是我今天面对社会文化的现状，真正想说的话。对于80后批评家的前景，似乎已经不用操什么心，很快会引起各方的关注和热捧，名利对于他们来说，不过是一步之遥。但是从一个人文知识分子真正所要追求的目标来说，可能还任重而道远。

◆ 对于80后批评家的前景，似乎已经不用操什么心，很快会引起各方的关注和热捧，名利对于他们来说，不过是一步之遥。但是从一个人文知识分子真正所要追求的目标来说，可能还是任重而道远。

2013年6月23日于海上鱼焦了斋

初刊南宁《南方文坛》2013年第6期

为第二套“火凤凰新批评文丛”[①]而作

去年，北岳出版社总编辑续小强先生来上海找我，希望我为出版社策划两套书，一套是贾植芳先生全集，另一套就是青年批评家文丛。对于前一套书我颇感兴奋，先生去世已经五年，再过两年就是他老人家的百年诞辰，北岳出版社作为先生的家乡出版社，能够做此善举，是我极为高兴的事情。后一套书却让我多少有些感慨。小强先生希望我用“火凤凰新批评文丛”的名义来编这套书。“火凤凰”是我当年策划一系列人文批评丛书的品牌，但时过境迁，当初推出第一套“火凤凰新批评文丛”已经是二十年以前的事情了。小强先生是80后的青年，他居然还能想到二十年前曾经在出版界发生过影响的一套丛书，希望能够接着这个出版道路走下去，激励今天的青年文学批评家。我觉得我没有理由谢绝他的这番好意，于是就有了这一套青年批评家的丛书。

我为此又特意翻阅了1994年出版的第一套“火凤凰新批评文丛”。前面除了有巴金先生的题词和任意先生设计的徽标以外，还有一篇徐俊西先生写的序言。序言里有这么一段话：“据云，他们编辑‘火凤凰新批评文丛’宗旨有二：一曰‘在滔滔的商海之上’，建立一片文学批评的‘绿洲’；一曰‘文坛空气普遍沉闷的状况下’，弘扬当代知识分子的‘人文精神’……”徐先生是我的老师，他这里所指的“他们”，就是我和王晓明两个策划者，这里所说的“宗旨”，肯定也是我们当时讨论的话题。但我现在一点也想不起来在哪篇文章里写过这样的话。我原先记忆里似乎为这套文丛写过一个卷头语，但现在把原书翻阅一遍也没有找到，也许是我曾经写了，后来没有用上，只是给

① 第二套“火凤凰新批评文丛”，续小强策划，陈思和主编，具体编辑工作由金理担任，北岳文艺出版社2015年出版第一辑。

徐先生写序时作了参考。所以，徐先生文章里打了引号的那些意思，可以定论为我们当时筹办火凤凰学术著作出版基金、策划多种出版物的基本宗旨。

现在已经二十年过去了，我们整个文化工作在经济上是阔气多了，高校系统拨了大量的经费资助学术著作出版，各种文化基金、出版基金也都接受学术著作的出版补贴。所以现在高校里的青年教师要出一本书并不困难，但真正的困难还是存在的，我觉得最大的问题是当前一本文艺批评的著作能否产生它应有的社会影响和学术影响。这个问题直接影响到青年批评家专业思想及其价值观的建立。

20 世纪 80 年代，文艺批评是显学，尤其是 1985 年以后，文艺批评承担了重要的社会功能。那时，文学艺术正在努力摆脱政治意识形态的制约，开始走上自觉、自主、自在的审美阶段。“自觉”是指文学艺术审美价值的内在自觉，“自主”是指创作主体独立的精神追求，“自在”是指文学艺术作品在文化市场上接受检验、寻求合理生存的社会效应。这是中国当代文学艺术创作的重要转变，对以后文学艺术发展产生了深远的影响。那时人们在主观上还没有充分意识到这一点，而转变中的文艺创作需要理论支撑才能显现出它的合法性。1985 年的方法论热潮正是适应这样的文化形势的需要而蓬勃开展起来，一批年轻人懂外语，面向世界，如饥似渴地学习、引进西方各种理论思潮，消解原来一元化的文艺为政治服务的戒律，与文艺创作互相呼应，对实验性、探索性、先锋性的文艺创作给以创造性的解读。记得我当时在《上海文学》杂志上发表过一篇谈现代主义思潮在中国演变的文章，从五四运动前后一直谈到当下西方现代主义与中国文化传统相融汇的可能性。那时我读书并不多，论述也有点勉强，学术性是谈不上的，但是在一批作家中间引起过强烈反响。有个朋友说，那不是你的文章写得好，而是他们（指作家们）需要你这样的说法。我以为这个朋友说得对，文学批评理论就是要在时代、文化发生转变的时候，及时发现问题和提出问题，通过解读某些创作现象来阐释事物发展的规律。这样的批评才会引起社会的关注，20 世纪 80 年代刘再复

◆ 20 世纪 80 年代，文艺批评是显学，尤其是 1985 年以后，文艺批评承担了重要的社会功能。那时，文学艺术正在努力摆脱政治意识形态的制约，开始走上自觉、自主、自在的审美阶段。

先生的一本《性格组合论》可以成为畅销书，在今天真是不可想象的。

这样一种文艺创作发展的需要，使文学批评的主体力量从作家协会系统逐渐地转移到高校学院，一批研究现当代文学、文艺理论的大学教师逐渐取代了原来作协的文艺官员、核心报刊的主编。本来文艺批评应该有更大气象产生，但新的问题也随之而来，随着 20 世纪 90 年代的政治空气和经济大潮的冲击，学院里从事批评的青年教师们遭遇到双重压力。当时真正的压力还不是在主观上，因为学院批评与政治权力保持相对距离，在主观探索方面仍然有一定的空间，但是客观上却遭遇了市场的挑战。出版业的萧条和倒退，迫使原先构建的批评家工作平台纷纷倒闭或者转向，出版人仿佛在惊涛骇浪里行舟，随时都有翻船的恐惧。不赚钱的学术著作，尤其是文艺批评论文集，自然无法找到出版的地方。学术研究成果既然不能转换为社会财富，必然会影响主体热情的高扬和自觉，导致专业价值的怀疑。那时候高校考评体制还是传统学术型的标准，青年教师如果不能顺利出版著述，其职称评定、福利待遇以及社会评价都受到影响。我在 1993 年策划“火凤凰新批评文丛”时就是建立在这样的客观形势之上，所谓逆风行驶。我当时就想试试，到底是读者真的不欢迎文艺批评，还是出版社被市场经济大潮吓慌了手脚而不肯作为？我与一些受到人文精神鼓舞的出版社同道们一起分担了这个实验，实践下来的结果是好的，书虽然有了一些经费补贴出版社不至于亏损，但是销售和宣传的结果，反而有所盈利，文丛最后几本的出版已经不需要资助了。我比较看重的是这套丛书里几位青年批评家的著作，如郜元宝、张新颖、王彬彬、罗岗、薛毅等几位青年才俊的论文集。如果说，这套丛书多少为作为全国批评重镇的上海批评队伍建设做过一点贡献，也就是不失时机地稳定了青年评论家的专业自信。后来几年里，我又策划了“逼近世纪末批评文丛”（山东友谊出版社），继续做了这样的工作。

现在回过头来看，这套丛书的意义还是超出了我当时的期望，不仅仅是对几位青年朋友产生影响，也不仅仅是对上海地区的文学批评产生影响。续小强先生在二十年之后还想借重这个出版品牌来推动青年批评家著作的出版，就是证明之一。不过如我前面所说，现在青年批评家面临的问题，与当年的问题并不相同，批评的处境也不同。现在，关于要加强文艺批评的声音一直不断，大媒体报刊也相应地设立批评专页的版面，稿费据说不菲，在高校和出版系统申请批评文集的出版经费也不特别困难。那么，今天的文艺批评的困境究竟在哪里？我个人以为，恰恰是前面提到的编辑“火凤凰”的两个宗旨中的一个：批评家作为知识分子独立主体的缺失，看不到文艺创作与生活真实之间的深刻关系，一方面是局限于学院派知识结构的偏狭；另一方面是学院熏陶的知识者的傲慢，学院批评无法突破知识与立场的局限而深入到真实生活深处，去把握生活变化的内在规律，而是把时间精力都耗费在轰轰烈烈地开大会、发文章、搞活动、做项目等等，尽是表面的花团锦簇而缺乏深入透彻的思考生活和理解生活。其实，批评家最重要的是需要有宽容温厚的心胸、敏感细腻的感觉，以及坚定不妥协的人文立场，才能发现尚处于萌芽状态的新生艺术力量，与作家们患难与共地去推动发展文学艺术。在我看来，今天我们面临文化生活、审美观念、文学趋势之激剧变化，一点也不亚于 20 世纪 80 年代中期的那场革命性的转型，但是现在，文艺探索与理论批评却是相分裂的，探索不知为何探索，批评也不知为何批评，以其昏昏使人昭昭，文艺批评怎么能够产生真正的力量呢？所以，我今天特别赞同续小强先生继续编辑出版“火凤凰新批评文丛”，但所希望的，不在多出几本批评文集，更不在乎多评几个职称，多添几个教授，而是要培养一批敏感于生活、激荡于文字、充满活力而少混迹名利场的新锐批评家。

◆ 今天的文艺批评的困境究竟在哪里？一方面是局限于学院派知识结构的偏狭，另一方面是学院熏陶的知识者的傲慢。

这是我的愿望。写出来与青年批评家们共勉。

2014 年 3 月 3 日于鱼焦了斋

初刊上海《文汇读书周报》2014 年 5 月 2 日

附　录

三十年治学生活回顾[①]
——陈思和三十年集序

元旦刚过，我应香港岭南大学邀请，前往讲学。临行前，胡中行教授美意嘉言，赋诗七律一首："信有橐驼植树才，栋梁满目足徘徊。一言屡屡成新说，百事欣欣赖总裁。独步香江凌浩荡，回眸南岭秀崔嵬。相交却似深庭院，过尽曲廊堂庑开。"读后感慨系之。"文化大革命"后，高考恢复，我是七七级，中行兄七八级，我们同年考入复旦大学中文系，又是同年留校任教。三十年来，教书育人，陶冶万物，疲惫有加。中行兄性情潇洒，心存别趣，沉醉于古典文学，热衷于诗词唱和，蔚然成风。新世纪以来，我任中文系主任，中行兄任系工会主席，携手推进系务改革，扩大教师工会民主权益，配合协调，相得益彰。念及此，心存感激，依原韵酬答中行兄："丁巳时苏戊午才，百墟兴废忍徘徊。钧陶万物心生累，笔走华年意别裁。独舞广寒非止境，群山览小仰崔嵬。相交如水看平淡，未到深流逐浪开。"四联八句，不但寄托我与中行兄情谊，似乎也是三十年来个人治学生活实践之写照。

◆ 丁巳时苏戊午才，百墟兴废忍徘徊。钧陶万物心生累，笔走华年意别裁。独舞广寒非止境，群山览小仰崔嵬。相交如水看平淡，未到深流逐浪开。

丙午年（1976），高天陨石、唐山地震、"四人帮"一朝覆灭。丁巳年（1977）恢复高考，荒废十年的广大青年学子跃跃欲试，起运复苏，理想重生。是年百废待兴，罗网欲破，高考工作拖延到戊午年（1978）初结束，新生入学。暑假又举行第二届高考，新生九月入学上课。七七、七八两级同年入学，1982 年同年毕业，仅半年之差。四

① 本文是为复旦大学出版社策划当代学人三十年集而编的《脚步集》之序，体例是按照策划者的要求写成的学术自传。初刊于沈阳《当代作家评论》2009 年第 3 期。文中所引四首旧体诗，后经吴忱先生指点修改，于平仄韵律更加准确，再刊于复旦大学中文系主办的《诗铎》第 1 期。收录本书时，均按照《诗铎》版修订过。特此说明。

年大学学制，远胜寒窗十年。大学之大，既非大楼之谓，也非大师之谓，关键在于有大气象。教书育人，立德在先，有大气象灌注胸中，犹如天火传播人间，人类由燧人氏起脱离鸟兽群，走上文明进化的道路；对青年学子而言，大学乃启蒙之圣地，思想解放之起步。大气象既来自大师的讲习，也来自图书文献的无禁区阅读，更来自思想自由交锋和锐意探索，一代精英荟萃聚散，自成传统。当时学界尚未流行陈寅恪先生独立之精神、自由之思想一说，但复旦校歌词（刘大白先生作）早有言：独立精神自由思想，政罗教网无羁绊。精义已经凝聚其中。

转眼三十年过去，同窗李辉先生为复旦大学出版社策划选题，邀约一批三十年前考进高校、走上治学道路的人文学者，各编一本自选集，要求从自己的三十年著述中，按编年体方式每年选入一至两篇作品，以反映学者当时的思考和写作实况，借此呈现个人三十年的治学轨迹；汇总起来，又是三十年人文学科发展的蔚然大观。我颇喜其题，欣然加盟，几经切磋，几经增删，编成是集。限于篇幅，每年文章入选一篇为限，个别年份选录两篇。敝帚自珍，因其文字流淌着三十年自家生命激荡痕迹；献芹于道，但愿学术担当起读书人天下公器薪火传承。书既编成，稿已交付，然而心猿意马，难以平静。按体例要求，作者须写一篇长文，对三十年人生旅程作一小结。欣然命笔，依据所列篇目，略记如下：

一、1978—1981：丁巳时苏戊午才，百墟兴废忍徘徊

我生于 1954 年，“文化大革命”时小学毕业。全国废除高考制度，连同所有考试，伦常倾覆，全民骚乱，昔日学校点滴培养的正面理想轰然崩溃。我没有接受完整的中学教育，唯在市井民间受到自发的启蒙教育和文化熏陶，人生理想尚在蒙昧阶段。20 世纪 70 年代，批林批孔，评法批儒，我读《水浒传》，学鲁迅等等，撇开“四人帮”政治谋略，其破与立两面都为新一轮文化转型提供了知识准备。20 世纪 70 年代，因偶然机缘参加了上海市卢湾区图书馆书评小组，参与编

辑《图书馆工作》和各种学习和写作。屈指算来，十七岁前后有了读书的自觉，开始了朦胧的人生理想与价值观的追求。1974 年在淮海街道图书馆工作。据个人成长的经验体会，两个方面的学习为后来学术工作打下基础：一是马列原著的学习，关于辩证唯物主义和历史唯物主义基本原理、欧洲哲学史、马列主义国家学说，资本主义经济体系的剖析（《资本论》）以及社会主义道德理想等等；对于认识全球化经济趋势和中国社会发展趋势，认识当前社会危机、社会矛盾与问题所在，以及如何建设现代国家的公民道德等方面，至今仍有尖锐意义。二是对鲁迅精神的普遍性的强调，今天学习鲁迅是把鲁迅视为某种特例，当时则把鲁迅著作作为普遍意义的读本，在读鲁迅中培养反叛精神和怀疑眼光以及傲视世俗傲视权威的启蒙立场。这对后来的思想解放运动，反对现代迷信有启迪作用。真正学习鲁迅的人，是不会迷信权威的，对形形色色、冠冕堂皇的社会现象也会保持警惕。

时代完成了一个轮回。“文化大革命”始于废除高考制度，结束后又恢复高考，文化考试制度成为时代兴亡的标志。我从小学毕业直接进入高等学府，接受中断了十二年之久的正规教育，走上自觉的治学之路。现在想来，大学给予我很多方面的资源，最宝贵的就是一种大气象的彰显。也许并不是所有复旦人都能感受这种气象，但如果没有进复旦，我可能走的是另外一种道路。首先是思想解放运动，复旦中文系产生了伤痕文学，直接把我引向当代文学批评的道路；其次是复旦拥有贾植芳这样的人生导师，直接引导我对现代知识分子道路的自觉实践；再次是复旦的学术气氛鼓励我与李辉合作研究巴金，形成了新的人格理想的追求。这都是在我的人生初步阶段，在复旦大学的自由自在的学术空气中完成的。这个阶段我仿佛是一只深埋在土中的蛹，生命被裹在天地自然之中，拼命吸吮土里的营养、树根的汁液以及承受阳光雨露的照拂滋润。有良师榜样在前头引路，有志同道合的密友鼓励，复又有何求？

◆ 首先是思想解放运动，复旦中文系产生了伤痕文学，直接把我引向当代文学批评的道路；其次是复旦拥有贾植芳这样的人生导师，直接引导我对现代知识分子道路的自觉实践；再次是复旦的学术气氛鼓励我与李辉合作研究巴金，形成了新的人格理想的追求。

本书体例规定是总结三十年旅程，当从 1978 年算起，以编年形式选入四篇，前两篇与当时的伤痕文学有关，后两篇初步进入学术研究。关于伤痕文学，通常文学史都以刘心武的小说《班主任》（1977年11月）为起点，我以为不然。如把它与王蒙的小说《最宝贵的》比较，两者路数非常相似，《班主任》应属于反思文学。反思文学需要有正面的理想人物（或者由作家自己来担任）表达主流信念，并用理性来思考当下社会的种种弊害。而伤痕文学没有正面的理想人物，忏悔才是人物（或作家）的内心情结，以此表达出对历史的绝望。正因为绝望，才会触犯当时的教条，才会引起轩然大波。准确地说，这一创作思潮从卢新华的《伤痕》（1978年8月）为起点。新华君与我同列复旦大学中文七七级，而且是同年同月同日生人。新华君以《伤痕》为题创作小说刊于宿舍壁报，引发课堂上热烈讨论。我读之心中久久不释，写了《艺术地再现生活的真实》予以声援，后来新华君的《伤痕》与我的评论先后发表于《文汇报》，这是我在大学期间发表的第一篇评论文章。之所以要强调"真实"，因为当时主流现实主义理论强调的所谓"生活本质"，是一种政治先验论，排斥了从实践中真正发现生活真实的方法，20世纪50年代初，马克思主义文艺理论家胡风就是在这个陷阱里遭遇灭顶之灾。第二年我参加了由《光明日报》副刊发起的关于刘心武的小说《醒来吧，弟弟》的讨论，这部小说概念化的毛病（文艺创作概念化是哲学上先验论的投射）依然严重，充斥了所谓人生理想的说教。我指出刘心武小说的概念化，试图分清《伤痕》反映的伤痕文学的真实观与《班主任》开始的反思文学的真实观之间的差异。但是，这些差异当时只是朦胧意识到，没有清楚的理论把握。我在卢湾区图书馆初学评论，教科书是以群主编的《文学基本原理》，还是教条主义的一套，文笔用词都留下了当时的痕迹。进复旦以后，自由讨论的学术空气才让我慢慢摆脱意识形态话语，走上了独立思考自由写作的道路。二十年后，我主编出版《中国当代文学史教程》，把伤痕文学与反思文学之间的差别，从理论上给以分清。但起点正是大学最初两年的学习成绩。

大二年级，与李辉一起攻读巴金文集。李辉小我三岁，天资聪慧，个性活泼，我们从合作研究巴金开始，三十年来相互支持，推动巴金、胡风研究，编撰“火凤凰新批评丛书”，探索知识分子的实践，总是站在一起，时间是友谊的最好见证。为什么研究巴金会成为我的学术起步？当时的动机很清楚，巴金是一个信仰无政府主义的作家，为什么一个非马克思主义者会在现代中国社会的发展中逐渐走到思想与创作前列，成为当代知识分子的杰出代表？这是一个与传统的现代文学史叙述不一样的叙述系统，从巴金的激进自由主义创作进入文学史，再整合到鲁迅——胡风的左翼文艺传统，是我研究文学史的一个基本思路和方法。我对巴金信仰的无政府主义感兴趣，因为读过马恩原著与学习过国际共运史，借了思想解放，稍微变换思维定式，无政府主义不是难以接受的理论，它的乌托邦理想以及打破国家机器的学说，站在弱势群体一边的边缘立场，以及人性化伦理的个人修身理念，都给予我深刻影响。巴金称克鲁泡特金的《我的自传》为“一个人格的发展”，我后来写巴金传时也用了“人格的发展”为题；同样，我自己的人格发展中也吸收了无政府主义学说的许多营养，这是我必须表示感激的。我们的合作研究得到了贾植芳先生的具体指导和支持，我们的第一篇论文写出来，讨论巴金的无政府主义思想是否有进步性，是与延边大学的李多文老师进行商榷。文章由贾先生推荐给《文学评论》编辑部的王信先生，后又经过陈骏涛先生的编辑，建议我们改写成一封读者来信，压缩到6000字，1980年第2期正式刊出。巴金先生读到了这篇文章，明确支持我们的观点。这是我们与《文学评论》杂志有了联系，追随贾先生和巴金先生的道路的开始，也是我的学术道路的开始。

◆ 从巴金的激进自由主义创作进入文学史，再整合到鲁迅——胡风的左翼文艺传统，是我研究文学史的一个基本思路和方法。

1981年选入的是一篇古代文学史课的作业。刘禹锡是唐代诗人，当年评法批儒，官方把他列入“法家”，卢湾区图书馆书评小组还做了一个集体项目，写刘禹锡的评传。这篇作业也是我当年参加评法批儒所获的一点体会。我把刘禹锡《竹枝词》作为一个艺术整体来研究的思路，与二十多年后解读冯至《十四行集》的思路还是一贯的。陈允吉老师把它推荐给《复旦学报》发表，但他对我说，你以后还是多研究现代文学吧。那是大三年级，大约我在前一年《文学评论》上发表巴金研究的文章后，中文系已经考虑我留校。大四毕业，我起初分配在语言文学研究所的当代文学室，不久调到中文系现代文学教研室担任助教。

二、1982—1989：钧陶万物心生累，笔走华年意别裁

我于1982年1月大学毕业。毕业后就结婚成家，等到2月开学正式工作，我已经是有家室的人了。我少年失怙，随母亲在贫寒中长大，终于单独挑起家庭之梁，欣欣然不能自已，何况职业理想、时间有闲、妻子勤勉贤惠、老母爱护有加。是年二十八岁，人生开端顺畅，故特意录一篇散文《母亲的手》以志纪念。该文写于1982年而发表于1983年，为应和我的人生故事，特意列入1982年。

◆ 现代文学传统又助长了启蒙价值观念，鲁迅、胡风、巴金一路的知识分子道路对我有吸引力，周作人、沈从文、老舍一路风格也让我喜欢，我一生道路走得比较踏实，因为有先贤为榜样，不为世俗潮流所动。

中国社会正处于改革开放初期，山雨欲来，两极分化，高校的青年教师都遭遇过经济实力不足、住房条件差的困难，政治阴晴不定，人生几度波折，同辈人中纷纷选择出国、跳槽、下海，不断变换社会身份以谋求更大发展。而我却“冥顽不化”，沉醉于自己的教学科研中乐此不疲。我自幼向往教育工作，做一个讲台上的老师是从小的理想；稍长后读鲁迅和读马列，向往的是知识分子在追求真理中有所担当；现代文学传统又助长了启蒙价值观念，鲁迅、胡风、巴金一路的知识分子道路对我有吸引力，周作人、沈从文、老舍一路风格也让我喜欢，我一生道路走得比较踏实，因为有先贤为榜样，不为世俗潮流所动。但最重要的，还是我身边有贾植芳先生直接的人格榜样。记得当年问一位出身条件很好、妻子在国外求学的朋友为什么不出国谋求新的道路，他回答简单，父亲年纪大了，不能离开。我闻之震撼，在一个人心慌乱的时代，往往最简单的几句话就可以安定人生。我在先生身边度过了三十年，一直有这样一种倚赖高堂之感，由此坚定自己的人生信念。先生一生经历磨难无数，极具人生智慧，总是在我的人生关键时刻揭示事物真相，每每一说就中的。我之所以能在几度劫难中避开凶险，安然无事，与他老人家的指点有关，念及此不由感激涕零。

我们这一代人在学术上刚刚起步时，遇到了思想解放运动，陈旧教条土崩瓦解，新锐学说风靡一时，学术新人的大胆探索得到了时代风气的鼓励。我在这八年中主要工作是教书和研究现代文学。且说教学，我毕业后担任了八二级新生班主任，一届四年，以崇仰学术为教育学生的唯一标准，该班学生才俊如春笋破土而出，毕业时有四分之一考上研究生深造，于今分布各岗位发挥杰出作用。我为他们上过一学期当代文学专题课，组织学生自由讨论，发言记录后来整理成《夏天的审美触角》一书出版。以后，我长期担任现代文学史的教学工作，1984 年评为讲师，1988 年评为副教授，指导现代文学和比较文学两个学科的硕士研究生。且说研究，留校后与李辉继续合作研究巴金，完成《巴金论稿》，1986 年由人民文学出版社出版。全书共十章，其中四章以单篇论文形式刊发于《文学评论》杂志或丛刊，王信先生与陈骏涛先生在我们成长道路上起了决定性的作用。令人怀念的还有《中国现代文学研究丛刊》的编辑廖宗宣先生，他编发了我的《论巴金的文艺思想》一文，是我的大学毕业论文，后来还被评选为优秀大学生论文编入专辑。但在审稿时，不知什么原因竟受到上峰斥责，经廖先生力排众议才刊发出来，他含糊其词地把这件事告诉我，但没有说明真正原因，只说你以后的字迹要写得规范些。这篇论文发表于丛刊的 1982 年第 4 期，刊物印刷流程缓慢，脱期严重，正式印出来已经是第二年的四五月份了。所以我把它列为 1983 年的作品，与前一年的散文的顺序颠倒过来。1984 年所列的翻译文章也是经廖先生之手刊发的。这是研究巴金的副产品，当时我们阅读了不少外文资料，也尝试翻译过一些。我重视这两篇文章是因为廖宗宣先生已经去世多年，一直没有机会向他表达敬意。还有一个小小原因，十多年后，这同一家刊物又一次刊发了凡宰特致巴金的信，当然是新译的，忘了是译者还是编者，按语说这篇通信是第一次译成中文。我读后心里有些怃然，廖先生不在了，现在的编辑连自己的刊物曾经发表过的内容也不知道了。

《巴金论稿》以后，我的研究目标转向了 20 世纪中国文学史。

当时受李泽厚先生的影响，他在《中国近代思想史论》的后记中，描绘了中国20世纪六代知识分子的发展轨迹，给了我全新的视角。我想把它引进文学史研究，这样必然会把现代文学与当代文学打通，把20世纪文学视为一个整体。自20世纪50年代始，现代文学学科已经粗具规模，各高校中文系不仅开设相关课程，编写文学史教材，还建立了现代文学教研室。“文化大革命”后，1949年以来的当代文学也有了三十年（1949—1979）历史，又延伸到20世纪80年代，这段时期的文学虽然贫瘠，但作为一种国家意识形态的文学仍然获得了官方保护。于是，现代文学学科里派生出当代文学，不少高校中文系建立了当代文学教研室。复旦中文系在20世纪80年代初就有教师从事当代文学研究，参与发起编撰当代文学史教材和中国当代文学研究资料丛书，潘旭澜教授主编的《新中国文学词典》成为这一领域的标志性成果。但是复旦从未分过现当代专业，我留校任教，起初为非中文专业的学生讲授中国现代文学史，为一学期的课程，包括现当代文学六十年，要求教师完整掌握现当代文学史，作为一个整体来把握。20世纪80年代中期，刘再复先生在中国社会科学院文学所所长任上呼吁文学研究的方法论革新，大量引进西方科学理论来指导文学研究，即所谓系统论、信息论、控制论的“三论”，有力地冲击了传统的研究方法和理论模式。1984年的杭州会议，1985年的厦门会议、扬州会议，1986年的海南岛青年批评家会议等，都推动了文艺界的思想解放，鼓励文学研究者从“文化大革命”和清除精神污染的阴影里走出来，冲破思想牢笼。1985年的文学创作与文学研究都是繁荣的一年。我参加了由《上海文学》杂志与杭州《西湖》杂志联合举办的杭州会议，会上热烈讨论文学创作的新探索，现代主义思潮和文化寻根思潮都获得赞扬。我在会上的发言后整理为《中国新文学中的现代主义》一文，刊于《上海文学》1985年第7期。在厦门会议上受到新方法论的刺激，结合文学史的教学经验，撰写《新文学研究中的整体观》一文，刊于《复旦学报》1985年5月的第3期。同年5月由现代文学学会在北京万寿寺举行现代文学青年学者创新座谈会，我以此题发言，与北京大学黄子平、陈平原、钱理群的联合发言《论20世纪中国文学》遥相呼应。我们都主张打通现当代文学，把20世纪中国文学视为一个整体，完整地寻找和发现20世纪文学发展的规律和教训。两个会议引出了我的两篇文章，都是以五四新文学传统为参照来论述当代文学的经验教训。由此形成我第二个研究系列，连续写出七篇系列论文，编成第二本著作《中国新文学整体观》，1987年由上海文艺出版社出版。这部著作并未完成，我以后陆陆续续研究20世纪中国文学史的理论问题，一直延续至今。该书也不断补充增订，先后有过两次增订本；篇幅越来越厚，内容也越来越多，成为我探索文学史理论的代表著作。

《中国新文学整体观》决定了我的学术研究的基本经纬。一是把20世纪中国文学史作为整体来研究，不断发现文学史上的新问题，并努力通过理论探索给以新的解释；二是关注当下文学的新现象，关注中国新文学传统与现实结合发展的最大可能性。20世纪中国文学史是我的学术研究的经，当下文学的批评和研究是我的学术视野的纬，在这纬度上我尽力扩大研究领域，对台港文学、世界华文文学、中外文学比较，甚至外国文学等等，我都尽可能地去学习，逐渐扩大自己的研究领域。同时，我留校任教后还有一个任务，就是中文系领导安排我担任贾植芳先生的工作助手，协助他编辑国家社科“六五”规划项目的子项目“外来思潮流派理论在中国现代文学史上的影响”的资料汇编工作。贾先生通英、日两门外语，复出后接受了组建比较文学学科的工作，我一直跟随他从事20世纪中外文学关系的研究。他退休后，我担任了比较文学教研室主任与学科带头人近二十年。《中国新文学整体观》里有多个章节都反映了我在中外文学关系上的探索。

◆ 《中国新文学整体观》决定了我的学术研究的基本经纬。一是把20世纪中国文学史作为整体来研究，不断发现文学史上的新问题，并努力通过理论探索给以新的解释；二是关注当下文学的新现象，关注中国新文学传统与现实结合发展的最大可能性。

《中国新文学整体观》出版后，吴中杰老师对我说，你现在写研究论文没有什么困难了，已经不愁发表，但这样写下去，你会慢慢地进入一种固定的思维模式不断重复，对自己挑战不大。我听后很感动，决心停止“中国新文学发展中的……”模式的论文写作，继续开拓一些新的领域。我拟订一些新的计划：一是研究当代文学，主要是当下文学批评；二是研究1949年到1979年的三十年文学，拟名为“当代文化与文学论纲”的系列论文；三是中外文学关系的研究，拟的题目是“西方现代主义思潮与中国20世纪文学”。这三个题目后来都没有完成，但也一直断断续续地伴随着我的治学生活。本阶段所收的几篇论文，分别代表我当时在这三个方向的努力。经过这样一些学习与探索，我越来越强烈感受到，原来作为中文二级学科的现代文学的基本框架与理论都存在严重的片面性。1949年新中国成立，王瑶先生、丁易先生、张毕来先生等前辈首创以新民主主义理论来规范中国现代文学，奠定了现代文学学科的基本框架和理论基础。三十年来，为政治服务的文学史观严重束缚现代文学的科学研究，尤其在“文化大革命”中，现代文学变成了一部“鲁迅走在金光大道上”的伪史。拨乱反正，实事求是，重新把这门学科建立在科学的基础之上，那么摆在我们前面的只有“重写文学史”。

“文化大革命”后，上海的文学理论建设与评论队伍始终是活跃的现象。其核心是《上海文学》的理论版负责人李子云女士，她有深厚的文艺高层的背景，也有细腻的艺术感受和理论敏感，在她的悉心培养下，一批青年评论家聚集在《上海文学》周围，发挥了批评群体的作用。20世纪80年代中期，《上海文论》诞生，又多了一个理论刊物，主编是上海社科院文学所所长徐俊西先生，他曾经为重新解释恩格斯的典型问题进行过激烈笔战。上海理论界老一代有王元化、钱谷融、徐中玉等前辈，如参天大树挡风遮阴，中年一代有李子云、徐俊西、潘旭澜、吴中杰等学者，如中流砥柱守先待后。两代人前后衔接，理论界虽有曲折但气象顺畅，极左势力始终未能兴风作浪，青年一代的成长格外顺利。1988年徐俊西先生约我与王晓明教授商谈如何办好刊物，由此产生了“重写文学史”的设想。编辑部主任毛时安也是志同道合的朋友。我们三人就《重写文学史》的专栏进行设计组稿。栏目办了一年有半，发表一批观点新颖，不失尖锐的文章，学术界影响益增。然而1989年过后，不得不偃旗息鼓、半道而废了。

回顾这八年，我的学术研究是朝着由点到面、由简到繁、由理论到实践的方向学习探索，基本上是在书斋里工作。当时居住条件差，面西窗，冬寒暑热，难以抵挡。我在厨房里放一张小桌，读书写字，安然做一个庖中君子，大多数文章都是在厨房里写出来的。我的身体不断发胖，可能就是过多吸收了厨房油腻的缘故。有朋友嘲笑我出身里弄生产组，做学问有如小生产作坊的平庸实际，胸无大志，也不浪漫。我承认这一切，但不认为是缺点。土中之蛹化蝶飞翔前，必然有一段吭哧吭哧的破茧阶段；破茧是很实际的劳动，没有这个阶段，很难飞得高远。1989 年那一年特意选了两篇，一篇是自述“重写文学史”的文章，另一篇是提交中国社会科学院举办纪念五四运动七十周年学术会议的论文《五四与当代——对一种学术萎缩现象的断想》，从这篇论文中可以看出，我对五四运动的启蒙思想开始有了反思，这是我的学术思想的一个变化，是时在风波前夕，知识分子的启蒙激情正达沸点。

◆ 当时曾与友人做彻夜长谈，以为鲁迅晚年拒绝出国而守故土，赖有三个条件：一是对中国社会有充分认识；二是有坚忍不拔的奋斗精神；三要有一个积极良好的小环境。有此三条件而成就了晚年鲁迅，无此三条件则牺牲了谭嗣同。

三、1990—2000：独舞广寒非止境，群山览小仰崔嵬

1989 年以后，知识分子理想热情均受挫伤，朋友星散，意气消沉。但对于学过一点现代史、读过一点鲁迅的人，应该知道这样的逆转在历史上并非第一次，倒是可以借此教训，少一些迷狂，多一些清醒。当时曾与友人做彻夜长谈，以为鲁迅晚年拒绝出国而守故土，赖有三个条件：一是对中国社会有充分认识；二是有坚忍不拔的奋斗精神；三要有一个积极良好的小环境。有此三条件而成就了晚年鲁迅，无此三条件则牺牲了谭嗣同。明白这一点，一部现代文学史就不再是过去文本，而是淌过我们身体的传统之流，我对一切历史皆谓当代史的说法有了深切理解。以后两年虽非百无聊赖，实也无事可做，埋头学习德语，重新阅读二周文章。本年度选了几篇小文，或是读外国名著笔记，或是学习二周文章，颇有当年真实心迹。1993 年我被评为教授和博士生导师，指导博士研究生，并担任人文学院副院长，教学工作如常。

时代要求知识分子走出书斋，走向社会实践。1992年邓小平南方

谈话以后，中国社会由计划经济向市场经济迅速转型。一时间风起云涌、泥沙俱下，经济成为一切运动的杠杆和一切事物的标准，社会伦理遭遇根本性颠覆，人文学科迅速边缘化、知识贬值、人心浮动。文人下海从商，时时见诸报端。究其根源，从知识者自身的反省立场看，还是在于长期在国家体制束缚下知识分子人文精神的失落。知识分子失去了独立于世的能力和责任感，人之所以为人的问题缺乏追问。于是，由王晓明等人发起的人文精神大讨论于 1993 年、1994 年两年蔓延，我参与其间，这是与王晓明教授第二次联袂行为。如前诗所言，我一向少有单独追求个人功名的兴趣，却偏喜师生好友集体追求某种理想事业。我有恩师良友，学生群体，依赖学术传统营造良好的小环境，声气相求，相濡以沫。从与李辉合作研究巴金到与晓明联袂行动，以及主持火凤凰学术著作出版基金，出任中文系主任等，都体现了我一贯的追求。其时各人对人文精神的理解并不相同，对于市场经济后果的评价也不一致。知识界第一次没有官方的旨意而引发激烈争论，文学领域爆发的“二王”“二张”之争，反映了社会大变革前夕意识形态领域的敏感回应。可惜这些讨论的发起是在文学界，而不是在思想界，更不是在经济界，文学自然是感情的成分大于理性实证。但无论如何，这是知识分子的在社会变革中的自觉呼吁，提倡人文精神并不重要，重要的是在以后的道路上，知识分子如何进一步发挥自觉的力量和作用。我的思考又回到了五四时代，中国的市场经济不是第一次从天而降，只不过社会主义计划经济统治中国几十年，导致我们这一代人缺少历史见识，才会张皇失措。19 世纪末知识分子从传统士大夫阶级转型而来，一开始就思考如何在现代社会安身立命的问题：张元济等人从事出版，弘扬学术；蔡元培等人占据高校讲堂，宣传新思想；严复等人埋头著译，靠版税谋生；鲁迅、周作人终身写作为生，成为现代媒体下的独立撰稿人。前辈们为我们树立的榜样，首先就是要确立庙堂以外的民间岗位；民间岗位包含了精神岗位和现实岗位，这是现代知识分子转型成功的基本标志。这些个人体会我曾经写成多篇论文给以阐述，本书收录的《试论知识分子在现代转型中

◆ 我一向少有单独追求个人功名的兴趣，却偏喜师生好友集体追求某种理想事业。我有恩师良友，学生群体，以赖学术传统营造良好的小环境，声气相求，相濡以沫。

的三种价值取向》和《关于人文精神讨论的通信》都是其中的一部分论述。

这期间我主要的一项工作是着手建立火凤凰学术著作出版基金，还与李辉、王晓明等朋友联手，相继推出“火凤凰新批评文丛”“逼近世纪末批评文丛”“火凤凰文库”“逼近世纪末人文书系”等大型丛书，我把它视为一种知识分子理想的实践。前两种丛书的作者中有一批年轻的现当代文学研究者，他们主要聚集在上海高校，刚刚获得研究生的学位，人生和事业都处在起步阶段，丛书及时推出他们的学术著作，不但坚定了他们对自己学术前途的信心，而且有利于上海高校建立起多个青年学术梯队。迄今为止，全国当代文学理论和批评的学者队伍，上海始终是最整齐的，也是最稳定的；后两种丛书的作者是凝聚了老、中、青三代知识分子薪火相传的精神，领衔的是巴金、贾植芳、邵燕祥、于光远等著名作家、学者和政论家，在充斥着软性的、时尚的、娱乐的读物市场，注入了一股鲜明特色的人文气息。这方面的文章限于篇幅，我没有收录，但在《民间与现代都市文化》中有一节专门分析了现代读物的问题，多少与这方面的探索有点关系。

20世纪90年代以来，文学创作领域也在深刻反思，有了与学术界相呼应的同步思考。王安忆首义，发表《叔叔的故事》，反思20世纪80年代的社会发展的教训，她提出了一个问题：战胜儿子的父亲有何幸福可言？张承志隐身西北，集成《心灵史》一书，社会上发生重要影响。张炜身居山东海边，自觉融入野地，在迅速发展的社会以外寻找如何安身立命的途径，长篇小说《九月寓言》抒发了民间的天地自然之情。贾平凹以颓废之情欲望之身，混迹市井民间，以藏污纳垢的态度创作《废都》，表达对世事的绝望心理。这些作品在20世纪90年代初都是以直面惨淡人生的勇气回应了时代。接着，在经济大潮的冲击下，文学发生了巨大变化，一批新生代作家毅然与传统决绝断裂，形成了新的先锋文学；而另一批更新的作家完全融入物质社会之中，放任自身的欲望和肉体，形成了本土的另类异端文学……传统文学史所描绘的线性发展的轨迹被打断，20世纪90年代文学出现了无名状态——一种多元而混乱的状态。我很有趣味地追寻当下文学的变幻，努力揭示新的创作的生长点，并且企图从理论上给以解释。我与几位年轻朋友一起编辑多卷本的《逼近世纪末小说选》，以及我每年为这个选本写的长序，都有涉及这些方面。1996 年入选的《碎片中的历史》就是某篇长序中的一部分，此外，1992 年和 1998 年入选的两篇文章，正是分别对当代作家张炜和王安忆的创作的评论和分析。

对于文学史的研究也在深入进行中。《重写文学史》专栏停止以后，我一直打算写一部由自己独特体会贯穿的 20 世纪文学史，但是呼吁容易动手难，一旦着手，无数问题纷沓而来。尤其是 1949 年前后三十年，禁区凛冽，教条峥嵘，我决定先掉过头来研究五六十年代的当代文学，为此，相继提出民间文化形态、战争文化心理、潜在写作等文学史理论探索，扩大研究空间，丰富对那一时期创作的理解。这些概念都是我与我的研究生们在反复讨论、磨砺和切磋中产生的，往往是我率先提出，我的学生接下去深入研究，如王光东对民间理论的探究、刘志荣对潜在写作的研究都比我当初提出的理论要深入得多。这也是我培养研究生的基本途径。这些理论探索的成果最终结集成一部由我主编的《中国当代文学史教程》和一套由我主持的国家社科项目“20 世纪中国文学史理论创新探索”系列丛书。

最后一项是 20 世纪中外文学关系的研究。这项工作成绩最少，但在 2000 年总算完成了“20 世纪中外文学关系研究中的世界性因素”的理论课题，其实命题已提出多年，只是没有引起关注。是年，《中国比较文学》主编谢天振先生力荐该命题，为此，先由编辑部筹划开研讨会，发表不同意见；后开专栏讨论，意在引起争鸣。讨论进行了整整两年，编辑部专门约我作文回答有关批评意见。这本来都是杂志社有意策划，也鼓励了我把长期的思考写出来。其意义不在于理论能否讲得充分，而在于能否将理论运用到具体文学研究中。我曾经用以分析韩少功的《马桥词典》与帕维奇的《哈扎尔辞典》之对应关系，又研究五四新文学的先锋性与西方先锋文学的对应关系，“世界性因素”的研究方法比传统的影响研究方法更具有合理性。这是我在 20

世纪的最后一年所做的学术工作。

另，这一阶段中，我的生活发生了一点变化，就是有了频繁访学的机会。1988 年第一次去香港中文大学英文系做访问学者四个月，研究课题是港台文学之外来影响，得到了卢玮銮教授的指导。她不仅以研究香港文学的丰富资料开拓我的知识结构，还热情介绍我结识了一批来自台湾的新锐诗人和学者。我与他们年纪相仿，彼此没有太大成见，一见如故。这是我接触台湾文学的开始，以后与他们还有长期的来往。1995 年，我去日本早稻田大学访学，在台湾文学专家松永正义先生的书斋里翻阅大量被日本殖民统治时期的台湾文学期刊和书籍。适时两岸民间文化交流开始。1996 年，应诗人梅新之邀，第一次去台湾参加《中央日报》举办的百年中国文学研讨会，有幸结识海外学者王德威教授。经王教授的推荐，翌年我再次去台湾，作为联合报系访问学者在台一月，拜访了许多老作家，结识了许多新朋友，他们对我研究台湾文学与世界华文文学提供了很多善意的帮助，为我打开了一个新的研究空间。1998 年，我应韩国瑞南财团邀请，任首尔大学访问学者，与韩国学者朴宰雨、全炯俊、崔元植等教授开始了多种合作计划。2000 年，应唐小兵教授之邀去美国芝加哥大学讲学。

这阶段，我的学术工作还是沿着当代文学批评、20 世纪文学史研究以及中外文学关系研究三个方向。自《中国新文学整体观》以后，除了写过一本巴金传记和一本巴金研究史的综述以外，发表的都是论文、随笔和散文，收录在戊辰年（1988）到己卯年（1999）的编年体论文集中，分为《笔走龙蛇》《马蹄声声碎》《羊骚与猴骚》《鸡鸣风雨》《犬耕集》《豕突集》《写在子夜》《牛后文录》《谈虎谈兔》九种。最后一本于 2001 年出版。

四、2001 年至今：相交如水看平淡，未到深流逐浪开

2001 年，我的个人生命旅途中，还是有一些因缘发生。胡中行兄的诗里最后一联“相交却似深庭院，过尽曲廊堂庑开”大约是说我为人拘谨，不善交往，交友之道看似狭窄，实如庭院深深，曲廊狭窄而

堂庑实大。我的酬答虽有应酬的意思，但也包含了这一阶段的生命痛感。起先人微言轻，埋头学习，没有什么是非缠身。虽然发表文章招来争论，重写文学史和人文精神讨论引起风波，但皆因学术为天下公器，于公于私都在朗朗晴空之下；环境虽有压力，友朋或有误解，但没有什么个人的恩怨发生。反之，朋友间还增长了抗压的情谊。然而这看似平淡的一切，均是因为人生之旅未到深流，无从体会而已。

2001 年，我受学校委托，接受中文系主任之职。自 1978 年进复旦求学迄今，二十余年过去，学校领导与中文系师长都对我有恩有义，近知天命之年，为学校与师长略尽绵力报答知遇，也是理所当然。此后八年，我与同事们一起战战兢兢，勉为其难，推行原典精读课程改革，实行民主办系，广引人才建设学科，不遗余力。当初，中文系老主任章培恒先生曾告诫我："人文学科如滑坡，复旦中文系也不例外，你要让它尽量滑得慢些，就是上善。"四年过后，章先生为《复旦大学中文系建系八十周年纪念册》作序，欣然称道："我们固然为已有的成就而欢欣鼓舞，更为即将到来的新的巨大发展而无限振奋。在中文系最近几年的工作中，这种新的发展已经有其征兆。"这是对我的工作的最大鼓励。章先生对我耳提面命，时时教导；王水照先生任学术委员会主任，事事提携；裘锡圭先生率团队加盟复旦，提升了中文学科的学术声誉。中文系风调雨顺，蒸蒸日上，2007 年，复旦中文学科被教育部评为国家一级学科重点学科。其中甘苦，寸心自知，不足道矣。

2003 年，上海市作家协会党组委托我接受《上海文学》主编之职。当时刊物面临经济亏损，市场清淡，我感念前任主编周介人先生为刊物生存鞠躬尽瘁，以及本人曾经受惠于《上海文学》，故愿意在刊物困难时期为之尽力。任职三年，力主发扬西部文学精神，引进海外文学联盟机制，走通两仪，独立文舍，促使文学杂志与文学评论成为上海城市文化标记。然而，此番行动，于时尚相违，于人性知味，启蒙奋发，讼争不断，曲高和寡，毁誉参半。前者论鲁迅晚年之三条件，今我昧于世情，少有知音。唯坚忍不拔之心有之，唯任劳任怨之行有之，故以“两岸猿声啼不住，轻舟已过万重山”为自勉自励，一意孤行。卸任后常常自省：权益在手者，小人以谋取名利于私己，君子以付之理想为公众，然而理想一旦失信于众，好高骛远，反为众人误解，峣者易折，皎者易污，不行之理想与个人谋私利，当同等视之。此项所获，应列为人生教训。三年文字，编入《海藻集》行世。

新世纪以来，学术研究较多关注当代文学创作，努力用世界性因素的眼光分析当代重要作品，在阎连科、张炜的小说研究中提出了来自古希腊的恶魔性因素，在莫言、余华小说的分析中引出了拉伯雷的民间狂欢因素，在贾平凹的小说解读中探讨了现实主义（自然主义）的文学因素。新世纪的文学创作发生了一次新的飞跃，中生代作家集体发挥了良好的竞技状态，水涨船高，我借了创作的水势，发表了数篇评论，共同参与新世纪文学建设。2002 年起，参与马来西亚《星洲日报》举办的花踪世界华文文学大奖的终评委工作；2006 年起，参与香港浸会大学举办的世界华文文学红楼梦长篇小说奖的决审评委。本阶段选录的当代文学评论都与上述工作相关。此外，主要编撰《中国现代文学史教程》，历经十年，几近杀青。导论部分提出了五四新文学运动为先锋运动，分先锋与常态两种文学史发展轨迹，这是描述现代文学史发展的一条主线，也将是我在香港期间修订文学史稿的主要探索。

2002 年，母亲仙逝，享年七三，惨痛之际，辑成新编年体论文集《草心集》行世，谓“谁言寸草心，报得三春晖”之意，寄托哀思。2005 年，巴金老人以百二高龄仙逝，写《从鲁迅到巴金——试论巴金在现代文学史上的意义》系列论文，以志纪念。2008 年，恩师贾植芳先生以九二高龄仙逝，写《我心中的贾植芳先生》系列论文，表达感恩。长者已逝，我再次经受少年失怙的惨痛经验，吟五律一首：“天悲泰岳摧，两度失尊亲。雨露长年尽，薪传几代人。冰霜存铁骨，春暖宅仁心。仰面先生在，雁行示大音。”先生生前常教诲说要把人字写端正，这个意思如大雁飞行铭刻于云天，时时发人深省，催人自新。由此豁然明白，自己已经到了无依无恃的时刻，真正知达天命了。

三十年并非历史终结，生命之火还会燃烧，更何况，人生之旅与治学之旅一样，迷茫困顿总与努力追求相伴随，其中甘苦不是区区文章所能道尽。2008 年 9 月，偶有小恙，决定结束十多年的染发史，还原一头霜雪白发，吟成七律一首："从此青春长别去，敢听白发唱黄鸡。残花已报秋风早，蝉树何贪夏日西。心事常牵诗与酒，头颅且悔坐中旗。曾经不识愁滋味，对镜高声诵岳词。"

◆ 从此青春长别去，敢听白发唱黄鸡。残花已报秋风早，蝉树何贪夏日西。心事常牵诗与酒，头颅且悔坐中旗。曾经不识愁滋味，对镜高声诵岳词。

写成此文，已是己丑新春。正月初三，我五五初度。从香港返深圳与友人小聚，忽忆六年前我四十九岁时，曾赋诗两首咏知天命，思之怃然，再诵新诗："五五鹏程度岁时，千杯溪畔唱新诗。满头霜雪晶莹洁，双目氤氲美色知。回首人生唯有爱，徒增年齿未存疑。寒冬枝闹春消息，遥对婵娟若有思。"

2009 年 1 月 31 日完稿于香港岭南校园

初刊沈阳《当代作家评论》2009 年第 3 期

学术是我安身立命的基本立场

——答《中华读书报》记者问

【记者采访手记】上海书展期间约访陈思和的时候，我还没有想到某种巧合。事后才发现，40年前的8月22日，他的第一篇评论文章发表在《文汇报》。

至2018年8月，陈思和走过了评论生涯40年。巴金无政府主义的理想道路，贾植芳的苦难而高贵的人生道路，鲁迅、胡风、巴金一路的知识分子道路，都对陈思和有着强烈的吸引力，周作人、沈从文、老舍一路风格也让他心生欢喜。既有先贤为榜样，不为世俗潮流所动。最重要的，还是身边有贾植芳先生直接的人格榜样。陈思和的学术道路走得踏实而稳健，“知识分子”在他心里重如泰山。

但陈思和也不是一个来者不拒、任何作品都能够解读的评论家。只有与自己的兴趣或者某种隐秘的生命要素吻合的作品，才会激起他的阐释兴奋。他曾经把批评与创作比作一条道路两边的树，从小树到大树，到枝叶繁茂，相看两不厌，一起慢慢生长，不离不弃。

他在借助批评诉说自己内心的某种激情。

他说，作为批评家，这是一种局限。我却恍惚觉得，他并不止于批评家，他才是真正的作家。而那些被评论的作品，只不过是为他的思想和表达做注脚。

“我仿佛是一只深埋在土中的蛹，生命被裹在天地自然之中，拼命吸吮土里的营养、树根的汁液以及承受阳光雨露的照拂滋润。”陈思和以诗意的描写回顾了他在复旦大学的学习岁月，他的学术人生在自由的空气中起步。

《中华读书报》：您和卢新华是大学同学，又最早发表《伤痕》

的评论。可否谈谈你们的交往和当时的文化背景？

陈思和： 新华和我同列复旦大学中文七七级，而且是同年同月同日生人。他的《伤痕》刊于宿舍壁报，引发热烈讨论。有支持，也有批评，我是支持《伤痕》的，这篇作品感动了我，突然觉得以前盘踞在头脑里的条条框框被打破了——文学还可以有另一种写法。我觉得文学批评也可以有新的追求，虽然追求什么讲不清楚。我写了《艺术地再现生活的真实——论〈伤痕〉》，发表于1978年8月22日的《文汇报》。

《中华读书报》： 在此之前，您写过评论文章吗？

陈思和： 进大学前，我在卢湾区图书馆初学写书评，教材就是以群主编的《文学的基本原理》，还是教条主义的一套。进复旦以后，自由讨论的学术空气才让我慢慢摆脱意识形态话语，走上了独立思考、自由写作的道路。1979年，我参加了《光明日报》副刊发起的关于刘心武的小说《醒来吧，弟弟》的讨论，指出刘心武小说的概念化，试图分清《伤痕》表达的伤痕文学的真实观与《班主任》开始的反思文学的真实观之间的差异。这些差异，我当时只是朦胧意识到，并没有清楚地给予理论阐释。二十年后，我主编的《中国当代文学史教程》里，才把伤痕文学与反思文学之间的差别从理论上分清了。我的学术起点正是大学最初两年的基础学习，决定了我后来的学术追求。从那时候开始，我在学术思想上没有太多的条条框框，思想是自由的。

◆ 复旦大学重新塑造了我。大学给了我很多方面的资源，最宝贵的就是一种大气象的彰显。

《中华读书报》： 您是高考恢复后第一批进复旦大学的学生，大学带给您什么？

陈思和： 可以说，复旦大学重新塑造了我。大学给了我很多方面的资源，最宝贵的就是一种大气象的彰显。也许并不是所有复旦人都能感受到这种气象，但如果不进复旦，我可能走的是另外一条道路。首先是复旦校园的思想解放运动，中文系产生了“伤痕文学”，直接把我引向当代文学批评的道路；其次是复旦大学拥有贾植芳这样的人生导师，直接引导我对现代知识分子道路的自觉实践；再次是复旦大学的学术气氛鼓励我与李辉合作研究巴金，开始了新的人格理想培养。我的人生学步阶段就是这样在复旦大学的人文学术空气中完成的。大学一年级下半年，我感觉整个人都变了。

《中华读书报》：您也曾多次提到过导师贾植芳对您的影响，能回忆一下你们的交往吗？

陈思和：贾植芳先生受到过胡风案牵连，后来经历“文化大革命”劫难，受迫害长达二十多年。但他是个坦荡的人，能够通达地放下自己所经受的苦难，从来不会在一些文人擅长纠缠的小节上计较是非。贾植芳为我树立了一个活生生的榜样，他是受难的知识分子的代表，九死一生，仍然不断地追求精神理想。先生一生最重视的是“知识分子”的称号，这是他自觉履行五四新文学精神使命的最根本的动力。

我们几个学生经常在他的小屋里喝酒聊天。贾先生对我们讲了很多现代文学的历史掌故。胡风在20世纪30年代坚持鲁迅精神，通过编辑文艺杂志来培养年轻作者，贾植芳是投稿结识了胡风，胡风对他有过提携。胡风和鲁迅又是亦师亦友的关系。当时我听贾先生讲到胡风，就说“我那朋友如何如何”。你能感到他在讲胡风事件时，不是在讲书本上的历史知识，而是活生生的历史；他说起鲁迅，总是称“老先生”，因为鲁迅对他来说，也不是书本上的鲁迅，这和隔代读鲁迅的感觉很不同。贾先生讲给我的现代文学，是人和事血肉相连的。这本身就是一种学习过程，我常会出现一种幻觉，鲁迅、巴金对我来说更像是前辈，不是研究对象。新文学像一条磅礴大河，把我淹没过去；我是水底的一个生物，河水淹没我，也把我带到远方。我把自己纳入知识分子的传统谱系之中，也在奉献自己的力量。有些学者把研究和学习分得很清楚，对我来说不是这样；向研究对象学习，要了解他们是怎么想的，把我的学习体会放进去。

贾植芳不是一个随风倒或跟着风向走的人，他始终有自己的思想和自己的立场、自己的风格。在他身边，我开始知道应该怎么选择自己的道路。我研究巴金，巴金有遥远的、高尚的人生理想。这个理想达不到，所以巴金很痛苦；贾植芳是通达的人，但有风骨，有立场。他们对我都有影响。

《中华读书报》： 为什么研究巴金成为您的学术起步？

陈思和： 我当时的动机是想探讨，巴金作为一个信仰无政府主义的作家，为什么能够在现代中国社会急剧变化中走到思想的前列，成为当代知识分子的杰出代表？这涉及一个与正统的文学史叙述不一样的另类叙述系统，从巴金的激进自由主义创作进入文学史，再整合到鲁迅——胡风的左翼文艺传统，再带动整个知识分子的道路研究，是我后来研究文学史的一个基本思路和方法。安那其乌托邦理想以及打破国家机器的学说，站在弱势群体一边的边缘立场，以及培养人性化伦理的个人修身理念，都给我深刻影响。巴金称克鲁泡特金的《我的自传》为“一个人格的发展”，我后来写《人格的发展——巴金传》时，也用了“人格的发展”为题，同样我的人格发展中也吸收了无政府主义学说的许多营养，这是我必须要感激的。我和李辉的合作研究得到了贾植芳先生的具体指导和支持，第一篇讨论巴金的无政府主义思想是否有进步性的论文，由贾先生推荐给《文学评论》编辑部的王信老师，又经陈骏涛老师的编辑，建议我们改成读者来信，在 1980 年第 3 期刊出。巴金先生读了这篇文章，明确支持我们的观点。这是我们追随贾先生与巴金先生的道路的开始，也是我的学术道路的开始。

【记者采访手记】 从性格上来说，陈思和并非一个赶潮流的人。但是在当时火热的文学研究氛围中，他被裹挟着往前，和当时国内一批新锐批评家一道，开创了那个时代的文学黄金期。

《中华读书报》： 您在学术上刚刚起步时，遇到了思想解放运动。能谈谈当时的情况吗？

陈思和： 恢复高考是改革开放的先声，把年轻人的积极性调动起来了，转向了追求知识。我本性不喜欢赶潮流，可这是唯一的一次赶上了，对我的思想、世界观的形成，包括对后来的人生道路都有很大的影响。学术新人的大胆探索得到了时代风气的鼓励。

那时学术界有两个圈子对我影响比较大。一个是《上海文学》，常务副主编、评论家李子云培养了一支年轻的文艺评论队伍，我们每隔几个星期就会聚在一起开会，周介人老师主持会议和张罗一切，参加者先后有吴亮、蔡翔、程德培、许子东、王晓明、李劼、宋耀良、夏中义……吴亮是从读哲学开始走上批评的道路，没有学院的训练，他的充满辩证的思维特征给我的影响很大。评论家们形成了一个圈子，这个圈子是有标准的，譬如我们当时对张承志的小说就非常推崇。还有一个是北京的学术圈子，如北大的黄子平、陈平原、钱理群等，还有王富仁、吴福辉等，他们的文章当时我都非常关注。那主要是现代文学研究领域。《巴金论稿》之后，我的研究目标转向了20世纪中国文学史。

《中华读书报》：这一转变有何机缘？

陈思和：受李泽厚先生的影响。他在《中国近代思想史论》的后记中，描绘了中国20世纪六代知识分子的发展轨迹，给了我全新的视角。我想把它引进文学史研究，这样必然要把现代文学与当代文学打通，把20世纪文学史视为一个整体。自20世纪50年代始，现代文学学科已经粗具规模，各高校中文系不仅开设相关课程，编写文学史教材，还建立了现代文学教研室，现代文学学科里又派生出当代文学。1984年的杭州会议促使了文学寻根的创作思潮，1985年的厦门会议、扬州会议等，都推动了文艺界的思想解放，鼓励文学研究者冲破思想牢笼。1985年5月，现代文学学会在北京万寿寺举行现代文学青年学者创新座谈会，我的发言和北大的黄子平、陈平原、钱理群的联合发言《论20世纪中国文学》不谋而合：我们都主张打通现当代文学，把20世纪中国文学视为一个整体，完整地寻找和发现20世纪文学发展的规律和教训。我的文章题目是《中国新文学研究的整体观》，杭州会议上我的发言题目是《中国文学发展中的现代主义》，两个会议引出了我的两篇文章，都是以五四新文学传统为参照来论述当代文学的经验教训。由此逐渐形成我第二个研究系列，后来陆续写出《中国新文学发展中的忏悔意识》等七篇系列论文，编成第二本著作《中国新文学整体观》。

《中华读书报》：这本书也是您探索文学史理论的代表著作。

陈思和：现在看来是很粗糙的、很不成熟的，所以后来一直想重写或者做重要修改。但《中国新文学整体观》决定了我的学术研究的基本经纬。一是把20世纪中国文学史作为整体来研究，不断发现文学史上的新问题，并努力通过理论探索给以新的解释；二是关注当下文学的新现象，关注中国新文学传统与现实结合发展的最大可能性。20世纪中国文学史是我的学术研究的经，当下文学的批评和研究是我的学术视野的纬，在纬度上我尽力扩大研究领域，对台湾香港文学、世界华文文学、中外文学比较，甚至外国文学等等，我都尽可能去学习，逐渐扩大自己的研究领域。在继续开拓的思考中，我越来越感觉到原来作为中文二级学科的现代文学的基本框架与文学史理论都存在严重的局限，摆在我们面前的只有“重写文学史”。

《中华读书报》：“重写文学史”的原则是什么？

陈思和：以审美标准来重新评价过去的名家名作以及各种文学现象。在中国新文学史上，许多真诚的作家和一度影响重大的作品，因为没有处理好审美中介这一环节，随着社会变迁和价值标准的转变，他们在文学史上的地位已经变得不再重要了，他们的作品也无人问津。这是一个非常严峻的问题，我们每一个从事新文学史教学的大学教师都会碰到这样的事情，在课堂上讲到有些文学史上的著名作品时，不管你是极力称赞还是批评，当代大学生的反应都极其冷漠，他们不关心你的具体结论，因为他们对这类作品根本就失去了阅读兴趣。这是我们必须正视，并给以解答的问题。我这里说的审美标准，不是纯美标准，文学作品的审美当然是包含了重大思想与时代信息的。

【记者采访手记】和贾植芳先生一脉相承，陈思和同样把“知识分子”看得很重，也一直在尝试知识分子在当代社会生活中的担当。20 世纪 80 年代以后，陈思和主动地尝试各种各样的工作，包括学术、社会活动和出版工作，主推“火凤凰新批评文丛”，担任学校的人文学院副院长和中文系主任。

《中华读书报》：在您的学术经历中，学术思想和学术道路发生过怎样的变化？

陈思和：我在 1989 年写的《“五四”与当代——对一种学术萎缩现象的断想》一文中，开始对五四的启蒙思潮进行反思，这是我的学术思想的一个变化。那时候我开始意识到，一个知识分子应该分清自己的社会责任与学术责任。社会责任驱使我们对社会上发生的每一件事表明自己的态度，以人类的良心来抨击不义现象，促使社会进步；学术责任则要求我们在本职工作上成为佼佼者，坚持学术高于政治、文化大于社会的原则，维护学术的独立性与科学性，这是并存不悖的两种使命。根据这个想法，在 20 世纪 90 年代，我进一步提出了知识分子的岗位意识。当时我意识到五四时代的许多急功近利的思想精神都束缚了我们的眼界，这样下去的话，当代学术的萎缩是自然的事。这里涉及很多问题，包括对传统的重新认识、对知识分子广场意识的反思、对西方思潮的消化与批判接受，等等。唯有认识了它的局限，并超越它，才有可能使知识分子摆脱历史的怪圈，走上新的路。但是后来因为学术风气发生逆转，20 世纪 90 年代保守主义思潮、国学思潮、新左派等等都合力围剿五四精神传统，我就有意不再反思五四精神了。我觉得五四精神缺点再多也是战斗的健康的精神，是前进中的缺点，是可以克服的；而那些批判五四的言论，很多都是复古倒退、不健康的，或者趋时趋左，我不想再去添乱。于是我转向了社会实践。

1994年，我与王晓明合作筹办了“火凤凰新批评文丛”，产生了另外一些影响。我的学术道路也大致形成了三个方向：从巴金、胡风等人物传记研究进入以鲁迅为核心的新文学传统的研究，着眼于现代知识分子人文精神和实践道路的探索；从新文学整体观进入重写文学史的尝试，对民间理论、战争文化心理、潜在写作等一系列文学史理论创新进行探索，梳理我们的学术传统和学科建设；从当下文学的批评实践出发，尝试去参与和推动创作。如果说，第一个方向是作为现代知识分子追求安身立命的价值所在和行为立场，第二个方向是建立知识分子的工作岗位和学术目标，那么，第三个方向则是对文学批评的事功的可能性探索，它既是我们对社会生活的理解和描述，也是试图改变当下处境的尝试。

《中华读书报》： 20世纪90年代，您和王晓明等人发起的人文精神寻思的大讨论，在社会上引起很大反响。现在您怎么看待当年的讨论，那场讨论对知识界有何意义？

陈思和： 人文精神寻思的讨论，是王晓明提出来的，他邀请我一起参与讨论，后来沈昌文先生又加入了，在《读书》杂志上进行延续性的讨论。因为引起了很多反对的声音，才产生了社会影响。这场讨论，后来王晓明编过一本资料集，可能更能够说明当时的情况。我当时发现，参加讨论者对“人文精神”的理解都不一样，总的来看，是知识界对中国刚刚掀起的市场经济大潮不适应，对商品经济导致的社会效果表示了忧虑。这些看法，虽然在当时的情况下有些超前和敏感，也引起了很多反对的意见，却没有人真正地重视它。其实，从实践检验真理标准的角度看，人文精神寻思讨论中被提出来的问题，后来都被不幸而言中。21世纪以来中国社会道德底线几近崩溃，资本勾结权力几乎占领了社会经济各个角落，破坏了社会正常运作秩序，目前大量舆情所发生的问题，正是人文精神严重缺失造成的。但在当时这些声音不合时宜，也比较微弱，很快就被边缘化了。但毕竟留下了一些清醒、理性的声音，作为一种思想资料，以后会被人一再提起的。

《中华读书报》：人文精神大讨论20年后，曾有媒体试图以纪念的形式再掀起新一轮的讨论，但结果不尽如人意。您怎么看这一状况？

陈思和：好像没有这么夸张。当时只是报社编辑陆灏个人的一点兴趣，他把我们几个人召集起来，做个座谈，想做点回顾和纪念而已。座谈纪要发表以后，好像还是有很多人看到并有所反响的，不过媒体没有继续往下做。

《中华读书报》："重写文学史"之后，您还主编了《中国当代文学史教程》，并主持国家社科项目"20世纪文学史理论创新探索"，做了很多颇有影响的学术工作。您也做过很多选本，在当时引起过较大反响。

陈思和：我在20世纪90年代与张新颖、郜元宝和李振声三位一起策划编过一套《逼近世纪末小说选》，那是颇有影响的。新世纪以后，又策划编过一套九卷本的《新世纪小说大系》。当初的想法，就是想改变以往的评选模式。大系里有武侠小说、科幻小说、校园小说……网络上流行的类型都有。第一，是这些作品质量不错，不是我们想象得那么差；第二，是我认为类型小说需要和主流文学沟通，否则不能体现文学选本的全面性。我编选本，就是希望瓦解当下的文学秩序。今天的时代是大变化的时代，如果对网络小说、类型小说这个大潮流视而不见，也会以偏概全。在编完小说大系后，我故意把编入作品的160位作家的名字全部列上去，发现有一半是以往文学史上不见的：一方是王安忆、莫言、余华、方方等传统作家，另一方是南派三叔、天下霸唱等等。两个系列名单放在一起，完全是分裂的。我非常兴奋，像1949年开文代会一样，两路人马都会合在一起了，从中能看到今天的文学局面与20世纪的新文学完全不同。

【记者采访手记】陈思和的专业是现当代文学，他的学术主要探讨五四以来知识分子的道路。除对文学史的梳理之外，他通过对莫言、贾平凹、王安忆、余华、严歌苓等作家的作品的研究和评论，推动作家们的创作。

《中华读书报》：您认为自己的批评是怎样的风格？

陈思和：我在长期的批评实践中逐渐养成了一种自己的倾向：批评者与批评对象完全是平等的对话，批评者不是居高临下的指导者，而是作品的阐释者与解读者。批评者首先是在作品里找到了真正的“知音”，通过阐释和解读，表达批评者对生活的看法。所以我的评论主观性比较强，有时候甚至会出现研究主客体不分的问题，我很难说自己是在做研究，而是自己的学习、研究、探索饱满地交错在一起。我的评论带有一点感情色彩，有人文的追求。这里有一个很重要的理由，我觉得评论者首先是社会生活中的人，是有感情、有观点、有生命力的人，批评家不能脱离生活环境，他的评论工作只是依托了作家的文学创作来表达自己对生活的看法、对时代的看法、对文学的看法，是用自己的观点来解读生活。所以，我觉得批评家也是直面人生的。

《中华读书报》：请您概括一下自己的治学方法吧！

陈思和：我个人对学术的认知，从来不是“纯学术”，我自己在寻找一种人生道路，这是价值观的问题。一个人必须要有自己的价值观，就是你怎么生活？如何面对这个世界？你的立场在哪里？对我来说，学术是我安身立命的基本场域，是基本的生活行为。这样的立场，使我活得像一个知识分子。当时贾先生就是这样教的：做资料，读文本，然后就是思考自己的价值观。首先，理论观点要从研究中完成，要学会发现问题，在研究实践中发现问题。比如研究当代文学，学者就要有前瞻性，你要知道讨论这个问题可能会对以后的文学产生什么影响。只有自己发现了问题的价值所在，才能去全力以赴地解决问题；其次，在我看来，所谓学术问题其实都是你自己的问题。你所有提出的问题都要解答你自己的困惑，这是你对人生的态度、对社会的态度，都不是与你无关的，只是为写论文而设计的问题。我现在非常鼓励学生研究同辈作家，做同代人的批评家。因为上代人的问题往往是在一个你所不熟悉的环境下产生的，你不一定能够从中找到你自己的问题。但是同代人的困惑你是理解的，他们的痛苦、他们的追求也可能是你的痛苦、你的追求，他们为什么这么写，你是了解的。如果你只关心前辈的问题，你就只能跟着前人的思路走。

从来没有孤立的文学，文学就是与现实生活矛盾、困惑联系在一起，混杂在一起的，批评家的困惑应该与文学的困惑联系在一起。

《中华读书报》：您是怎样把学问和人生紧密联系在一起的？

陈思和：我们这个专业——我说的是中国现当代文学这个专业，只有时间上限，但没有时间下限。上限没有什么好讨论的，现在学者们把精力放在上限——晚清民国之交的讨论，他们觉得这个学科离当下太近，没有办法做出具体的判断。很多导师为了显示自己研究与当代没有关系，有意引导学生去研究晚清民国时期的文学，把自己的学术研究和当下划清界限。我是明确反对学生这么做的。

我认为我们这个学科是没有什么故纸堆的，我们的希望就在当下，了解当下，推动当下。研究现当代文学，就是为了解决当下的问题。“当代”的概念包括未来，联系着未来。我们要关心的是，未来的文学会是什么样的？再过五年的文学将是什么？再过十年的文学又是什么？对这个方向要有预期性。否则出来一个好作家，我们还是后知后觉，不能及时发现和推动。

《中华读书报》：所以我们注意到，从20世纪80年代开始，您就一直密切关注几个作家，几乎贯穿了近四十年的评论。但也有一些作家，您几乎没有评论过。

陈思和：我没有评论过同代作家，不是我不喜欢他们的作品，而是在读作品时没有产生我想说话的激情。但是有几个作家，我一直跟踪了大概有二三十年。莫言从《透明的红萝卜》一直到现在的创作，我基本上一本都不会落下，还有像贾平凹、阎连科、余华、张炜、张承志、王安忆、严歌苓的创作也是这样。这些作家给我的心灵感受非常强烈，我知道他们在字里行间要讲什么、想讲什么。比如读贾平凹的小说，我会有把握，他写出来的东西我能感受到，他没有写出来的东西我也能感受到。一个作家并不是对他的作品里所有的元素都想明白了才写作，有时候作家通过细节描写、形象塑造或者叙述故事，把自己可能不甚清晰的朦胧意图描述出来——这个时候对我这样一个评论家来说，阅读快感就特别强烈，因为我能从中解读出自己的人生感受。我对当下生活甚至历史的看法，在贾平凹小说里能够得到很多回应，但是他早年的作品我评得不多。21 世纪以后，贾平凹的小说跟我对当代生活的感受、我的艺术观契合最多，我就有话要说。

【记者采访手记】作家的创作在变化，陈思和的评论也在变化。鲁迅式的对自我的反思、怀疑和批判的精神，在他的批评生涯中也有明显的体现。

《中华读书报》：2012 年，您曾陪莫言前往瑞典领奖。作为持续关注他创作的评论家，可否谈谈您对莫言的理解？

陈思和：五四新文学的主体是知识分子，具有比较强的启蒙性，包括鲁迅在内的五四一代知识分子，都把农民看得很低，知识分子是站在农民之上进行启蒙，要唤醒他们的革命意识。而莫言不在那样的传统里，他对中国的民间社会文化、农村农民都有着非常深刻的理解。他本身就是农民当中的一个，把农民的缺点和优点和盘托出。我对莫言笔下的农村很感兴趣，他提供了一个我所不知道的农村，那是自然状态的人和农村，是不完善的，每个人都贪婪、自私，满腹委屈，粗糙不堪，但是这些人的身体里有强烈的、内在的情感力量涌现出来。莫言在农民的粗鄙生活中看到了他们的力量，他对农民的理解，远远超过五四一代知识分子对农民的理解。鲁迅笔下的农民是沉默的，是被嘲笑的，而莫言笔下的农民是鲜活的，满腹的委屈、痛苦都要像火山爆发似的喷出来。

我是读了莫言的小说后，才反思鲁迅的启蒙小说，都是通过非常具体化的细节描写对比出来的。譬如，阿Q是小人物，他也需要被承认、被尊重，但是未庄社会没有人愿意倾听他的内心要求。临刑时，他还希望把圆画得好一点；游街时，他也希望戏文唱得好一些，希望得到人家的赞扬。但是，阿Q的人格在小说里没有被大家理解，更不要说尊重了。我们老是喜欢说“哀其不幸，怒其不争”，我们总是高高在上，把“哀”与“争”施舍给农民。然而我读莫言的小说，关于农民的观念全部被颠覆了。在莫言的小说里，没有我们通常理解的农民。如他写农民对压迫的反抗，不一定就是揭竿而起，却可能是以我们不喜欢的方式表现出来——偷盗、怠工、破坏、污染……《天堂蒜薹之歌》里的农民就是这样。如他描写女人生孩子时那种不堪、肮脏，但正是那种无休止的生育、那种肮脏野蛮的刻苦耐劳，却让人感到生命的庄严与生命力的旺盛。这种对生命的感受与知识分子的感受很不一样。我原来觉得，文学是干净的、高雅的，莫言所写的是低俗的、不干净的，我以前也批评过莫言的小说，但后来我发现是我不懂莫言，也不懂中国的农村和农民，甚至可以说，也不懂真正的中国。

《中华读书报》：您那时批评莫言，主要是针对什么？

陈思和：之前莫言有一部小说叫《玫瑰玫瑰香气扑鼻》，小说中对农民的粗鄙化描写，我当时不太能接受。但是后来我自己改变了，我提出一个审美概念“藏污纳垢”。“藏污纳垢”不一定是负面的，也会转化为一种生命活力。比如沼泽地里什么肮脏的东西（动物尸体、腐烂的植物、人类的排泄物……）都可能有，所有肮脏的东西都被土地吸收进去，所有腐烂腐朽元素都会在大地生命运动中转化为活力。我原来批评莫言的时候，也有知识分子的传统观念在里面。后来慢慢认识到莫言的重要性。我反思过自己的批评。

《中华读书报》：您和莫言有过交流吗？

陈思和：没有交流。我很少与作家一起讨论他们的创作，也很少去采访作家。对于莫言的创作，起先是欣赏他早期的先锋小说，后来他写了食草家族系列等，我有一点不喜欢，我不否认莫言小说里有农民文化的粗粝性，我以前是不喜欢的。到了20世纪90年代，我自己形成了民间理论之后，对莫言风格又有了新的理解。对他有过辩护。莫言自己也有转变。他说过自己原来学习马尔克斯、福克纳，获得某种近乎神谕的启示，后来意识到要远离他们的影响，大踏步撤退到民间，用一种比较自觉的民间立场来写作。

这说明莫言也在寻找新的创作风格。最明显的是《檀香刑》。《檀香刑》是通过三种人讲述同一个故事。一是刽子手讲的，二是孙眉娘，还有一个是知县，这三个人同样在讲述一个残酷的故事。知县讲的是知识分子的言说，孙眉娘是民间叙事，刽子手讲的是庙堂语言。我读了那部小说的后记，觉得莫言与我的思考是不谋而合的。我通过他的小说，阐释的是我的美学观念。我写过一篇评论文章，专门分析莫言小说的民间叙事。那篇文章可惜没有写完，只完成了原计划的三分之一。莫言写作的各个阶段，我都发表过文章，包括对《生死疲劳》的评论。那时候我对莫言已经采取了欣赏的态度。

所以说，我的评论，其实是与我的学习、思考、探索混在一起的。我不是有意探索什么，有意去评论什么，学习体现在探索过程中。对余华，对贾平凹的创作，我也有过批评，都经历过类似的变化。作家在变化，我也在变化。

《中华读书报》：您能谈谈您对余华小说的看法吗？

陈思和：我对余华的小说也有过批评。我最早喜欢余华的先锋小说，对余华早期小说做过很认真的研究，那时还不认识余华。后来余华从《在细雨中呼喊》开始向民间立场转化。民间立场并没有减弱知识分子批判的深刻性，也没有削弱知识分子的精神力量，相反，表达得更加含蓄和宽阔。但是起初我对余华的种种变化还不太理解，他的转变也有一个过程，我和张新颖、郜元宝他们有过一次对话，批评余华的退步。

余华是20世纪80年代先锋文学的代表性作家，到90年代开拓民间立场，其创作的每一步发展都是对自己前一阶段创作的扬弃，他传承了批判性的文学的内在核心，却改变了审美的外在形态。他朝着民间文化形态一步步深入地走下去。他的先锋小说主要是集中对“文化大革命”时代的残酷现象与反人性现象的痛切揭示，这一点是其他先锋作家无法企及的；同样他的民间性很强的小说，在温情故事的外在形式下依然包裹着与现实处境尖锐冲突的立场，而不是一般的庸俗的小人物故事。余华的创作走了一条与现实环境密切相关的道路。这是余华创作最可贵的地方。纵观他的创作历程，凡是他稍微离开现实环境的尝试，都是不成功的，但他总是能够凭着艺术敏感及时调整过来，回到现实的大地之上。《兄弟》是当代的一部奇书，对余华来说，似乎也是意想不到的从天而降的创作奇迹。

《中华读书报》：贾平凹的《山本》和莫言的《檀香刑》都写得很残酷。您一直关注这两位作家，能谈谈对这一点的理解吗？

陈思和：贾平凹的创作道路比较复杂。他21世纪以来的写作，不是从《鸡窝洼人家》的风格一路下来，而是从“商州系列”传承下来的。《废都》是贾平凹的一个拐点，他开始有了自己的言说，把心中纠结的东西，包括时代氛围、生命痛苦全部抒发出来。《废都》不是清流文学，是“浊”的文学，《废都》里表现了当代文学所没有的东西，比如那种表面颓废，内心特别的绝望。

新世纪以后，从《秦腔》开始，贾平凹真正是思想成熟了，艺术风格也成熟了，包括他对民族文化、对生命、对农村的看法，也都成熟了。他开始把一般的小说元素如故事情节、典型人物等等全部解构掉，整个小说没有一个中心故事，而是通过一个又一个的生活细节，把时代的气氛、生活场景都贯穿起来，这是他的小说最精华的部分。中国小说喜欢说书，喜欢讲一些动人的故事，而在贾平凹的笔下，一切都是轻描淡写。包括《山本》，在描写残酷的细节时，没有夸饰，没有渲染，仿佛是不经意的，却达到了令人战栗的效果，让你感到惊心动魄。他写残酷是有内涵的，是讲权力的形成过程，保留了那个残酷时代的信息。

《中华读书报》：所谓“鸟之双翼、车之两轮”，在您这里体现得特别充分。

陈思和：作家的创作有时候也是无意识的，反过来，对我来说，他的创作能够符合我的阐释，也经得起我的阐释，对我才有意义。如果没有他们的创作，我就无法做解读。文本解读不是用概念，而是包含很大的文化内容，我不仅仅是为了完成评论家的工作，我是要表达我的思想感受。我更尊重他们对生命的感受。文学评论只是我的工作，有时候，作家的创作激发了我的想象力，但也可能，是我的评论激发作家的想象力。这是我所追求的评论家与作家之间的理想关系。

访谈记者：舒晋瑜

访谈时间：2018 年 8 月 22 日

初刊北京《中华读书报》2018 年 10 月 17 日

后　记

这本书是在周明全的建议下编起来的。由明全先从我的编年体文集中挑选出相关文章的篇目，我加以增删编排，最后搜集了各篇文章的电子文本。利用国庆长假，我又请我的学生把几篇缺少电子文档的文章打印出来。这样就算完成了一件工作。杀青之际，我还是收不住我的思绪，于是打开电脑，再多说几句。

我是一个专业的文学评论家（虽然我在高校里还有教书育人的工作），写评论文章是贯穿我一生的工作。我在2017年编辑出版的《陈思和文集》，是我在文学评论领域的主要成果。我在那七卷本中故意没有收录我写的《巴金传记和研究资料综述》，没有收录各类读书笔记和文史随笔，甚至也没有收录我在比较文学和外国文学领域的著述，为的就是突出我在文学评论领域的成果。除了在出版社建议下《陈思和文集》第七卷编入了我的一部分散文外，其他六卷也可以称作“陈思和文学评论集”。到了2020年，我得到广西师范大学出版社的邀约，又着手编了五卷本的随笔集，收录了没有编入《陈思和文集》的各类读书随笔，内容涉及文史杂学、外国文学、比较文学、当代文学、当代学术，还有一部分我自己的各类著述的序跋，共一百二十多万字。为此我取了一个总书名曰《自己的书架》，也是为这套随笔集做一个自我限定：所收录的文章都是与读书相关。这样一来，我的许多非读书随笔类型的文章，包括杂文和各类议论，还是没有收录进去。

不知道为什么，这两年突然有许多出版社来约稿，都希望我能够编一些旧著重新出版。但我编出了文集和随笔集以后，这项工作就谨慎起来，尽量找还没有收录这两套书的零星文章来编，这两年先后为张安庆先生策划的“边角料丛书”编了《陈思和人文访谈录》《陈思和人文演讲录》，在俞晓群先生建议下编辑了《陈思和人文书简》第一卷，为孟繁华先生主编的丛书提供了旧著《人格的发展：巴金传》等等，还算是有一点意思。现在这本《陈思和论文学批评》的小书，也属于这个系列的一种。“论文学批评”不是指具体的文学评论文章，而是针对“批评”这一文学样式而展开的各类话题，包括“我的批评观”“批评的方法”“批评的历史和现状”“批评家的批评个性”等等，写作的时间跨度长三十余年；但是有关批评的观点，我是一以贯之的，基本就没有什么大的改变。这仿佛是对我的批评生涯的回顾，我本来曾想不设专辑的形式，仅以写作时间排列，分作20世纪80年代、90年代和新世纪三个部分，就可以清晰地看出我是在怎样的批评道路上跋涉而来的。

在编这本小书的过程中，我特别怀念我青年时代在上海卢湾区图书馆参加书评小组的那段岁月。我记得那是20世纪70年代的头几年，我还是一个没有职业的社会青年。那个时候被称作“待业青年”，因为无聊才整天泡图书馆，仅有的几本书翻来覆去地看。图书馆的外墙上有政宣组办的书评宣传栏，用小字报的形式刊登一些书评文章。其实所谓的书评文章，无非就是“赞香花”“锄毒草”两种，但“香花”除了“样板戏”外几乎绝迹；图书馆出借的图书扉页上一律贴着“供批判用”的字样，“毒草”比比皆是。就是在那个时候，我在图书馆阅览室里读到了郭沫若先生的新著《李白和杜甫》。那本书的出版，像是在“文化大革命”的废墟上突然冒出的一枝碧绿新苗，让人头脑清醒一时，争相传诵。但渐渐地，又出现了不和谐的声音，引起许多读者的反感。我那时才十七八岁，也不知道出于什么心理，一个人在阅览室里参考了几种研究李白、杜甫的旧著作，半懂不懂，竟胡乱写了一篇与郭沫若商榷的文章，冒冒失失寄到了人民文学出版社，要求转给郭沫若。无知者无畏，现在想起来，我还感到脸红。不久，那篇稿子被退回来，但没有退给我，却转到了我所属的街道派出所。一位姓何的所长亲自上门来约我谈话。当看到我是一个小毛孩时，他大为惊讶，与我东拉西扯了一阵后把退还的稿子还给我，嘱咐我要好好学习毛主席著作，不要胡思乱想，更不要乱写文章。在我的印象里，那位何所长谈话时一直和颜悦色，没有半句责备的话。所以我非但没有吸取教训，反而继续胡思乱想，随笔乱写，渐渐地引起了图书馆政宣组两位同志—— 一位叫董燿根、一位叫袁晓星的注意。他们及时提携了我，吸收我参加卢湾区工人书评小组，组织我们学习以群在“文化大革命”前主编的《文艺基本原理》，组织我们举办文学作品的讨论会。后来有了“工农兵上大学”一说，高校的工农兵学员开门办学，经常来图书馆与我们一起进行书评讨论，还经常性地通知我们去听大学老师举办的讲座。我当时毫无前途可言，眼前一片黑暗，但卢湾区图书馆却像我人生道路上的一朵萤火，冥冥之中引导我去读书、写作，不断提升精神境界。图书馆还安排我跟随一位姓黄的老先生读古籍，读古诗，他还指导我研究唐代诗人刘禹锡……我就是这么懵懵懂懂地成长起来的。1977 年国家恢复高考，我报名填写志愿表时，看到复旦大学中文系设有“文学创作”和“文学评论”两个专业，就毫不犹豫在“文学评论”的空格里打上钩。我突然信心满满，卢湾区图书馆给予我的一切，一下子都贯通起来了。

上了大学以后，我第一篇发表的学术论文是《试论刘禹锡的〈竹枝词〉》（《复旦学报》1981 年第 2 期），还是受惠于卢湾区图书馆。更早的是，在 1980 年与同学李辉合作在《文学评论》（第 3 期）发表了《怎样认识巴金早期的无政府主义思想》一文，为我后来留校专攻现代文学做了铺垫。人生道路从此改变。但是我始终没有放下在卢湾区图书馆开始的关注当下文学、从事文学批评的工作，一直断断续续走到现在。这本关于“我与批评”的小书，就是这条漫长道路上的几个淡淡的脚印。

2021 年 10 月 6 日，长假中